CHRYSTINE

Indésirables

la courte échelle

Les éditions de la courte échelle inc.
5243, boul. Saint-Laurent
Montréal (Québec) H2T 1S4

Photo de la couverture avant:
Tomate, d'après une photo de John Millar/Getty Images

Photo de la couverture arrière:
Josée Lambert

Conception graphique de la couverture:
Elastik

Conception graphique de l'intérieur:
Derome design inc.

Mise en pages:
Mardigrafe inc.

Révision des textes:
Lise Duquette

Dépôt légal, 2ᵉ trimestre 2003
Bibliothèque nationale du Québec

La courte échelle reconnaît l'aide financière du gouvernement du Canada par
l'entremise du Programme d'aide au développement de l'industrie de l'édition pour
ses activités d'édition. La courte échelle est aussi inscrite au programme de subvention
globale du Conseil des Arts du Canada et reçoit l'appui du gouvernement du Québec
par l'intermédiaire de la SODEC.

La courte échelle bénéficie également du Programme de crédit d'impôt pour l'édition
de livres — Gestion SODEC — du gouvernement du Québec.

Données de catalogage avant publication (Canada)

Brouillet, Chrystine

    Indésirables

    (Roman; 35)

    ISBN 2-89021-638-1

    I. Titre.

PS8553.R684I52 2003   C843'.54   C2003-940637-7
PS9553.R684I52 2003
PQ3919.2.B76I52 2003

À mon frère Jean

L'auteure tient à remercier, pour leur aide amicale et précieuse, Andrea-Maria Brouillet, Alain Lacoursière, Gilles Langlois, France Proulx, Robert LaHaye, Jean-Luc Charron, Véronique Ferland, Rachel Tremblay, Adrien Smigielski et tous les élèves qui, par leur témoignage, l'ont aidée à mieux comprendre le phénomène de l'intimidation.

Chapitre I

Maud Graham regardait la devanture de la pharmacie Jean Coutu depuis cinq minutes sans parvenir à se décider à y entrer. Elle avait repéré un étui à crayons qui semblait assez solide, remarqué un cahier vert, la couleur préférée de Maxime, mais elle hésitait encore à acheter les fournitures scolaires. Maxime ne lui reprocherait-il pas de lui rappeler que l'école commençait bientôt ? Et ne lui déclarerait-il pas qu'il était assez grand pour se charger tout seul de ces achats ? C'était sa phrase favorite, « je suis assez grand », alors qu'il était plutôt petit pour son âge. Il avait eu douze ans en juillet mais, à son grand dam, il en paraissait à peine onze.

— Tu es très mature pour ton âge, avait dit Maud Graham à Maxime qui se plaignait de sa petite taille pour la ixième fois. Et tu verras, tu pousseras d'un seul coup. Comme Alain.

— Alain ? Ton Alain ?

— Oui. Aujourd'hui, on ne peut pas imaginer qu'il a déjà été petit, mais c'est la vérité.

— C'est drôle quand il se penche pour t'embrasser.

— Drôle ?

— Il prend tout son temps pour se plier.

9

— Se plier… Tu exagères. Je ne suis pas une naine.

Elle se souvenait du sourire de Maxime tandis qu'il la taquinait, ce sourire joyeux qui permettait à Graham de croire que son protégé se sentait de mieux en mieux dans sa peau. Même si la cicatrice qu'il gardait à l'épaule lui causait certaines inquiétudes : s'il devait prendre sa douche à l'école, ses camarades la verraient, l'interrogeraient aussitôt. Que leur répondrait-il ?

— Je ne peux pas leur raconter que je me suis fait tirer dessus parce que mon père…

— Ton père a commis des erreurs, il a fréquenté du drôle de monde, mais il a payé cher. Il a failli mourir. L'important est que vous vous soyez bien remis aujourd'hui. Personne n'est obligé de connaître la vérité.

Elle était si heureuse d'avoir pu convaincre Bruno Desrosiers de lui confier Maxime durant la semaine, si soulagée que l'assistante sociale ne s'y soit pas opposée. Accueillir Maxime chez elle lui donnait le sentiment de vivre plus intensément. Il lui faisait découvrir son univers, lui offrait sa jeunesse, son entrain, sa curiosité, sa tendresse. Elle adorait cet adolescent !

— Tu expliqueras que ce sont les séquelles d'un accident de voiture. Ça se produit tous les jours, des accidents. On t'a cru, cet été, au chalet.

— C'est vrai.

— Personne ne découvrira ce qui t'est arrivé, Maxime. Tu changes d'école, de quartier, tu entres au secondaire. Et ton nom n'a jamais été cité dans les journaux. Il n'y a aucune raison pour qu'on apprenne le drame.

Avait-elle réussi à le rassurer ? Maud Graham espérait qu'aucun élève ne découvre le passé de Maxime, sa vie avant que Bruno Desrosiers consente à lui confier son fils. Les enfants sont si cruels, ils se moqueraient sûrement d'un fils de *dealer*, d'un repris de justice. Maxime était un garçon solide, mais aucun enfant ne peut être insulté, ridiculisé sans en être blessé. Il ne fallait pas qu'on l'attaque à nouveau, il avait assez souffert. Elle voulait l'entendre rire chaque jour, comme il l'avait fait au chalet d'Alain, deux semaines plus tôt. Le rêve... Alain enseignant à Maxime à nager, sous les encouragements d'un Grégoire qui prétendait que l'eau était trop froide pour qu'il plonge. Graham s'était retenue de lui dire qu'Alain pouvait aussi lui montrer à nager, à flotter, que ça pourrait lui servir un jour. Malgré la confiance que lui témoignait le jeune prostitué, elle demeurait prudente, connaissant trop bien sa susceptibilité ; il n'admettrait jamais devant Maxime, qui l'idolâtrait, qu'il avait peur du lac, peur de toute cette nappe d'un bleu noir prête à l'engloutir. Maud s'était contentée de préciser qu'elle avait appris à nager à dix-huit ans, quand elle avait sérieusement songé à faire carrière dans la police.

— T'avais mon âge ? s'était étonné Grégoire avant de s'empresser de changer de sujet, avant de déclarer qu'il leur préparerait les meilleures côtelettes de porc jamais mangées dans les environs.

— Tu nous attireras les voisins si ça sent trop bon.

— Oh non ! Pas les Baudoin ! Ils sont tellement pénibles.

— Ils sont gentils.

— Pas si sûr... Je ne les crois pas quand ils s'adressent à moi. Et ils ne me croient pas non plus.

— C'est normal, tu leur mens.

— Aimerais-tu mieux que je leur dise comment je gagne ma vie ?

Graham avait soupiré. Ils avaient déjà discuté de tout cela. Il était inutile d'émouvoir les voisins d'Alain qui avaient du mal à dormir s'ils regardaient un feuilleton trop violent à la télévision.

— Ils sont bizarres. Ils me posent des questions sur mon métier, alors qu'ils ne veulent surtout pas que je leur réponde franchement.

— On est toujours dans le mensonge, toi et moi, hein, Biscuit?

— Souvent, avait corrigé Graham. Parfois, on n'a pas le choix.

Maxime ne l'aurait pas non plus, le jour de la rentrée scolaire. Il essaierait d'éviter les questions trop personnelles, mais il ne pourrait pas les éluder très longtemps. Il devrait raconter la fable qu'ils avaient mise au point durant leur séjour au chalet. Maud était sa marraine, sa mère vivait à l'étranger et son père enseignait la musique, la guitare sèche. Comme il devait aller au Saguenay pour donner des cours du mardi au vendredi, Maxime habitait chez Maud Graham durant la semaine.

— J'expliquerai que c'est plus pratique, car tu habites à quelques rues de l'école.

— Tu vois, ce n'est pas si compliqué, avait murmuré Grégoire en lui tapotant l'épaule.

Maxime avait aussitôt réagi en tentant de l'attraper par le cou. Ils avaient roulé sur la pelouse, en se débattant et en riant, insouciants.

Instants bénis d'innocence, se remémorait Maud Graham en renonçant à pousser la porte de la pharmacie. Elle proposerait plutôt à Maxime d'acheter ses fournitures scolaires avec Grégoire. Mais pas avant une semaine ou deux. Qu'il goûte, qu'il savoure le parfum de l'été le plus longtemps possible. Elle-même aurait voulu étirer ce mois d'août, empêcher les jours de raccourcir et croire que tous les vœux formulés lors des pluies de Perséides se réaliseraient; Grégoire quitterait la rue pour toujours, Maxime se plairait à son nouveau collège, elle coincerait le salaud qui avait envoyé la petite Nancy à l'hôpital avec un bras et deux côtes cassés. Dans un monde idéal, Moreau cesserait de manger des chips devant elle, de lui en offrir pour la faire enrager. Alain avait beau lui répéter qu'elle n'avait qu'à l'ignorer, elle n'y parvenait pas et cet échec la contrariait. Ne pouvait-elle pas faire preuve de plus de maturité que Moreau? Elle n'avait qu'une envie, lui arracher le sac de chips, le vider de son contenu et lui faire avaler le sachet. Qu'il s'étouffe, qu'elle soit enfin débarrassée de lui, de son sourire faux, de ses plaisanteries vulgaires. Elle se sentit coupable de ces pensées. Ou plutôt de ne pas se sentir coupable de les avoir; elle aurait dû éprouver de la compassion pour Roger Moreau qui venait d'être victime d'un accident cardiaque. Oui, elle aurait dû le plaindre. Non, elle ne le ferait pas. Elle se rappelait ses paroles quand il avait appris qu'elle avait recueilli Maxime Desrosiers chez elle.

— T'aimes ça, hein, les chiens perdus, les pitous qui font pitié? Pourquoi tu n'adoptes pas le père, tant qu'à y être?

— Bruno Desrosiers est très bien là où il est.

— On pourrait gager un vingt qu'il retournera en dedans avant Noël.

Maud Graham croisa les doigts en se remémorant le geste de Moreau froissant un billet de banque, l'agitant au-dessus de sa tête. Et s'il avait raison? Comment Maxime réagirait-il?

Il fallait que Moreau ait tort.

* * *

13

Armand Marsolais sortit sur le balcon qui surplombait la rue, inspira profondément, soupira en apercevant la voiture grise de sa femme. Les pneus crissèrent dans l'entrée. Comment réussissait-elle à faire crisser des pneus dans cette entrée de béton? Elle se stationnerait trop à droite et quand il voudrait enfourcher sa moto, il devrait d'abord déplacer le véhicule. Combien de fois avait-il prié Judith, depuis qu'ils avaient emménagé à Sillery, d'être plus attentive quand elle se garait? Elle hochait la tête, mais continuait à se déporter sur la droite. Tous les jours depuis leur installation. Ce soir-là, il avait justement envie de se promener en moto. Il se rendrait à Tewkesberry. Non, il irait plutôt jusqu'à Montmagny. S'il empruntait la direction opposée, il aurait trop de mal à se raisonner et à renoncer à filer jusqu'à Montréal. Loin, loin, loin, mais encore trop près de Judith Pagé.

Il entendit la porte d'entrée claquer. Dans dix secondes, montre en main, sa femme l'appellerait. Il inspira de nouveau, se passa la main dans les cheveux. Il lui semblait qu'il en avait beaucoup perdu durant l'été. Serait-il chauve avant d'être libéré de Judith? En rentrant dans leur chambre, il vit son image dans la grande glace près du lit. Il était encore bel homme pour avoir plu à Nadine, il était encore jeune. C'était maintenant qu'il devait profiter de la vie. À trente-cinq ans, pas à soixante-quinze! Il essaya de sourire à son reflet, mais il ne réussit qu'à grimacer à l'idée de rejoindre son épouse. Il était prêt à parier qu'elle lui montrerait sa maudite liste de choses à emporter au lac à l'Épaule. Devait-il vraiment s'enterrer là-bas avec Judith pour toute une semaine?

— Armand? Armand? Je suis rentrée.

L'homme descendit au rez-de-chaussée, foulant l'épais tapis de l'escalier en rêvant que sa femme fasse

14

un faux pas, déboule toutes les marches et se brise le cou. Pendant qu'il serait au travail, bien sûr. Au poste avec ses collègues. Alibi garanti, impeccable, absolu. Mais c'était un fantasme...

— Armand ? Es-tu rentré ?

— Me voilà, ma chérie.

Armand Marsolais s'approcha de Judith, l'embrassa dans le cou, souleva une mèche de ses cheveux blonds.

— Tu les as éclaircis ? Et coupés. Ça te va à ravir.

— J'avais besoin de changement. Une nouvelle tête pour une nouvelle vie dans une nouvelle ville.

— Ton existence à Montréal te déplaisait à ce point ?

Judith Pagé protesta ; elle n'était pas malheureuse dans la métropole, mais elle préférait Québec et sa quiétude. Elle avait assisté à une rencontre d'enseignants dans la journée et pariait qu'elle apprécierait ses collègues.

— Parlant de travail, tu n'étais pas ici quand j'ai téléphoné cet après-midi. Je croyais que tu étais en congé de maladie.

— Je n'ai pas vraiment travaillé, aujourd'hui. Je ne suis allé qu'au Palais de justice. Je ne commence pas avant le deux septembre.

— Tu as plus de congés que moi.

— Tu appelles ça un congé ? Un poignet brisé, un genou en compote parce qu'un...

— Je sais, je sais, l'interrompit-elle avant de lui tourner le dos et d'ouvrir la porte du réfrigérateur.

Elle ne supportait pas d'entendre qu'il avait risqué sa vie pour sauver une adolescente.

— Il n'y a plus de jus d'orange ? reprit-elle. Tu devais en acheter ! Il faut que je pense à tout dans cette maison. Je l'ajoute sur la liste. As-tu écouté le bulletin de la météo ? Il fera beau toute la semaine. J'ai hâte d'être au chalet… Je n'aurais jamais dû accepter de le louer aux amis de Lorraine. J'aurais pu en profiter en juillet au lieu de me contenter du mois d'août. J'ai besoin de relaxer avant la rentrée des classes. Je devine ce qui m'attend, j'ai assez d'expérience dans l'enseignement. Ils sont pires chaque année.

— Tu pourrais te reposer à l'année, si tu le souhaitais…

— On ne ressassera pas cette idée. Je ne me sens pas l'âme d'une rentière, j'aime mieux enseigner.

— Pour te plaindre chaque soir que tes élèves sont des bons à rien ? Tu es masochiste, ma pauvre Judith.

— Et toi, tu es parfait, tu ne te lamentes jamais, je sais ça. Mais tu aimes tellement ton travail. Le danger t'excite…

Il nia, non, le danger ne l'excitait pas. Ce qui lui plaisait, dans une enquête, c'était l'enchaînement des faits, l'étrange logique qui avait amené le criminel à commettre son forfait. Il avait l'impression de dérouler un écheveau de laine, de tirer doucement sur le fil jusqu'à la découverte de la vérité. Ou d'aller à la pêche ; ce mouvement, au bout d'un fil, ce frémissement, et il savait qu'il tenait le coupable.

— Le danger te plaît, déclara Judith. Comme à tous tes amis flics.

— Tu exagères. Il y a plus de risques dans mon métier que dans le tien, mais…

— On vit aussi des situations compliquées. Les jeunes sont de plus en plus violents. Suzanne a reçu un coup de raquette en donnant son cours de gym, l'an dernier à Montréal. Elle a eu des points de suture. Tu ne te rends pas compte ! Heureusement, Québec est plus calme, je suis contente qu'on ait déménagé…

16

— On n'est pas aux États-Unis, tout de même !

Judith marmonna qu'ils avaient perdu assez de temps, qu'il fallait s'occuper des bagages s'ils voulaient partir tôt le lendemain matin.

Armand Marsolais faillit protester. Ne pouvaient-ils pas déjeuner tranquillement au lieu de se précipiter ? Le chalet n'était pas au bout du monde. La semaine serait déjà assez longue... Dieu qu'il avait hâte de rejoindre ses collègues au parc Victoria ! Dans moins d'un mois... Il songea à Moreau, confiné chez lui jusqu'en mars sur ordre du médecin : comment supportait-il ce congé forcé ? Il n'avait pas eu le loisir de le connaître vraiment, n'ayant travaillé qu'une quinzaine de jours avant d'être victime d'une agression, mais Moreau ne lui avait pas paru très patient. Il trouverait le temps long dès qu'il serait suffisamment rétabli. Peut-être aurait-il dû lui rendre visite à l'hôpital ? Tous les enquêteurs étaient probablement allés le voir. Non, sûrement pas Maud Graham. Marsolais avait vite compris qu'elle honnissait Moreau, elle n'essayait même pas de dissimuler son animosité. Qui était réciproque : Moreau l'avait prévenu que Graham était une emmerdeuse qui détestait les vrais hommes. Armand Marsolais avait failli répondre à son collègue qu'elle s'entendait très bien avec Rouaix et Trottier, mais il s'était tu ; inutile de contrarier son nouveau partenaire.

Quel accueil lui réserverait Maud Graham, le deux septembre ? Il ne s'en inquiétait pas vraiment, habitué à plaire aux femmes, quels que soient leur âge ou leur statut social. Et même s'il avait perdu plus de cheveux durant l'été, même si le déménagement imposé par Judith l'avait exaspéré, il saurait user de son charme pour se faire une alliée de l'enquêtrice. Il s'approcha du

17

calendrier scotché sur le réfrigérateur, recomptant les jours qui le séparaient du retour au travail. Dix-sept. Plus que dix-sept jours avant d'avoir une bonne raison de s'absenter durant toute une journée. Judith ne vérifierait pas son horaire, ne saurait pas quand étaient ses congés. Il pourrait enfin retrouver Nadine !

Quand il lui avait parlé, dans l'après-midi, il avait senti qu'elle s'impatientait. Elle avait lâché qu'elle sortait le soir même avec un de ses ex. Elle avait certainement voulu le provoquer... Il n'avait pas relevé ses propos, mais il ne pourrait s'empêcher, durant la soirée, de se demander ce que faisait Nadine, à Montréal. Et avec qui. Traînait-elle sur une terrasse de la rue Saint-Denis ? Ou s'attablait-elle boulevard Saint-Laurent dans ce restaurant qui venait d'ouvrir et où elle voulait qu'il l'emmène ? Évidemment, elle était jeune et avait envie de s'amuser, il ne pouvait pas le lui interdire... Et il ne pouvait pas non plus quitter immédiatement Judith, renoncer à sa fortune. Quand celle-ci avait hérité de sa sœur Hélène, six ans plus tôt, il ignorait le montant exact de ses avoirs. Aujourd'hui, il savait que Judith valait dix millions de dollars. S'il divorçait, il devrait renoncer à hériter de toute cette fortune.

— Armand, as-tu vérifié les pneus ? Je ne voudrais pas qu'on ait des problèmes dans le bois.

Elle dissertait sur leur départ au chalet comme s'il s'agissait d'une expédition dans la jungle, alors qu'en moins d'une heure ils seraient rendus. Il se remémora les premiers temps de leur mariage, tandis qu'il tentait de la convaincre d'acheter des billets pour l'Australie ou Bali, de faire une croisière sur le Rhin ou de s'envoler tout simplement vers Paris. Elle répondait qu'elle y songerait et ils n'étaient pas allés plus loin que la

Floride… Le condo d'Hélène était très vaste, richement décoré, mais on avait vite fait le tour de Fort Lauderdale, de ses restaurants et de ses terrains de golf où Judith rencontrait immanquablement quelqu'un pour évoquer sa sœur défunte, répéter à quel point elles se ressemblaient et combien Hélène leur manquait à tous. Il est vrai qu'elle était une formidable joueuse de golf, les nombreux trophées qui ornaient les murs de sa chambre à Westmount en témoignaient, mais c'était surtout ses extravagances qui plaisaient à ses voisins et amis. Hélène dépensait son argent sans compter et adorait voyager. Deux sœurs pouvaient-elles être différentes à ce point ? Judith n'aimait que la routine, Hélène savourait la fantaisie. L'une était fidèle, l'autre collectionnait les aventures, refusait de s'engager, affirmait que deux mariages lui avaient suffi, même enrichissants, que jamais plus elle ne vivrait avec un homme. Malgré tout son charme, Armand Marsolais avait vite compris qu'il n'avait aucune chance auprès d'Hélène. Il se souvenait de son attitude quand il s'était présenté chez elle, sept ans auparavant, pour constater un vol avec effraction. Elle l'avait examiné des pieds à la tête, ignorant son partenaire, s'approchant de lui, saisissant sa main pour l'entraîner près de la porte-fenêtre fracturée. Elle s'était plainte du système d'alarme qui n'avait pas fonctionné et juré qu'elle résilierait son contrat de surveillance avec la compagnie. Heureusement, elle était absente quand on avait pénétré chez elle ; que serait-il arrivé si les criminels l'avaient trouvée sur les lieux ? Si Hélène répétait qu'elle avait peur, son regard affirmait le contraire ; cette femme n'était pas bouleversée mais insultée qu'on ait osé s'en prendre à sa propriété, à ses biens. Armand avait promis que Descôteaux et

19

lui mèneraient leur enquête avec le plus grand sérieux ; ils verraient tous les receleurs de Montréal et des environs. Ils étaient repartis après avoir bu un café délicieux, et Descôteaux avait taquiné son collègue sur l'effet qu'il avait produit sur Hélène Pagé. Armand avait protesté, mais il n'avait pas été surpris d'entendre la voix d'Hélène, le lendemain matin. Elle venait de se souvenir de quelques détails. Pouvait-il passer chez elle ?

Il y était allé. Il était resté plus longtemps que prévu. À l'aube, en se rhabillant, il était sans illusions : si Hélène Pagé s'était distraite avec lui, elle ne l'inviterait pas une seconde fois à lui rendre visite. C'était une consommatrice qui prenait et jetait, se désintéressant rapidement d'un objet convoité. Quand il l'avait revue, trois mois plus tard, pour lui remettre un des bijoux retrouvé, elle s'était montrée polie et lui avait offert un cappuccino en lui présentant sa jeune sœur, mais aucune chaleur ne dorait son regard. Armand avait refusé le café, se contentant de dire qu'il espérait revenir avec les autres bijoux. Descôteaux et lui étaient sur une bonne piste. Hélène avait bâillé, prétendu qu'elle avait oublié ces bijoux, alors qu'elle avait tant insisté plus tôt pour que ce soit des enquêteurs expérimentés qui soient chargés de son affaire.

— Ce sont tout de même des bijoux de valeur, avait protesté Judith, et…

— Tu t'inquiètes pour ton héritage ?

— Arrête, Hélène.

— Tu auras tout quand je mourrai, tous mes millions, et tu ne sauras même pas en profiter. Tu n'es pas du genre à t'amuser, toi. Ce n'est pas parce que je ne suis pas un bon exemple, pourtant…

Judith avait dû être embarrassée par cette attitude, car elle avait raccompagné le policier jusqu'à sa voiture. Dans la lumière du jour, Armand n'avait pas manqué de noter à quel point les deux sœurs étaient dissemblables. Hélène brûlait, Judith éteignait : tout en elle était fade, sans saveur, sans relief. Les cheveux, le teint, sa manière de rentrer les épaules, de croiser et décroiser les mains dans un mouvement nerveux, la robe beige qu'un camée trop discret ne parvenait pas à égayer, le ton de la voix mal assuré : Hélène et Judith étaient sûrement demi-sœurs.

Non. Armand l'avait appris deux semaines plus tard, après avoir pris Judith en filature plusieurs fois. Il devait se lier avec elle. La phrase d'Hélène s'était imprimée dans son esprit : Judith hériterait de sa fortune. Il avait suivi la jeune femme à son travail, au club de natation, à son cours de yoga avant de choisir à quel moment il devait croiser son chemin, quel lieu accréditerait le mieux le hasard de leur rencontre. Il s'était décidé pour l'arrêt d'autobus en face de la piscine. Elle l'avait reconnu immédiatement. Il lui avait tendu la main, enthousiaste, comme s'il retrouvait une amie perdue de vue depuis trop longtemps. Il avait raconté la fable qu'il avait préparée ; son automobile était en panne, il attendait l'autobus depuis quinze minutes.

— Je ne devrais pas me plaindre, avait fait Armand. Je récupérerai rapidement ma voiture. Travaillez-vous dans le coin ?

Judith l'avait détrompé, elle venait nager. Ah ? Il adorait la natation. Il avait hâte à l'été pour se baigner dans un lac. Ils avaient continué à discuter jusqu'à l'arrivée de l'autobus. Il était monté après elle, il l'avait écoutée, lui avait souri et, avant de descendre, un arrêt avant elle, il avait répété deux fois qu'il avait été heureux de leur rencontre.

Quand il l'avait croisée à la piscine, deux semaines plus tard, il ne s'était même pas donné la peine d'inventer quoi que ce soit pour justifier une nouvelle rencontre; Judith était trop contente de le revoir pour se soucier du comment et du pourquoi. Il l'avait invitée à boire un café, mais avait refusé de l'accompagner au cinéma.

— J'enquête encore sur le vol commis chez votre sœur. C'est délicat, vous avez un lien avec elle... Si on l'apprenait...

— Je comprends, avait murmuré Judith.

— Non, vous ne comprenez pas. J'ai envie de vous revoir, seulement il faudrait patienter un peu. On va clore le dossier bientôt. Avec votre sœur, j'aimerais que vous restiez discrète sur nous... Si elle interprétait mal les choses, je...

— Hélène est en Floride jusqu'en décembre. Elle ne fait jamais rien comme tout le monde. C'est aux fêtes qu'on va au soleil. Elle, elle revient ici.

— Elle est fantaisiste, avait suggéré Armand.

Judith avait déclaré que son aînée se faisait toujours remarquer par ses excentricités.

— Si elle est absente, je pourrais accepter votre invitation. À condition d'être prudent. J'ai des collègues parfois obtus.

— Je sais ce que c'est. Je travaille avec certaines personnes à l'esprit borné.

Il y avait eu le cinéma. Puis le resto. Puis le théâtre. Puis une promenade à Rawdon. Ils avaient admiré les chutes. Armand avait serré Judith contre lui, mais ne l'avait pas embrassée. C'était elle, plus tard, tandis qu'il la ramenait à son appartement, qui s'était penchée vers lui en tendant son visage dans une attitude non équivoque.

Il l'avait rappelée trente minutes plus tard pour s'excuser de ce baiser prolongé ; il n'aurait pas dû, il oubliait décidément qu'elle était la sœur d'une victime et… Judith l'avait interrompu ; sa sœur ne saurait jamais qu'ils se fréquentaient. D'ailleurs, n'avait-il pas compris qu'elles n'étaient pas très liées ? Hélène était une femme fantasque qui avait épousé deux hommes âgés par intérêt et qui jouissait maintenant de leur fortune sans éprouver aucun scrupule. Il avait pourtant insisté pour prendre un peu de recul. Il voulait réfléchir avant de s'engager. Il avait promis qu'ils se reverraient après les fêtes. Non, durant les fêtes. Il avait ajouté, juste avant de rompre la communication, que Judith pouvait lui téléphoner n'importe quand si elle avait besoin de lui.

Le 23 décembre suivant, Hélène Pagé était violée et assassinée dans un stationnement intérieur, au moment où elle rentrait de la Floride. On lui avait volé son manteau de vison, sa montre et son sac à main. Les détectives qui enquêtaient sur ce meurtre avaient discuté avec Marsolais et Descôteaux, mais n'avaient établi aucun lien entre cette tragédie et l'effraction commise au domicile de la victime quelques mois plus tôt. Les journaux avaient parlé de crime sordide en cette veille de Noël.

Fin juillet, Judith épousait Armand pour le meilleur et pour le pire. Elle venait d'hériter d'une somme considérable, mais elle avait tenu à une cérémonie intime ; il eût été malvenu de célébrer des noces en grande pompe avec l'argent de la défunte.

Armand avait approuvé sa décision. Comme il avait accepté de signer un contrat de mariage qui protégeait au maximum les intérêts de Judith. S'ils divorçaient, il ne toucherait qu'une somme infime.

Il s'était contenté d'un voyage de noces dans Charlevoix et n'avait pas parié plus de cent dollars au casino du Manoir Richelieu. Il avait été soulagé de retourner travailler, mais n'avait pas encore saisi, à cette époque, à quel point il trouverait le temps long auprès de Judith. Il ignorait combien il lui serait pénible de l'entendre jacasser lors de leurs soirées en tête à tête, et quels efforts il devrait s'imposer pour s'en tenir à son plan initial. Dix ans. Il s'était donné dix ans pour disposer de la fortune de Judith. Sa femme n'était pas facile à manipuler, elle l'excluait des discussions avec son comptable. Il ne pouvait la voler comme il l'aurait souhaité. Il devait s'en débarrasser d'une façon définitive pour s'emparer de ses biens.

Six ans s'étaient écoulés, six ans de frustrations. Six ans à feindre l'affection, à rire avec les amis de Judith, à bricoler pour améliorer leur intérieur alors qu'il détestait ça, six ans à penser à une autre femme, n'importe quelle autre femme, quand il devait faire l'amour avec Judith. Non, à Judith. Elle se montrait si passive, prenait si peu d'initiatives qu'il se demandait pourquoi elle se rapprochait de lui certains soirs : avait-elle lu dans un de ces magazines idiots qu'il fallait jouir 1,3 fois par semaine ?

— Armand ! Les pneus ! Tu ne m'as pas répondu, cria Judith.

— Je les ai vérifiés, ma chérie, ne t'inquiète pas. Tout ira bien.

Résisterait-il à l'envie de l'entraîner au milieu du lac, de serrer ses mains autour de son cou, de l'étrangler ou de la noyer ? Il avait souvent repensé au tueur qu'il avait engagé pour violer et assassiner Hélène. Il l'avait assuré s'être bien amusé avec la dame, qu'elle l'avait supplié après l'avoir insulté. Lui ne goûterait jamais ce plaisir avec Judith ; il ne pouvait pas la tuer lui-même. Et il ne se décidait pas à employer la même méthode qu'avec Hélène pour être libéré de sa femme. On enquêterait avec beaucoup de sérieux si Judith périssait six ans après sa sœur dans des circonstances analogues. Et il ne pourrait peut-être pas engager un tueur professionnel aussi aisément que la première fois et l'abattre après qu'il eut accompli son contrat sans être inquiété. C'était tenter le diable... Mais il ne pouvait pas penser à autre chose qu'à la mort de Judith. Depuis que Nadine était entrée dans sa vie, il était obsédé par l'idée de jouir de la fortune de sa femme avec Nadine. Il était fait pour avoir de l'argent. Il en avait toujours voulu. Il se souvenait trop bien de son oncle qui avait gagné la maison Kinsmen. Si belle, si vaste, si différente des quatre pièces minables où il avait été élevé. Il s'était juré d'avoir une demeure semblable, un jour. Il y vivrait, il ne serait plus le petit neveu invité une fois par année à visiter un riche parent.

* * *

Maxime avait l'impression d'étouffer, mais il avançait d'un pas décidé vers la cour de l'école sans se retourner. Il était persuadé que Maud Graham le regardait s'éloigner, un sourire figé sur ses lèvres, ce sourire qu'il avait imité tout au long du déjeuner. Il avait réussi à manger ses céréales malgré sa gorge nouée. Il avait procédé à sa toilette rapidement, s'était habillé aussi vite, afin de démontrer son enthousiasme à Maud. Mais quand il avait vu le copieux petit-déjeuner qu'elle lui avait préparé, il avait failli lui avouer qu'il avait fait des cauchemars toute la nuit. Il avait néanmoins avalé ses céréales en souriant à Maud Graham qui lui répétait qu'il se ferait de nouveaux amis à l'école.

Un ami...

Serait-ce ce grand brun qui paraissait aussi perdu que lui? Ou ce garçon encore plus roux que lui qui tournait la tête dans tous les sens? Non, il était plus âgé, il devait être en deuxième ou troisième secondaire. Mais cet autre, avec des lunettes, qui fouillait dans son sac d'école depuis cinq minutes...

Maxime s'avança, serrant fortement la bretelle de son sac à dos. Il avait une tête d'idiot avec ses cheveux trop courts. Il se passa la main dans le cou, là où il aurait dû sentir ses cheveux, la retira, la glissa dans la poche de son pantalon. Il inspira lentement; Maud lui avait conseillé d'inspirer s'il se sentait embarrassé ou angoissé. «Ça te donne le temps de réfléchir, de constater que la situation n'est pas aussi grave que tu l'imagines.»

— Salut. Je m'appelle Maxime. Je suis nouveau. On est plusieurs nouveaux au premier secondaire, hein?

— Oui.

Le garçon relevait à peine la tête, comme s'il continuait à chercher une réponse au fond de son sac. Un beau sac en cuir qui valait très cher.

— Je m'appelle Maxime, répéta-t-il.

— Moi... moi... moi, c'est Pascal.

Ils s'observèrent en silence quelques secondes, clignant des yeux, indécis.

26

— Connais-tu d'autres élèves ici ? De ton ancienne
école ?

Pascal baissa immédiatement la tête.

— Moi, j'habitais dans un autre quartier, fit Maxime.
Mais maintenant je suis dans le coin. Toi, restes-tu loin
d'ici ?

— Non, pas trop.

— J'espère que les profs ne nous donneront pas des
milliers de devoirs. Surtout en français, je déteste le
français.

— Moi, ce sont les mathématiques.

— En maths, je suis assez bon. C'est parce que je
suis habitué de calculer. Je livre des journaux. Il ne faut
pas que je me trompe quand je me fais payer. Je pourrai
t'aider…

— Moi… je…

Des cris, des exclamations firent sursauter Maxime et
Pascal. Le gros roux avait retrouvé un de ses amis.

— Oh non… gémit Pascal. Pas lui… Pas Benoit
Fréchette.

Pascal se retourna brusquement en baissant de nouveau la tête.

— Tu le connais ? Le blond ou le roux ?

— Le blond. Il ne faut pas qu'il me voie.

Pascal s'éloignait, soucieux de ne pas attirer l'attention. Maxime le suivit. Il voulait en savoir plus sur ce
Benoit Fréchette.

— C'est qui, ce gars-là ?

— C'est… c'est rien, bredouilla Pascal. As-tu vu *Le
seigneur des anneaux* ?

— Oui, mais…

— J'ai aimé le film et le livre. J'ai la figurine de
Frodon et j'ai économisé pendant trois mois pour

27

l'acheter. À mon anniversaire, mes parents m'offriront celle de Legolas et celle du cavalier. Ça coûte au moins quarante dollars.

Pourquoi Pascal refusait-il de lui apprendre qui était ce Benoit ? Maxime faillit insister, mais il se souvint que Maud Graham prônait la patience pour obtenir des renseignements. Et la mise en confiance. « Il faut que les gens oublient que je suis dans la police et qu'ils discutent avec moi comme si j'étais leur voisine. » Elle lui confiait des tas de trucs sur son métier de détective. Il adorait ça. Il avait toujours cru qu'il serait musicien, il aimait jouer du saxophone. Mais il devait admettre que la guitare n'avait pas mené Bruno Desrosiers très loin, alors que Maud Graham tirait de grandes satisfactions de son travail. Même si elle râlait beaucoup. Grégoire lui avait très vite appris à ne pas la prendre au sérieux lorsqu'elle prétendait qu'elle allait prendre sa retraite et que tous les criminels pouvaient bien s'entretuer sans elle.

— J'ai vu le film et j'ai acheté la cassette, cet été. C'est mieux que Harry Potter, c'est moins bébé. Tu as lu le livre au complet ? C'est long...

— Non, pas tant que ça.

— T'aimes vraiment la lecture.

— Et les jeux vidéo. Je suis maniaque du *Kart Racing* et du *Virtual Fighter 4*.

— Moi, j'aime le *Star Wars*.

Ils commentèrent les divers jeux qui les passionnaient et furent tous deux surpris d'entendre la cloche sonner, indiquant le début des cours. Ils cessèrent de respirer, pincèrent les lèvres.

— Peut-être qu'on sera ensemble, murmura Maxime.

Des élèves qui se bousculaient les séparèrent et, quand Maxime regarda derrière lui pour chercher son nouvel ami, il constata que Benoit s'approchait de lui. Et que Pascal avait toujours la tête baissée ! Maxime ne pouvait l'interpeller sans alerter Benoit qui ne l'avait peut-être pas encore aperçu. Il tenta de se faufiler dans la foule d'élèves qui se pressaient vers l'entrée principale où les attendaient le directeur et les enseignants, mais le mouvement l'entraîna et il dut renoncer à prévenir Pascal. Il croisa les doigts, espérant que ce Benoit ne le remarque pas. Il était décidé à savoir pourquoi il effrayait tant Pascal.

Le discours de bienvenue du directeur fut bref, les professeurs procédèrent à l'appel. Maxime entendit son nom résonner dans toute la cour quand Judith Pagé, sa titulaire, le prononça. Il se sentit rougir en répondant « présent », mais il n'y eut aucun rire autour de lui. Il recommença à respirer, à se permettre de tourner la tête vers les élèves qu'on appelait. « Pascal Dumont. » Était-ce son copain ? Il y eut un silence. Judith Pagé répéta « Pascal Dumont » et Maxime reconnut la voix de ce dernier lorsqu'il réussit à répondre. Il y eut aussitôt des exclamations moqueuses. À qui étaient-elles destinées ? Puis il sentit qu'on lui tapait sur l'épaule. Il sourit, crut que Pascal l'avait rejoint, qu'il avait imaginé ces ricanements, mais c'était une inconnue qui lui souriait et qui changea d'expression dès qu'il lui fit face.

— Excuse-moi, je t'ai pris pour quelqu'un d'autre.

— Ce n'est pas grave. Es-tu dans la classe de Judith Pagé ?

La fille soupira.

— Oui, il paraît qu'elle est sévère, qu'elle est mariée à un policier.

— Un policier ?

— C'est Justine qui l'a entendue discuter avec un autre prof. Elle nous enseigne le français. Si on est chanceux, on aura Germain en maths. Il est correct. Ma sœur l'a eu, il y a deux ans.

— C'est utile d'avoir une sœur qui peut te renseigner sur les profs.

— Oui. Moi, c'est Véronique.

— Moi, c'est Maxime.

— Il y a déjà deux autres Maxime dans la classe. Mais ce n'est pas grave, tu ne leur ressembles pas.

— Tu les connais?

— J'étais dans la même école qu'eux au primaire. Il y en a un qui joue au hockey. Salut, Marilou! Es-tu dans la classe de Judith?

Véronique se frayait un chemin jusqu'à la copine retrouvée, l'étreignait en riant. Maxime lui envia son plaisir. Qui, parmi tous ces étrangers, deviendrait son ami? Peut-être ce Maxime qui aimait le hockey? Et s'il avait besoin d'un joueur dans son équipe? Il ne le disait pas à Maud, mais il s'ennuyait de son ancien quartier, de la ruelle où il exerçait ses lancers. Il croisait ses amis les fins de semaine, mais il aurait aimé les voir plus souvent. Au moins, il avait pu retrouver son emploi de camelot pour *Le Soleil*. Il commencerait à livrer les journaux dès le dix septembre. Il aurait peut-être de bons clients comme Mme Dubois de la rue de la Reine qui le gratifiait toujours d'un bon pourboire au début du mois. Il pourrait s'acheter la figurine de Gandalf. Est-ce que Pascal avait vraiment lu *Le seigneur des anneaux* au complet? S'assoirait-il à côté de lui dans la classe?

Non. Judith Pagé ordonna aux élèves de s'installer en ordre alphabétique. Maxime dut s'asseoir entre deux inconnus qui parurent aussi déçus que lui d'être coincés au premier rang. Bédard, Blanchette, Couturier, Desrosiers, Dubé. Il n'avait plus qu'à toucher du bois, prier pour qu'un élève du fond se plaigne de ne pas distinguer le tableau et que Judith lui demande de lui céder sa place. Mais quel élève serait assez fou pour se rapprocher volontairement du professeur ? Judith Pagé n'avait pas souri une seule fois depuis qu'elle était entrée dans la classe. Si son mari était policier, Maud devait l'avoir déjà rencontré. Répéterait-il ce qu'il savait à sa femme ? Maxime soupira ; c'était bien sa chance d'avoir hérité de Judith Pagé comme titulaire. Il s'efforcerait de ne jamais attirer son attention…

Chapitre 2

Il faisait presque nuit quand Armand Marsolais tendit les clés au voiturier du restaurant. Les jours raccourcissaient si vite en septembre! À Montréal, cependant, les feuilles des arbres avaient à peine commencé à tomber et le thermomètre indiquait cinq degrés de plus qu'à Québec. L'enquêteur consulta sa montre : dix-neuf heures vingt-trois. Plus que sept minutes avant l'arrivée de Nadine. Il eut envie d'un scotch, mais Nadine commandait toujours du vin blanc à l'apéritif. La serveuse lui suggéra le Ca'del Solo qui était fruité sans être trop sucré et qui plaisait beaucoup à ses clients. Armand Marsolais but un premier verre sans le goûter, anxieux à l'idée de revoir Nadine, anxieux d'être anxieux. Comment aurait-il pu être détendu, quand le départ de la capitale avait été si problématique? Une voiture faisait toujours défaut au moment le moins opportun. Il ne se serait pas plaint, trois semaines plus tôt, si le moteur avait eu des ratés alors qu'il partait pour le lac à l'Épaule. Il se serait frotté les mains, ça oui... Et il inventerait un bon motif pour ne pas y retourner à l'Halloween comme l'envisageait Judith.

— Je n'ai pas envie de perdre ma soirée à ouvrir la porte et à risquer d'attraper la grippe, ni de dépenser cinquante dollars pour des bonbons qui nuisent à la santé. Les enfants se bourrent déjà de cochonneries à l'école. Je le sais, il y a toujours une file devant la distributrice.

— Comme tu voudras, ma chérie, avait répondu Armand Marsolais en se promettant d'être au travail le 31 octobre.

Si Judith tenait tant à s'éloigner de la ville, il serait ravi de la reconduire au chalet, mais il ne resterait sûrement pas là-bas à recevoir ses directives, à reteindre le bois des portes et des fenêtres ou à réparer pour la centième fois la maudite berceuse. Quand se déciderait-elle à en choisir une autre ? Elle avait les moyens d'acheter la compagnie qui fabriquait ces meubles ! Elle avait les moyens de tout et l'envie de rien, contrairement à lui qui n'avait aucuns moyens et l'envie de jouir de tout. Contrairement à Nadine qui savait profiter de la vie, des bons restos, des voyages, des beaux hôtels. Elle aurait préféré qu'il réserve une chambre au Vogue ou à l'Hôtel de la Montagne, mais il voulait éviter le centre-ville où il redoutait d'être reconnu.

— C'est ridicule, avait-elle dit la veille au téléphone. Montréal n'est pas un village, c'est plus anonyme que Québec.

— J'ai vu trop de malheureux hasards dans mon travail. C'est plus prudent de s'éloigner du centre. Je réserverai près du Village. Je n'ai pas de gais dans mes relations, on sera tranquilles. On pourra se promener dans la rue main dans la main, personne ne nous ennuiera.

— On mangera boulevard Saint-Laurent, s'était entêtée Nadine. C'est là que je veux aller !

Il avait cédé et il observait maintenant les dîneurs attablés au restaurant. Nadine avait raison, il avait pris des précautions inutiles. Il ne connaissait personne et personne ne lui prêtait attention. Il consulta de nouveau sa montre, dix-neuf heures quarante-cinq. Le taxi devait être bloqué au coin de Sherbrooke et Saint-Laurent, c'était ainsi les vendredis soir. Il songea qu'il aurait eu le temps de boire un scotch, hésita, fit signe à la serveuse, sourit : Nadine poussait la porte.

Qu'elle était belle ! Elle marcha vers lui et il se réjouit de constater que tous les clients la suivaient du regard. Quel homme aurait pu demeurer insensible à ses charmes ? Même les femmes la dévisageaient. Il lui répétait souvent qu'elle aurait pu être mannequin. Elle protestait, il exagérait, elle n'était ni assez grande ni assez mince. Justement, on en avait marre de ces tops aux poitrines trop plates ; les vrais hommes aimaient les femmes qui avaient des rondeurs aux bons endroits. Il résista au désir de lui mettre la main sur les fesses, espéra que le service serait rapide et qu'ils rentreraient sans tarder à l'hôtel. Là, il lui ferait l'amour pendant des heures et des heures, oubliant leur longue séparation, ces semaines sans la voir, sans la toucher, ces semaines où il avait tant peiné à jouer la comédie auprès de Judith. En embrassant Nadine, il comprit qu'il avait atteint et même dépassé le point de non-retour. Il devait se débarrasser de Judith.

Mais de quelle manière ? Quand on connaîtrait le montant de sa fortune, il serait bien évidemment le premier suspect. Et il refusait de divorcer, de ne se contenter que d'une petite partie de ses millions. Il n'avait pas enduré Judith toutes ces années pour rien ! Il voulait dépenser cette fortune avec sa sirène aux cheveux d'or, sa déesse, son enchanteresse. Car Nadine était une magicienne pour l'avoir à ce point ensorcelé. Nadine…

Combien de fois répétait-il mentalement ce prénom délicieux au cours d'une journée ? Nadine… Il ne supportait plus la vie sans elle.

* * *

Quand la sonnette de l'entrée retentit chez Maud Graham, elle n'eut même pas le temps de réagir. Maxime se précipitait en hurlant : « Grégoire ! C'est Grégoire !» Elle posa son couteau, la pomme qu'elle était en train de peler, s'essuya les mains, goûtant les cris joyeux de ses protégés, souriant en les entendant chahuter, souhaitant que leur complicité ne s'altère jamais, qu'ils éprouvent l'un pour l'autre ce qu'elle ressentait pour Léa, sa meilleure amie depuis plus de vingt ans.

— Eh ! Biscuit ! Grégoire soupe avec nous ! C'est *cool*, hein ?

— Surtout que c'est moi qui cuisine, fit Grégoire.

— Tu dois avoir appris plein de trucs depuis que tu travailles au restaurant, hein ?

Grégoire acquiesça ; la cuisine du resto était tellement mieux équipée que celle de Maud.

— Je vais te donner de bons couteaux pour Noël, Biscuit.

— Je ne veux pas que tu dépenses ton argent pour moi.

— Surtout que j'en gagne pas mal moins…

Maud se retint de questionner Grégoire ; elle était persuadée qu'il n'avait pas abandonné complètement la prostitution. Il faudrait un certain temps avant qu'il renonce à flamber des centaines de dollars par semaine, avant qu'il se contente de son salaire d'aide-cuisinier. Il était assez intelligent pour comprendre qu'il avait eu de la chance que Pierre-Yves le fasse engager au Laurie Raphaël malgré son peu d'expérience. Mais parviendrait-il à supporter la routine, les horaires exigeants, l'effort physique ? Comme s'il devinait ses pensées, Grégoire lui sourit.

— J'ai l'habitude d'être debout, c'est certain... J'ai assez traîné dans les rues. C'est sûr qu'il y a moins de place dans une cuisine que sur Saint-Olivier.

— Quand est-ce qu'on soupe ? demanda Maxime. J'ai faim !

— Tu n'as rien mangé à l'école ?

— Oui, oui, mais...

Maxime refusait de leur avouer qu'il avait partagé son lunch avec Pascal qui s'était encore fait voler le sien. Heureusement qu'il avait envisagé cette possibilité et qu'il avait ajouté deux barres tendres aux sandwiches que lui avait préparés Maud. Combien de temps durerait cette situation ? Il avait promis le silence à Pascal, mais il aurait bien aimé que Benoit Fréchette et Betty Désilets cessent de harceler son copain. Pourquoi étaient-ils toujours sur son dos ?

— C'était déjà comme ça à mon autre école, avait confié Pascal à Maxime. J'étais content quand Benoit Fréchette a quitté mon autre école pour le secondaire. Je pensais que j'aurais la paix. Si j'avais su que je le retrouverais ici ! Il m'appelait déjà « le crapaud » à cause de mes lunettes.

— Les crapauds ne portent pas de lunettes, avait rétorqué Maxime.

— Il trouve que je ressemble à un batracien avec mes yeux globuleux. À cause des verres qui grossissent. Ce n'est pas de ma faute si je suis myope et astigmate.

— Ast... quoi ? Il faudrait que tu parles pour qu'on te comprenne, c'est énervant.

Pascal avait blêmi aussitôt et Maxime avait regretté de l'avoir critiqué. Il s'était repris, avait tenté de lui expliquer que sa manière de s'exprimer pouvait agacer les gens.

— Moi, je ne parle pas avec des mots à cinquante piastres.

— Je suis astigmate et myope, je ne peux pas inventer autre chose.

Pourquoi voulait-il toujours avoir raison ? C'était pénible. Pascal avait énuméré tous les sévices que lui avait fait subir Benoit Fréchette.

— Tu n'as rien dit à tes profs ? s'écria Maxime même s'il savait qu'il ne se serait jamais plaint à un enseignant.

— Ma mère a rencontré mon prof... C'était pire ensuite. J'espérais qu'au secondaire je recommencerais à zéro, mais Benoit voudra « s'amuser » avec moi. Parfois, je rêve que je le tue. Si j'avais un anneau qui me rend invisible comme celui de Frodon, je pourrais lui taper dessus sans qu'il sache que c'est moi. Je ne me gênerais pas. Et j'aurais des amis, si je ressemblais à Frodon, et des chevaliers pour me protéger.

Mais Pascal ne possédait aucun pouvoir magique. Il n'était même pas capable de monter la côte Gilmore à bicyclette, alors... Il lui avait confié la veille que Benoit l'avait menacé de lui couper la langue s'il se plaignait de lui à sa mère. « Je ne veux pas que ta grosse moman vienne nous causer du trouble cette année, as-tu compris ? » Maxime savait bien que Benoit ne couperait pas la langue de Pascal, mais le message n'en était pas moins angoissant.

— Fais semblant de ne pas l'entendre, avait suggéré Maxime. Il va se tanner.

— Oh non ! Il ne se lassera jamais. C'est un sadique.

— Un sadique ? Tu exagères...

— Non. Il a déjà lancé un chat contre un mur de briques parce qu'il l'avait griffé. C'est un vrai malade.

— Il n'en a pas l'air...

— Si les maniaques avaient l'air de maniaques, les gens les éviteraient, les victimes se méfieraient et les criminels ne pourraient les agresser. Je ne sais plus quoi faire.

Maxime non plus. Devait-il rompre sa promesse et demander son avis à Maud ? Elle voudrait s'en mêler. Elle voudrait voir la mère de Pascal. Elle voudrait discuter.

— Maxime ?

— Qu... quoi ?

— Je te parle, fit Grégoire. À quoi tu penses ?

— À rien.

— Je suis très bon là-dedans, moi aussi.

Grégoire avait tenté durant des mois de faire le vide dans son esprit, d'oublier les visites d'oncle Bob dans sa chambre, l'incrédulité, l'indifférence de sa mère, l'abandon de son père. Si son père n'avait pas quitté la maison, Bob n'aurait pas habité chez eux, n'aurait pas posé ses pattes sales sur lui. Rien, ne penser à rien était plus difficile qu'il n'y paraissait. Grégoire avait traîné des heures dans les arcades à s'étourdir du bruit des machines, à se concentrer sur les points à accumuler, à n'échanger qu'une phrase ou deux avec les autres joueurs tout aussi laconiques que lui. Est-ce que Maxime avait des ennuis ?

— Comment ça va, à l'école ?

— J'aime les cours de maths. Germain est *cool*.

— Et en français?

Maud Graham guettait la réaction sur le visage de Maxime. Il pinça les lèvres d'un air dégoûté. Comment parviendrait-elle à l'aider dans une matière où elle-même n'avait jamais brillé?

— À quoi ça sert de lire des livres plates?

— On découvre beaucoup de choses dans les livres.

— Pascal lit sans arrêt et ça ne l'aide pas tant que... Bon, on oublie l'école et on mange! Sinon, je vais manquer mon émission.

Si seulement Biscuit l'avait autorisé à regarder la télévision en mangeant. Elle était inflexible sur ce point; souper ensemble ne signifiait pas uniquement se nourrir, mais partager les impressions de la journée, échanger, discuter, communiquer. C'était moins compliqué chez son père: Bruno aimait les mêmes émissions de télé que lui et ils s'installaient ensemble devant le poste. Mais Biscuit avait d'autres qualités. Si elle promettait de faire quelque chose, elle le faisait. N'empêche, il était heureux que Grégoire soit présent, ce soir-là. Il n'aurait pas à chercher des sujets de conversation pour éviter de raconter ce qui se passait à l'école.

— Est-ce qu'Alain nous rejoint pour souper?

— Il est encore à Montréal.

— Tu dois t'ennuyer, hein, Biscuit?

Oui, Alain lui manquait, mais elle aimait se languir de son amoureux et le retrouver avec un plaisir décuplé par ce sentiment d'absence, de manque. Les fins de semaine ressemblaient à des fêtes, comme s'ils s'étaient perdus de vue depuis des lustres, et elle goûtait la joie de recréer l'intimité, de reprendre les gestes amoureux, de s'étonner de leur entente au quotidien.

Elle avait la gorge serrée quand elle voyait sa voiture s'éloigner en direction du pont Pierre-Laporte, elle craignait l'accident bête qui lui ravirait son amour mais, heureusement, c'était aussi le dimanche soir que Maxime débarquait chez elle surexcité, échevelé, affamé : le rosbif était-il prêt ? Il n'y avait que cet enfant pour aimer autant son rosbif trop cuit, pour la distraire, pour balayer sa nostalgie.

— Léo, où est le gros Léo ?

— Il dort dans ma chambre, déclara fièrement Maxime. Il est toujours dans ma chambre.

— Je me suis couché là souvent, se rappela Grégoire. Est-ce que Léo ouvre encore la fenêtre en jouant avec le loquet ?

— Oui, il est très intelligent.

Et le temps passe très vite, songea Maud Graham. Elle revoyait Grégoire endormi tout habillé sur le lit, le premier soir où elle l'avait hébergé. Elle avait mis une demi-heure à le déchausser tellement il était agité. Elle avait dès lors compris que ses nuits étaient aussi chargées d'angoisse que ses journées. D'où venait ce jeune prostitué ? Qui l'avait autant abîmé ?

— Ce n'est pas Léo qui paie les factures d'électricité, grogna Graham. Il ne referme pas la fenêtre quand il sort.

— Arrête de chialer, tu n'endurerais pas un chat idiot. C'est pour ça que tu nous aimes, on est intelligents.

Grégoire n'aurait jamais proclamé qu'elle les aimait, un an plus tôt. L'arrivée de Maxime dans leurs vies avait facilité leurs rapports, distillé leur gêne. Cet enfant était si spontané qu'il les obligeait à baisser la garde, à oublier leur réserve. Un magicien, voilà ce qu'était Maxime Desrosiers, fils d'un petit délateur et d'une mère fantôme. Par quel miracle n'avait-il pas perdu sa faculté de s'émerveiller, sa curiosité, son enthousiasme ? Indestructible Maxime… Grandirait-il en conservant ces qualités ? Grandirait-il tout court ? Il était petit pour son âge et elle savait qu'il en souffrait. Il mangeait pourtant avec beaucoup d'appétit. De plus en plus, d'ailleurs : le frigo tenait du tonneau des Danaïdes depuis la rentrée des classes. Avec les visites régulières de Grégoire, Graham avait l'impression d'avoir parcouru les rayons du supermarché plus souvent dans le seul mois de septembre que durant toute l'année précédente. Elle était étonnée que deux maigrichons comme Maxime et Grégoire puissent manger autant. Et, comble de l'injustice, ne jamais grossir.

Ils se resservirent tous deux une part de lasagne, tandis qu'elle mettait son assiette dans le lave-vaisselle pour résister à la tentation de les imiter et qu'elle se préparait aussitôt un cappuccino en guise de dessert.

— Tu ne veux pas goûter à ma tarte aux poires ?

— Arrête, Grégoire. Tu sais très bien que je surveille mon alimentation durant la semaine.

— Pour mieux pécher avec ton beau Alain…

— Justement, si Maxime en laisse un peu, il nous restera de la tarte pour le dessert de samedi.

— C'est bon quand c'est frais, décréta Grégoire. Je t'en apporterai une autre. Ne prive pas cet enfant de nourriture…

— Je ne suis pas un enfant, s'écria Maxime. Je ne suis pas le plus petit de la classe, si vous voulez savoir.

Il se leva, repoussa sa chaise et s'installa devant la télévision.

— Moins fort, Maxime, on ne s'entend plus. Est-ce que cet enfant est sourd ?

— Ce n'est pas un enfant, la corrigea Grégoire. Il vient de nous le dire.

Il désigna le salon; il rejoindrait Maxime pendant qu'elle potasserait ses dossiers.

— Je suis bien obligée de travailler, ce soir.

— À cause du meurtre à Charlesbourg? À la radio, ils disaient que vous n'aviez aucun indice.

— C'est vrai, admit Maud Graham. La victime n'est pas fichée dans nos dossiers. Même pas une contravention, pas d'histoires de drogue, petite vie tranquille, célibataire, vivant à Cap-Rouge depuis deux ans. Pourquoi s'est-il fait descendre?

— Une erreur?

— Peut-être.

Elle ne pouvait révéler à Grégoire que Mario Breton avait un tatouage à l'épaule gauche qui l'intriguait: ça ressemblait à une ancre de bateau, mais la peau avait été brûlée au chalumeau, brouillant le dessin. Pour empêcher qu'il soit identifié? Par qui? On veut effacer un tatouage quand il nous rappelle de mauvais souvenirs, le nom d'une personne qu'on a aimée et qui nous a quitté. Pourquoi Breton avait-il voulu faire disparaître cette ancre à son épaule? Maud se contenta d'une question.

— Que faisait Mario Breton si loin de chez lui à trois heures du matin?

— Il sortait de chez quelqu'un. Ou il y allait.

— C'est ça qui m'embête…

— Au moins, tu n'as pas Moreau dans les pattes.

Non, et Maud Graham appréciait le nouveau qui le remplaçait.

— Marsolais n'a pas fait une seule blague idiote depuis le début de septembre. Il s'entend bien avec tout le monde. Si Moreau pouvait… Enfin, je…

— Tu ne souhaites pas sa mort, ni son retour non plus, c'est ça ?

Elle le chassa de la cuisine en le fouettant avec un torchon à vaisselle. Il savait qu'il avait raison. Elle s'enferma dans son bureau et relut des dossiers, cherchant des failles dans les raisonnements, les petits détails qui l'orienteraient sur la bonne piste, un témoignage obscur ou trop clair, trop précis, peu crédible. Elle ne quitta sa retraite qu'une seule fois pour refaire du café. Ses protégés étaient toujours installés devant le téléviseur, silencieux, apparemment captivés par l'invasion de la planète par des extraterrestres. Elle ne pouvait pas deviner que Maxime s'apprêtait à décrire Pascal à Grégoire. Elle se demandait ce que feraient les extraterrestres s'ils devaient découvrir qui avait assassiné le comptable. Elle aurait aimé avoir leurs pouvoirs paranormaux.

* * *

Il pleuvait tellement, quand Maud Graham réveilla Maxime, qu'elle lui offrit de le conduire à l'école avant de se rendre au travail.

— Toi, tu ne commences pas à cette heure-là.

— Mon enquête n'avance pas, je ferais mieux d'arriver tôt. Et ça t'évitera de te faire tremper en attendant l'autobus.

— *Elle* passe toujours à moins quart. Et j'ai un bon imperméable.

— *Il*, pas *elle*. Autobus est masculin.

— Je rejoins Pascal à l'arrêt. Il s'inquiétera si je ne suis pas là.

43

Et il aura peur de se retrouver seul avec Benoit et Betty. Ils l'obligeront peut-être à aller au fond de l'autobus et ils lui voleront son lunch. Ou ils déchireront ses livres. Ou ils casseront ses crayons. Betty dira qu'il sent mauvais. Cette fille ne touchait jamais à Pascal, mais elle chuchotait à l'oreille de Benoit qui soumettait ensuite une nouvelle idée à ses copains. Ils s'esclaffaient et, deux minutes plus tard, ils s'en prenaient à Pascal.

Si Maxime était à ses côtés, ils hésiteraient. Non, ils les insulteraient tous les deux. Ils les traiteraient de tapettes. Maxime aimait Grégoire tel qu'il était, mais il ne voulait pas qu'on croie qu'il était homo. Il n'était pas *fif*. Il ne le serait jamais.

— On s'arrêtera devant l'arrêt du bus et on fera monter ton copain.

— Ce n'est pas mon copain, se défendit trop vite Maxime. C'est juste un gars qui est dans mes cours…

— Tu veux pourtant te rendre au collège avec lui.

Maxime soupira ; cette manie de poser des questions… Léo, sautant du lit, lui offrit une diversion opportune.

— Il a rêvé, cette nuit. Il grognait. Il est drôle, Léo. Je suis content de ne pas être allergique comme Pascal…

— Pascal ?

— Est-ce qu'il reste des gaufres ?

Pourquoi refusait-il de lui en apprendre davantage sur Pascal ? Quels étaient leurs rapports ? Maud Graham, dubitative, referma la porte de la chambre de Maxime. Était-elle trop curieuse ? Ou devait-elle poser plus de questions ? Comment savoir si elle agissait en tutrice aimante ou en détective ? Léa l'avait prévenue :

elle s'interrogerait chaque jour sur la plupart de ses décisions, elle douterait souvent, elle se tromperait parfois. Bref, elle vivrait ce que vivent tous les parents qui se soucient de l'éducation de leurs enfants. Elle devrait définir plusieurs frontières : qu'était l'intimité d'un adolescent, que pouvait-elle chercher à savoir sans sombrer dans l'inquisition ? Si Maxime était si réticent à parler de Pascal, c'était peut-être parce qu'il ne savait pas encore très bien s'il aimait ou non ce garçon. Ils ne se connaissaient pas depuis longtemps.

Elle n'insisterait pas pour en savoir plus aujourd'hui. Elle partirait au travail en même temps que Maxime, pour qu'il constate qu'elle ne cherchait pas un prétexte pour l'accompagner à l'école. Elle jeta un coup d'œil au calendrier posé sur le réfrigérateur : plus que deux jours avant le retour de Rouaix, parti en France. Elle l'emmènerait au restaurant où travaillait Grégoire pour fêter leurs retrouvailles. Rouaix aimait tellement les abats ; il adorerait le ris de veau à l'hydromel qu'on y préparait. Elle aussi succomberait, ce jour-là ; elle tricherait, oublierait son régime. Elle goûterait même au moelleux aux noisettes dont Grégoire lui avait vanté la douceur et la subtilité. Rouaix lui avait manqué plus qu'elle ne l'aurait cru. Elle aurait aimé qu'il la conseille à propos de Maxime, profiter de son expérience de père. Son fils Martin n'avait pas toujours été facile à comprendre…

Depuis que Maxime était entré dans sa vie, Graham s'interrogeait sur sa propre existence, sur son passé : comment était-elle à douze ans ? Renfermée, déçue. Sa vie s'écoulait si terne, si monotone ; chaque jour ressemblait au précédent et sûrement au suivant. Elle ne s'ouvrait pas à ses parents. Ni à sa sœur. Ils s'étaient tous moqués d'elle quand elle avait déclaré qu'elle ferait carrière dans la police, qu'elle serait détective. À l'époque, elle rêvait d'enquêtes dangereuses qui secoueraient des années d'ennui. Elle avait été servie... Que lui réservait l'affaire Breton? Marsolais penchait pour un meurtre gratuit, mais elle s'accrochait à l'incongruité de la présence du comptable à Charlesbourg en pleine nuit. Une nuit où il pleuvait des cordes. Une nuit qui avait effacé bien des indices.

Une odeur de café flottait dans le bureau quand elle enleva son manteau. Une odeur plus ronde qu'à l'accoutumée, plus alléchante. Elle sourit malgré elle en humant l'irrésistible parfum. D'où venait cet arôme?

— Je gage que tu ne refuseras pas un petit *espresso*? avança Marsolais en lui tendant une tasse, une vraie tasse en porcelaine.

Elle prit la tasse tandis qu'il lui offrait du sucre.

— Non, je l'aime noir. Qui a apporté ce café ici?

— C'est moi. Je déteste la lavasse des machines. Ce n'est pas buvable. Et puis il y a plus de caféine dans un café filtre. Je suis assez nerveux.

— Oui, avec Fecteau qui se plaint déjà de nos résultats. Ou plutôt de nos non-résultats. On a interrogé tous les habitants de la rue Montclair. Personne n'a rien vu, rien entendu. Et ça se comprend, il pleuvait, il tonnait, il n'y avait pas un chat dehors, sauf Breton. Je suis certaine qu'il n'était pas là par hasard. Ça ne colle pas avec les témoignages que nous avons sur lui. J'ai repensé aux commentaires de ses collègues de travail: c'est le gars le moins spontané qui puisse exister. Il arrivait exactement à neuf heures le matin, mangeait à midi pile, partait à dix-sept heures. Pas une minute de plus ou de moins. S'il traînait à Charlesbourg en pleine nuit, c'est qu'il y avait suivi quelqu'un... Une femme, une maîtresse?

— Ou un homme, un amant? Tu opterais pour une affaire de sexe?

— Je crois à un *deal* qui a mal tourné, à une chicane, Marsolais. On n'est pas dehors à trois heures du matin, à moins qu'on se pointe chez quelqu'un ou qu'on en sorte. Il s'est fait descendre entre le moment où il a quitté X et celui où il a regagné sa voiture. Il s'est écroulé devant sa Nissan. Il avait les clés à la main. On lui a volé son portefeuille mais pas sa voiture.

— Le criminel devait avoir la sienne. Il ne pouvait pas l'abandonner là... Encore moins appeler un taxi pour s'enfuir.

— S'il habite à quelques mètres de là, il n'a pas eu du tout besoin d'une voiture. Imagine la scène. Breton se présente chez sa maîtresse, ils se disputent, Breton part. Elle est furieuse, elle le suit, le tue et rentre chez elle. Elle est persuadée qu'on l'arrêtera, qu'un voisin aura tout vu et l'aura dénoncée. Elle ne dort pas de la nuit, mais il ne se passe rien avant l'aube. Puis Mme Charbonneau promène son chien et se met à crier en découvrant le corps de la victime. La meurtrière se précipite à la fenêtre. Des voisins sortent pour aider Mme Charbonneau qui est tombée dans les pommes. Elle les imite... et se rend compte que personne n'a rien remarqué, rien entendu.

— On aurait donc déjà interrogé le ou la coupable?

Cette hypothèse déplaisait à Marsolais. Il fallait que l'enquête traîne, qu'il ait le temps de réfléchir, de trouver un moyen d'utiliser ce crime pour servir ses intérêts... Il était à l'affût de toute occasion qui lui permettrait de se débarrasser de Judith. Il espérait qu'un psychopathe ait élu domicile à Québec. Une chicane de couple? Oh non! Pour cacher sa déception, il remplit de nouveau la tasse de Maud Graham avant de se frotter le menton et d'avouer qu'il fumerait volontiers une cigarette.

— Moi aussi.

— Tu fumes?

— Je fumais, précisa Graham. Ça fait cinq mois que j'ai arrêté. Avant, j'avais arrêté pendant un an. Puis j'ai recommencé. J'espère que cette fois c'est la bonne.

— C'est pareil pour moi. En plus, ma femme fume. Ça n'aide pas.

— Hier soir, j'ai montré la photo de la victime à tous les habitants de la rue Montclair. Personne n'a reconnu Breton. On ne l'a jamais aperçu dans les parages. Ou les amants se voyaient toujours en pleine nuit, ou c'était sa première visite à Charlesbourg. Un *one-night stand*... Avec une femme. Ou avec...

— Un homme?

— Pourquoi pas? Ils se rencontrent dans un bar gay. Ils se plaisent. Breton le suit chez lui. Pour une raison ou pour une autre, l'amant panique et le tue.

— Il vise bien pour quelqu'un qui panique.

— Oui, tu as raison. Et ça me dérange. La balle était logée en plein cœur... mais avec un 357 Magnum.

— Avec les dommages collatéraux que ce genre de balle cause, notre tueur était certain que Breton ne pouvait pas s'en tirer. En plein cœur, oui, et en ruinant tout ce qu'il y a autour.

Graham grimaça de dépit.

— Ma théorie de la scène de ménage qui tourne mal est trop simple. Il ne faut pas oublier que notre victime était comptable... S'il s'était occupé de blanchiment d'argent? On pourrait envisager un règlement de comptes. Tout est possible. On n'a rien sur Breton. Le DMN* ne nous a rien appris. On ignore où il s'est fait tatouer. Et pourquoi il a voulu effacer cette ancre ou cet hameçon… Personne n'a pu nous le dire.

— Il y a des types qui se font tatouer sur un coup de tête et le regrettent ensuite. Mais j'ai envoyé l'image un peu partout. J'aurai peut-être des résultats.

— J'apprécierais. Ce type m'ennuie. Il est trop discret.

Marsolais admit que les collègues de Mario Breton le trouvaient très secret; ils ignoraient comment il meublait ses loisirs.

— Une secrétaire m'a mentionné un certain intérêt pour l'aviation, rapporta Graham, mais sans me fournir de précisions.

— Ça coûte cher, piloter, fit Marsolais. Même si tu n'achètes pas l'avion, il y a beaucoup de frais… Son salaire ne lui permettait pas de telles dépenses.

Il songea à Judith qui avait accepté, en mai, de faire en avion le trajet Montréal-Québec après de si longues discussions qu'il n'avait pas profité du vol tellement il était excédé. D'autant plus que Judith s'était amusée, poussant des exclamations de surprise dès qu'ils avaient décollé.

— Je vérifie aujourd'hui son compte en banque. Je rencontre tantôt le gérant de la banque. On trouvera peut-être des rentrées irrégulières? À moins que tu préfères t'en occuper. Je me renseignerai aussi sur les cours de pilotage dans la région. Et il faut retourner voir les voisins et ses collègues. Lesquels choisis-tu?

Maud Graham sourit à Marsolais; elle reverrait les habitants de la rue Louis-Francœur. Elle les aborderait

---

* Demande par nom.

d'une manière différente. D'un autre côté, elle ne voulait pas laisser tout le travail de bureau à Marsolais.

— Ça ne me dérange pas.

Qu'il était donc différent de Moreau! Elle serait ravie de retrouver son cher Rouaix, mais celui ou celle qui travaillerait avec Marsolais serait bien loti. Toujours de bonne humeur, curieux, ne comptant pas ses heures ; une fameuse recrue. Presque trop parfait pour être vrai.

— On doit te regretter à Montréal, plaisanta-t-elle.

— C'est sûr que mon café est excellent.

— On devrait avoir le rapport balistique avant midi. Ils vont nous confirmer que c'est bien un 357.

— Je retourne à Charlesbourg, cet après-midi. J'ai donné une copie de mon rapport à Fecteau.

— Tu étais ici de bonne heure! Je vais avoir des complexes...

Marsolais expliqua qu'il voulait se familiariser avec ses autres collègues, le personnel, les techniciens des différents services.

— Tu te plais à Québec ?

— Beaucoup. C'était une idée de ma femme, mais je suis heureux d'avoir déménagé.

— Ta femme est enseignante, non ? Ma meilleure amie l'est aussi... Elle a trouvé la rentrée un peu difficile.

— Judith est contente d'avoir changé d'école. Elle travaillait dans l'est de Montréal, l'année dernière. Il y avait longtemps qu'elle voulait vivre ici. Elle est née à Neufchâtel. Je connais aussi la région. Chaque été, on va au chalet qui appartenait à sa sœur.

— Appartenait ?

— La sœur de ma femme est morte, il y a plusieurs années, murmura-t-il. Elle a tout légué à Judith. Dont ce chalet au lac à l'Épaule.

— C'est un beau coin, non ? Nous, on était à Stoneham, cet été.

— Alain Gagnon et toi ?

— Tu es au courant de tout. Moreau t'a renseigné.

— Ce n'est pas un scoop.

Maud Graham attrapa son manteau de cuir. Qu'il était lourd ! Elle souhaitait presque l'arrivée de l'hiver pour porter son Kanuk si léger et cependant si chaud, si douillet. Le froid viendrait pourtant bien assez vite. Les arbres perdaient leurs feuilles au moindre coup de vent et Maxime avait promis de nettoyer la cour en rentrant de l'école avant la fin de la semaine. Léa soutenait qu'elle devait lui confier certains travaux, pour qu'il prenne quelques responsabilités.

Il lui paraissait si petit, si jeune, si fragile. Est-ce qu'il aimait l'école où il étudiait, ou faisait-il semblant pour lui plaire ?

* * *

La taille du gymnase impressionnait Maxime à chaque cours d'éducation physique. Il n'avait jamais fréquenté une école dotée d'un gymnase si formidablement équipé. Il fut déçu quand l'enseignant déclara que le beau temps leur permettrait de courir autour de l'école. Courir ! Il avait couru toute sa vie dans les rues de Saint-Roch ou de Limoilou. Ça n'avait rien de très excitant.

— En silence. On sort en silence !

Maxime sentit qu'on tirait le bas de son tee-shirt.

— Eh, c'est vrai que tu joues au hockey ?

Maxime se retourna, croisant les doigts dans la poche de son survêtement : si c'était ce Max dont avait parlé

51

Véronique, s'il pouvait lui offrir de se joindre à son équipe !

— J'ai toujours joué au hockey. Toute ma vie.

Il n'était pas obligé de préciser qu'il s'exerçait avec ses amis dans les ruelles ou les fonds de cour, sans autre équipement qu'une paire de gants usés, jusqu'à ce qu'Alain lui fasse cadeau d'un casque et de protections pour les genoux et les poignets.

— On va voir si tu sais courir, pour commencer.

Dès que retentit le coup de sifflet, Maxime s'élança si vite que les premiers élèves s'écartèrent de son chemin pour éviter d'être bousculés. Maxime montrerait à tous qu'il était très rapide. Et capable d'échapper à l'ennemi : deux autres garçons le suivaient de près. Il ne se laisserait pas dépasser. Il devait être le premier ! Son cœur pesait une tonne, lui brûlait la poitrine, mais il continuait à courir : Max l'admettrait dans son équipe ! Il faillit s'écrouler quand il s'arrêta en face de Max et de Julien, mais il grimaça un sourire.

— Oui. Tu cours vite. Es-tu ailier ou défense ?

— J'aime les deux positions.

— On joue après la classe, à côté de chez Julien. Il y a un terrain de tennis où personne ne va jamais. Tu peux venir. À une condition.

— Une condition ?

— On ne veut pas que tu traînes le Crapaud avec toi.

— Le Crapaud ?

— Pascal. Si tu aimes mieux l'avoir comme ami, c'est ton choix.

Maxime secoua la tête : il n'emmènerait pas Pascal. Promis. De toute manière, Pascal ne jouait pas au hockey. Il ne serait pas intéressé.

— Ça, on le sait, on le sait. C'est certain que le

Crapaud n'est pas sportif. Une vraie guenille molle. Je gage qu'il sera le dernier à avoir fait le tour de l'école. Et qu'il se plaindra d'avoir mal aux pieds. Viens, je n'ai pas envie qu'il nous colle après.

Maxime n'hésita qu'une seconde : il n'avait rien promis à Pascal. Il avait seulement proposé qu'ils fassent équipe ensemble si le prof donnait un cours de badminton. Il s'éloigna avant que Pascal lui fasse signe, soufflant dans les derniers mètres.

Devrait-il manger avec lui, ce midi ? Si Max et Julien le voyaient en sa compagnie, ils changeraient peut-être d'idée et refuseraient qu'il se joigne à leur équipe... Il avait tellement attendu cet instant qu'il n'allait pas risquer de perdre ses nouveaux amis parce que Pascal était incapable de s'en faire de son côté. Il avait été très gentil avec lui depuis le début des cours, mais il avait envie de s'amuser au lieu de rester dans un coin à l'écouter raconter les livres qu'il avait lus. Il était intéressant quand il décrivait les chevaliers de la Table ronde, mais il ne savait même pas qui avait remporté la coupe Stanley au printemps dernier, ni quel groupe rock donnerait un spectacle au Colisée en novembre. Il vivait trop dans ses histoires inventées et pas assez dans la vraie vie.

* * *

Aujourd'hui, Maxime Desrosiers a fait semblant de ne pas me voir à la cantine. Il a avalé ses sandwiches sans regarder dans ma direction, puis il est sorti avec Max Poulain et Julien Archambault.

Une seconde plus tard, Betty est venue m'écœurer. Elle m'a piqué mon livre des symboles et l'a lancé au bout de la salle. Elle a dit en riant : « Va le chercher. Va chercher, bon chien. » Je n'ai pas répondu. Je ne savais pas quoi répondre.

Quand je parle, mes mots se transforment, les autres ne les entendent pas comme je les dis. Pendant le cours de français, j'ai raconté l'histoire de Merlin, mais tout le monde me dévisageait d'un air ennuyé. Même Maxime. Jeudi dernier, il m'avait pourtant posé des centaines de questions sur l'Enchanteur.

Je voudrais pouvoir changer Benoit et Betty en pierres. En grosses pierres laides et inutiles, qui ne peuvent pas me crier des bêtises. Ma mère va m'acheter un livre de magie pour mon anniversaire. J'espère qu'il y a des recettes de potions pour les rendre malades.

J'aimerais que Betty perde tous ses cheveux. Je lui lancerais un collier de chien et lui ordonnerais d'aller le chercher à quatre pattes. Et Benoit, je voudrais qu'il ait de gros boutons. Il serait dégoûtant. Les filles le trouveraient beaucoup moins sexy. Et les profs ne lui souriraient plus. Ils ne savent pas qu'il les imite dans leur dos. Même Judith Pagé qui ne lui a jamais enseigné. Elle est trop stupide pour s'en rendre compte.

Betty est sotte d'être amoureuse de Benoit. Avant, elle était moins bête avec moi. On a même joué au Nintendo ensemble deux fois. Je la comparais à la fée Morgane. Elle aimait ça que je la compare à une magicienne. Maintenant, elle dit que ce sont des histoires de bébé. Pourquoi est-elle fâchée contre moi ? Je ne lui ai rien fait. Maman ne l'a jamais aimée mais, moi, ça me plaisait de l'avoir comme voisine. Elle a toujours de nouveaux gadgets. Son père gagne beaucoup d'argent. Le mien m'en donnerait peut-être si j'étais bon en sport. *Mon père jouait au football quand il était jeune. Je déteste le football. Ça n'existait pas à l'époque des chevaliers de la Table ronde. J'aurais voulu vivre avec eux.*

Chapitre 3

Les feuilles du tilleul étaient tombées les premières et celles de l'érable et du pommetier les rejoignaient maintenant pour former une courtepointe mordorée, parsemée d'éclats rubis qui illuminaient la cour des Marsolais. Judith avait prié son mari par deux fois de ramasser les feuilles mortes, mais il ne s'était pas encore exécuté, rentrant tard du travail, partant très tôt le matin.

— Tu travailles plus à Québec qu'à Montréal. Ils t'achèveront, mon chéri !

— Je suis nouveau. J'ai beaucoup à apprendre.

— Je suis certaine qu'ils profitent de toi et que tu ne protestes même pas.

Protester ? Il inventait ces heures supplémentaires pour éviter sa femme ! Il s'installait dans un café pour réfléchir à sa situation sans parvenir à trouver une solution satisfaisante.

Il ne pouvait pas étrangler sa femme de ses propres mains, mais payer un inconnu pour faire le boulot était si compliqué. Il devrait ensuite le faire disparaître pour s'assurer de son silence. Il avait failli tout rater avec l'assassin d'Hélène... Marsolais jonglait néanmoins avec l'idée d'utiliser l'arme qui avait servi à tuer Mario Breton, s'il parvenait à la retrouver. Ce qui signifiait qu'il devait retracer le meurtrier, le maîtriser, s'emparer de son arme et réussir à le descendre. Lorsqu'on découvrirait son cadavre, Graham s'imaginerait que le tueur de Charlesbourg avait fait une autre victime. Lui n'aurait qu'à cacher l'arme pendant quelques semaines. Et à l'utiliser ensuite pour abattre Judith. Il devrait donc envoyer au plus vite des lettres de menace à Graham, à Rouaix et à lui-même pour qu'on croie que Judith avait été abattue à sa place ou pour le décourager de poursuivre l'enquête. Graham pencherait pour une vengeance ou supposerait qu'ils gênaient de gros bonnets de la mafia ou des motards.

Mais ce serait cent fois mieux si on croyait que Judith avait été la cible d'un tueur fou, d'un psychopathe. Par hasard... Le hasard ne fait jamais si bien les choses. Il ne pouvait même pas provoquer un accident de la route pour parvenir à ses fins ; les techniques d'investigation étaient trop poussées... Non, il devait retrouver l'assassin de Breton, l'arme du crime. Et ne pas trop tarder à l'utiliser après avoir envoyé la lettre de menace. Nadine ne l'attendrait pas éternellement.

— Tu es fatigué, Armand, reprit Judith. Tu es cerné. Et tu dors mal.

— Toi aussi, tu t'es levée deux fois cette nuit. Tes élèves te causent du souci ?

— Ils sont plus tranquilles que ceux que j'avais l'an dernier. Évidemment, il y en a toujours un ou deux pour compliquer les choses.

— Compliquer ?

— Le petit Pascal Dumont. Il a fait toute une histoire parce que je l'ai puni. Je l'ai surpris avec une feuille de papier où on avait écrit des bêtises sur moi.

— Sur toi ?

Il approuvait l'auteur du texte… quoi qu'il ait pondu.

— Des niaiseries, commenta Judith, mais je ne pouvais pas le tolérer. Il a protesté que quelqu'un lui avait lancé la boulette de papier pendant que j'écrivais au tableau, qu'il ne l'avait pas écrite et blablabla… Je n'ai pas prétendu qu'il avait écrit ces ordures, j'ai dit qu'il n'avait qu'à laisser la boulette de papier par terre si ça ne l'intéressait pas. Il est devenu tout rouge et il s'est mis à répéter que ce n'était pas sa faute. Il était au bord des larmes. On n'a pas idée d'être aussi sensible ! Ça ne l'aidera pas dans la vie.

— Tu crois ?

— Je suis à peu près certaine qu'il est rejeté par ses camarades, mais que puis-je y faire ? Si je m'en mêle, ce sera pire.

— Et tu comprends qu'il énerve ses copains parce qu'il t'indispose aussi ?

Judith fit une moue sans répondre.

— Tu ne peux pas aimer tous tes élèves, avança Armand Marsolais pour éviter que sa femme cherche à se justifier en lui rapportant mille détails. Dans mon temps, quand le prof nous surprenait avec un billet, on n'en faisait pas toute une histoire. J'espère pour toi que tu n'as pas trop d'élèves du genre de ce petit… Pascal, c'est ça ?

— Oui. Il faut toujours qu'il y en ait un dans ma classe… On ne sait pas comment se comporter avec eux. On nous conseille d'aider les rejetés, mais de quelle manière ?

— Ce n'est pas si simple pour vous.

— En tout cas, je ne voudrais pas d'un enfant qui lui ressemblerait.

Elle rêvait d'une fille, une jolie petite fille qu'elle emmènerait partout avec elle. Elle arrêterait d'enseigner pour s'occuper de son enfant. Judith soupira, s'étira :

— Si on commandait de la pizza pour souper ? Je n'ai pas le goût de cuisiner.

— Si on allait au Pizzédélic ?

Armand Marsolais était persuadé que sa femme déclinerait la proposition, mais elle lui sourit en hochant la tête.

Il se réjouit de sortir de la maison, d'avoir des voisins de table, de l'animation autour d'eux, des sujets de conversation fournis par les clients. Il savait que Judith critiquerait les gens qui entraient et sortaient du restaurant, qu'elle se plaindrait à la serveuse que son café n'était pas assez chaud, mais ce serait tout de même mieux que de rester devant la télévision. Enfermé avec elle. Emprisonné.

Il avait cru qu'il pourrait la supporter durant les dix ans d'attente qu'il s'était fixés avant de mettre au point sa disparition, mais l'irruption de Nadine dans sa vie avait tout chamboulé. Il ne pouvait risquer de la perdre ! Il avait fait un cauchemar où il coulait à pic dans l'océan, tandis qu'elle sirotait un Negroni sur le pont du bateau, si entourée de jeunes hommes qu'elle ne voyait pas qu'il était en train de se noyer. Il s'était réveillé, avait repoussé le bras lourd de Judith posé en travers de sa poitrine, s'était éloigné du lit pour repousser l'envie d'étouffer sa femme avec un oreiller.

La serveuse leur tendait des menus lorsque Maud Graham, suivie d'un garçon aux cheveux roux, entra dans l'établissement. Armand leur adressa un petit signe de la main. La détective s'avança vers eux. Armand eut l'impression que l'enfant qui l'accompagnait tentait de demeurer à l'arrière. Pourquoi rechignait-il à les saluer?

Armand Marsolais fit mine de se lever.

— Reste assis, protesta Graham. On veut juste vous dire bonjour.

Elle tendit la main à Judith, l'appela par son prénom.

— Et alors? Aimez-vous Québec?

— Oui, c'est une si belle ville, si calme. Salut, Maxime...

— Vous vous connaissez? s'exclama Armand Marsolais, tandis que Maud Graham se tournait très vite vers Maxime.

— J'enseigne à Maxime. Le français. Et je suis sa titulaire.

— Judith? Je n'avais pas fait le lien.

— Le monde est si petit, Armand me le répète souvent. Dans votre métier, vous voyez souvent les mêmes personnes par hasard. Il est vrai que vous passez tellement de temps dans les rues, c'est un peu normal. Combien d'heures travaillez-vous par semaine? Cinquante, soixante?

— Trop, répondit Maud Graham, surprise par le ton cynique de Judith Pagé.

— Tu vois, Armand! s'écria celle-ci en tapotant le poignet de son mari. Maud admet que vous n'avez plus de liberté à vous avec toutes ces heures supplémentaires. Vous vous brûlerez si vous continuez comme ça. Vous devriez vous plaindre à votre patron. Ou à la Fraternité.

— Je pense que Maxime a faim. Quelle est ta pizza préférée, Maxime?

— Je les aime toutes, avec de l'huile piquante. Je vais aussi prendre un dessert et...

— Tu as gagné, admit Graham. On y va avant que tu périsses d'inanition.

Dès que Maud Graham s'éloigna, Judith Pagé fit remarquer à son mari que Maxime ressemblait peu à sa tante.

— Graham n'est pas sa tante, c'est sa marraine.

— On n'a que son nom comme personne responsable de Maxime dans son dossier scolaire. Il n'est pourtant écrit nulle part qu'il est orphelin.

Marsolais expliqua que les parents de Maxime étaient divorcés, que son père enseignait au Saguenay et qu'il n'avait pas voulu obliger son fils à déménager avec lui. Maud avait donc proposé de le garder chez elle.

— C'est très généreux de sa part de se charger d'un ado.

Encore plus que Judith le supposait, songea Marsolais. Il ne répéterait jamais à sa femme ce que Moreau lui avait appris au sujet de Maxime et de son père. Il n'alimenterait pas sa curiosité, ses manières de fouine.

— Tu sais tout de même si ta collègue est mariée ? insista Judith en repoussant son assiette. Elle porte une bague, mais au majeur…

— Qu'est-ce que ça peut te faire ?

Il avait répondu trop brusquement et lut l'étonnement sur le visage de sa femme. Il s'excusa ; il ne comprenait pas l'importance d'avoir une bague à un doigt plutôt qu'à un autre.

— Tu es incroyable. Autant tu peux noter de petits détails, autant d'autres t'échappent complètement. Toutes les femmes notent immédiatement si quelqu'un porte une bague ou un jonc à l'annulaire.

Il réussit à sourire en l'interrogeant : avait-elle remarqué cette absence à son propre doigt lorsqu'elle l'avait rencontré ?

Judith avança sa main droite, emprisonna la main gauche d'Armand. Oui, elle avait vu tout de suite qu'il était libre. Sinon, elle n'aurait pas accepté de le fréquenter ; les aventures avec les hommes mariés n'apportent rien de bon. Maud Graham sortait-elle avec un de ces types ?

— Non, ce n'est pas son genre. Elle est avec Gagnon, le médecin légiste.

— Celui que tu as dû accompagner à Montréal, la semaine dernière ?

— Oui. Alain Gagnon travaille à la morgue, rue Parthenais. Il est moins souvent à Québec.

— On pourrait se voir quand vous êtes ensemble à Montréal. Ce n'est pas drôle d'être toute seule… Maud doit aussi s'ennuyer.

Armand Marsolais déposa sa fourchette dans son assiette alors qu'il avait envie de la planter dans la main de son épouse, cette main qui gardait la sienne captive, cette main qui avait les clés du coffret de sûreté à la banque, cette main qui restait inerte quand ils faisaient l'amour. Non, quand ils s'accouplaient ; il n'avait jamais fait l'amour à Judith.

— Maud Graham est très occupée et travaille souvent le soir.

— Qui garde Maxime Desrosiers quand elle est au bureau ?

— Boirais-tu un café ?

Armand tenait à quitter le restaurant avant Maud Graham, à éviter un nouvel échange entre elle et Judith. Elles ne devaient surtout pas se fréquenter !

— Un café? Tu sais que ça m'empêche de dormir.

— J'ai une idée. Si on se promenait sur la terrasse Dufferin? Il y a longtemps qu'on ne s'est pas baladés ensemble. La lune est belle...

— Il fait trop froid. Je préfère le cinéma. Il y a une projection à vingt heures trente au Clap. Si on se dépêche...

Il était certain qu'il détesterait le film que Judith avait choisi, mais il s'empressa de régler l'addition, heureux pour une fois qu'elle ait tout décidé. Il l'entraîna vers la porte, esquissant un geste d'adieu vers Maud et Maxime.

— On aurait dû les saluer, s'insurgea Judith en remontant le col de son imperméable.

Armand Marsolais ouvrit la portière de sa voiture en affirmant que Graham comprendrait; elle était toujours très pressée.

— Elle avait l'air d'être bien tranquille, ce soir, le contredit Judith. Elle n'avait pas fini sa pizza quand on est partis.

Si Judith avait souvent tourné la tête vers Maud Graham, celle-ci n'avait pas regardé une fois dans leur direction durant tout le souper, parfaitement attentive aux propos de Maxime, indifférente aux autres clients.

Que lui racontait Maxime de si intéressant?

Ses inquiétudes. Sa peur que Judith Pagé questionne son mari, le pousse à faire des recherches sur lui et qu'elle apprenne que son père avait eu des problèmes avec la justice.

— Non, avait juré Graham. Elle ne saura rien. On ne parle pas de nos familles au poste de police. Ou alors juste avec notre coéquipier.

— Tu travailles avec Marsolais présentement.

— C'est occasionnel. Je n'ai pas avec lui la relation que j'entretiens avec Rouaix.

Maxime s'était détendu un peu. Il avait bu la moitié de son verre de Sprite avant de répéter qu'il était vraiment malchanceux d'avoir choisi un restaurant fréquenté par la prof qu'il aimait le moins.

— Au contraire, ça peut faciliter vos rapports de vous être rencontrés en dehors de l'école.

— Grégoire ne penserait pas ça. Tu es certaine que M. Marsolais ne parlera pas de moi à sa femme?

— Ce qui se passe au poste reste au poste, la plupart du temps. Je ne sais pas pourquoi, mais c'est ainsi. On prend l'habitude de se taire quand on est policier.

— Pour que les gens qui vous aiment ne s'inquiètent pas de vos affaires?

— Oui. Et pour d'autres raisons. Moi, je suis paranoïaque, j'ai toujours peur que des journalistes m'entendent… qu'une fuite permette à un coupable de s'en sortir. J'ai vu tant de procès qui ont dérapé à cause d'une indiscrétion. Les avocats savent très bien utiliser la moindre information.

— Tu ne les aimes pas?

Maud Graham soupira; elle ne méprisait pas tant les avocats que les imbéciles, les incompétents. Elle comprenait qu'un bon avocat songe à toutes les stratégies pour défendre son client, mais elle aurait voulu faire taire, par tous les moyens, les bavards qui leur facilitaient la tâche.

— Non, je ne les déteste pas, ils font leur travail. Cependant, je hais certains juges. Notre système judiciaire est trop doux pour les criminels. Si j'étais une victime, je n'aurais certainement pas l'impression qu'on prend vraiment ma défense à cœur. La plupart des violeurs et des abuseurs s'en tirent avec des peines ridicules.

— Les… les méchants ne sont pas toujours très méchants…

Maud jeta un coup d'œil vers les cuisines. Est-ce que la serveuse reviendrait bientôt à leur table pour interrompre cette conversation qui l'embarrassait tant ? Comment parler de Bruno Desrosiers à Maxime ? Elle ne pouvait minimiser ses erreurs ; l'enfant retiendrait que la loi était malléable, qu'on pouvait l'accommoder, que ce n'était pas si grave de vendre de la drogue, de s'associer à des malfaiteurs.

— Ton père n'est pas méchant, Maxime. Seulement, il n'a pas toujours eu des amis très recommandables…

— Tu es pourtant amie avec Grégoire, toi.

Maud Graham déglutit. La facilité avec laquelle les enfants décèlent votre point faible la fascinait. Oui, elle était très attachée au prostitué. Oui, elle avait renoncé à la sérénité depuis qu'elle avait rencontré Grégoire. Elle ne s'endormait jamais sans ressasser les mêmes interrogations : où était-il et avec qui ? Serait-il victime d'un sadique qui le poignarderait, qui le clouerait sur sa couche après avoir abusé de lui ? À ces images atroces se greffait dorénavant la peur que son protégé soit arrêté par un de ses collègues. Il était majeur depuis quelques semaines, la justice le punirait plus lourdement s'il était appréhendé et elle ne pourrait rien faire pour lui. Elle n'avait plus qu'à espérer qu'il continue à se plaire au Laurie Raphaël. Est-ce qu'un miracle était possible ? Elle avait entendu Maxime annoncer à Grégoire qu'il irait travailler avec lui quand ce dernier ouvrirait son propre restaurant. Est-ce que le vœu d'un gamin pourrait l'inciter à persévérer dans une voie plus légale ?

— Grégoire a maintenant un vrai boulot, se contenta de répondre Graham.

— Mon père aussi. Il enseigne la guitare.

— Alors pourquoi t'inquiéter ?

— Parce que c'est très facile de faire rire de moi.

Maud Graham fronça les sourcils : est-ce que Maxime avait des ennuis ? Le garçon s'en défendit aussitôt. Tout irait bien si Judith Pagé...

— Elle n'apprendra rien sur toi. Je te le jure. Et de toute façon, elle n'est pas là pour te nuire mais pour te protéger.

— Elle ?

Le ton était méprisant, sans appel.

— Elle ne pourrait pas t'aider ?

— Elle ne veut pas nous aider. Elle veut qu'on se taise et qu'on l'écoute.

— Tu es dans une nouvelle école où on est plus exigeant envers toi. Judith doit avoir compris que tu es intelligent et elle veut te pousser à t'améliorer.

— Elle juge sans savoir.

— Explique-toi.

Maxime détourna la tête comme s'il cherchait la serveuse du regard. Graham insista. Il marmonna qu'elle avait ses chouchous et qu'il n'en faisait pas partie.

— Je ne le voudrais pas, de toute manière.

— Est-elle injuste avec toi ?

— Non, non. Mais je ne l'aime pas. Et je ne suis pas le seul.

— Donne-lui une chance, vous n'êtes qu'au début de l'année.

Une chance à Judith Pagé ? Alors qu'elle avait puni Pascal sans raison ?

— Je veux du gâteau au chocolat, déclara-t-il. Tu pourrais prendre celui au fromage, on partagerait.

— Tu oublies mon régime...

— Tu n'en as pas besoin, tu es assez belle. Tu es plus belle que toutes les femmes de l'école.

Il est vrai que Judith Pagé manquait de grâce. Elle et Marsolais formaient un couple disparate ; lui, si souriant, si séduisant, et elle, si terne. Elle avait paru s'ennuyer toute la soirée et elle pinçait les lèvres en lisant le menu au lieu de saliver comme la plupart des clients. Elle avait examiné longuement l'addition que la serveuse avait apportée à leur table ; Graham était prête à parier que Judith avait ajouté le montant exact des taxes pour le pourboire, pas un sou de plus. Armand Marsolais, lui, se montrait généreux quand ils mangeaient ensemble, Graham l'avait remarqué dès leur premier dîner au Clocher penché. Et il discutait aussi bien avec leur voisin de table qu'avec l'employé qui leur apportait la soupe. Marsolais pouvait s'entretenir avec n'importe qui, n'importe quand, n'importe où. Il devait se faire rapidement des copains lorsqu'il partait en vacances.

— Ça doit te servir dans tes enquêtes, lui avait dit Maud Graham.

— C'est vrai que je suis curieux...

— Je ne suis pas aussi sociable. Moreau doit t'avoir mis en garde. On me surnomme le porc-épic.

— Les porcs-épics sont des bêtes plutôt craintives. Tu ne me donnes pas cette impression.

Quelle image projetait-elle ? Marsolais se disait peut-être qu'elle et Alain Gagnon formaient un drôle de tandem. Lui, si affable, si calme, alors qu'elle pouvait être si brusque, si coupante, si autoritaire. Elle savait que

Moreau n'était pas le seul à se plaindre de son comportement; on répétait qu'elle était plus aimable avec les suspects qu'avec ses collègues. Et qu'avec les journalistes… Oui, on devait se demander ce qu'Alain aimait en elle.

Elle-même s'interrogeait chaque jour à ce sujet.

* * *

Aujourd'hui, c'était la fête de Betty. Toute l'école l'a su. Elle s'est mise à pousser de petits cris, à glousser comme une poule qui aurait pondu un œuf en or parce que Benoit lui a donné une chaîne avec un cœur. Jessica a juré que c'était un bijou en argent, mais qu'est-ce que Jessica connaît en orfèvrerie?

C'est vrai que Benoit gagne beaucoup d'argent avec ses petits trafics. Il s'imagine qu'on ignore ses combines en premier secondaire, mais on n'est pas si bébés! Il y en a qui ont déjà fumé un joint. Je n'ai pas envie d'essayer, je m'étoufferais sûrement et je ferais encore rire de moi. Benoit m'a si souvent appelé « le crapaud » que les autres coassent quand je marche à côté d'eux dans la cour ou quand je me rends à ma place en classe. Cette nuit, j'ai rêvé que j'étais dans une mare avec des nuées de mouches qui me dévoraient parce que je n'avais pas été assez rapide pour les gober avant leur réveil. Ça me piquait partout. Toute la journée, j'ai eu l'impression qu'elles continuaient à tourner autour de moi.

Je suis tellement fatigué d'être agressé. Ceux qui étaient gentils avec moi au début de l'année se détournent quand j'entre dans la classe. Et Jonathan qui a cherché à me faire tomber avec mon plateau à la cantine... Je cherchais seulement un coin où je pourrais être tranquille. Est-ce que ça existe ? Je ne pense pas. Benoit me retrouverait n'importe où. Je change souvent de chemin pour rentrer chez moi, mais il surgit quand je m'y attends le moins pour me faire peur. Parfois, je rêve d'avoir une vraie crise cardiaque, je n'aurais plus de problèmes...

Maxime est rentré avec moi après l'école. J'aimerais bien passer l'Halloween avec lui. Maxime est gentil avec moi, mais il ne parle pas beaucoup. Il ne m'a jamais invité chez lui. Je crois qu'il n'a pas invité l'autre Maxime non plus. S'il n'y avait pas le hockey, ils ne seraient pas amis et Maxime serait plus souvent avec moi.

Je déteste le hockey. Et tous les sports, sauf le tir à l'arc. Mais personne ne pratique ce sport à l'école. Chez ma grand-mère, j'attachais une cible à l'épouvantail dans le champ et je visais très bien. Si Maxime me voyait avec un arc, il me trouverait bon. Il n'a jamais tenu un arc dans ses mains. Quand je lui ai expliqué que la corde pouvait nous scier les doigts, il a eu l'air impressionné. La prochaine fois que j'irai chez ma grand-mère, je rapporterai l'arc et les flèches. On ira dans le bois de Boulogne pour tirer. Si je l'apportais à l'école, j'aurais trop envie de viser la tête de Benoit. Ou celle de Betty. Ou de Judith Pagé.

Pourquoi Germain n'est-il pas mon titulaire au lieu de Judith ? Il a l'air gentil. L'autre jour, il m'a demandé si j'allais bien. Il n'avait pas vu Mathieu me pousser vers ma case, mais il avait deviné qu'il s'était passé quelque chose. Je ne peux rien dire, sinon ça empirera. Ma mère s'inquiète parce que je n'ai pas faim. Comment peut-on avoir de l'appétit quand on a un menhir dans le ventre ? Pourquoi les anneaux qui rendent invisible n'existent-ils pas ? Peut-être qu'il y a d'autres solutions... J'ai hâte d'avoir mon livre de magie ! Il paraît qu'il y a des plantes qui rendent fou, les sorcières les utilisaient au Moyen Âge. Si Benoit avait des hallucinations ? S'il s'imaginait qu'une araignée géante lui broyait les os ? Je suis certain qu'il croit que les araignées sont des insectes. Il pense toujours tout savoir, mais il ne connaît rien. Peut-être que le bijoutier lui a vendu un cœur qui n'est même pas en argent. Betty doit faire la différence, mais elle ne le dira jamais. Sa mère a des bijoux qui valent très cher avec de vraies pierres précieuses.

Je suis certain que personne n'est aussi content que moi d'avoir congé lundi. Je pourrais peut-être inviter Maxime à venir ici ?

* * *

Le ciel était gris lorsque Maud Graham balaya les feuilles mortes sur le pare-brise de sa voiture, un vrai ciel d'automne, maussade, boudeur, qui s'accordait parfaitement à son humeur. L'enquête sur le meurtre de Mario Breton n'avançait pas. Les témoins étaient inexistants, les voisins ne se souvenaient d'aucun fait étrange, d'aucune rupture dans la vie routinière de la victime et aucun de ses collègues n'avait apporté d'éclaircissements sur sa présence à Charlesbourg, ce soir de septembre. Marsolais soutenait que Breton avait été tué par erreur, qu'on l'avait confondu avec quelqu'un d'autre. Ou par hasard. Un type avait envie de tuer quelqu'un cette nuit-là, il s'était baladé et avait rencontré Breton. Graham détestait cette dernière hypothèse qui signifiait qu'on assassinait des innocents dans sa ville sans raison. Si c'était vrai, rien n'indiquait que l'assassin se contenterait d'une seule victime. Il y aurait encore des meurtres inexpliqués, des voisins qui n'auraient rien vu, rien entendu, des vieilles femmes qui promèneraient leur caniche et feraient une crise d'hystérie en découvrant un cadavre dans leur rue si tranquille. Elles déménageraient, comme souhaitait le faire Mme Charbonneau, chercheraient une ville à l'abri des psychopathes. Est-ce qu'un tel lieu existait sur cette planète ?

Le pépiement d'une mésange perchée sur la branche du chêne fit sourire Graham. Devait-elle remettre des graines dans la mangeoire ? Maxime avait promis qu'il s'en chargerait. Elle s'approcha de l'arbre, constata que son protégé avait tenu parole. Cet enfant était vraiment responsable. Et en retard… Il aurait dû être assis dans la voiture, prêt à partir chez Pascal.

Quelques gouttes de pluie désolèrent Maud Graham. Les garçons resteraient enfermés toute la journée à zapper devant la télé ou à se ruiner les yeux devant un ordinateur. Elle devait néanmoins admettre que l'invitation de Pascal tombait à pic : elle devait travailler aujourd'hui, qu'aurait-elle fait de Maxime ? Avant qu'il s'installe chez elle, Graham ne pensait pas aux congés. Son horaire irrégulier ne tenait pas compte des jours fériés, et sa détermination à boucler une enquête la poussait souvent à faire des heures supplémentaires, mais… plus rien n'était pareil. Ni les repas, ni les horaires, ni les soirées à la maison, ni les week-ends même si Maxime allait chez son père. L'irruption de l'enfant dans sa vie coïncidait avec son emménagement avec Alain. Le médecin légiste avait résilié le bail de son appartement pour s'installer chez elle au printemps, et quand il rentrait de Montréal, le vendredi soir, quand il posait sa valise pour l'enlacer, elle éprouvait un soulagement teinté d'étonnement. Il était revenu, il l'aimait, il ne lui en voulait pas d'avoir décidé de garder Maxime avec elle. Chez eux... Est-ce qu'Alain se sentait chez lui ? Ils avaient repeint la maison, modifié la disposition du salon, installé un second bureau dans le sous-sol, mais était-ce suffisant ? Pourquoi avait-elle l'impression de ne pas en faire assez ?

Elle cherchait son parapluie quand Maxime lui cria qu'il l'avait avec lui.

— Tu l'oublies tout le temps.

— Comme ça, je ne le perds pas.

Maxime pouffa de rire avant de lui signaler qu'il avait laissé de la nourriture pour Léo.

— Pas trop, juste assez. Sinon, il engraissera à rester couché sur le divan durant des heures.

— C'est ce que tu feras aujourd'hui... Il pleut trop pour que vous sortiez.

— De toute façon, Pascal n'est vraiment pas bon en sport.

— Ça ne doit pas être facile pour lui, à l'école. Je me souviens de Muriel Dubé... Quand j'avais ton âge, elle était toujours la dernière choisie dans les équipes au cours de gym. Parce qu'elle était grosse. Est-ce que Pascal a le même problème ?

Maxime secoua la tête et reparla de Léo. Comme il aimait ce chat. C'était le premier animal qui dormait avec lui. Son père était allergique aux bêtes.

— Une chance que ce n'est pas héréditaire.

Comme le silence ? Bruno Desrosiers était certes un délateur, mais il avait été très discret sur son agression.

Elle avait dû insister pour l'aider. Elle avait hâte de voir le fameux Pascal, de comprendre pourquoi Maxime était si peu disert à son sujet.

En serrant la main de Pascal, Graham fut surprise par sa froideur : l'enfant avait les doigts glacés. Il reniflait un peu, malgré les avertissements de sa mère qui lui signifia par deux fois de se moucher.

— Je vous ramènerai Maxime en revenant du bureau, vers dix-sept heures trente. Est-ce que ça vous convient ?

— Je rentrerai en autobus, madame Dumont, fit aussitôt Maxime. Je connais le trajet par cœur. La patinoire est à deux rues d'ici.

— Mais il fera noir...

Mme Dumont posa ses mains sur les épaules de son fils, comme si elle craignait que l'obscurité le lui ravisse. Elle interrogea Maud Graham du regard, mais l'enquêtrice promit seulement à Maxime d'être de retour pour le souper.

— Grégoire arrivera avant toi, supposa Maxime.

— Qui est Grégoire ? demanda Pascal.

— Un ami. Il cuisine très bien. Il a fait des calmars frits, vendredi dernier. Avec de la vraie mayonnaise.

Pascal grimaça et déclara qu'il ne mangerait jamais de mollusques : il détestait les pieuvres. Est-ce que Maxime avait lu *Vingt mille lieues sous les mers* ? Il ne considérerait pas les bestioles du même œil.

— Tout le monde ne lit pas autant que toi, mon chéri, fit Mme Dumont. Il dévore des bibliothèques entières ! Est-ce que Maxime a des allergies ? J'ai préparé du poulet chasseur pour ce midi. Ils n'ont qu'à le réchauffer au micro-ondes.

— Je mange de tout, déclara Maxime.

Maud Graham lui sourit, fière de lui. Elle remercia Pascal et sa mère de leur invitation, souffla un baiser au bout de ses doigts vers Maxime qui lui sourit et l'imita. Elle caressa sa joue comme si le baiser s'était posé sur sa peau et garda ainsi sa main jusqu'à ce qu'elle ouvre la portière de sa voiture. Est-ce que Maxime pourrait influencer Pascal ? Cet enfant semblait excessivement timide...

En se garant derrière la centrale du parc Victoria, Maud Graham songea que Pascal, lui, pouvait peut-être aider Maxime en lui communiquant son goût pour la lecture. Les notes en français de l'adolescent étaient très moyennes... et la sévérité de Judith Pagé n'était sûrement pas la seule raison.

— Tu as l'air soucieuse, dit Rouaix.

— Un peu. C'est compliqué d'élever un enfant.

— À qui le dis-tu ! Martin a encore changé d'orientation au cégep. C'était sa surprise pour mon retour. J'ai l'impression qu'il va y passer sa vie...

— Arrêtez de vous plaindre, fit Armand Marsolais qui s'approchait d'eux avec des cafés. Vous êtes chanceux d'avoir des enfants.

Il y eut un silence, puis Graham souligna que Maxime avait bouleversé son existence alors qu'elle ne s'y attendait pas.

— Tu vivras peut-être la même chose.

— J'en doute, Judith a toujours prétendu qu'elle a assez des élèves pour combler ses instincts maternels. C'est vrai qu'elle se consacre à eux avec une patience qui m'épate. Ton petit Maxime a l'air très éveillé.

Graham relata à Rouaix leur rencontre au restaurant.

— Judith trouve qu'il s'intègre bien.

— C'est vrai ?

74

Cette femme n'était pas si antipathique, tout compte fait.

— Vous êtes mariés depuis longtemps ?

— Six ans.

— Elle peut changer d'idée.

— Elle a toujours soutenu que le monde est trop violent pour y jeter des enfants.

— Elle n'a pas tout à fait tort, convint Rouaix. Le reportage sur les enfants tueurs m'a effaré. Est-ce notre future clientèle ?

— Quel reportage ?

Rouaix avait regardé une émission qui dressait le portrait de jeunes meurtriers aux États-Unis et en Europe.

— Le plus jeune avait neuf ans...

— Le pire, c'est qu'on pourrait empêcher ça. Quand on cherche à comprendre ce qui a poussé ces jeunes à entrer dans leur salle de classe avec une arme et à tirer sur tout le monde, on trouve un enfant maltraité, rejeté. Il endure durant des jours, des semaines, des mois, puis il explose. En faisant beaucoup de dégâts...

— Tous les petits meurtriers n'ont pas été humiliés, protesta Marsolais.

— Graham a tendance à généraliser, fit Rouaix. Je ne suis pas certain que l'assassin de Mario Breton ait eu une enfance difficile.

— On n'est certains de rien concernant Breton, parce qu'on n'a rien d'étrange sur lui. Avec son numéro d'assurance sociale, on a établi la liste de ses anciens employeurs, qui nous ont tous juré que Breton était un homme réservé, à son affaire. Il est même en règle avec les impôts. On tourne en rond. On reprend tout à zéro.

— Tout recommencer ?

— J'ai pris rendez-vous avec un amateur de modèles réduits, annonça Marsolais. Je lui montrerai les photos des deux modèles trouvés chez Breton. Ça ne servira probablement à rien...

— Non, tu as raison de fouiller. On lui a peut-être volé des modèles. Et s'il en possédait plusieurs ?

— J'imagine mal qu'un type, après avoir abattu Breton à Charlesbourg, lui vole ses clés pour cambrioler sa maison de Cap-Rouge et trimballe en pleine nuit les modèles réduits de la maison jusqu'au coffre de son automobile...

— Oui, je suis idiote.

— Je verrai tout de même cet amateur.

— J'aimais bien les modèles réduits quand j'étais jeune, avoua Rouaix. J'aurais voulu que Martin s'y intéresse, mais ça l'ennuyait. C'est un beau passe-temps. On fait gentiment voler des avions.

— C'est bruyant, non ? s'informa Graham.

— Pas tant que ça et ce n'est pas violent comme tous ces jeux qui captivent les enfants aujourd'hui. Peut-être que je vieillis...

— Non, non, rectifia Maud Graham. Les enfants vivent beaucoup plus de violence qu'on veut bien l'admettre. Ces meurtriers de treize ou quatorze ans ne sont pas des produits spontanés. Ils ont vu de la violence, ils en ont vécu avant de se résoudre à l'acte ultime.

— Tu ne les excuses quand même pas ? s'insurgea Marsolais.

— Non. Je suis simplement persuadée qu'on devrait couper le mal à la racine.

— Tous les jeunes n'iront pas aussi loin...

— Non, mais ceux qui dépassent les bornes ont tous été victimes de violence, j'en suis persuadée. On s'est moqué d'eux. À l'école ou à la maison. On les a poussés à bout. Il y a toujours un ou deux enfants rejetés dans une classe. Je le sais, Léa s'en désole chaque année. Ces élèves ne deviennent pas tous des criminels, mais leur existence ressemble à un chemin de croix. Et ils retournent trop souvent leurs frustrations et leur colère contre eux. On a un taux de suicide élevé, au Québec. Ça ne devrait pas exister. Nous devrions offrir aux jeunes une société meilleure. Il faudrait d'abord faire baisser le...

— Arrête, Graham, la taquina Rouaix. Pas ce matin. Il est trop tôt pour refaire le monde.

— On a une responsabilité, en tant qu'adulte! asséna la détective. Je me demande si j'ai raison d'autoriser Maxime à louer des films d'action. C'est de la violence gratuite... Mais il veut voir les mêmes films que ses amis.

— Ils veulent toujours être semblables aux autres. J'espère que ton Maxime n'est pas trop influençable. Dans le reportage sur les enfants tueurs, un garçon avait battu un gamin de cinq ans parce qu'un adolescent avait réussi à le convaincre de le faire. En troisième secondaire, Martin fréquentait un gars que je n'aimais pas trop... Heureusement, il a commencé à s'intéresser aux filles.

— Ça prendra encore du temps pour Maxime, soupira Graham.

— Il va grandir bien assez vite.

— Il a l'air vraiment gentil, parvint à dire Marsolais avant de proposer un deuxième café à ses collègues.

Ils venaient peut-être de lui fournir une solution, une solution originale à tous ses problèmes... Il ne devait pas s'emballer trop vite.

C'était si fou…

Il porta une main à son cœur. Il avait l'impression qu'il allait rougir ou blêmir et que Graham le remarquerait. Mais non, elle continuait à discuter avec Rouaix tout en ouvrant le courrier qu'on lui avait remis plus tôt.

— Eh! les gars! On a reçu un beau message d'amour.

— De qui? s'informa Rouaix.

— Un petit malin qui ne signe pas sa lettre. Ça me fait tout de même plaisir d'avoir de ses nouvelles. Écoutez: «*Ne cherchez pas l'homme qui a tué Breton, il est comme les chats la nuit. Tout gris. Abandonnez… ou d'autres têtes tomberont. Rouleront jusqu'à mes pieds. Pourquoi pas les vôtres?*»

— Un poète! s'exclama Rouaix. C'est bizarre. Il parle de faire rouler des têtes. Mario Breton n'a pas été décapité, il a été tué d'une balle.

— C'est mieux écrit que ce qu'on recevait à Montréal, commenta Marsolais.

— Ah bon?

— J'ai reçu des menaces plus vulgaires. Le propos principal était de me faire avaler mes couilles et autres gracieusetés du genre. Tu veux que je porte la lettre au labo avant d'aller voir Boucher?

— Oui, même si je ne suis pas trop optimiste. Plus personne n'envoie de lettres sans mettre de gants. Et le papier est banal. Impression au laser. Combien de personnes ont des imprimantes au laser à Québec? En plus, tout le monde a accès à des ordinateurs partout.

— Cache ta joie, Graham.

— C'est mieux que rien, admit-elle en tendant la lettre à Marsolais.

Elle crut qu'il souriait parce qu'il espérait de bons résultats du laboratoire, alors qu'il se félicitait de son envoi. Et d'avoir organisé un rendez-vous avec Boucher. Il avait un prétexte pour quitter le bureau. Il était si excité ! Même s'il avait peur que cette fébrilité joyeuse l'abandonne lorsqu'il aurait mieux réfléchi à l'idée, l'incroyable idée qui lui avait traversé l'esprit.

Il faillit courir vers sa voiture, pressé de se retrouver enfin seul, mais il se contrôla. Si Graham le regardait par la fenêtre ? Elle avait la manie de pousser régulièrement les stores pour voir la ville. *Sa* ville, comme elle le disait si souvent. Il lui abandonnerait volontiers sa cité après le décès de Judith. Il quitterait Québec aussi vite que possible pour faire le tour du monde. Il pourrait visiter cent pays sans jamais croiser une femme aussi belle que Nadine, aussi merveilleuse, aussi sexy. Tous les hommes auraient désiré être à sa place, il le constatait chaque fois qu'il sortait avec sa déesse. Mais c'était lui que Nadine avait élu. Il ne devait pas prolonger davantage leur séparation. S'il fallait qu'un prétendant profite de son absence pour jouer l'ami compatissant...

Il repensa à l'idée qu'il avait eue plus tôt et sourit.

Chapitre 4

Une lumière saumonée nimbait la façade du Laurie Raphaël comme si le soleil, qui avait brillé juste au-dessus de la terrasse à midi, avait oublié un peu de sa chaleur. Une chaleur douce, caressante qui coulait sur le drapé des rideaux blanc cassé et glissait jusqu'au sol, s'insinuait entre les lattes de bois verni et taquinait les souliers noirs de Grégoire, qui se préparait à profiter de sa pause de l'après-midi. Avait-il bien aperçu Maxime ? Que faisait-il rue Dalhousie à cette heure ? Il sortit, se couvrant de sa veste de cuir, héla l'adolescent qui courut vers lui. Il lui souriait, mais Grégoire pouvait lire le désarroi sur son visage.

— Qu'est-ce que tu fabriques ici ?
— Rien, mentit Maxime. J'avais juste envie de voir où tu travailles.
— Tu devrais être à l'école.
— Non, on avait une sortie de classe. Au Musée de la civilisation. C'est à côté d'ici. J'ai expliqué à ma titulaire que j'allais rejoindre mon cousin au restaurant. Un des profs dit que c'est un des meilleurs restaurants de la ville.
— Je ne travaillerais pas ici si ce n'était pas le top du top.

— J'aimerais ça voir les cuisines.

Grégoire fit la moue. Il devrait patienter pour satisfaire sa curiosité. Ses collègues attendaient deux groupes dans la soirée et ces réceptions exigeaient beaucoup de préparation.

— On les dérangerait. Un autre jour, promis. Je suis certain que Daniel te le permettra.

— C'est qui ?

— Le grand chef. C'est lui qui crée les recettes.

— Il ne doit pas faire des hamburgers et des pizzas...

Grégoire sourit ; Daniel Vézina en préparait sûrement pour ses enfants à la maison.

— As-tu faim ? On pourrait manger une bouchée chez Victor.

— *Cool !* s'écria Maxime. C'est juste la bonne heure. Même si je prends des frites, j'aurai encore faim pour souper.

— Tu as de plus en plus d'appétit, hein ?

Il y eut un silence.

— C'est à cause de Pascal. Je partage souvent mon lunch avec lui. Mais là, c'est fini. C'était la dernière fois, aujourd'hui.

— Pourquoi aujourd'hui ?

Maxime avait donné la moitié de son sandwich à Pascal qui s'était fait voler son lunch et son argent de poche. Comme d'habitude.

— Ton copain est toujours aussi populaire...

— Ce n'est pas mon copain, protesta Maxime. J'ai trop de problèmes à cause de lui. C'est un peu pour ça que je voulais tes conseils.

— *Shoote*, Max. Je suis là pour ça.

Pendant que Grégoire s'étonnait d'avoir prononcé cette phrase, Maxime relatait les événements de la semaine. Des élèves du premier secondaire avaient repoussé Pascal quand il s'était approché d'eux pour jouer au ballon.

— Ils auraient pu le laisser s'amuser, pour une fois… Déjà que personne ne lui parle… Ils font semblant qu'il est transparent et ils disent n'importe quoi sur lui, comme s'il n'était pas là.

— Ils doivent le traiter de *fif*, de tapette, hein?

Maxime baissa les yeux. Grégoire lui prit le menton, l'obligea à relever la tête.

— J'ai raison?

Maxime soupira, scruta la rue Saint-Paul.

— Est-ce qu'on prend l'autobus? J'espère que non, parce qu'il n'en passe pas souvent par ici…

— Tu disais que Pascal faisait rire de lui à l'école.

Des élèves l'avaient obligé à reculer jusqu'au fond de la cour, loin des surveillants, et avaient tenté de lui faire avaler une mouche, mais Pascal s'était mis à vomir et ses tortionnaires s'étaient dispersés aussitôt.

— Je les ai entendus. Betty Désilets répétait que Pascal le Crapaud aimait les insectes. Les autres riaient.

— Pas toi.

Maxime les avait vus entraîner Pascal sans réagir. Devait-il prévenir un professeur ou ignorer l'incident? Quand Pascal avait eu des nausées, il s'était décidé à alerter un enseignant.

— J'aurais jamais dû m'en mêler, se plaignit Maxime. Benoit Fréchette m'a traité de *stool*.

— Fais comme si tu ne l'entendais pas.

— C'est facile à dire…

— Penses-tu qu'on ne m'a pas écœuré quand j'allais à l'école?

Grégoire aurait pu nommer tous ses tortionnaires, préciser leur âge et leur adresse. Il se rappelait encore le nom de ces chers camarades de classe qui ajoutaient chaque jour une nouvelle insulte à leur liste déjà fort longue.

— Benoit a prévenu ses amis que j'étais un *stool*. Et un peureux. Ils se sont approchés de moi, et Mathieu, ʹqui est dans la gang de Benoit, m'a arraché la montre que Biscuit m'a offerte à ma fête. Je n'ai pas réagi. Il paraît qu'il a déjà blessé quelqu'un avec un couteau. J'a... j'avais trop peur.

— Ce n'est pas parce que tu es peureux. Qu'est-ce que tu aurais pu faire contre Benoit et sa gang ? Ils sont plus grands, plus vieux que toi.

— Je ne peux pas avouer à Maud qu'ils m'ont agressé. Et je ne veux pas que tu le lui apprennes non plus. Jure-le !

— Pourquoi m'en parles-tu, alors ?

Maxime voulait emprunter à Grégoire la somme nécessaire pour acheter une montre identique et lui remettre l'argent chaque semaine pendant six mois.

— Avec la livraison des journaux, je devrais être correct.

— Et si on te vole cette nouvelle montre ? Tu devrais dire à Biscuit que tu l'as perdue.

— Ça lui ferait de la peine.

— Elle aimerait mieux que tu sois franc avec elle...

Maxime s'y refusait. Maud Graham débarquerait sûrement à l'école pour confronter les coupables. Quelle serait sa vie, ensuite ?

— Ils sauront qu'elle est dans la police. Et je ne veux pas être un *stool*.

Grégoire perçut le désespoir dans la voix changeante de son ami. Savait-il que Bruno Desrosiers était un délateur ? Refusait-il de ressembler à un père qu'il aimait pourtant ? Il devait être malaisé d'avoir de l'affection pour une personne dont on avait honte... Pour Grégoire, tout était plus clair : son père était un salaud qui l'avait abandonné avec sa mère, *à* sa mère quand il avait sept ans. Et l'oncle Bob avait pris sa place auprès de sa femme, puis il avait préféré le lit de Grégoire. Combien de fois avait-il abusé de lui ? Grégoire le haïssait tellement qu'il rêvait encore de le tuer.

Il se rappelait l'odeur du Brut de Fabergé dont s'aspergeait Bob, et il avait toujours envie, quand il entrait dans une pharmacie, de fracasser la bouteille, de ramasser les morceaux de verre, de courir chez sa mère pour lui taillader le visage et couper ensuite la queue de son amant. Sa mère aurait dû le protéger ; pourquoi ne l'aimait-elle pas ? Et pourquoi la mère de Maxime vivait-elle en Ontario au lieu de rester près de son enfant ?

— Tu n'es pas un *stool*, Maxime. *Keep cool*. Écoute, je vais t'acheter ta montre. Puis j'irai te chercher à l'école, la semaine prochaine. J'aimerais ça jaser avec le fameux Benoit.

— Non ! protesta Maxime. Non !

— Ton Benoit recommencera si on ne fait rien.

Maxime se mordit les lèvres. Il n'avait plus faim, plus soif, qu'une envie de tout oublier, Benoit, Betty, Mathieu, Jocelyn et les autres. Et Pascal. C'était parce qu'il avait sympathisé avec lui qu'il avait des ennuis. Si Max croyait que son ailier gauche était un bébé qui racontait tout aux professeurs, il le congédierait. Plus de matchs de hockey. Plus de soccer. Car Max et ses amis jouaient au soccer, l'été. Et Maxime aurait bien voulu faire aussi partie de cette équipe. Le mieux serait que Pascal change d'école. Qu'il s'inscrive dans un établissement où il ne connaissait personne. Il lui avait dit la veille qu'il avait tout avoué à sa mère et qu'elle avait rendez-vous avec Judith Pagé et le directeur, vendredi soir.

— Attends, Grégoire, dit Maxime. Peut-être que ça va changer. Pour la montre, j'accepte ta proposition. Et je la laisserai à la maison. Benoit et sa gang ne me la voleront pas. De toute manière, je n'en ai pas besoin à l'école, il y a des horloges partout. Les aiguilles n'avancent pas vite durant le cours de français... Toi, étais-tu bon en rédaction?

— J'étais ordinaire, murmura Grégoire qui savait qu'il était tout sauf ordinaire.

— Comme moi...

Non, ils ne se ressemblaient pas autant que Maxime l'imaginait. Maxime n'était pas très méfiant. À preuve, il espérait que l'intervention de la mère de Pascal modifierait le comportement des agresseurs... Il déchanterait sûrement.

— C'est plaisant d'aller chez Victor.

— On doit d'abord trouver un taxi.

Quand ils furent attablés devant une assiette de frites, Grégoire revint à la charge. Il voulait rencontrer Benoit Fréchette.

— Non.

— Bon, je me contenterai de venir te chercher après l'école demain. Peut-être que ce sera suffisant. Avec mon look... Ils vont penser que je vends de la dope. Tu dis qu'ils consomment?

— Oui. Benoit en vend pour payer sa dope. Thibault et Jocelyn lui en achètent. Et Betty. Il paraît qu'elle paye ses joints à Benoit et qu'ensuite elle les fume avec lui. C'est débile. Moi, avant que je paye pour quelqu'un...

— Tu as raison, ça ne donne rien, affirma Grégoire. La personne pour qui tu dépenses ton fric ne t'aime pas plus. Elle te méprise. Crois-en mon expérience. Je n'ai pas tellement d'admiration pour mes clients.

— Mais Pierre-Yves, c'est…

— C'est différent, le coupa Grégoire.

Il ne voulait pas parler du lien qui l'unissait à Pierre-Yves, étant incapable de le définir.

— C'est sûr qu'il est correct avec toi, fit aussitôt Maxime. Tu aurais pu continuer à travailler dans son restaurant s'il n'avait pas été obligé de le vendre. Est-ce qu'il est encore découragé ?

Oui, mais Pierre-Yves ne se plaignait pas, il considérait qu'il avait de la chance d'avoir pu trouver si vite une place au Laurie Raphaël. Et de l'emmener avec lui. Un jour, il aurait assez d'argent pour ouvrir un nouveau resto. Cette fois, il choisirait un associé plus honnête.

— Tu pourrais être son partenaire ! Vous pourriez m'engager comme serveur.

— Je veux voir avant si j'aime ça pour vrai. Un restaurant c'est toute une business ! J'ai peut-être trouvé un appartement rue Aragon. Je veux m'installer dans le coin avant que ça devienne trop à la mode. Avec les nouvelles constructions sur Charest, le quartier prendra de la valeur. Dans cinq ans, je serai dans le quartier le plus *hot*.

— Dans cinq ans, j'aurai presque dix-huit ans. Je pourrai avoir un appartement. Ça va être *cool*. On sortira ensemble.

Un rayon de soleil cuivra la tête de Maxime alors qu'il souriait à Grégoire et celui-ci dut résister à l'envie de le serrer contre lui. On ne lui avait jamais témoigné une telle confiance, sauf Fred[*], peut-être. Mais il y avait longtemps. Il ne permettrait pas qu'un Benoit, un Jocelyn ou une Betty abîment son petit «cousin».

* * *

En rentrant chez lui, Armand Marsolais eut l'impression que les arbres de sa rue avaient perdu toutes leurs feuilles durant la journée. Les branches dénudées se dressaient, accusatrices, vers ce ciel qui manquait de clémence, ce ciel qui s'assombrissait de plus en plus tôt, qui les repoussait trop vite dans l'obscurité. L'enquêteur foula l'épais tapis ambré, se rappelant comme il aimait entasser les feuilles pour s'y amuser avec ses copains. Est-ce que le protégé de Maud Graham répétait ce jeu, aujourd'hui? Il devait manger ses biscuits au chocolat seul devant la télé : la détective ne rentrait jamais avant le souper depuis la mort de Mario Breton. Et cela, bien que Rouaix soit revenu de vacances. Le manque d'indices constituait en soi un indice, soutenait-elle la veille. Est-ce que Rouaix et lui avaient noté à quel point l'appartement de Breton était impersonnel? Sans couleur, sans odeur. Comme si la victime ne mangeait jamais chez elle.

Rouaix avait eu un demi-sourire.

— Ah! On y est. Il me semblait bien qu'on aurait droit à un petit discours sur les odeurs.

— Tu sais que mes théories sont bonnes, Rouaix, tu peux dire ce que tu veux.

André Rouaix avait expliqué à Marsolais que Maud Graham se prenait pour un berger allemand; elle devinait des odeurs que les humains ne percevaient pas.

---

[*] Voir *Le Collectionneur*.

— Ce ne sont pas des fantasmes olfactifs, avait-elle protesté. Dans ce cas-ci, c'est l'inverse de ce qui se produit habituellement : pas un arôme, pas un parfum. Rien qui embaume, rien qui pue. L'odeur du néant. Je parierais presque que la cafetière n'a jamais servi. Pas de traces de gras dans la cuisine, de cuisson. Le four est à peine sali. Il doit n'avoir réchauffé que des pizzas et des croissants.

— Le congélateur est bien garni en plats surgelés. Breton utilisait son micro-ondes.

— Il n'y a pas assez d'odeurs, avait répété Graham. Sauf au sous-sol. Ça sent l'humidité et la colle de modèles réduits même s'il n'y en avait que deux quand on a fouillé chez lui. On croirait qu'il était de passage rue Louis-Francœur. C'est pourtant son adresse depuis deux ans. Il n'y a pas une photo dans ses tiroirs, pas un dessin sur les murs. Les chambres d'hôtel sont plus chaleureuses. Comment peut-on habiter dans un endroit aussi aseptisé ?

— Il avait peut-être peur des microbes ? avait suggéré Marsolais. Howard Hugues en était obsédé.

— Renseigne-toi là-dessus. Pour moi, avoir aussi peu d'éléments sur une victime est suspect et c'est dans cette voie qu'il faudrait effectuer les recherches.

Elle n'avait probablement pas tort. Armand Marsolais devinait une grande clairvoyance en Maud Graham et il s'en désolait. Il devrait se montrer très prudent pour se débarrasser de Judith, il était si pressé par le temps. Et si peu sûr des possibilités qui s'offraient à lui... La voix de Nadine, quand il l'avait appelée ce midi, n'était pas aussi chaleureuse qu'à l'accoutumée, plus coupante, moins sensuelle. Il l'avait assurée qu'il l'aimait comme un fou et qu'il ferait précisément une folie pour elle, mais Nadine avait répondu qu'ils ne pouvaient plus continuer ainsi. Il avait juré qu'il serait libre à la Saint-Valentin. S'il n'avait pas abordé plus tôt le sujet du divorce avec sa femme, c'est qu'elle luttait contre un cancer. Mais il le ferait bientôt.

— Tu promettais que tu serais libre pour Noël. Et maintenant, c'est en février. Ensuite, ce sera à Pâques? Ta femme peut mettre des mois à guérir. Et si elle rechute? On ne sera pas plus avancés. J'ai l'air égoïste, mais c'est moi qui serai toute seule aux fêtes.

Il avait affirmé que l'état de santé de Judith s'améliorait, qu'il tiendrait ses promesses et avait ajouté qu'il avait une belle surprise pour les vacances d'hiver. Ils passeraient du bon temps ensemble avant de faire une croisière autour du monde.

Il observa les arbres : dès que les feuilles auraient repoussé, il partirait avec Nadine à l'étranger, le plus loin possible de cette maison où l'attendait Judith. Il avait noté le frémissement du rideau de la cuisine : sa femme le guettait tandis qu'elle préparait les légumes qui accompagnaient leur repas. Exceptionnellement, il n'aurait pas à feindre l'intérêt pour les propos de Judith, ce soir-là : il voulait qu'elle l'entretienne de ses élèves, qu'elle lui raconte des anecdotes, qu'elle se plaigne des insolents ou des sots.

En l'écoutant décrire ses élèves, Armand Marsolais songeait qu'il ne serait pas le seul à se réjouir de la disparition de Judith. Elle devait les exaspérer avec ses manies, ses tics, sa façon de retrousser le nez pour exprimer son mépris.

— J'en ai une qui ignore qui est Victor Hugo, même si elle a vu le spectacle *Notre-Dame de Paris*! C'est un comble! On s'approprie un chef-d'œuvre sans que les jeunes apprennent que Quasimodo et Esmeralda ne sont pas nés de la plume de ces... ces pilleurs.

— Tu as corrigé cette lacune. Peut-être que cette fille aura envie de lire Victor Hugo.

— J'en doute. Véronique est plus intéressée par les garçons.

— Elle est en premier secondaire !

— Elles commencent de plus en plus tôt à se pomponner pour attirer leur attention.

— Et les garçons ? Comment réagissent-ils ?

Judith avait grimacé. Que pouvaient-ils faire ? Les gamines se pâmaient sur les élèves des deuxième et troisième secondaires.

— Les garçons de leur âge leur semblent trop bébés.

— Le petit Maxime a l'air jeune.

— Maxime ? Lequel ? J'en ai trois dans la classe.

— Celui qu'on a rencontré au resto.

— Il a douze ans.

— Il doit se faire agacer par les élèves...

— Non, pas trop. Ce n'est pas comme son ami Pascal. Sa mère est venue à l'école pour se plaindre de mauvais traitements.

— C'est vrai ?

Judith fit la moue : elle devinait l'impopularité de Pascal, mais elle n'avait été témoin d'aucun geste de violence envers lui.

— Je sais bien que des élèves du troisième secondaire l'agacent, mais je ne les ai jamais pris sur le fait. Ils sont discrets... Qu'est-ce que je peux y faire ? Pascal Dumont énerve tout le monde. Il veut toujours avoir raison.

— Raison ?

— Il m'a corrigée cette semaine quand j'ai parlé des chevaliers de la Table ronde.

Judith pinça les lèvres en revivant la scène : elle avait dit que les chevaliers se réunissaient en Angleterre et Pascal l'avait reprise. « C'était en Bretagne, madame. » Il y avait eu des rires étouffés dans la classe. Se moquait-on d'elle ou de Pascal ?

— Quand il marche, poursuivait Judith, on jurerait qu'il pose ses pieds sur des œufs, qu'il a peur d'avancer. D'ailleurs, il est le dernier en gymnastique. Ses parents devraient l'inciter à faire du sport. Pour qu'il soit plus agile. Ça lui donnerait confiance en lui.

— Et ces élèves qui l'agacent, tu les connais ?

— Betty et... Bertrand... non, Benoit. Le petit couple de la rentrée. J'en ai discuté avec leur titulaire, mais elle n'est pas plus à l'aise que moi pour agir. La mère de Pascal a beau soutenir que Betty se moque de son fils, il n'y a pas de flagrant délit.

— Vous pouvez agir quand même...

— C'est délicat. Peux-tu accuser quelqu'un et l'arrêter sans preuves ? Mme Dumont connaît Betty, car elles ont déjà été voisines. Elle prétend que Betty est laissée à elle-même.

— Mme Dumont est une mère très observatrice.

— Mère poule, l'interrompit Judith. Je comprends qu'elle s'inquiète pour son fils, mais les élèves détectent vite celui qui est trop couvé par sa mère, celui qui ne saura pas se défendre...

— Mme Dumont a raison de chercher à aider son fils, non ? Ce n'est pas le couver, mais le protéger, faire son devoir de mère.

Judith eut un long soupir. Elle avait écouté Mme Dumont, lui avait promis d'essayer de surveiller les élèves qui s'en prenaient à Pascal et de signaler tout incident au directeur adjoint.

— Je ne suis pas une mouche, je n'ai pas une vue à trois cent soixante degrés. Et si je protège trop ouvertement Pascal, on l'accusera d'être mon chouchou. J'ai suggéré que Pascal ait un entretien avec le psychologue du collège, mais Mme Dumont refuse : son fils n'est pas responsable de ses ennuis, il n'a rien fait de mal. « Ce sont ses agresseurs qui devraient être suivis par un professionnel. Ce sont eux qui ont des troubles de comportement. »

Mme Dumont n'avait pas tort, songea Armand Marsolais. Et elle semblait très attentive à l'entourage de son enfant. Réussirait-il à parler à Pascal à son insu ? Devait-il renoncer à son projet ou pouvait-il parier sur un autre élève ?

— Pascal est le seul à être rejeté ?

— Oui, pour l'instant. Ça me suffit amplement.

— J'imagine…

Armand quitta la table, se glissa derrière son épouse pour lui masser le cou, les épaules. Il voulait en apprendre davantage sur ce Pascal Dumont, cette Betty et ce Benoit.

— Pourquoi Betty s'acharne-t-elle sur le petit Pascal ? S'ils ont été voisins, elle doit bien se douter que Mme Dumont va se plaindre à ses parents.

— Je ne sais pas. Elle ferait n'importe quoi pour plaire à Benoit. Anne Gendron, sa titulaire, croit qu'elle est très solitaire. Enfant unique, élevée avec des adultes qui la traitent comme une adulte. Elle s'ennuie. C'est ce qui arrive quand on gâte trop un enfant : s'il a tout ce qu'il veut, il n'a plus rien à désirer. Sauf ce Benoit qui est très convoité par toutes les filles. Champion au basket, beau blond, elles trouvent qu'il ressemble à Brad Pitt. Jusqu'aux gamines du premier secondaire qui rêvent à lui…

— Est-il si mignon ?

Judith prit la main gauche de son mari, la baisa avant de la poser sur sa poitrine ; si on oubliait l'école pour un moment ? Les massages d'Armand étaient divins. Au début de leur mariage, elle se sentait coupable de se réjouir de l'avoir rencontré, de devoir son bonheur à des circonstances dramatiques, mais elle appréciait tant ses caresses... Encore aujourd'hui, après toutes ces années, Armand savait comment lui être agréable, comment l'aider à se détendre. Il lui avait semblé moins préoccupé, ce soir, plus attentif à ses propos : il devait s'habituer à ses nouveaux collègues. Peut-être y avait-il eu des progrès dans son enquête ? Elle avait oublié de s'en informer. Allait-il se décider à l'embrasser ? Elle aimait bien cette façon qu'il avait de se laisser désirer...

Aurait-elle dû lui dire qu'elle avait cessé de prendre la pilule ? Déménager à Québec lui avait insufflé le désir de changer de vie. Elle avait hésité à s'en ouvrir à son mari, elle préférait lui faire la surprise. Il serait si heureux en apprenant qu'elle était enceinte. Il était si gentil avec les enfants.

* * *

— Zorro ? Tu es certain que tu veux t'habiller en Zorro ? fit Grégoire. Ce n'est pas très original.

— Je ne veux pas être original.

« Surtout pas », pensa Maxime. Ne pas se faire remarquer, se fondre dans la masse, éviter d'attirer les regards de Benoit, Mathieu, Jocelyn ou Betty. Il était idiot de s'inquiéter autant puisqu'il serait déguisé, mais il ne pouvait s'empêcher de croire que le quatuor devinerait qu'il se cachait sous le masque du justicier et se moquerait de lui. Il avait eu droit à leurs ricanements le lundi et le jeudi alors qu'il attendait l'autobus. Il avait fait mine de les ignorer, et il avait été soulagé de constater que Pascal ne montait pas dans le véhicule, qu'il ne s'installerait pas à côté de lui. Il lui faisait pitié, mais il ne voulait pas subir les moqueries des élèves de tout le secondaire. Car tout le monde, vraiment tout le monde riait de Pascal. On faisait des plaisanteries sur son goût pour la magie : « Eh ! Crapaud ! Es-tu capable de te faire disparaître ? On est prêts à payer pour ton numéro ! » ou « Pascal, es-tu capable de lire l'avenir dans ta boule de cristal ? Sais-tu ce qui t'attend à la sortie des cours ? » Max et Julien avaient affirmé que Benoit envoyait des messages de menaces par courrier électronique.

— C'est lâche, n'avait pu s'empêcher de dire Maxime.

— Il a juste à les jeter, avait rétorqué Julien. Il est chanceux d'avoir Internet chez lui. J'espère que mon père se décidera pour Noël. Il n'est pas pressé parce qu'il a déjà un super-système au bureau. Moi, j'aimerais ça qu'on s'équipe à la maison. Il paraît que c'est plus important de payer les cours de patin artistique de ma sœur. Pascal est chanceux d'être enfant unique.

— J'aimerais mieux avoir un frère. Une chance que j'ai Grégoire.

— Grégoire ? Celui qui est venu te chercher l'autre jour ? C'est ton cousin ?

Maxime avait acquiescé et Julien lui avait avoué qu'il l'enviait d'avoir un cousin aussi vieux.

— Zorro ? s'écria Grégoire. Tu n'aimerais pas mieux un costume de Superman ?

— Zorro, c'est bien. Tout en noir. Comme toi, tu portes souvent du noir.

Grégoire sourit ; il n'avait rien en commun avec le justicier masqué, mais que Maxime ait envie de se vêtir de noir pour lui ressembler le touchait.

— Un costume de Zorro est mieux qu'un drap de fantôme, c'est sûr. Êtes-vous plusieurs à sonner aux portes ensemble ?

— Les gars du hockey.

— Et ton ami Pascal ?

Maxime haussa les épaules ; il n'avait pas beaucoup parlé avec lui, les derniers jours. Il savait seulement qu'il se déguiserait en Merlin l'Enchanteur. Il se sentait un peu coupable d'avoir refusé de célébrer l'Halloween avec lui, mais il aurait davantage de plaisir avec Max et Clément.

— Biscuit veut me photographier avec mes amis, confia Maxime à Grégoire. J'aimerais mieux qu'elle oublie cette idée, mais c'est elle qui paie mon costume... Je vais faire rire de moi. Je ne suis pas un bébé. On dirait qu'elle a oublié que je me gardais tout seul à six ans.

— C'est à cause de sa job, elle devient paranoïaque. Bon, j'espère qu'ils ont des costumes de Zorro, parce que ce n'est pas Biscuit qui t'en coudra un. Elle n'est même pas capable de faire un bord de pantalon.

Une heure plus tard, Maxime était de retour chez lui et essayait sa cape devant le grand miroir de l'entrée. Il avait vraiment fière allure ; il la montrerait à son père le lendemain de l'Halloween. Il avait l'impression d'être plus grand, plus fort. Si seulement il pouvait porter ce costume tous les jours. Si tous les élèves étaient déguisés, plus personne ne serait rejeté, car on ne saurait pas de qui on se moquerait. Pascal n'aurait qu'à s'habiller en pirate au lieu de revêtir la tunique de Merlin, trop excentrique, et personne ne rirait de lui.

Irait-il tout seul de porte en porte ?
Il ne pourrait jamais imposer Pascal à Max et à Julien. Il n'essaierait même pas.

* * *

Les lumières de Lévis bordaient le fleuve d'une ligne argentée, aussi délicate qu'un travail d'orfèvre, et Maud Graham se surprit à rêver qu'Alain lui offrirait peut-être un bijou pour Noël. Elle le porterait contre sa peau, sous ses pulls, et le toucherait parfois dans la journée en pensant à son amour, en se persuadant de sa réalité. Le grincement d'une des lunettes d'approche de la terrasse Dufferin lui fit tourner la tête ; il y avait encore des touristes en cette fin d'octobre. Tentaient-ils de distinguer l'île d'Orléans à la tombée du jour ? Le Saint-Laurent épousait la nuit de plus en plus tôt, masse bleutée, mouvante et émouvante, différente à chaque promenade et générant pourtant la même sérénité chez la détective qui venait arpenter le sol de bois chaque fois qu'une enquête lui échappait.

Pourquoi avait-on tué Mario Breton ? La veille, il n'y avait qu'un entrefilet dans *Le Soleil*. Mario Breton était mort depuis trop longtemps, d'autres nouvelles avaient relégué son fantôme au dossier trop mince des enquêteurs. Comme il n'avait pas de famille, personne n'avait réclamé son corps, personne n'exigeait de connaître la vérité, ne souhaitait la punition du coupable. Maud Graham regarda la statue de Champlain au bout de la terrasse, guettant l'arrivée de Grégoire. Elle avait hâte de le serrer contre elle, hâte d'avoir envie de l'embrasser sur les deux joues et de s'empêcher de céder à ce désir, hâte de revoir ses iris trop clairs. Deux mois et trois jours au restaurant. Il avait tenu tout ce temps. Persévérerait-il?

Elle sentit une main sur son épaule. Il était là, avec son demi-sourire, portant le foulard qu'elle lui avait offert le Noël précédent. Elle se souvenait qu'elle avait palpé des dizaines d'écharpes chez Simons avant de choisir la rouge et noir.

— Alors, en panne d'inspiration? Est-ce qu'un dry martini te ferait du bien?

— Si je pouvais m'y noyer, ce serait parfait. Aujourd'hui, j'envie les fous qui croient qu'un dieu communique avec eux à l'aide d'objets. J'aimerais qu'on me désigne la Vérité et que je n'aie plus de questions à me poser.

— Non, non, tu voudrais savoir qui a décidé que c'est la Vérité vraie... Tu ne te contentes jamais de ce qu'on te dit.

Elle faillit étreindre Grégoire, hésita et referma le col de son Kanuk, sourit quand le jeune homme glissa son bras sous le sien, l'entraînant vers le bar du château Frontenac. Tiens, on avait changé les tapis. Ceux de l'hiver étaient plus sombres, plus riches, plus royaux que ceux de la saison chaude.

Grégoire se dirigea vers la droite, fit le tour du bar avant de désigner un fauteuil à son amie.

— Je vais boire un bloody mary. Il paraît que la reine d'Écosse a passé dix-huit ans en prison avant de se faire décapiter.

— Qui t'a raconté ça?

— Pierre-Yves. Il sait tout en cuisine, tout sur les cocktails, tout sur la pâtisserie, tout sur les fruits de mer. Il peut te parler des petits poissons des chenaux comme du fugu.

— Le fugu?

Graham était si contente de montrer son ignorance à Grégoire, de lui permettre de l'instruire. Il expliqua d'une voix assurée que les Japonais payaient des fortunes pour déguster ce dangereux poisson.

— Dangereux?

— Il y a une toxine mortelle dans ce poisson. Si le cuisinier enlève mal la vésicule qui la contient, le client meurt en quelques minutes. C'est con, tu ne trouves pas, comme *trip*?

Graham fronça les sourcils, mais se dit très vite que Grégoire avait raison: déguster du fugu n'était pas une expérience gastronomique, la chair du poisson fût-elle succulente. Non, on ne jouissait pas d'avoir mangé une merveille, mais d'avoir échappé à la mort. Une version de la roulette russe...

— Tu prouves aux autres convives que tu n'es pas peureux, continuait Grégoire, que tu as du contrôle sur tes nerfs, que tu es un *tough*. Je déteste ça, les gens qui veulent toujours prouver qu'ils sont les plus forts.

— Tu aimes beaucoup Pierre-Yves, fit Graham en pigeant une amande dans le mélange de noix salées qu'un serveur avait déposé sur leur table.

— Oui. Il est correct. J'imagine que tu pensais que je me transformerais en travailleur de rue quand j'arrêterais de vendre mon cul? Il y en a beaucoup qui font ça. C'est une idée. Mais je suis content que Pierre-Yves ait réussi à persuader Daniel de faire une exception pour moi. Tu sais qu'on n'engage pas des gars qui n'ont pas d'expérience dans un restaurant aussi haut de gamme que le Laurie. Il a fallu que Pierre-Yves soit convaincant...

— Tu es doué en cuisine, Grégoire. Tu as travaillé tout l'été au resto de Pierre-Yves. Et moi, je profite de tes talents depuis longtemps. C'est comme l'oreille musicale, on l'a ou on ne l'a pas. J'ai beau suivre une recette à la lettre, ça ne donne jamais les résultats que j'espère, alors que toi, tu ouvres le frigo, tu prends deux ou trois trucs et tu nous concoctes un festin.

— Mon père était bon en cuisine.

Graham fixa Grégoire qui soutint son regard; il hésitait à solliciter sa mémoire, à la réveiller, trop d'images pourraient se coller, s'agglutiner à un souvenir de crêpes farcies au jambon et aux asperges. Oui, jusqu'aux asperges en conserve qui étaient bonnes quand son père les préparait. Grégoire n'en avait jamais mangé après son départ.

— Ton gars de Cap-Rouge, il ressemble peut-être à mon père. Avec une autre vie avant d'aboutir à Québec, une famille dont il se crissait tellement qu'il a changé de nom pour être certain qu'ils ne le retrouvent jamais.

— Ton père a changé de nom?

— Pas sûr. C'est du trouble. C'était moins compliqué de laisser le gros Bob s'installer à sa place. On n'a jamais eu de nouvelles de lui. Il a disparu, hop, terminé, on n'en parle plus.

— Ton père est vivant quelque part. Moi, mon type a l'air d'un spectre. Son logement ressemble à une chambre d'hôtel, totalement impersonnel.

— Justement. Si sa maison a un look d'hôtel, c'est qu'il apprécie ce genre d'anonymat. Il doit s'être beaucoup promené avant d'arriver à Québec.

— Une sorte de voyageur de commerce?

— Pourquoi pas?

Maud Graham ferma les yeux en buvant la première gorgée de son dry martini. L'arôme du genièvre lui faisait pressentir l'hiver, long, sombre et sec malgré le fleuve si près. Un homme mobile ? Oui… Mario Breton ne travaillait à Québec que depuis deux ans. Son chef de service avait dit qu'il était employé auparavant dans une entreprise de transport de Montréal. On avait enquêté sur ce commerce sans trouver quoi que ce soit de suspect. Est-ce que Breton avait profité de l'entreprise pour faire entrer et sortir des objets ou des substances illégales ? À l'insu de son employeur ? S'était-il installé à Québec pour fuir les ennuis ? Bruno Desrosiers avait souvent déménagé, d'après Maxime. Maxime, le justicier masqué.

— Maxime veut changer le monde…

— Le monde ? Non, on te laisse faire toute seule. Mais il aimerait mieux que…

— Que quoi ? Dis-moi ce qui le tracasse. Il jure que tout va bien, mais il s'exprime de moins en moins. Et par monosyllabes.

— Les ados parlent tous comme ça. Je ne disais pas un mot quand j'avais douze ans.

— Je te trouve sentencieux. Qu'est-ce qui tracasse Maxime ?

— Il ne veut pas que tu le prennes en photo avec ses amis. C'est trop bébé.

Graham eut un petit hoquet de surprise : c'était donc ça ? Elle dissimula sa vexation, puis elle s'avisa que Grégoire avait répondu trop vite à sa question, comme s'il s'y était préparé. Que lui cachait-il ?

— Je ne le photographierai pas. Mais es-tu certain qu'il a des amis ? Qu'il ne prétend pas en avoir pour me rassurer ? Qu'il ne fête pas l'Halloween tout seul parce qu'il habite dans un nouveau quartier et que je ne lui ai pas proposé de retourner dans Saint-Roch pour rejoindre ses anciens amis ce soir-là ?

Grégoire soupira. Elle devait arrêter de s'en faire. Maxime n'était pas comme Pascal.

— Pascal ? Son copain ?

— Ce n'est pas vraiment son chum. Il a pitié de lui. C'est un *reject*. Personne ne veut se tenir avec lui.

— Je pensais qu'ils s'entendaient bien. Qu'ils se comprenaient parce qu'ils avaient tous les deux des pères absents...

— Tu joues à la psy ?

Maud Graham eut un mouvement d'impatience.

— Je fais ce que je peux, marmonna-t-elle.

Grégoire cogna son verre contre le sien, affirma que Maxime était heureux chez elle. Il lui révélerait plus tard les brimades dont Maxime avait été victime. Si ça se reproduisait. Il n'accepterait pas que Maxime endure ce qu'il avait vécu. Comme cette époque était lointaine et floue ; une fuite constante entre l'école et la maison, l'oncle Bob la nuit et les frères Lussier le jour. Mais il se souvenait parfaitement de l'heure à laquelle il s'était révolté. Seize heures quinze, juste après les cours. Sur le trajet de retour. Il avait songé qu'il mourrait si les Lussier l'attaquaient de nouveau, qu'il n'avait plus rien à perdre et il s'était jeté sur eux quand ils s'étaient approchés de lui. Il avait mordu Pierre au bras, avait perçu le goût salé et ferreux du sang. Puis il avait frappé Jacques à la tête tandis que son frère lui criait d'arrêter, d'arrêter, d'arrêter...

Le soir même, il faisait ses bagages et quittait sa mère et son amant abuseur.

Grégoire se tourna vers la fenêtre ; il devinait le mouvement du fleuve plus bas, lourd et lent, opaque. Combien de fois avait-il failli sauter du haut du traversier pour s'anéantir dans la nuit marine ? La colère seule l'avait gardé vivant.

101

Puis Biscuit, plus tard.

Maxime avait de la chance de l'avoir rencontrée tôt.

Il tapota la soucoupe vide, la souleva pour faire signe au serveur qu'il désirait d'autres noix.

— Non, je vais encore vider la coupelle s'il en rapporte, fit Graham. J'aime trop ça.

— On n'aime jamais trop, crois-moi sur parole.

Chapitre 5

Une odeur de café réconforta Maud Graham lorsqu'elle gagna son bureau après avoir suspendu son manteau. Elle frissonnait depuis son réveil et redoutait d'avoir attrapé la grippe de Maxime. Elle goûtait maintenant à toutes les joies que réserve la vie familiale. «On partage nos rhumes!» avait ironisé Léa. La détective avait avalé deux cachets d'aspirine, avait revêtu le chandail bleu canard que lui avait offert Alain, mais elle avait toujours froid. Elle bénit Armand Marsolais d'avoir préparé du café. Cet homme était vraiment aimable. Il réussirait même à supporter Moreau si ce dernier reprenait du service. En attendant, elle continuait à travailler avec lui malgré le retour de Rouaix. La ville était calme et le meurtre de Breton agaçait assez Robert Fecteau pour qu'il ait ordonné à Graham d'en faire sa priorité. Il pouvait même lui adjoindre un homme de plus pour mener son enquête si elle le jugeait nécessaire.

Elle n'avait pas été surprise par cette subite générosité. Son patron avait eu un appel d'un journaliste qui s'intéressait de nouveau à leur enquête.

— Qui vous a téléphoné? *Le Soleil* ou *Le Journal de Québec*?

Fecteau éluda la question. Ce qui comptait, c'était d'arrêter le coupable. On ne commencerait pas à se tuer sans raison dans la capitale.

— On n'est pas aux *States*! As-tu entendu parler du dernier carnage dans une école du Wisconsin ou du Montana? Ils sont malades!

— On fournit des armes aux gens et on voudrait qu'ils se contentent de les astiquer... J'ai vu un film de Michael Moore: il y a une banque où on vous offre un fusil au moment où vous ouvrez votre compte. Ils fournissent l'arme avec laquelle ils pourraient être braqués le lendemain!

— Ils sont encore plus fous que je ne le pensais, avait marmonné Fecteau. Trouvez-moi le gars qui a tiré sur Breton. Avancez-vous, au moins? Le Montréalais a l'air motivé, hein?

— Oui, renchérit Graham, Marsolais ne compte pas ses heures.

En déposant son arme dans le tiroir de son bureau, la détective songea qu'elle avait de la chance de travailler avec le Montréalais sur cette enquête. Elle aurait pu parier qu'il ne protesterait pas quand elle le prierait de convoquer de nouveau tous les collègues de Mario Breton. Il était toujours prêt à en faire davantage, à multiplier les appels pour dénicher un indice. Il lui ressemblait. Ou plutôt, il ressemblait à celle qu'elle était avant de se charger de Maxime. Maintenant, elle avait hâte de rentrer à la maison, même si elle s'interrogeait chaque jour sur son attitude envers son protégé. Était-elle trop permissive ou trop sévère, trop curieuse ou pas assez? Lorsqu'elle avait parlé de la tuerie aux États-Unis, de la frustration qui avait poussé les jeunes criminels à agir, Maxime avait semblé anxieux et elle l'avait interrogé : était-il malmené à l'école ? Il avait nié, nommé Max et Julien. Lui, il avait des copains, il aimait le sport. Qui n'avait pas de copains ? avait-elle demandé aussi vite. Pascal ?

Maxime avait changé de sujet : est-ce qu'il fêterait Noël avec elle ou avec son père ? Elle avait répondu qu'ils avaient plusieurs semaines pour y songer, mais elle s'était promis de mentionner le comportement évasif de Maxime à Bruno Desrosiers. Maxime serait peut-être plus loquace avec son père.

— Graham ? Tu rêves ?

Rouaix lui tendait un relevé téléphonique : Breton avait appelé à Toronto au cours du mois d'août.

— Donald Johnson. Un ancien ami. Ami ? J'exagère. Ils ont fait les vendanges ensemble en France quand ils étaient jeunes. Mario revenait d'un voyage en Inde, Johnson, du Maroc. Ils ont passé l'automne en Bourgogne, puis sont rentrés au pays. Johnson s'est installé à Toronto, Mario est resté au Québec. Ils s'appelaient deux ou trois fois par année. Johnson a eu l'air secoué d'apprendre sa mort. Il ne lit pas les journaux francophones. Il m'a dit que Mario n'était pas chanceux, qu'il avait été attaqué en Inde, même si ce n'était pas le genre de gars à chercher les ennuis. Il était discret, tranquille.

— Ça correspond au portrait que nous ont dressé ses collègues. Et à son appartement. C'est d'une austérité… non, d'une vacuité. Ça n'a pas la sobriété de la cellule d'un moine qui veut se recueillir, c'est impersonnel et froid comme ces appartements témoins qu'on vous fait visiter quand vous voulez acheter une maison. Ils ont beau mettre des fleurs de soie dans un vase sur la table de la cuisine, ça paraît toujours vide.

— Breton a pourtant existé, vécu, mangé, dormi, ri, pleuré comme tout le monde, dit Rouaix.

— En tout cas, il a l'air d'avoir conservé son nom.

— Son nom?

— Une théorie de Grégoire. Il y a des hommes qui changent de nom pour fuir leur famille, leur femme, mais il faudrait que Breton ait changé de nom très jeune. Qu'est-ce qui pousserait un gars dans la vingtaine à cacher son identité?

Marsolais s'approcha d'eux, claquant des doigts.

— Il voulait changer de sexe!

— On l'aurait su par l'autopsie. Et on n'a pas découvert d'hormones ou de médicaments chez lui. Ni rien qui concerne la transsexualité.

— Et les modèles réduits? Où en est-on avec les modèles réduits? As-tu rencontré ton amateur, Marsolais?

— Boucher a reporté le rendez-vous. On se rencontre ce soir. Et si Breton avait changé d'idée après avoir modifié son nom? S'il avait eu peur de l'opération? Moi, juste à imaginer qu'on me couperait le... la... enfin, vous comprenez?

— Et s'il avait plutôt commis une grosse bêtise dans son passé? suggéra Graham.

— Il n'y a rien de tel dans les dossiers informatiques, dit Rouaix.

— On finira bien par apprendre quelque chose sur l'ancre de bateau tatouée sur son épaule, même si elle est à moitié brûlée.

— Aucun tatoueur n'a reconnu son travail. Mais il faut continuer à chercher, voir aux États-Unis.

— Je m'en charge, s'écria Marsolais.

Il n'était pas question que Maud Graham ou André Rouaix apprennent ce qu'il avait compris la veille! Il

106

avait un pressentiment depuis qu'il avait vu le tatouage de Breton, mais le déclic ne s'était fait que la nuit précédente. Et quel déclic ! Mario Breton était le nom qu'avait emprunté Daniel Darveau pour échapper aux hommes de Gary Chouinard. Et ce que Graham prenait pour la représentation d'une ancre de bateau était un *ulu*. Si Darveau n'avait pas tenté d'effacer son tatouage au chalumeau, Graham aurait su très vite que le dessin représentait un couteau inuit. Daniel Darveau n'avait jamais été marin ni amateur de pêche, mais il avait eu une maîtresse inuite et il s'était fait tatouer ce symbole sur l'épaule lors d'un voyage éclair dans le Grand Nord, pour s'évanouir ensuite dans la nature, après avoir arnaqué son patron. Gary Chouinard l'avait engagé, malgré son jeune âge, pour ses talents à falsifier une comptabilité, à dissimuler les entrées d'argent, à les faire disparaître des livres, à les soustraire à l'impôt. Mais il avait regretté d'avoir accordé sa confiance au petit génie des chiffres. Celui-ci l'avait volé. De cent mille dollars. Ou davantage ? En prison, des hommes de Chouinard avaient parlé d'un quart de million. À combien s'élevait le contrat pour descendre Darveau ? Qu'était devenu ce Richard « One » Buissière à qui Chouinard avait confié ce travail ? Était-il vraiment le meilleur tueur à gages de l'époque ?

Marsolais s'était souvenu de cette histoire en examinant pour la vingtième fois les photos du corps de Breton, son tatouage rongé à l'épaule. Il s'était remémoré sa première enquête avec Descôteaux, l'arrestation d'un motard qui leur avait proposé de leur vendre Richard Buissière en échange de sa liberté. Et qui leur avait parlé de Darveau, mêlé selon lui à des histoires sordides. « Buissière ne descend pas des enfants de chœur.» Descôteaux avait accepté le marché, mais il n'avait jamais attrapé le tueur à gages, le délateur étant mort égorgé avant d'avoir pu livrer l'information.

Descôteaux... Ce serait merveilleux s'il pouvait appeler son ancien partenaire et lui demander de se rappeler les propos du motard entendus à l'époque, mais Descôteaux s'interrogerait sur l'intérêt de Marsolais pour une aussi vieille affaire. Personne ne devait se douter qu'il voulait en apprendre davantage sur Buissière et Darveau. Heureusement, il se souvenait de détails importants : Darveau adorait les avions et il avait un tatouage à l'épaule gauche. «Une sorte de demicercle avec une barre. Il s'est fait faire ça avec son Indienne, dans le Nord. Ils vivent comme des sauvages. Je ne me serais jamais fait tatouer là-bas, j'aurais eu trop peur d'attraper quelque chose. Le scorbut, ou je ne sais pas quelle maudite maladie!»

Marsolais se remémorait les paroles de Descôteaux, se félicitant de les avoir si bien enregistrées. Il les aurait probablement oubliées si l'enquête, ayant mené à l'arrestation du motard, n'avait pas été sa toute première. Il buvait les paroles de Descôteaux, totalement perméable, avide d'apprendre toutes les ficelles, tous les trucs du métier, désireux de devenir le meilleur détective de Montréal, de grimper les échelons jusqu'à la direction, de frayer avec les politiciens et les hommes d'affaires, de goûter au pouvoir. Il se souvenait de l'évocation du scorbut, des horribles descriptions qu'on en faisait dans les manuels d'histoire du Canada. Descôteaux pensait que Darveau s'était sauvé aux États-Unis. «Il faudrait être fou pour aller vivre dans le Grand Nord quand on peut se dorer la couenne en Floride.» Ils l'avaient recherché, mais n'ayant rien de précis à lui reprocher, ils l'avaient délaissé. Puis il y avait eu d'autres enquêtes. Puis le meurtre d'Hélène, son mariage avec Judith. Et son désir constant de s'en débarrasser. Et une collègue du pseudo Mario Breton qui parlait de son engouement pour les modèles réduits... les modèles d'avion. Quand Darveau avait-il usurpé l'identité de Breton ? L'avait-il rencontré en voyage ? L'avait-il tué pour prendre sa place ? Comment s'était-il assuré qu'aucun membre de la famille ni aucun ami ne chercherait à le revoir ? Il semblait s'être bien débrouillé... jusqu'à tout récemment.

Est-ce que Richard «One» Buissière traquait encore Breton après tout ce temps ? À l'époque, Descôteaux décrivait le tueur à gages comme un bull-terrier. Acharné et orgueilleux. S'il pouvait le retrouver ? Le contraindre à tuer Judith ? Il devrait remonter jusqu'à Gary Chouinard, savoir s'il avait engagé d'autres tueurs pour lui ramener la tête de Breton. Dénicher Buissière... et réussir à contrôler ce chien enragé ? Il n'était pas du tout certain que cette solution soit la bonne, mais il n'était certain de rien. Il attendrait encore un moment avant de parler de ses découvertes à Maud Graham. Il dirait qu'il s'était tu jusque-là parce qu'il doutait de ses théories. Graham lui en voudrait un peu pour son silence, mais elle serait tout de même contente qu'il lui fournisse une piste si intéressante. Elle ne pourrait pas nier qu'il était un excellent enquêteur.

Mais pourquoi se souciait-il de l'opinion de cette femme ? Il quitterait la police dans quelques mois. Dès qu'il aurait hérité de Judith.

Parier sur un tueur à gages ? Continuer à chercher l'arme du crime en prévision d'une utilisation ultérieure ? Ou suivre son plan le plus fou... Miser sur la rage d'un élève ? Cette option présentait deux formidables avantages : la mort de Judith serait considérée comme un accident tragique et il lui serait plus facile de se débarrasser d'un gamin que d'un tueur professionnel, une fois le meurtre accompli.

Parviendrait-il à avoir assez d'ascendant sur un jeune pour le diriger tel un missile téléguidé vers son épouse ?

Perdait-il la tête ?

Oui. Non. Oui. Il était hanté par le visage, le corps de Nadine. Elle ne devait pas lui échapper. Tout sauf ça.

— Breton a pu être tué sans raison, déclara Rouaix. Eh ? Tu nous écoutes, Marsolais ?

— Sans raison ? C'est possible. Et de plus en plus fréquent, aujourd'hui. On a eu des cas à Montréal.

Si Graham et Rouaix pouvaient se convaincre de cette théorie, tout serait plus simple !

— Et la lettre anonyme ? Le labo ne nous a rien appris, mais il faut tout de même en tenir compte. La lettre faisait référence à l'affaire Breton.

— Il y a toujours des malades qui veulent se donner des frissons, fit Marsolais. Il y en a un qui a eu envie de s'amuser en nous menaçant.

— Sans rapport avec notre meurtrier, peut-être, continua Rouaix. Notre type peut n'avoir tué qu'une fois... ou se remettre à tirer sur n'importe qui. Comme ces gamins dans le Wisconsin...

— Ils n'ont pas descendu des inconnus, corrigea Maud Graham. Les gamins connaissaient très bien leurs victimes. Trop bien.

Marsolais soupira avant d'interroger ses collègues : avaient-ils déjà rencontré les élèves dans les établissements scolaires pour discuter du taxage ?

— Il y a un policier qui a fait ça à Longueuil. Il a eu un très bon accueil. On devrait peut-être y songer...

L'enquêteur fit mine de réfléchir avant de reprendre.

— On pourrait offrir nos services aux enseignants. Les jeunes ne savent pas qu'ils peuvent être punis s'ils taxent un autre gamin. Et qu'ils ont le devoir d'intervenir s'ils voient des copains en malmener un autre. Trop de gens ferment les yeux. J'en ai parlé avec Judith et ce n'est pas encourageant. Si on baisse les bras, on aura des ados puis des adultes mal dans leur peau, prêts à faire des conneries.

— Tu voudrais qu'on rende visite aux élèves ?

— On pourrait toujours essayer. Si on allait à l'école où enseigne Judith ? Elle pourrait parler de notre projet au directeur.

Graham était séduite par la proposition ; on ne perdait rien à essayer. À condition de faire preuve de souplesse, de modération dans les exposés.

— De modération ?

— On ne doit pas aborder les adolescents de front... Ceux qui sont frustrés, haineux nous écouteront encore moins. Nous représentons cette autorité qu'ils détestent. La plupart des élèves meurtriers aux États-Unis occupaient leurs loisirs à regarder des vidéos, des films violents. C'est rare que les policiers ont le beau rôle dans ces productions. Mais je ne pourrai pas t'accompagner à l'école, Marsolais. Maxime m'en voudrait trop.

— T'en voudrait ?

Rouaix expliqua à Marsolais que son fils Martin avait souvent essayé de cacher sa profession à ses amis.

— Tout petit, il était très fier que je sois policier, mais au secondaire, ça l'ennuyait. Il avait peur qu'on ne lui fasse jamais confiance, qu'on croie qu'il allait tout

111

me répéter si quelqu'un faisait une bêtise. Graham a raison. Maxime pourrait être embêté.

— Je comprends, fit Marsolais. Moi, c'est ma femme qui est à l'école. Ça ne la gênera pas. Si on peut sensibiliser les jeunes au problème du taxage…

— Et de l'intimidation. Dans toutes les écoles, des gamins sont maltraités, dénigrés sans qu'on leur prenne leurs affaires. Tu devrais traiter davantage de la différence entre la délation et le devoir d'avertir un adulte plutôt que des peines encourues par les coupables. Plus de conseils, moins de menaces…

— Tu as raison, renchérit Rouaix. Combien de fois Martin m'a-t-il répété qu'il n'était pas un *stool*?

— Je vais faire preuve de diplomatie…

Maud Graham lui sourit, hésita à lui demander d'essayer de savoir si Maxime était victime ou non d'intimidation. Ses notes en mathématiques avaient baissé, alors qu'il aimait bien cette matière. Avait-il moins travaillé ou était-il plus distrait en classe? Préoccupé?

— Parlant de diplomatie, as-tu réussi à calmer Fecteau? s'informa Rouaix.

— Non. Et je ne peux pas le blâmer. On n'a rien. Il faut qu'on revoie tous les collègues de Breton. On n'a toujours pas récupéré l'arme… Le tueur l'a-t-il encore en sa possession? Pour tirer sur qui, cette fois-ci? Il faut qu'il y ait un lien entre Breton et lui, sinon…

Marsolais promit à Graham qu'il réunirait tous les collègues de Breton avant midi.

À onze heures, les détectives rencontraient Ghislaine Lapointe, une informaticienne, qui leur répétait ce qu'elle leur avait dit le lendemain du meurtre : le comptable était ponctuel, calme, réservé. Elle n'avait pas réussi à savoir s'il avait une amie, s'il avait été marié. Puis elle s'était dit qu'il était gay.

— Il était trop discret sur sa vie privée. J'ai mentionné devant lui mon cousin qui est homo pour lui montrer que j'ai l'esprit large. Au cas où... même s'il n'était pas efféminé. Il semblait surtout s'ennuyer dans la vie. Il riait de nos farces, mais pas longtemps. Comme s'il se forçait un peu. Mario n'était pas très... relax.

— Vous dîniez souvent avec lui ?

— Non. Il n'était pas très jasant. Sauf s'il s'agissait d'avions, de modèles réduits. Comme je l'ai déjà dit à votre collègue.

— Est-ce qu'il aurait pu s'agir de vrais avions ? suggéra Graham. Peut-être prenait-il des cours de pilotage ?

La femme fit la moue. Breton ? Piloter ? Peut-être. Il aimait vraiment les avions.

— Mais il n'a jamais parlé de voyages. Il n'a jamais manqué un seul jour de travail. S'il a pris l'avion, il ne s'est pas rendu très loin.

— Était-il gentil ?

— Gentil ? Mario était ailleurs... S'il se réincarne, ce sera en imperméable. Tout glissait sur lui. Je me demande même s'il transpirait comme nous autres ! Il était correct avec tout le monde, mais il ne nous questionnait jamais sur notre vie, notre famille. Peut-être qu'il avait peur qu'on l'interroge à notre tour. Qu'est-ce qu'il nous cachait ? L'avez-vous découvert ?

— Non. On est ici pour ça.

Un vent chaud surprit Maud Graham quand elle et Marsolais sortirent de la tour où ils avaient interrogé huit personnes. L'air s'était tellement radouci qu'elle rêva un instant de s'asseoir à une terrasse, en compagnie d'Alain, pour boire un café et oublier Mario Breton. Elle aurait choisi une petite table, dans un angle, pour lire *L'allée du roi*, réfléchir au charisme de Mme de Maintenon qui avait échappé à son humble condition pour épouser Louis XIV. Par quel tour de force avait-elle réussi à survivre à toutes les intrigues qui tissaient la vie à la cour de France ? Comment avait-elle échappé aux malveillances ? Combien de personnages avaient cherché à la corrompre, à la compromettre ? Elle avait su durer. Rester dans l'ombre et se montrer néanmoins indispensable.

Qu'est-ce qui poussait Mario Breton à être si discret ?

* * *

Maxime courait depuis que Maud Graham l'avait déposé devant l'entrée de l'école. Ils s'étaient levés en retard et il avait eu juste le temps de s'habiller, tandis que Biscuit glissait un muffin aux carottes dans son sac à dos avant de lui tendre cinq dollars pour manger à la cantine. Il lui avait dit qu'ils arriveraient à l'heure si elle brûlait les feux rouges, mais elle avait refusé.

— Le gyrophare n'est pas un jouet, Maxime. Mange ton muffin. Ton réveil n'a pas sonné ?

— Je ne sais pas.

— Tu dors comme un ours.

— Je ressemble à mon père. La fin de semaine dernière, je l'ai réveillé trois fois.

— Est-ce que ça va bien pour lui au Saguenay ?

— Oui. Les gens sont gentils et il aime enseigner la musique. Il avait mon âge quand il a commencé à jouer.

— Ça fait longtemps que je ne t'ai pas entendu jouer du saxophone. Tu aimais ça, non ?

— Je joue avec mon père. On fait des duos, c'est *cool*. Tu ne veux vraiment pas utiliser le gyrophare ?

— Non. J'ai écrit un mot pour ta prof. Tu lui diras que ça ne se reproduira plus.

Maxime haussa les épaules. Il se contenterait de donner le billet que Graham avait écrit à Judith Pagé pour justifier son retard. Pourquoi fallait-il que les vestiaires soient si loin de sa salle de cours ? Il s'élança hors de la voiture et se mit à courir, puis ralentit : à quoi bon ? Il était en retard, de toute manière… Ça ne changerait rien s'il se présentait en classe dans dix minutes au lieu de trois. Il n'était pas si pressé d'assister au cours de français.

Le couloir qui menait aux vestiaires lui parut encore plus sombre qu'à l'accoutumée. Était-ce parce qu'il était désert ou avait-on éteint des lumières ? Maxime détestait les lieux, leurs coins, leurs dédales, leurs mille pièges. Il savait combien il était aisé d'y surprendre quelqu'un, de lui faire peur. Tout pouvait se dérouler sans que personne intervienne. On pouvait enfermer un élève dans une case, ça prendrait du temps avant qu'on le délivre.

Il aurait voulu aider Pascal, mais il ne pouvait pas l'accompagner chaque matin à sa case sans avoir d'ennuis à son tour. Benoit semblait l'avoir oublié depuis que Max et Julien avaient vanté ses mérites sportifs, mais s'il le croisait trop souvent avec Pascal, il recommencerait à le harceler.

Un bruit fit sursauter Maxime qui s'immobilisa. Il entendit des voix, reconnut celle de Mathieu, puis celle de Jocelyn.

— On ne peut plus rester ici. On est en retard !

Était-ce lui qu'ils guettaient ? Maxime retint sa respiration, mais il avait l'impression que Mathieu et Jocelyn pouvaient l'entendre.

115

— Maudit Crapaud! Par où est-il entré? On l'a guetté aux deux portes.

— Il n'est pas venu à l'école.

— Ou à sa case. Il a dû expliquer à son prof pourquoi il se pointe aux cours avec son manteau et ses bottes.

— Il est peut-être malade, Joss.

— Crisse d'hostie, il s'arrange toujours pour nous énerver. Il fait chier tout le monde. C'est de sa faute si on l'écœure!

— Envoye, *come on*. Dubois nous fera payer notre retard. Il est vache!

— Dumont ne perd rien pour attendre. Je lui prépare une belle surprise! J'ai promis à Ben qu'il rirait pendant une semaine. Je te jure que le petit Crapaud va *badtripper*!

Maxime souffla doucement quand les adolescents s'éloignèrent à grands pas dans le corridor. Ils ne l'avaient pas vu. Ils s'en seraient peut-être pris à lui par dépit. Quel sort réservaient-ils à Pascal? Il devait l'avertir. Quand tout cela cesserait-il enfin? À Noël? À Pâques? En juin? Est-ce que c'était vrai que, l'été dernier, Benoit avait cassé le bras d'un autre gars? Et qu'il cachait un poignard dans sa botte? Et est-ce que Joss pouvait faire vraiment n'importe quoi pour un joint?

Devait-il révéler à Maud Graham que Benoit vendait de la dope? Le faire expulser de l'école? Mais si on apprenait que c'était lui qui était derrière ce renvoi, Ben saurait où le retrouver. Il avait de plus en plus de mal à s'endormir, le soir. Même Grégoire ne lui était pas d'un grand secours.

En entrant dans la classe, Maxime fut surpris de découvrir Armand Marsolais devant le tableau noir et Judith Pagé assise au premier rang. Il ne manquait plus que ça ! Il allait lui sourire, l'appeler par son prénom devant ses camarades.

— Bonjour, tu es en retard, dit simplement Armand Marsolais.

Maxime s'approcha, lui tendit le billet signé par Graham.

— Non, donne-le à Judith. Je m'appelle Armand Marsolais et je suis policier. Enquêteur. Je suis avec vous, ce matin, pour discuter de l'intimidation entre élèves.

Maxime se mordit les lèvres : Marsolais était *cool* ! Et Judith était moins pire qu'il ne le pensait de s'être tue. Personne ne saurait qu'il habitait chez une policière.

Il oublia ses inquiétudes, captivé par les propos du détective. Est-ce qu'il irait dans toutes les classes ? En troisième secondaire ? Est-ce que Benoit et sa gang réfléchiraient à leur attitude en apprenant qu'ils pouvaient être poursuivis en justice ? Maxime n'osait bouger de peur de croiser le regard de Pascal : dans quel état était-il en entendant Armand Marsolais décrire ces sévices si familiers et en sachant que tous les élèves voyaient qu'il correspondait parfaitement au portrait brossé par le détective ?

— La délation, continuait Marsolais, ce n'est pas de signaler à un enseignant, au directeur de l'école ou à l'orienteur des mauvais traitements infligés à un de vos camarades. Car ça ne vous rapporte rien de faire ça. La délation suppose un but, une récompense en échange de révélations. Si vous dénoncez des agresseurs ou une situation, vous ne faites que votre devoir. Vous aimeriez qu'on vous aide si vous aviez des problèmes ?

Les élèves acquiescèrent.

— Avez-vous des questions ?

Non, ils n'en avaient pas. Ils se demandaient tous si l'un d'entre eux allait parler de Pascal à Judith, pour qu'elle raconte tout à son mari ensuite.

— Si vous êtes trop gênés pour discuter avec moi, vous pouvez m'écrire. J'inscris au tableau mon adresse au poste de police. Et mon adresse électronique. Est-ce que certains parmi vous naviguent sur Internet à la maison ?

Plusieurs mains se levèrent. Armand Marsolais mentionna quelques jeux à la mode, parla de son propre score au *NHL 2003*, puis il mit les élèves en garde contre les mauvaises rencontres sur le Net.

— Vous n'êtes plus des bébés. Je dois vous mentionner les réseaux de pédophilie.

Il se tourna vers sa femme.

— S'il y a des choses que vous ne comprenez pas, stipula Judith, on pourra en discuter plus tard.

Armand Marsolais quitta la classe accompagné de Judith qui l'emmena au bureau du directeur adjoint. Ce dernier tenait à le remercier, même s'il n'imaginait pas qu'il y ait de réels problèmes d'intimidation dans son établissement.

— Les enfants se bousculent parfois, ils se taquinent, c'est de leur âge. Il faut qu'ils apprennent à réagir, à se défendre. Moi, ce sont plus les problèmes de drogue qui m'inquiètent. Rencontrerez-vous tous les étudiants aujourd'hui ?

Armand Marsolais hocha la tête ; il devait tous les voir pour trouver la proie idéale. Le petit Pascal était trop timoré pour se révolter ; il était pourtant rejeté. Il avait noté les efforts des élèves pour ne pas tourner la tête dans sa direction lorsqu'il avait prononcé le mot « *reject* ». Mais Pascal était trop englué dans le mépris, dans sa propre honte pour réagir. Il fallait découvrir une victime plus combative. C'était si aléatoire! Si insensé! Comment contrôler un adolescent? Par définition, ils sont imprévisibles... et voilà qu'il était assez fou pour s'imaginer qu'il pourrait armer un de ces enfants et le diriger contre Judith.

Mais c'était tout ce qu'il avait trouvé pour qu'on croie à un accident. La patience de Nadine avait ses limites. Heureusement, il avait des photos du chalet, du domaine de Fossambault à lui montrer. Elle comprendrait qu'il était sincère. La location lui coûtait une fortune, mais il pouvait bien puiser dans ses économies personnelles. Il serait bientôt assez riche pour acheter la bicoque et se prélasser dans la piscine intérieure, oublier enfin Judith et ces six années de morosité et de soumission.

— Armand?

— Oui, ma chérie?

— Tu étais très sympathique avec mes élèves. Il faudrait cependant que tu surveilles un peu ton langage. Tu as dit «maudit» quatre ou cinq fois. Je sais que c'est pour paraître dans le coup, mais on peut s'exprimer correctement en toutes circonstances.

Toujours prête à donner une leçon! Il regretterait qu'elle périsse si vite. Elle méritait plus qu'une balle dans la tête. Non, elle serait probablement atteinte de plusieurs projectiles: un ado ne pourrait viser aussi bien du premier coup. Il paniquerait. Et s'il ratait la cible? S'il la blessait sans la tuer, il écoperait d'une épouse handicapée à vie et l'héritage lui échapperait.

Devait-il renoncer, faire marche arrière?

— Tu verras les deuxième et troisième secondaires, mentionna Judith en l'entraînant vers l'étage supérieur. Voici Anne Gendron, ma collègue.

La jeune femme tendit sa main au détective, le prévint de l'attitude de ses élèves.

— Ils manquent de motivation, de curiosité. Ils sont mous. Ils n'ont pas réagi à l'annonce de votre visite, sauf deux ou trois qui ont ricané, bien entendu.

— Bien entendu ?

— Benoit et sa cour qui se croient supérieurs. C'est dommage. Benoit est un garçon qui a du charisme, mais il est persuadé que sa beauté lui pardonne tout. Je ne suis pas dupe.

— Dupe ?

— Il n'est pas aussi sage qu'il en a l'air. Il est très adroit, très doué pour faire faire ses coups par d'autres. Ça ne me surprendrait pas qu'il touche à la drogue. Je n'ai pas de preuves pour l'instant...

— On s'en reparlera si vous voulez.

— Je ne comprends pas pourquoi des gamins l'idolâtrent, dit Judith.

— Pour les filles de l'école, c'est un demi-dieu. Elles boivent ses paroles. Si Betty n'était pas aussi riche, elle aurait perdu sa place auprès de lui.

— Betty ?

— Une gamine remarquablement intelligente. Et très paumée. Ses parents la traitent en adulte. J'ai informé sa mère des retards de Betty. Savez-vous ce qu'elle m'a répondu ? « Betty s'achètera un nouveau réveille-matin, cette semaine. » Pas une question... Moi, je veux qu'elle rencontre le psy de l'école. Elle n'est pas équilibrée, elle pique des colères pour des riens. Je l'ai mentionné à sa mère qui a dit qu'elle en discuterait avec son mari. J'ai l'impression que cette femme n'est pas autonome, que c'est M. Désilets qui décide de tout. Si Betty ne réussissait pas si bien en classe, il s'inquiéterait peut-être un peu plus pour elle...

La cloche sonna. Judith s'éloigna tandis qu'Anne précédait Armand Marsolais, ouvrait la porte de sa classe. Le détective repéra très rapidement Benoit et Betty, même si Anne les avait placés dans des coins opposés.

Benoit pourrait-il lui être utile ? Ou Betty ? Et si c'était eux qui pressaient sur la détente ? Non, ils voudraient se débarrasser d'Anne, pas de Judith. Armand Marsolais croisa le regard de Benoit quelques fois ; il y lisait un défi plein de mépris, cette violence qu'il recherchait. Comment pouvait-il s'en servir ?

Et Betty ? Elle se tenait très droite sur sa chaise, trop. Se croyant provocante, alors qu'elle était pitoyable avec sa jupe trop courte, son chandail trop moulant. Pour suivre une mode hypersexuée, il fallait un corps superbe. Betty n'avait pas la taille requise. Et son maquillage ne parvenait pas à faire oublier un nez trop long, un front fuyant. Seuls ses cheveux blonds, très épais, bouclés, pouvaient lui conférer quelque attrait. Était-ce suffisant pour que Benoit s'intéresse à elle ? Elle souriait au détective chaque fois qu'il se tournait dans sa direction, mais adressait ensuite un clin d'œil complice à Benoit.

Il y eut un silence après l'exposé d'Armand Marsolais, puis Benoit leva la main.

— Si un prof est toujours sur notre dos, est-ce qu'on peut se plaindre ? Je suis une pauvre victime, monsieur le policier.

Armand Marsolais adressa un large sourire à l'adolescent.

— Je serais très heureux de t'écouter. Je serai d'ailleurs à la cantine, ce midi.

— Vous voulez goûter à leurs beignes ? demanda Betty en souriant à son tour.

— Tu as tout compris. Tu es vraiment intelligente.

Betty le dévisagea un long moment en continuant de sourire. Le détective nota cette arrogance avec intérêt. Cette fille avait l'habitude de provoquer les adultes. Avait-elle toujours le dernier mot ?

Il remercia la titulaire de l'avoir accueilli et répéta qu'il serait tout disposé à rencontrer les jeunes à la cantine. Ou à leur parler au téléphone, s'ils le souhaitaient. Il écrivit le numéro de son bureau au tableau et se dirigea vers la porte, revint pour ajouter son numéro de cellulaire.

— Eh ! Monsieur le détective ?

— Oui, Betty ?

— On n'est pas si jeunes que ça…

— Merci de me le rappeler.

Merci de me fournir l'occasion de t'examiner de nouveau. De revoir ton visage sans grâce et de croire qu'un Benoit si beau, si séduisant ne sort pas avec toi sans raison. Et que tu dois être assez intelligente pour t'en douter, même si tu joues à l'autruche.

Armand Marsolais rencontra trois autres groupes d'élèves, repéra un garçon, Thibault, qui lui parut très agité ; quelle drogue avait-il consommée avant de se rendre à l'école ? Qui la lui procurait ? Benoit était-il mêlé à un trafic de drogue, comme Anne Gendron le prétendait ? Combien avait-il de clients dans l'établissement ? Betty et lui partageaient-ils des petites pilules, des joints ?

Est-ce que la toxicomanie de ces jeunes pouvait lui être utile ?

En rentrant au bureau, il repensait à Nadine, au chalet qu'il avait loué, aux heures qu'ils y vivraient ensemble durant l'hiver. Elle serait épatée par la baignoire en marbre et la superbe cheminée, les boiseries d'acajou, les canapés en cuir de Russie, le somptueux hall d'entrée, la cuisine ultra-moderne, la cave à vins. Si elle aimait ce bijou niché au cœur de la forêt, il tenterait de convaincre le propriétaire de le lui vendre lorsqu'il aurait hérité de sa femme. À moins qu'il n'achète une demeure plus près de Montréal ? Ou ailleurs ? Ou nulle part ? Pourquoi s'attacher à un lieu ? Lui et Nadine se promèneraient partout dans le monde. Il oublierait Québec, ses collègues, son travail.

— Et puis, Marsolais ?

— Tout s'est bien déroulé. J'ignore si des élèves parleront, dénonceront ceux qui sont coupables d'intimidation, mais j'ai fait ce que j'ai pu.

— C'est déjà beaucoup, dit Graham. Et Maxime ?

— Ne t'inquiète pas, je n'ai pas montré que je le connaissais.

Il n'allait pas dire à l'enquêtrice qu'il avait trouvé Maxime très attentif à ses propos. Il ne fallait surtout pas qu'elle s'intéresse à ce qui se passait à l'école.

— Avez-vous du nouveau sur Breton ?

— Non, affirma Rouaix. J'ai reparlé à Johnson. Il m'a répété que son copain Mario était un gars discret. Qu'il ne savait pas grand-chose sur lui hormis qu'il détestait l'Inde.

— L'Inde ?

— Il jurait qu'il n'y remettrait jamais les pieds. Il a peut-être vécu un drame, quand il était là-bas.

— À quoi penses-tu, Rouaix ? interrogea Marsolais.

123

— Si Mario avait été acteur ou témoin d'un incident ? Si son assassinat découlait de cette tragédie ?

— Il aurait vu un meurtre ? Ou il aurait lui-même tué quelqu'un ? émit Graham.

Elle soupira en balayant son bureau d'un geste las.

— Tout est dans les dossiers informatiques. Ou dans les archives. On n'a jamais entendu parler de Breton avant sa mort. Ses empreintes digitales n'apparaissent dans aucune autre affaire criminelle. Résolue ou non. Mais à l'étranger…

— Je m'occupe de communiquer avec Interpol, promit Marsolais.

— Fichu fantôme, marmonna Rouaix.

— Je ne crois pas aux fantômes, lâcha Graham. Je vais relire tout le dossier du début à la fin. Et revoir les lieux du crime. Et les photos.

— On devrait faire tourner les tables pour parler aux esprits, plaisanta Marsolais. Peut-être que Breton pourrait nous dire qui il était ?

— Ne me tente pas, répliqua Graham. Je suis prête à tout !

Marsolais frémit. Il ne doutait pas de sa détermination. Il ne devrait accomplir aucun mouvement sans penser à elle.

Chapitre 6

Il faisait à peine 5 °C quand Maxime revêtit son costume de Zorro, mais il ne pleuvait pas, il ne ventait pas et la citrouille qu'il avait creusée et découpée pour faire une surprise à Maud Graham resterait allumée toute la soirée devant la porte. Biscuit avait acheté un tas de friandises. Elle avait écouté ses conseils et choisi les bâtons de réglisse, les mini-barres de chocolat, les boîtes de gomme à mâcher, la tire éponge et les bonbons acidulés. Elle lui avait offert de se servir avant de faire lui-même la tournée du quartier et il avait prélevé sa part sans que la montagne de sucreries diminue. En fait, il aurait pu se contenter de ce qu'il y avait à la maison. Et ne pas sortir, rejoindre Max, Julien et Clément. Ils avaient dit qu'ils voulaient sonner chez Pascal, « voir où vivait le Crapaud ». Et si Mme Dumont le reconnaissait malgré son masque de Zorro ? Si elle lui disait que son fils serait heureux de se joindre à eux ? Max apprendrait qu'il s'amusait parfois avec Pascal.

Pourquoi pensait-il toujours à lui ? Il aurait voulu l'ignorer, mais il en était incapable. Il revoyait ses yeux plissés derrière ses lunettes, comme s'il se préparait à les fermer dans l'attente d'un coup, et il se sentait coupable de l'avoir évité à la cantine. Mais Pascal courait après les ennuis : comment peut-on se faire des amis quand on se prétend magicien et qu'on ne réussit qu'à moitié des tours avec des bouts de ficelle ? Il était très adroit pour un débutant, mais il aurait dû attendre d'en savoir plus avant de vouloir épater les élèves de sa classe.

Maxime attacha les cordons de sa cape noire et drapa le pan droit sur son épaule gauche avant de s'examiner dans la glace. Il eut un petit frisson de contentement en constatant qu'il avait fière allure en justicier, mais ce plaisir s'évanouit rapidement. Justicier ? Alors qu'il s'efforçait d'oublier celui qui avait besoin de secours ? Il enfonça le chapeau sur ses yeux, se détourna de la glace. Pourquoi fallait-il que Pascal gâche sa joie ? Il serra les dents. Non, ce soir, il s'amuserait. Il avait le droit de rire et d'avoir des amis. Il raconterait sa soirée à Biscuit. Et à son père quand il le verrait, le lendemain. Bruno serait content : il répétait souvent que l'amitié était très importante dans la vie. C'était d'ailleurs un de ses amis d'enfance qui lui avait trouvé son poste de professeur de musique au Saguenay.

Maxime se sentit ragaillardi quand il s'avança vers Maud. Elle avait un regard émerveillé. Elle s'exclama qu'il était beau dans son costume, que toutes les filles se retourneraient sur son passage.

— C'est correct, Biscuit. Tu peux prendre une photo, si tu veux.

— Une photo ?

L'appareil était sur la table du salon, bien en évidence. Elle s'en empara en suggérant à Maxime d'ôter son masque pour un second cliché : qu'on sache que c'était lui qui se cachait sous le loup.

— Je vais prendre Léo dans mes bras, pour que mon père le voie. Il est content que j'aie un chat.

Maxime courut pour attraper l'autobus qui le déposerait au coin de Belvédère, où il devait retrouver ses copains. Julien était déjà là, déguisé en fantôme, et Maxime craignit que son costume soit trop sophistiqué, qu'il rie de lui, mais Clément arriva habillé en pirate, se plaignant qu'il voyait mal avec un seul œil.

— Me reconnais-tu quand même ? demanda Max qui s'avançait à son tour, travesti en vampire. On y va ?

— Où ?

— On ne va pas se contenter de quêter des bonbons.

— Pour une fois que je peux sortir sans que ma mère me demande où je vais ! triompha Julien.

— Même si on rentre tard, on ne sera pas punis.

— On va aller dans les arcades.

Maxime acquiesça. Il préférait s'amuser avec ces jeux plutôt que de geler dans les rues. Après tout, ils étaient trop vieux pour passer l'Halloween.

— T'es *hot*, Maxime, fit Julien en l'admirant de déjouer avec aisance les pièges du *Counter Strike*. Joues-tu souvent ?

— Avec mon père.

— Eh ! On en essaie un autre.

Maxime montra de nouveau ses talents et même Max daigna le féliciter. Il ignorait qu'il était aussi doué à ces jeux-là.

— Tu pourrais faire des paris. Tu gagnerais plein d'argent.

— Pas ce soir, s'entendit dire Maxime, investi d'une nouvelle autorité dans le groupe. Il faut qu'on sonne à quelques portes…

— Il a raison, renchérit Clément. Si je rentre avec un

sac vide, mon père se plaindra qu'il a acheté mon costume pour rien.

— On reviendra demain, c'est tout.

Ils n'eurent pas à attendre le bus cette fois et ils montèrent derrière Maxime en lui donnant des tapes dans le dos, le taquinant, l'appelant Michael Schumacher II. Maxime riait, heureux comme il ne l'avait pas été depuis longtemps, se demandant pourquoi il n'avait jamais songé à traîner *sa* gang dans les arcades pour leur montrer ses talents. Il refusait de penser à Maud Graham, à son opinion sur ces lieux bruyants et enfumés.

— On descend ici, s'écria Julien. *Come on!*

Ils se précipitèrent vers l'avant en hurlant. Le chauffeur leur cria de se calmer, mais ils étaient déjà descendus et s'égayaient dans les rues décorées de lampions, de citrouilles aux sourires édentés, de fausses pierres tombales et de toiles d'araignée synthétiques.

— On va avoir du *fun!*

Ils se dirigèrent vers une maison où une dame applaudit en les accueillant et ils oublièrent qu'ils n'étaient plus des bébés, ouvrirent grand leurs sacs. En se dirigeant vers la maison voisine, ils s'exclamèrent: on leur avait glissé des tablettes de chocolat.

— Elle n'est pas *cheap*, la bonne femme.

— La bonne femme? s'exclama Julien. Elle n'était même pas vieille! Elle est belle avec ses cheveux longs. Moi, j'aime ça, les filles avec des cheveux longs. Eh! On dirait Jocelyn Beaulieu.

Julien désignait un garçon en veste de cuir noir, au coin de la rue. Ils le virent faire un signe de la main. Benoit Fréchette et Mathieu Rioux le rejoignirent.

— C'est surprenant que Betty ne soit pas avec eux, fit Julien. Penses-tu qu'ils ont cassé?

— Elle n'est pas la seule à le trouver beau. Il est chanceux, toutes les filles tripent sur lui. Ma sœur capote juste à entendre son nom. Si on le suivait? proposa Max.

— Le suivre?

— On avait dit qu'on ramasserait des bonbons, marmonna Maxime.

— Pas longtemps, juste pour rire. Ils ne nous ont pas reconnus. C'est *cool*.

Julien leva le bras, topa sa main droite contre celle de Max, et Clément l'imita en se tournant vers Maxime qui s'exécuta en feignant l'enthousiasme. Suivre Benoit? Tout allait bien jusqu'à maintenant... Et si Benoit et sa gang s'apercevaient qu'on les épiait? Maxime décida de rester avec ses amis durant quelques minutes, puis d'inventer un prétexte pour se séparer d'eux. Il prétendrait qu'il avait perdu sa montre, qu'il voulait refaire le trajet depuis l'arrêt d'autobus. Il s'éloignerait, sonnerait seul à quelques portes, avant de rentrer à la maison où il pourrait parler à Maud des enfants déguisés en lapin ou en vampire, en fée ou en sorcière qu'il avait croisés.

Ils n'avaient pas fait dix mètres qu'ils entendirent la sonnerie du cellulaire de Benoit.

— Ça doit être pour ses clients, murmura Max d'un air entendu. Il doit se faire un paquet d'argent.

— Il finira par avoir des problèmes.

— Mais non, Max. Il ne vend jamais sa dope directement. S'il y en a un qui peut être dans le trouble, c'est Thibault. Ou Joss.

— T'es au courant de tout, toi...

— Ma sœur est dans leur classe, je te l'ai déjà dit. Où est-ce qu'ils vont?

Maxime espérait que ses amis se lassent de leur chasse, mais ils accélérèrent le pas pour ne pas se laisser distancer par Benoit et les siens. Ils virent une fille vêtue d'une robe longue et coiffée d'un chapeau avec un grand voile argenté leur faire signe, du coin de la rue voisine.

— C'est Betty, déclara Clément.

— Pourquoi est-elle déguisée et pas eux?

— Elle avait envie de se payer un beau costume de fée pour plaire au beau Benoit. Elle est tellement riche! Elle a tout ce qu'elle veut, la maudite chanceuse...

— Elle a toujours l'air bête, chuchota Maxime. Moi, je serais content si j'avais autant d'argent!

Il entendit des rires étouffés, vit Benoit se retourner, Max montra une maison du doigt comme s'il voulait sonner à la porte et Benoit cessa de regarder dans leur direction. Il mit son bras autour des épaules de Betty et la serra contre lui. Quelques mètres plus loin, une porte s'ouvrit et la lumière de l'entrée permit à Maxime de voir un Spiderman et une sorte de magicien avec une longue barbe se présenter en ouvrant leurs sacs.

Un magicien! Un petit magicien... Ça devait être Pascal! Et le Spiderman, ce cousin Paul dont il lui avait parlé. Betty avait guetté Pascal, l'avait pisté pour Benoit. C'était ce soir qu'ils voulaient le terroriser!

— Les gars... commença Maxime.

— Tais-toi! Ils vont nous entendre. Eh! Ils se mettent des cagoules. On dirait qu'ils veulent faire un hold-up!

— Cachez-vous!

Mais Benoit et sa bande étaient plus intéressés par leurs proies. Ils attendirent que la porte de la maison se referme, que Pascal et son cousin s'éloignent vers la rue. Ils avaient bien calculé leur coup: c'était la dernière demeure de la rue avant le supermarché. Pascal et son cousin pourraient appeler à l'aide, on ne les entendrait pas. Maxime devinait ce qui allait se produire tout en étant incapable de réagir. Il voulait se sauver, se précipiter au supermarché pour chercher du secours. Il était trop tard. Benoit avait levé sa main droite dans les airs, Joss et Mathieu fondaient sur Pascal et son cousin, leur arrachaient leurs masques en poussant des cris de joie féroces. Maxime vit la terreur déformer le visage de Pascal, juste avant que Mathieu lui enfonce une cagoule noire sur la tête et la serre à sa gorge.

— Il l'étouffe... il est fou ! bégaya Maxime. Il faut...

— Il niaise. Ils veulent juste lui faire un peu peur.

Paul subit le même sort, même s'il se débattait avec ardeur, et Maxime sentit son cœur qui battait trop fort, qui poussait le sang vers l'épaule, qui remontait à son ancienne blessure. Benoit, qui applaudissait, s'approchait maintenant des victimes, distribuait des coups de pied à Pascal, ouvrait son manteau et vidait une bouteille d'alcool sur son costume de magicien, tandis que ses amis riaient à gorge déployée. Betty observait la scène sans bouger, les bras croisés. Jocelyn sortait un briquet, le faisait cliqueter près de la tête de Pascal.

— Il est malade, balbutia Clément. Il ne fera pas ça, voyons. Il ne...

— Il exagère, dit Max. Mais on ne peut pas... Qu'est-ce qu'on peut... Ils sont quatre. Et Benoit a toujours un couteau sur lui...

Un coup de klaxon déchira la nuit de l'Halloween, puis le claquement d'une portière. Benoit et sa bande jurèrent et s'enfuirent. Un homme masqué portant une grande cape sortit de la voiture, se précipita vers Pascal et Paul, les libéra de leurs cagoules.

— On dirait qu'on est dans un film, bredouilla Julien.

— Il ne faut pas qu'il nous voie !

Une poussée d'adrénaline libéra Maxime de son inertie : s'il fallait que l'homme l'interpelle, lui fasse ôter son masque, note son nom, il serait vraiment… Il ne voulait même pas y penser ! Il courait, courait de plus en plus vite, oubliait Max, Julien et Clément, courait loin du boulevard éclairé, courait par ces rues où il livrait ses journaux tous les matins. Il ralentit au bout de dix minutes. Il ne pouvait pas rentrer en sueur à la maison. Et il n'avait pas de bonbons. Il allait sonner à quelques maisons, puis raconterait qu'il était tombé et que le contenu de son sac s'était presque tout répandu dans la rue.

Est-ce qu'il avait bien vu Benoit asperger Pascal d'alcool ? Il devait avoir fait semblant, ça devait être de l'eau. Il aurait pu y avoir un accident avec le briquet. On ne met pas le feu à quelqu'un ! C'était de l'eau. Il faisait noir… Il aurait voulu tout raconter à Grégoire, mais il travaillait au restaurant, le soir.

Pascal devait être rentré chez lui, maintenant. Ses parents porteraient plainte. Pascal n'était plus seul à témoigner. Son cousin pourrait confirmer qu'il ne mentait pas, que Benoit, Jocelyn, Betty et…

Non ! Ils portaient des cagoules ! Et ils leur en avaient mis aussi, ils ne pouvaient pas les identifier. Pascal affirmerait qu'il avait reconnu les voix de ses tortionnaires, mais ce n'était pas une preuve…

Quoique, si on le ramenait à la maison dans cet état, Biscuit n'aurait pas besoin de preuves pour le défendre.

Au moins, l'homme ne l'avait pas vu. Ni lui, ni Maxime, ni Clément, ni Julien. Ils étaient tous sains et saufs.

Qu'allait-il dire à Pascal, à l'école ? Rien. Pascal ne savait pas qu'il avait été témoin de cette agression. Et il ne viendrait peut-être plus aux cours. Peut-être que l'homme avait reconduit Pascal et son cousin à la maison.

* * *

Non, il n'était pas question qu'Armand Marsolais raccompagne Pascal et son cousin. Après les avoir libérés de leurs cagoules, il leur avait expliqué qu'il était déjà très en retard. Est-ce qu'ils pouvaient se débrouiller sans lui ? Ils n'avaient qu'à traverser la rue, tourner à gauche, il y avait un supermarché où ils pourraient téléphoner à leurs parents. Tout irait bien ? Paul semblait encore secoué, mais il était surtout furieux et il saurait s'occuper de son cousin qui geignait.

— Tiens, mets ma cape, avait fait Marsolais. Il ne faut pas que tu gèles.

— Je ne...

— Garde-la, je ne l'ai pas payée cher. Il faut que je me sauve.

Il avait regagné sa voiture avant que Pascal reconnaisse sa voix. S'il fallait qu'il ait des ennuis avec cet enfant... Déjà qu'il avait eu peur que Judith s'aperçoive qu'il avait fouillé dans ses dossiers pour trouver son adresse. Il avait perdu beaucoup de temps à le suivre, à l'observer. Il était mou, trop timide. Il n'avait même pas tenté de se protéger, de résister à ses bourreaux. Pourtant, Marsolais refusait d'avoir gaspillé son énergie en misant sur lui : s'il retrouvait ses agresseurs, l'un d'entre eux pourrait peut-être servir son plan. Il le fallait !

Deux extraterrestres traversèrent la rue en chahutant. Un sultan et un tigre les rejoignirent en riant, des portes s'ouvrirent, Marsolais entendit des exclamations. Il aperçut une petite fille dans les bras de son père qui tendait des bonbons aux visiteurs.

Un petit lutin accompagné de sa mère attira son attention quand il désigna une princesse qui s'éloignait en direction opposée. Marsolais jeta un coup d'œil, puis accéléra. Cette princesse était tout près des agresseurs lorsqu'il était intervenu. Il avait remarqué son étrange passivité. En s'approchant, il crut distinguer l'épaisse chevelure bouclée de Betty. Il la suivrait. Soit un membre de la bande la rejoindrait, soit elle-même retrouverait Benoit. Ou elle rentrerait chez elle. Betty sortait maintenant son téléphone cellulaire, composait un numéro, puis rangeait son appareil d'un geste brusque. Le ressortait, téléphonait de nouveau, puis restait sur place à faire les cent pas jusqu'à l'arrivée d'un taxi. Où allait-elle ?

Armand Marsolais suivit la voiture jusqu'à la limite de Sillery, ralentit sur le chemin Saint-Louis. Le taxi s'arrêta devant une splendide demeure et Betty claqua la portière avant de gravir l'escalier qui menait à l'entrée. Elle marcha sur le bord de sa longue robe, trébucha, échappa son sac à main et perdit son hennin. Elle rattrapa le chapeau, le piétina, déchira son voile et le laissa dans l'escalier de pierre avant de s'engouffrer dans une maison sombre. Marsolais attendit quelques minutes, mais après avoir vu de la lumière à l'étage, il en conclut que l'adolescente était montée dans sa chambre et y resterait.

Elle paraissait émotive, impulsive, agressive, toutes les qualités qu'il recherchait pour exécuter son projet.

Elle n'avait cependant aucune raison de vouloir la mort de Judith. Elle aurait pu songer à tuer cette Anne Machin qui lui enseignait. Mais Judith ? Pourrait-elle tuer les deux ? Si elles étaient ensemble... Ou si Betty surgissait dans le bureau des professeurs pour régler des comptes. Mais Anne Gendron n'avait-elle pas dit que Betty était une élève qui réussissait sans faire d'efforts ? Elle ne pouvait être en conflit avec son enseignante au point de s'emparer d'une arme pour la descendre.

Armand Marsolais rentra chez lui sans cesser de revoir le visage ingrat de Betty. Elle semblait trop parfaite pour qu'il renonce à l'intégrer à son projet. Il regrettait que Betty sache qu'il était détective, il aurait pu lui faire croire qu'il était agent d'artistes ou photographe. Ces trucs étaient éculés, mais les adolescentes étaient toujours aussi rêveuses, prêtes à accorder leur confiance à l'homme qui prétendrait faire d'elles des stars, à l'homme qui s'adresserait à elles comme si elles étaient déjà des femmes.

Et si ça suffisait ?

* * *

Mon cousin Paul m'a demandé pourquoi les Cagoules m'avaient agressé. J'ai dit qu'ils m'avaient pris pour un autre, il ne m'a pas cru. Il avait l'air gêné quand il est entré au supermarché pour téléphoner à son frère pour qu'il vienne nous chercher. Mon cousin Simon a dit qu'il y avait des imbéciles qui ne savaient vraiment pas comment se distraire. On a jeté mon costume de Merlin, je ne veux plus le porter de toute façon. Et Simon m'a ramené chez moi en disant qu'on ferait mieux d'oublier notre soirée, qu'on n'avait pas été chanceux.

Chanceux. Ce mot-là ne signifiera jamais rien pour moi. Je serais mieux de mourir. De me tuer au lieu d'attendre que Benoit et sa gang le fassent. Au moins, je choisirais le moment. Ce serait moi qui déciderais, pour une fois. Betty ne m'a pas touché, mais je suis sûr qu'elle s'est amusée autant que les autres, qu'elle s'est déguisée en princesse pour m'humilier, parce que je l'avais comparée à une princesse quand j'étais petit. Elle a crié qu'elle n'embrasserait jamais un crapaud, parce qu'elle est certaine que je ne me changerai jamais en prince charmant.

Je ne voudrais me changer en rien. Ou alors en néant, me volatiliser, m'évaporer, m'évanouir dans le cosmos, exploser comme les astéroïdes.

Je n'aurais plus mal au ventre. J'ai toujours mal au ventre, la semaine. Le dimanche, c'est la pire journée, parce que je sais qu'ils me guettent. Que tout recommencera.

* * *

La gare de Sainte-Foy était très animée quand Maud Graham s'y présenta et elle eut une pensée émue pour Alain qui lui avait réservé une place en première classe.

— Je te devine, avait-il dit. Tu voudras travailler dans le train. Tu seras plus confortable.

Maxime lui avait demandé de lui garder les petites bouteilles vides, si on servait de l'alcool à bord. Pour quoi faire ? Pour les collectionner.

— Il paraît que ça peut valoir de l'argent, plus tard. Il y a des gens qui ont des tas de petites bouteilles… Ça s'appelle des mignonnettes, d'après Grégoire. Il sait un paquet d'affaires, Grégoire.

Oui. Beaucoup trop, songea-t-elle en se contentant de sourire à Maxime tandis qu'il se préparait à partir pour l'école. Elle avait tenté de lui faire raconter sa soirée d'Halloween, mais il avait été avare de détails. Il avait eu du plaisir, oui, mais il était trop vieux pour s'amuser à se déguiser. Il avait pourtant apporté son costume de Zorro chez son père ; elle avait vu un pan de la cape dépasser du sac de voyage de Maxime.

En se penchant à la fenêtre, elle contempla le fleuve qui se préparait à hiberner. Il semblait plus lourd, comme si les glaces l'empesaient déjà, et sa robe changeait de couleur, plus grise, opaque, mystérieuse, prête à piéger la neige, à l'engloutir. Le train vibra et l'image de l'effondrement du pont de Québec à l'été 1907 s'imposa à Maud Graham. Elle imagina des hommes précipités dans le vide avec le monstre de métal, la chute interminable, l'impact, le Saint-Laurent qui avalait tout, chair humaine, acier, béton confondus. Elle songeait aux femmes qui n'avaient jamais revu leurs époux et son cœur se serra. Que deviendrait-elle si Alain disparaissait ? Elle eut un soupir excédé. L'amour la rendait trop sensible, trop vulnérable. Elle devait freiner ses émotions, sinon elle finirait par pleurer en regardant un mélodrame à la télévision. Elle saisit son vieil attaché-case, sortit le dossier Breton. Armand Marsolais lui avait remis quelques notes concernant le collectionneur de modèles réduits. Rien de significatif.

— Je n'aurais peut-être pas dû perdre de temps à le rencontrer, mais…

— Non, tu as eu raison, Marsolais, répliqua Rouaix. Dorénavant, on peut écarter cette piste.

— Je vais tout de même revoir ses voisins. Au cas où ils se souviendraient d'un détail. Et si ta première idée était la bonne, Graham? Qu'une femme l'ait tué? Elle doit être contente qu'on ne l'ait pas encore arrêtée, mais elle finira par commettre une erreur si on retourne souvent chez elle. Il y a trois célibataires qui habitent la rue Louis-Francœur. Je les rencontrerai demain matin. Toi, tu pars toujours à Montréal?

— Oui, monsieur! Une fin de semaine de congé. Et je ne me sens presque pas coupable.

— Amuse-toi au lieu de t'en faire, avait conseillé Rouaix. S'il y avait quoi que ce soit, on t'appellera chez Alain.

— On ne te dérangera pas. Promis! avait juré Marsolais.

Elle devait profiter de son week-end. Tout oublier et jouir de la présence d'Alain, de ces moments d'intimité. Qu'avait-il prévu pour ces deux jours? Elle était prête à le suivre n'importe où.

Alain Gagnon avait réservé une table chez Area où il avait pris certaines habitudes depuis qu'il vivait à Montréal à mi-temps. Le restaurant de la rue Amherst était situé entre son lieu de travail et son appartement, et il s'arrêtait pour s'y restaurer tous les mardis soir. Il se languissait davantage de Maud au début de la semaine et recherchait une ambiance amicale pour dissiper sa nostalgie. Il aimait l'alignement reposant des tables, le décor sobre, le service attentif sans être obséquieux, l'aspect à la fois classique et moderne du restaurant. Et la cuisine, inventive, précise, originale sans jamais tomber dans une excentricité branchée qui l'agaçait tant chez certains chefs. Ian Perreault travaillait les produits sans dénaturer leur goût. Alain espérait qu'il y ait du thon au menu, ce vendredi soir. Maud adorait ce poisson et on l'apprêtait superbement chez Area.

Elle adora l'endroit. Adora les huîtres, le foie gras qu'avait choisi Alain et qu'elle goûta par trois fois, la petite brioche au beurre de vanille, le poisson et la simplicité de la sauce parfumée à l'huile de pistache, la douceur réconfortante d'une tarte aux poires caramélisées. Elle félicitait son amoureux du choix du restaurant en regagnant la voiture de ce dernier lorsqu'elle s'immobilisa.

— Tu as oublié quelque chose?

— En face de nous! De l'autre côté de la rue! C'est Marsolais!

— Oui, ça lui ressemble.

— C'est lui! Il ne m'a pas dit qu'il venait à Montréal...

Une jeune femme très jolie sortit d'un dépanneur, Marsolais l'enlaça aussitôt, lui baisa le front, les joues, la bouche. Puis il mit son bras autour de ses épaules comme s'il redoutait qu'un autre homme ne la lui ravisse.

Maud Graham le regarda s'éloigner avant de préciser à son amoureux que cette beauté blonde n'était pas l'épouse de son collègue. Et que ce dernier avait annoncé qu'il interrogerait les voisins de Mario Breton durant la fin de semaine.

— Il ne sera pas à Québec demain matin.

— Il les rencontrera en après-midi, c'est tout. Il ne pouvait pas te raconter qu'il partait rejoindre sa maîtresse.

— Je comprends pourquoi il m'a demandé où nous irions pour souper, quels endroits tu fréquentais. Je lui ai mentionné le café Leméac dans Outremont. Je lui ai dit que tu adorais le Café Ferreira, rue Peel. J'ai même vanté leurs grillades, l'accueil chaleureux du propriétaire. On a discuté de porto et de vin. Marsolais devait être certain qu'il ne me verrait pas dans l'est de la ville.

— Ce ne sont pas nos affaires.

Maud Graham mit sa ceinture de sécurité en se rappelant les paroles de Marsolais à propos de sa femme. Il l'avait encensée, la veille. Elle avait souri, caché son manque de conviction. Elle ne pouvait s'empêcher de les revoir à la pizzeria, si sérieux et si peu assortis. Elle n'avait pas senti la moindre chaleur dans leur attitude, cette aura de bienveillance qu'elle percevait chez les couples qui s'aimaient. Pourquoi Marsolais cherchait-il à lui faire croire que son ménage était exemplaire ? Plusieurs policiers avaient des problèmes conjugaux et n'en faisaient pas tout un mystère... Elle était vexée qu'il ait manqué de confiance en elle. Vexée qu'il lui ait menti.

— Tu boudes ? la taquina Alain.

— Non, pas du tout.

— Marsolais ne travaille pas avec vous depuis des années, Maud. C'est normal qu'il soit prudent. Te confierais-tu à quelqu'un si rapidement ?

Il avait raison. Bien sûr. Il avait toujours raison. Comment pouvait-il être si sage, si posé, si réfléchi alors qu'il était plus jeune qu'elle ?

— Oublie mon âge ! Raconte-moi donc votre enquête.

Chapitre 7

Est-ce que le ciel avait été aussi sombre depuis le début de l'automne ? Il semblait prêt à fondre sur les passants, à les coller sur l'asphalte mouillé, à les anéantir dans le sol en pesant de tout son poids. Il avait beaucoup plu depuis l'Halloween, une pluie monotone qui imprégnait la ville d'une triste lassitude. Est-ce qu'il neigerait un jour ? Maxime se penchait à la fenêtre chaque matin pour vérifier si le mercure descendait sous zéro, se redressait en jurant : il ne pourrait jamais patiner dehors si ça continuait.

— La glace est plus belle dans les arénas, avança Maud Graham. Tu pourrais t'organiser pour réserver une heure avec tes amis.

— C'est parce que tu ne patines pas que tu crois ça. Ce n'est pas pareil.

— Pourquoi ?

— Parce que.

Il n'avait pas envie de lui expliquer que son équipe était incomplète et qu'on ne céderait pas la patinoire à quelques adolescents.

— Tu préfères être dehors ? Avec tes anciens amis ? Dans ton ancien quartier ?

— Je n'ai pas dit ça. Grégoire a raison, tu poses trop de questions.

Maud retourna à la cuisine, versa du café dans sa tasse : elle ne pouvait s'empêcher d'interroger Maxime, même si elle savait que ses réponses n'en seraient pas. Était-il normal que l'adolescent soit si secret ? Elle devait s'entretenir avec Bruno Desrosiers des changements qu'elle avait observés chez son protégé depuis quelques semaines : était-il malheureux chez elle sans oser lui en parler ? À l'école, sans oser se plaindre ? Elle détaillait son habillement lorsqu'il revenait en fin d'après-midi, cherchait s'il manquait un élément, s'il avait été victime de taxage, mais Maxime portait toujours les mêmes vêtements. Il n'avait pas perdu sa casquette du Canadien. Et Judith Pagé n'avait-elle pas soutenu la veille, lors de la rencontre avec les parents, que Maxime s'était bien adapté à son nouvel environnement scolaire ? Et qu'il devait fournir des efforts pour s'améliorer en français ?

— Le problème de votre... filleul, c'est ça ? C'est votre filleul ?

Maud Graham avait acquiescé d'un signe de tête sans répondre à Judith.

— Votre filleul est distrait. Il ne tient pas de vous. Armand prétend que vous avez un grand pouvoir de concentration.

— Ça dépend des jours... J'ai l'impression que Maxime est attentif. Et très perspicace.

Judith Pagé esquissa un sourire poli. Tous les parents trouvent que leurs enfants sont intelligents, mais ils ne les accompagnent pas en classe. Et Maxime gribouillait dans ses cahiers au lieu de prendre des notes.

— Et il ne lit pas. Il n'est rendu qu'à la page trente-huit de son bouquin. Ce n'est pas ainsi qu'il fera des progrès. Mais il est tranquille. Il n'est pas bavard comme son copain Max ou son copain Julien. Celui-là... c'est une vraie pipelette ! Enfin, il faut que Maxime lise davantage : je ne suis pas exigeante et le livre que j'ai choisi pour les élèves est excellent. Y avez-vous jeté un coup d'œil ? Peut-être pourriez-vous le lire et en discuter avec votre filleul ?

Graham avait failli rétorquer que le roman lui avait paru ennuyant, mais elle avait souri à son tour : Judith avait affirmé que Maxime avait des amis. Elle avait promis à l'enseignante de tenter d'inciter Maxime à lire chaque soir avant de se coucher, puis elle était rentrée chez elle en songeant qu'Armand Marsolais était vraiment différent de son épouse, si spontané, si enthousiaste, alors qu'elle montrait tant de retenue, de rigidité. Pourquoi restait-il avec elle s'il ne l'aimait plus ? Elle avait noté son expression béate quand la jeune femme blonde l'avait rejoint ; il ne regardait pas Judith de cette manière.

Marsolais refusait-il d'admettre l'échec de son mariage ? N'avait-il pas plusieurs fois vanté les mérites de son épouse ?

Lui avait-il menti ainsi qu'à Rouaix parce qu'il se mentait à lui-même ? Graham avait confié à Rouaix qu'elle avait vu Marsolais à Montréal et il avait semblé moins troublé qu'elle par la révélation de la double vie du détective.

— Ça n'a pas l'air de t'étonner, fit-elle.

— Il y a des hommes qui aiment les complications.

— Mais il nous ment.

— Que veux-tu qu'il nous dise ? On ne se connaît pas.

— Il nous ment, avait répété Graham.

— Il est discret. Ce sont ses affaires.

— Il prétend que tout va bien avec sa femme.

— Tu ne sais rien de leur vie. Il n'est avec nous que depuis l'automne.

Les mêmes réponses qu'Alain. L'agacement en plus. Rouaix avait insinué qu'elle s'érigeait en juge. Solidarité masculine? Elle entendait ces arguments sans les accepter. Et si Alain lui infligeait pareille souffrance? S'il imitait Marsolais? Ça l'ennuyait de rencontrer Judith en sachant ce que son mari lui cachait.

En préparant le lunch de Maxime, Maud songeait à cette femme qui lui inspirait si peu de sympathie et pourtant de la compassion. Solidarité féminine? Elle ressentait le chagrin qu'elle éprouverait quand elle saurait la vérité sur son couple. Lorsque son univers de certitudes s'écroulerait. Elle pincerait encore plus les lèvres, de nouvelles rides creuseraient son front, et elle se demanderait quand tout s'était fissuré, quand son mari avait cessé de l'aimer et commencé à lui mentir. Un an? Deux? Moins de six mois? Combien de temps pouvait-on vivre dans le mensonge? Rouaix affirmait que, en France, il n'était pas rare que des gens entretiennent une liaison durant dix ans, vingt ans. Maud avait peine à y croire, mais André Rouaix la taquinait: elle était trop romantique, certaines unions peuvent être solides, même si elles sont exemptes de passion.

Non, elle ne pouvait imaginer vivre dans la duplicité. Et même si elle n'était pas la femme de Marsolais, si elle n'était pas cette épouse trompée, elle n'admettait pas qu'il lui mente à elle aussi. Grégoire lui avait fait remarquer qu'elle mentait elle-même à Marsolais en taisant ce qu'elle savait à son sujet.

— Tu continues à boire des cafés avec lui.

— Je ne peux pas lui avouer que je l'ai aperçu avec sa blonde...

— Non. C'est ça, la vie. On ne dit pas toujours ce qu'on pense.

À quoi réfléchissait Maxime en rangeant son lunch dans son sac d'école ? Il était si silencieux depuis la soirée de l'Halloween. Elle avait prié Grégoire de l'interroger et ce dernier lui avait juré que Maxime n'avait pas été attaqué et qu'il n'avait pas renversé son sac de bonbons parce qu'il s'était battu.

À ce moment, elle avait éprouvé un vif soulagement, mais Maxime montrait pourtant de moins en moins d'enthousiasme à partir pour l'école.

— Je t'ai mis deux barres aux céréales en plus de ton sandwich au jambon. Avec une pomme et une orange.

— C'est correct, répondit Maxime avant de faire une dernière caresse à Léo et de coller une oreille contre son ventre pour l'entendre ronronner.

— J'aimerais ça être un chat. Ils font une belle vie...

— Quand ils vivent dans une bonne maison. Pas ceux qui se battent pour manger, pour survivre. Aimerais-tu passer ton existence à te défendre ?

Maxime haussa les épaules, attrapa son sac d'école et annonça qu'il ne rentrerait pas avant dix-huit heures. Il jouerait au hockey avec Max et Julien.

— Et Pascal ?

— Il n'aime pas le sport.

La porte d'entrée claqua et Maxime courut vers l'arrêt d'autobus. Elle aurait dû s'informer de Pascal auprès de Judith Pagé. Marsolais pourrait-il éventuellement se renseigner au sujet du gamin ? Était-il sincère quand il avait rencontré les élèves à l'école ou ce manège contribuait-il à endormir la méfiance de son épouse en le faisant passer pour le mari idéal, si conscient des problèmes des jeunes ?

Il avait été assez peu disert sur sa visite à l'école, lorsqu'il était rentré au bureau. Il avait décrit l'accueil des professeurs, répété qu'il espérait avoir convaincu quelques élèves. Et Graham ne l'avait pas questionné plus longuement sur ces rencontres avec les jeunes, car il lui avait parlé de Maxime. Elle aurait dû être plus curieuse au lieu de ne s'intéresser qu'à son protégé.

Qui était Armand Marsolais ? Quand était-il honnête ? Elle ne pouvait nier sa compétence ni sa bonne volonté au travail. Il n'avait pas interrogé les voisins le samedi, certes, mais de quel droit lui reprocherait-elle d'avoir sonné à la porte de ces gens le dimanche, alors qu'il lui avait remis un compte rendu détaillé le lundi matin ?

Il ne s'était même pas plaint d'avoir travaillé en pure perte.

Les témoignages n'avaient pas varié d'un iota et Maud Graham commençait à croire qu'il n'y avait ni maîtresse ni amant dans une des maisons de la rue Montclair, ces demeures déjà décorées pour Noël. Il n'y avait que des gens dérangés dans leur train-train quotidien, des gens qu'un meurtre avait bouleversés, qui avaient fait installer des systèmes d'alarme, qui sursautaient au moindre bruit. Quant aux anciens voisins de Mario Breton, ils s'interrogeaient sur cet homme tout en se félicitant de ne pas s'être liés davantage avec lui : on ne se fait pas tuer en pleine nuit sans motif valable… Ils croisaient les doigts en se disant que l'assassin ne reviendrait pas pour s'attaquer à eux, ils n'avaient rien à se reprocher. Ils n'avaient pas assisté au meurtre. On n'avait pas à les éliminer. Ils avaient seulement entendu un coup de feu et songé, dans leur demi-sommeil, aux pétarades d'une moto. Ils ne s'étaient même pas levés, ils s'étaient contentés de se retourner dans leur lit en pestant contre les jeunes qui roulaient si tard.

Maud Graham verrouillait la porte de la maison quand elle repensa au coup de feu. Au seul et unique coup de feu qui avait tué Mario Breton. Le criminel savait viser, tirer, toucher une cible, sinon il aurait déchargé son arme sur la victime pour être sûr de l'atteindre. Les techniciens avaient été formels : il y avait une bonne distance entre Breton et son assassin, les traces de poudre, l'entrée de la balle dans le corps, les dommages collatéraux l'indiquaient clairement.

Elle avait d'abord cru à un psychopathe, puis à un tueur professionnel, mais d'autres personnes savaient très bien tirer. Elle avait évoqué les militaires, les policiers avec Marsolais, mais ils n'avaient pas assez poussé leurs investigations en ce sens. Elle s'y attaquerait aujourd'hui. Elle klaxonna plusieurs fois en se rendant au bureau et se promit de dénoncer le manque de surveillance des couloirs réservés aux autobus et aux taxis ; voilà un bon endroit pour distribuer des contraventions et augmenter les deniers de l'État tout en assurant une meilleure circulation routière. Pourquoi n'y avait-il pas de jeunes policiers affectés à cette tâche ?

— Rouaix ? appela-t-elle en déboutonnant son manteau. Rouaix ?

— Qu'est-ce qui t'ennuie ?

Maud Graham eut un demi-sourire. Comme son partenaire la devinait aisément ! Au moins autant qu'Alain ?

— Alors, qu'as-tu trouvé ?

— Un coup, André. Un seul coup. On a cherché des raisons qui auraient poussé quelqu'un à assassiner Breton, ce qui pouvait le rendre assez haïssable ou dangereux pour qu'on veuille s'en débarrasser. Une vengeance ou une trahison, une crise de jalousie. Mais réfléchissons à la manière dont il a été exécuté...

— Tout à fait banale. Une balle dans le cœur. Un vrai travail de pro...

— C'est ça, un travail de pro. Donc pas si banal... Tu peux atteindre une cible à cette distance. Moi aussi. Mais c'est parce qu'on est obligés de s'entraîner.

— On a déjà parlé d'un professionnel avec Marsolais, la semaine dernière. C'est toi-même qui as dit qu'on avait peut-être un tueur en série dans nos murs.

— Je pensais à un maniaque, à quelqu'un qui tire pour le plaisir, par hasard. Mais on doit revoir la liste de tous ceux qui manient une arme facilement. Ceux qui en possèdent... Les policiers, les militaires. Il faut voir si on a chez nous quelqu'un qui connaissait Mario Breton. Quand je dis chez nous, c'est bon pour toute la province.

— Marsolais pourrait s'occuper de Montréal, il connaît des gens là-bas...

Maud Graham interrompit son partenaire : non, ils ne le mêleraient pas à cette recherche.

— Tu es toujours vexée qu'il t'ait menti ?

— Ce n'est pas de la rancune, Rouaix. C'est seulement que je suis moins à l'aise avec lui, maintenant. Je veux qu'on fasse cette recherche tous les deux. Comme avant.

André Rouaix eut un signe d'assentiment sans savoir s'il donnait tort ou raison à son amie. Elle était rancunière, il pouvait lui fournir des dizaines d'exemples de sa mauvaise foi. Ne détestait-elle pas Moreau depuis des années parce qu'il avait fait une plaisanterie sexiste lors de leur première rencontre ?

— Tu exagères, Graham. Il faudra que les choses se rétablissent avec Marsolais.

— Non, on boucle l'enquête et je ne travaillerai plus qu'avec toi. Je m'occupe de parler à Fecteau.

— Ils seront furieux à Valcartier.

— On ne peut pas exclure les militaires. La balle était logée en plein cœur, ne l'oublie pas.

Robert Fecteau ne desserra pas les dents tandis que Maud Graham lui exposait ses requêtes. Trouverait-il une pomme pourrie dans son équipe ? Comment réagiraient les officiers de Valcartier ? Ils devraient comprendre la situation, mais ils ne seraient pas plus ravis que lui de soumettre leurs hommes à une enquête.

— On commence par ici, finit-il par dire.

— Oui, patron.

— Tu enquêtes sur tout le monde. Ceux qui travaillent ici aujourd'hui et ceux qui sont partis, qui ont démissionné, qui sont à leur retraite, ceux qui bossent en région.

— Notre territoire en premier, je suis d'accord. Québec, puis Saguenay. Et Montréal.

— C'est ça, et ensuite le reste du Canada ! Vous n'avez vraiment rien de nouveau sur ce meurtre ? C'est quasiment impossible.

— Je sais. On jurerait qu'un fantôme a tué un autre fantôme.

— Les fantômes n'existent pas, Graham.

— Non, mais il peut y avoir des cadavres dans nos placards.

— Pourquoi un de mes hommes s'en serait-il pris à ce Breton ?

Graham soupira : et si Breton avait couché avec la femme d'un d'entre eux ? Ou s'il avait été témoin d'un acte illégal ? Un détective qui aurait gardé de la drogue après une descente ?

— Je préférerais que...

— Quoi, patron ?

Fecteau balaya l'air d'un geste de la main. Non, il n'allait pas prétendre qu'il souhaitait qu'un psychopathe rôde dans Québec, tue pour le plaisir, au lieu de découvrir qu'un policier était coupable de meurtre.

— Moi non plus, je n'aimerais pas savoir qu'un de mes collègues trempe dans cette histoire-là.

Comment pouvait-elle toujours deviner ses pensées ? s'inquiéta Robert Fecteau après que Graham eut refermé la porte de son bureau. Si elle était si forte, pourquoi ne lui amenait-elle pas un coupable ? Il regarda les policiers qui s'affairaient chaque jour sous ses yeux. Non, il fallait que ce soit un tueur à gages travaillant pour les motards ou la mafia qui ait assassiné Breton. Il ne voulait pas d'une seconde affaire Berthier[*].

* * *

Il neigeait ! Il neigeait enfin ! Des millions de flocons constellaient la ville, fondaient sur un chapeau, une tuque, un foulard, microscopiques kamikazes de glace que les enfants cherchaient à capturer pour mieux les admirer. Ou les avaler. Les petits qui jouaient dehors ouvraient grand leur bouche, en renversant la tête, prêts à gober les flocons

---

* Voir *Soins intensifs*.

qui tourbillonnaient. Les grands, confinés entre les murs d'une classe, admiraient tous par les fenêtres ce ciel si blanc, si bas, si prometteur d'une belle fin de semaine.

— Maxime ?

— Quoi ? répondirent ensemble les trois Maxime en se redressant sur leurs sièges.

— Maxime Desrosiers. Es-tu assez bon en français pour te permettre de bayer aux corneilles au lieu de m'écouter ? Il faut que tu fasses des efforts pour te concentrer !

Maxime baissa la tête pour éviter que Judith Pagé le voie grimacer ; ce qu'elle pouvait être énervante avec sa voix de petite fille et ses grands soupirs, comme si c'était un calvaire d'enseigner. Si elle n'aimait pas travailler, elle n'avait qu'à rester chez elle. Maud Graham se débrouillait très bien avec son salaire pour eux deux. Armand Marsolais devait gagner à peu près la même chose que Biscuit ; il pouvait payer pour sa femme et les élèves n'auraient plus à la supporter. Il releva la tête, jeta un coup d'œil à l'horloge murale. Plus que vingt-deux minutes avant la fin du cours. Il avait tellement hâte de jouer dehors. Il était certain que Julien et Max voudraient faire une bataille de boules de neige. Ils constateraient qu'il avait un très bon lancer ! Et qu'il formait les boules à la vitesse grand V. Si la neige continuait à tomber au même rythme, ils pourraient vraiment s'amuser.

La cloche sonna enfin et Maxime fut le premier à se précipiter, mais Julien tenta de l'empêcher de sortir. Ils se bousculèrent en riant, essayant d'échapper l'un à l'autre jusqu'à ce que Judith Pagé les interpelle.

— Maxime ! Julien ! Arrêtez tout de suite ! De vrais bébés ! Vous resterez ici jusqu'à seize heures.

151

— Mais…

— J'ai dit seize heures, mais je pourrais vous garder plus tard.

Maxime inspira profondément : Judith Pagé était injuste !

Julien déclara qu'il avait un rendez-vous chez l'orthodontiste ; son père serait furieux s'il ne se présentait pas à l'heure. Judith s'inclina : il pouvait sortir à condition d'apporter un papier signé par ses parents.

Maxime regagna sa place après le départ des élèves, ouvrit ses cahiers. Il ferait tous ses devoirs et pourrait jouer dehors après le souper. Il regarda par la fenêtre plusieurs fois. La neige tombait encore plus dru. Et s'il y avait une tempête durant la nuit, l'école serait fermée le lendemain. Il se lèverait très tard, traînerait à la maison avec Léo. Maxime étira le cou pour mieux scruter le ciel, pour deviner s'il pouvait avoir quelques espérances. Judith le rappela à l'ordre : il n'était pas en retenue pour rêvasser. Il avait du retard en lecture.

— C'est pour ton bien, Maxime.

— Ce livre est plate.

— Parce que tu ne t'es pas vraiment plongé dedans. Quand tu auras adopté un bon rythme, tu l'apprécieras.

Maxime reprit sa lecture et regarda l'horloge au moins vingt fois avant que Judith range les copies qu'elle corrigeait et lui fasse signe qu'il pouvait rentrer chez lui. Il faillit se précipiter vers la sortie, mais se retint et attendit d'avoir atteint les escaliers qui menaient au vestiaire pour courir. Peut-être que Max et Julien seraient en train de jouer dehors ?

Non, ses copains avaient déserté la cour. Il n'y avait plus personne, sauf Pascal, Sébastien et Mathieu. Il entendit les gémissements de Pascal, ferma les yeux. Il regretta que Judith Pagé ne l'ait pas gardé en retenue jusqu'à dix-sept heures : tout aurait été terminé et il serait rentré chez lui sans savoir ce qui s'était passé. Et s'il revenait sur ses pas ? Les deux garçons étaient trop occupés pour l'avoir aperçu. Il emprunterait l'autre sortie et ni l'un ni l'autre ne le verrait. Il recula, recula jusqu'à heurter la première marche de l'escalier.

— À quoi joues-tu, Maxime ? dit Judith Pagé en attrapant le capuchon du manteau de Maxime. As-tu oublié quelque chose ?

Maxime sursauta, bredouilla des paroles sans suite.

— Toi qui étais si pressé de partir…

— Il faut que je… j'ai oublié…

Un mouvement attira l'attention de Judith Pagé. Elle s'approcha du coin nord de la cour sans relâcher Maxime.

— Eh ?

Il y eut une seconde où Maxime rêva d'être transparent, puis ce fut la cavalcade. Les agresseurs de Pascal détalèrent en remontant le col de leur veste. Judith se précipita, persuadée qu'elle avait assisté à un trafic de drogue. Elle devait retenir le troisième larron qui ne s'était pas encore enfui. Pourquoi ne s'était-il pas mis à courir comme ses copains ? Ou ses clients ?

Parce que ce n'étaient ni ses clients ni ses copains. Pascal gémissait, refusant de croire à ce qui venait de lui arriver. En reconnaissant Judith et Maxime, il ramena les pans de son manteau contre lui, mais l'enseignante et l'élève avaient vu le pantalon souillé.

Maxime détourna le regard, tandis que Judith interrogeait Pascal : était-il blessé ? Qui étaient les élèves qui s'étaient enfuis à son approche ? Pourquoi n'avait-il pas crié ?

Pascal reniflait à petits coups sans répondre. Judith sortit un mouchoir de son sac à main, le lui tendit, essaya d'avoir un ton rassurant : ils retourneraient ensemble à l'intérieur et téléphoneraient aux parents de Pascal.

— Non. Je...

— Tu ne peux pas rentrer seul chez toi, ce n'est pas prudent.

Maxime continuait à fixer le bout de ses bottes, ne sachant quelle attitude adopter : devait-il tenter de réconforter Pascal ? Lui dire qu'uriner dans son pantalon n'était pas grave ? Lui promettre qu'il n'en parlerait à personne ? Oui, mais pas devant Judith. Le saluer et rentrer chez lui en essayant de tout oublier ? Il n'y parviendrait pas, il le savait déjà. Il verrait et reverrait le désespoir dans les yeux de Pascal, son incompréhension et sa rage douloureuse, ses mains crispées sur les pans de son manteau, ses souliers mouillés.

Il s'entendit pourtant proposer à Judith de rentrer avec Pascal quand il se serait changé.

— Il pourrait mettre son costume de gymnastique.

— En short ? À ce temps-ci de l'année ?

— Non, je... j'ai un survêtement, murmura Pascal. Ça va aller. Tu m'attends, hein, Maxime ?

Maxime fit un petit signe de tête qui se voulait encourageant ; ils rentreraient ensemble comme ils le faisaient au début de l'année scolaire. À cette heure-ci, Maxime ne craignait pas de rencontrer d'autres élèves qui auraient rapporté à Benoit qu'il était monté dans l'autobus avec Pascal. Il était tard, il n'y aurait personne à l'arrêt. Ni Mathieu, ni Jocelyn, ni Thibault ne seraient restés là à attendre leur proie. Ils avaient sûrement rejoint Benoit et lui faisaient un compte rendu en pestant contre l'irruption de Judith Pagé, mais en se vantant néanmoins de la terreur qu'ils avaient inspirée à leur victime. Ils ne craindraient même pas que Pascal les dénonce.

— Je... je serai ici dans cinq minutes, promit Pascal.

— Je ne suis pas pressé.

Après le départ de Pascal, Judith félicita Maxime de sa générosité ; il devait maintenant persuader son copain de dénoncer ses agresseurs.

— Ils étaient trop loin et il fait trop noir pour que je sois certaine, mais j'ai cru reconnaître des élèves d'Anne Gendron.

Maxime promit d'essayer de convaincre Pascal tout en sachant qu'il n'en ferait rien.

Dans l'autobus, Maxime demanda à Pascal de lui résumer le roman que Judith Pagé les obligeait à lire.

— Je suis certain que tu l'as déjà fini.

— C'est parce que j'ai du temps. On a beaucoup de temps quand on est toujours seul.

— Mais tu aimes la lecture, rétorqua Maxime qui ne voulait pas s'engager à visiter Pascal ou à l'inviter à la maison.

S'il avait proposé de rentrer avec lui à cause de la situation exceptionnelle, Pascal ne devait pas s'imaginer que ce serait ainsi tous les soirs. S'il lui parlait de lecture, c'est qu'il voulait éviter ses confidences.

— Mathieu avait un couteau, je l'ai vu.

— C'était juste pour te faire peur.

— Tu aurais eu peur, toi aussi, Maxime Desrosiers. Mathieu veut me châtrer.

Si Maxime n'avait jamais prononcé ce mot, il devinait sa signification et il grimaça. Mathieu ne mettrait pas un tel projet à exécution, mais Maxime comprenait l'angoisse de Pascal. Cette menace était trop intimement malsaine pour qu'il puisse la chasser de son esprit. Le châtrer ? Benoit et sa gang étaient des malades ! Il devrait tout raconter à Grégoire.

— Tu devrais changer d'école, t'inscrire ailleurs.

— Je n'ai rien fait ! Ce sont eux qui devraient être renvoyés ! Pas moi !

— C'est sûr.

— J'ai envie de les tuer ! De mettre une bombe dans leur case et qu'ils soient déchiquetés. Pulvérisés en mille miettes ! Je suis sûr que je peux trouver une recette de bombe sur Internet. Il y a tout sur Internet. Je vais demander un laboratoire de chimie pour Noël. Et je les ferai sauter ! Tous !

Maxime hocha la tête pour bien montrer à Pascal qu'il partageait sa colère ; il préférait l'entendre imaginer ces scénarios de vengeance plutôt que se plaindre. En s'arrêtant au coin de la rue où descendait Pascal, il lui chuchota qu'il ne dirait jamais à personne ce qui lui était arrivé. Il le jura sur la tête de Léo. Pascal eut un sourire si triste que Maxime craignit qu'il se mette à pleurer et qu'il pleure avec lui.

— Que tu en parles ou non, toute l'école le saura assez vite. Mathieu s'en vantera. Et Judith Pagé va en parler aux autres profs. Tu as raison, je devrais être ailleurs.

Maxime fut soulagé de découvrir Léa chez Maud quand il rentra à son tour à la maison ; il s'informerait de ses enfants au lieu d'avoir à mentir longuement sur son retard.

— J'ai joué avec Max et Julien, fournit-il comme explication sans regarder Maud Graham dans les yeux.

— Maxime, on a une entente. Si tu es retardé, tu dois m'appeler.

— J'ai oublié. Judith Pagé m'a trop fait chier avec sa retenue !

— Maxime ! Exprime-toi autrement… Pourquoi étais-tu en retenue ?

— Pour lire son maudit livre plate. Plate comme ses cours, plate comme elle. Tout le monde la déteste ! Personne ne comprend qu'un homme l'ait mariée. Il doit être fou, ton Marsolais.

— Moi, j'étais inquiète, fit Graham pour éviter tout commentaire sur son collègue dont elle ne savait plus que penser.

— Je ne suis plus un bébé.

— OK, OK. Il y a de la tourtière pour souper.

— Je n'ai pas faim.

Il fila dans sa chambre tandis que Maud se tournait vers Léa.

— Il n'est pas dans son assiette. Je devrais…

Léa tapota l'épaule de son amie : elle ne pouvait pas tout contrôler.

* * *

Je ne comprends pas pourquoi personne n'a ri de moi à cause de ce qui est arrivé avant-hier. Ça fait deux jours et ils m'ont juste appelé le Crapaud, comme d'habitude. Quelqu'un a volé mon lunch, mais Max m'a désigné l'endroit où il était caché. Julien a ajouté que c'était niaiseux de faire des blagues aussi stupides. Je pense que c'est grâce à Maxime s'ils ont été corrects avec moi.

Peut-être que toute l'école sera au courant demain. Ou après-demain. C'est peut-être ça, le nouveau jeu de la gang de Benoit Fréchette, me rendre fou… Ils réussiront bientôt. Je n'en peux plus.

* * *

Le crépuscule caressait la neige d'un bleu violacé qui déteignait sur les arbres entourant le chalet loué par Armand Marsolais. Les conifères épousaient le ciel diapré et le détective poussa un soupir de satisfaction : Nadine goûterait la magie de cet endroit lorsqu'elle le découvrirait. Elle aimerait regarder la neige tomber tandis qu'elle se blottirait contre lui devant le feu de cheminée, un verre de chablis à la main. Avant, elle se serait baignée dans le jacuzzi et ils auraient joué au billard. Le prix de la location de l'endroit était élevé, très élevé, mais Armand Marsolais n'avait pas hésité : il devait épater Nadine pour la récompenser de sa patience. Et l'amener à comprendre qu'il avait besoin de temps. Il fallait qu'elle supporte leur éloignement jusqu'en février, ou mars. Au printemps, juré, craché, il aurait réglé la situation.

Armand Marsolais remit son foulard émeraude, sa veste de cuir et referma la porte principale en se répétant que les lieux plairaient à Nadine. Il pourrait l'embrasser, la toucher, la caresser jusqu'à ce que son désir d'elle soit assouvi. Pour un moment seulement.

Il faisait trop froid pour porter un blouson de cuir, mais Marsolais avait néanmoins renoncé à son manteau long : sa veste plaisait à Betty. Les adolescentes aiment les hommes qui portent du cuir. Betty n'échappait pas à la règle. Son Benoit, d'ailleurs, avait un vêtement de cuir. Il avait suivi Betty plusieurs fois depuis l'Halloween, il savait qu'elle était laissée à elle-même plusieurs jours par semaine, qu'elle disposait de trop d'argent de poche, qu'elle errait pendant des heures dans les centres commerciaux avec sa copine Cynthia.

Cette dernière était vraiment jolie avec ses grands yeux bleus, son visage triangulaire qui la faisait ressembler à un chat siamois. Elle tenait du félin, fine, longue, souple. Beaucoup plus mince que Betty, elle portait les vêtements que son amie lui refilait après les avoir mis deux ou trois fois. Vestes en jean, ceintures à frange, pulls moulants, Cynthia n'avait jamais à attendre très longtemps pour être à la dernière mode. Et ressembler à ces mannequins qu'on voyait dans les magazines. Pourquoi Betty acceptait-elle de servir de repoussoir à Cynthia ? Parce que cette dernière attirait les garçons ? Ou parce que Cynthia savait assez flatter Betty pour que celle-ci croie à une amitié désintéressée ? Une amitié qui meublait une existence trop solitaire ? Il lui fallait bien une confidente à qui parler de Benoit.

De Benoit. Pas de lui. Il lui avait demandé de garder le secret sur leurs rencontres. Et il insistait sur ce silence à chaque rendez-vous, même s'il pouvait prétendre ultérieurement qu'elle l'avait rejoint au poste, car il avait écrit son numéro de téléphone au tableau de sa classe. Il croyait cependant qu'elle se taisait. Qu'elle chérissait leur petit secret… Il avait eu raison de l'aborder chez un disquaire devant les CD de *house music*. Elle avait d'abord eu un mouvement de fuite, s'était reprise en posant ses mains sur un disque pour montrer qu'elle n'avait pas peur de lui et il avait fait semblant de ne rien déceler d'étrange dans son attitude. Et surtout, de ne pas être certain de la reconnaître.

— Je crois que je t'ai déjà vue. Ah ! tu es une des élèves que j'ai rencontrés. Vous étiez si nombreux que je ne me souviens plus d'aucun nom. Comment font les professeurs pour les retenir ?

— Demande à ta femme, avait rétorqué Betty d'un ton hargneux.

— C'est une idée. Tu es une petite vite, toi…

— Il paraît.

— Non, je suis sûr que tu es une élève brillante. Je sais beaucoup de choses sur toi.

Elle s'était raidie, avait serré les dents, indécise. Il lui avait souri, expliqué que c'était une manie chez un flic de vouloir en savoir davantage sur les gens. Ainsi, il déduisait, juste en l'observant, qu'elle était généreuse.

— Généreuse?

— Tu as deux CD pareils dans les mains. Il doit y en avoir un pour toi et l'autre pour un ami. Je me trompe?

Elle l'avait aussitôt mis au défi de continuer l'exercice.

— Si on buvait un café au lieu de rester plantés là?

Elle avait eu un sourire moqueur. Il avait reculé d'un pas. Il comprenait son refus, elle ne voulait pas être vue avec un flic.

— Ce n'est pas ça.

— Tu as peur que je te pose des questions sur les autres élèves?

— Ça se pourrait.

— Ça se pourrait, mais je te jure que je ne t'embêterai pas avec l'école. Et encore moins avec tes profs.

— Je ne suis pas une *stool*. Tu nous as fait un beau petit discours, mais je n'ai rien à te dire.

Il avait noté avec plaisir qu'elle le tutoyait, provocante, déterminée à lui prouver qu'elle n'était pas impressionnée.

— Je comprends. Ce n'est pas grave, on jasera une autre fois.

Il s'était éloigné lentement vers le rayon des disques de musique de film. Il faisait mine d'hésiter entre la bande sonore de *Chicago* et celle de *Triple X*, quand il avait entendu Betty lui conseiller d'acheter plutôt celle de *Moulin rouge*.

— C'est plus *hot*.

— Merci, c'est gentil de me guider. Je ne m'y connais pas trop dans les nouveautés. Aimes-tu le cinéma ?

Elle avait hoché la tête, refusant d'avouer qu'elle avait envie qu'il réitère son invitation. Il l'intriguait ; s'il cherchait à la piéger, à la pousser à trahir Benoit, il verrait qu'elle n'était pas si sotte. Cependant, boire un café avec le détective pouvait servir sa cause : elle lui montrerait ainsi qu'elle avait la conscience tranquille. Elle était tellement habituée à mentir à ses parents, aux adultes, qu'elle pouvait discuter quelques minutes avec un flic sans s'inquiéter qu'il la perce à jour. Et puis, personne ne pouvait deviner que Marsolais était policier. Tout ce que les passants verraient, c'était une jeune fille attablée pour boire un café avec un très bel homme. Un homme d'au moins trente ans.

— Et toi, tu vas au cinéma ?

Marsolais avait soupiré : sa femme et lui n'avaient pas les mêmes goûts.

— Judith aime les films sans histoire. En polonais, en tchèque ou en vietnamien avec des sous-titres. Ça m'ennuie...

Il avait regardé sa montre.

— Je dois boire un café et manger un peu. Je n'aurai pas le temps au bureau. J'ai besoin d'un café fort.

— Moi aussi, j'aime ça, le café fort. Je ne bois que des *expresso*.

Il avait failli la reprendre, lui préciser qu'on disait *espresso* et s'était retenu. Voilà qu'il ressemblait à Judith, toujours prête à donner une leçon !

161

— Viens donc en boire un. Ça me fait du bien de jaser avec toi, tu me changes les idées.

Betty l'avait dévisagé avant d'esquisser une moue d'acceptation. Il l'avait précédée dans le centre commercial avant de désigner une table dans l'îlot où étaient rassemblés des comptoirs lunch. En s'assoyant, il avait regardé autour de lui et soupiré.

— Il n'y a pas un espace fumeurs, pas la moindre petite table. On ne peut plus fumer que dehors. C'est partout pareil.

— Au poste, avez-vous le droit de fumer ?

— Non. On fume quand même dans la salle d'interrogatoires. Parfois, on offre une cigarette à un suspect pour mieux le disposer à notre égard. Ça sent déjà la fumée dans cette pièce, on n'a pas de problèmes avec le patron.

— Tu ne respectes pas toujours ses ordres ?

— Non. Il est trop *straight*. Veux-tu manger quelque chose ? Moi, j'ai envie d'une pointe de pizza. Toi ? N'oublie pas que c'est moi qui paye. Je suis vieux jeu. Si j'invite une fille au restaurant, je ne veux pas qu'elle sorte son portefeuille. Tant pis si je ne suis pas à la mode.

Betty n'avouerait pas à ce policier que c'était la première fois qu'un homme — à part son père — payait pour elle dans un restaurant. Marsolais avait acheté deux pointes de pizza, deux Pepsi, disposé le tout sur un plateau avant de retourner à la table. Betty avalait la moitié de sa pizza trop rapidement, s'arrêtait en soufflant.

— J'avais faim, finalement.

— J'aime ça une fille qui mange. Il n'y a rien de plus déprimant qu'une femme qui chipote dans son assiette. La salade, c'est pour les lapins !

Betty avait ri; il n'avait pas l'air de la trouver trop grosse, elle qui songeait chaque jour à se mettre au régime pour être aussi mince que Cynthia.

— As-tu déjà tué quelqu'un?

Marsolais avait eu un léger geste de recul, faisant mine d'être étonné. Betty ne pouvait pas abandonner si vite son attitude à la fois blasée et pleine de défi.

— Tu es directe.

— Oui, il paraît.

Armand Marsolais l'avait fixée quelques secondes, puis il avait battu des paupières en signe d'affirmation. Il avait lu un mélange d'effroi et de fascination sur le visage de l'adolescente avant de murmurer qu'il n'avait pas le droit de discuter de l'événement.

— Je comprends, l'avait assuré Betty.

— Je ne sais pas. Je pense que personne ne peut nous comprendre. On exerce un métier bizarre... avec du monde tellement *weird*.

— Tu t'occupes de quoi?

— Crimes contre la personne.

— Pourquoi es-tu venu à l'école?

— Pour contenter ma femme. Elle me tanne avec cette histoire de taxage. Ce n'est pas légal. Il faut arrêter ça, mais j'ai d'autres chats à fouetter... Eh! Tu ne répètes pas ce que je viens de te dire, OK?

Il avait fait une pause en coupant une bouchée de sa pizza.

— Moi, quand j'étais jeune, on se chamaillait dans la cour et personne ne trouvait ça épouvantable. Tout a changé... Eh... je m'exprime comme un vieux.

Betty avait éclaté de rire et protesté: il n'était pas vieux.

— Tu dis ça pour me flatter.

163

— Je ne suis pas si fine que ça.

Armand Marsolais avait jeté un coup d'œil à sa montre, saisi la croûte de sa pizza.

— Je serai encore en retard.

— Vas-tu te faire engueuler ?

Il avait caché son contentement ; Betty était visiblement satisfaite de ses réparties, de montrer qu'elle se moquait de l'agacer. Il s'était forcé à rire avant de répondre.

— Oui, si ma femme apprend que j'ai dîné avec une belle fille. Mais je ne le lui dirai pas. Et toi non plus, n'est-ce pas ? Promis ?

— Je ne promets jamais rien.

— Justement, ça fera changement.

— T'avais juste à ne pas venir jaser avec moi. Je ne t'ai pas couru après.

— C'est vrai.

— Inquiète-toi pas, je ne suis pas une *stool.*

Betty avait cligné des yeux en repoussant son assiette. Elle ne s'était levée qu'à demi lorsqu'il l'avait saluée, mais il était persuadé qu'elle l'avait suivi des yeux jusqu'à ce qu'il atteigne la sortie, qu'elle s'était demandé si elle dévoilerait cette rencontre à Cynthia et qu'elle y renoncerait.

Armand Marsolais ne s'était pas trompé. Deux semaines plus tard, tandis qu'il croisait Betty chez Simons, il avait senti qu'elle était moins tendue et qu'elle cachait sa joie de le revoir, d'envisager une joute verbale avec lui. Il s'était assuré, durant ces quinze jours, qu'il n'y avait pas eu de suites fâcheuses à l'agression dont avait été victime Pascal Dumont. Judith Pagé avait confié son étonnement à son mari : les parents de Pascal avaient revu le directeur, exigé que des mesures soient prises pour protéger leur fils, mais aucune accusation n'avait été portée. Le petit s'obstinait à taire le nom de ses agresseurs.

— Et moi, je ne suis pas certaine de ce que j'ai vu. Je n'avais pas mes lunettes et ils sont tous habillés de la même façon. De plus, la cour de l'école est mal éclairée. J'ai proposé que Pascal se présente après le début des cours et qu'il parte juste avant la fin. De cette manière, il ne rencontre personne sur son chemin. Pour l'instant, ça fonctionne bien.

Armand Marsolais avait félicité Judith d'avoir trouvé une si bonne solution.

— Pascal me fait pitié, avait-elle avoué. Au début, je pensais qu'il se plaignait pour rien. Mais si ça dégénérait? Toute l'école doit savoir qu'il a uriné de peur. Ceux qui l'ont agressé s'en sont sûrement vantés. Ils se croient au-dessus des lois. J'ai demandé à Germain Gosselin, le prof de maths, de convaincre Pascal de porter plainte. J'espérais qu'il se confie à un homme. Il a échoué...

— Tu as agi comme il faut en le protégeant avec un horaire adapté à son cas. C'est un bon élève. Qu'il manque le début et la fin des cours n'est pas très grave.

Comme il avait eu raison de renoncer à utiliser Pascal pour se débarrasser de Judith, d'oublier son fantasme, de cesser d'espérer qu'il pénètre dans la cour de l'école et tire sur ses agresseurs et sur sa femme. Il devait tout miser sur Betty.

Qu'examinait-elle avec tant d'intérêt chez Simons? Un béret, une casquette?

— Betty? C'est toi? Je n'étais pas sûr, avec ce chapeau. C'est joli. Quoique ce serait dommage de cacher tes beaux cheveux.

— Me *cruises*-tu?

— Toujours aussi vite…

— C'est mon genre. Qu'est-ce que tu fais ici ?

— Ne t'inquiète pas, je ne suis pas là pour te surveiller. Tu as assez d'argent pour te payer ce que tu
veux. Le vol à l'étalage, ce n'est pas ton genre.

Marsolais voyait bien qu'elle serrait les poings dans
les poches de son blouson de cuir, soucieuse de dissimuler sa rage et son inquiétude.

— Tu t'es renseigné sur moi ? Ta bonne femme t'a
raconté que j'avais du *cash* ? Ça les écœure que j'aie
autant d'argent à mon âge.

— Je n'ai pas besoin d'écouter Judith pour m'en
apercevoir. Tu es la fille la mieux habillée de l'école. Et
tu as cette assurance des gens qui ont le pouvoir. J'en ai
fréquenté beaucoup dans ma vie.

— Tu parles des bandits ? J'aime la comparaison.

Il avait fait mine de s'impatienter ; elle était trop
paranoïaque pour continuer à discuter. Il évoquait les
hommes d'affaires, les politiciens, les vedettes qu'il
avait dû protéger durant sa carrière.

— Des vedettes ?

Il avait nommé un chanteur américain en spectacle
au Centre Molson.

— J'habitais Montréal, l'an dernier.

— Eh ! C'est *cool* ! C'est mieux que Québec !

— J'y vais encore de temps en temps. Pour le travail.
Si jamais tu veux un…

Il s'était tu. Elle l'avait poussé à terminer sa phrase,
il avait refusé, elle avait insisté.

— Un *lift* ? C'est ça ?

Armand Marsolais grimaça un sourire d'excuse. Sa
proposition était idiote. Il ne pourrait l'emmener avec lui.

— Pourquoi ?

— Je t'ai déjà expliqué que ma femme est jalouse. Il vaut mieux qu'elle ne me voie pas avec toi. Même ici... elle aime magasiner chez Simons.

— Si tu passais me chercher chez nous, elle ne le saurait pas. Descends-tu bientôt à Montréal ?

— On dit « monter », à cause du fleuve.

Betty avait serré les lèvres et Marsolais s'était maudit de l'avoir reprise : quel imbécile ! C'était la faute de Judith qui l'influençait en le corrigeant fréquemment. Il avait très vite ajouté qu'on devait dire l'inverse à Montréal. Monter ou descendre, c'est du pareil au même. Betty se détendit, mais il ne devrait pas oublier qu'elle était susceptible, prompte à réagir.

— Travailles-tu, ce soir ?

— Non, avait-il menti, je rentre à la maison.

— Tu pourrais me laisser chez moi. Je saurais si tu conduis bien. Avant de partir pour Montréal. Un genre de test.

Il avait hésité, observant les clients autour de lui ; elle avait cru qu'il redoutait de se trouver face à face avec son épouse. Il renonçait plutôt à commettre l'imprudence de sortir de chez Simons avec l'adolescente.

— Attends-moi à l'arrêt du bus, à côté du Petit Séminaire. Je ramène ma voiture. J'en ai pour cinq minutes. Je suis garé sur Couillard. Ce chapeau est très mignon, finalement... Tu devrais l'acheter.

Il souhaitait qu'elle se coiffe du béret afin d'être moins reconnaissable.

Elle l'avait à la main quand il avait ralenti devant l'arrêt d'autobus. Il l'avait complimentée sur son achat avant de lui demander son adresse. Il avait discuté de cinéma, de spectacles et de musique avec Betty durant tout le trajet, se félicitant d'avoir interrogé le fils de

Rouaix quand celui-ci avait rejoint son père au bureau. Il avait fait d'une pierre deux coups : plu à son collègue en s'intéressant à son fils et acquis les quelques notions qui épataient maintenant Betty.

— Je pensais que ce n'était pas ton genre de musique, l'autre jour, au magasin…

— J'ai écouté la musique que tu m'avais conseillée. J'ai aimé ça. J'ai acheté d'autres disques.

— Tu devais l'offrir en cadeau.

— Je l'ai gardé pour moi.

Elle l'avait dévisagé ; avait-il cherché un prétexte pour l'aborder chez le disquaire ?

— Qu'est-ce que tu lui as offert à la place ?

— De l'argent. Ce n'est pas original, mais il veut s'acheter un nouveau *disc-man*. Son vieil appareil saute trop.

— Le mien fonctionne parfaitement. J'ai le meilleur qui existe sur le marché. J'écoute de la musique sans arrêt. Toi ?

— Quand je peux. Pas au travail. Ni en moto, c'est trop bruyant.

Il l'avait sentie frémir à ses côtés. Moto, le mot magique… Elle le questionna sur sa passion, il s'exprima avec enthousiasme et finit par lui promettre une balade.

— Il faudra attendre qu'il n'y ait plus de neige. Je déteste l'hiver !

— Moi aussi. Je serai dans le Sud à Noël.

Tu pars en voyage avec tes parents ?

— Non, je les rejoins. Ils sont partis hier. Philippe revient de temps en temps pour son travail, mais il a des clients américains. Et Christiane est très frileuse… Toi, restes-tu ici pour les fêtes ?

Il s'était plaint d'être coincé à Québec; il était le dernier arrivé au bureau, il devrait faire des heures supplémentaires. Betty compatit; elle avait tellement hâte aux vacances, même si elle allait être séparée de Benoit.

— C'est ton chum?

— On sort ensemble depuis trois mois. Il est dans ma classe. Il t'a posé une question.

— J'ai rencontré tant de monde, ce jour-là. Je ne m'en souviens pas. L'important, c'est qu'il soit gentil avec toi.

Elle avait souri et il avait fait mine de la croire heureuse avec l'adolescent. Et d'ignorer où elle habitait.

— À partir de Laurier, où dois-je tourner?

Elle lui avait indiqué le chemin et, quand elle l'avait fait ralentir devant la maison, il s'était exclamé. Cette demeure était somptueuse.

— Veux-tu visiter?

Il avait hésité, puis refusé. Une autre fois?

— As-tu mon numéro au bureau, Betty? Je l'avais donné dans les classes. Tu es souvent seule, ici. Je ne veux pas t'inquiéter, mais si tu avais besoin d'aide... Note mon numéro, on ne sait jamais...

Elle avait griffonné ce qu'il lui dictait sur un bout de papier et avait claqué la portière sans se retourner, mais elle l'avait rappelé dix jours plus tard, prétendu qu'elle avait entendu des bruits bizarres chez elle.

Et voilà qu'il se dirigeait de nouveau vers le chemin Saint-Louis. Il était venu à pied les dernières fois, prétextant qu'il ne marchait pas assez, qu'il s'encroûtait, alors qu'il ne voulait pas qu'on remarque sa voiture. Le froid justifiait qu'il porte un chapeau et qu'il remonte son foulard. Les voisins ne pourraient jamais le décrire avec précision. Et il détruirait le chapeau et le foulard après que Betty eut rempli son contrat.

Il doutait un peu moins chaque jour de sa réussite : l'adolescente était de plus en plus ouverte avec lui. Surtout après avoir bu le champagne qu'il avait apporté le samedi précédent. Elle s'était extasiée, il avait de la classe ! Il n'était pas comme les garçons de son âge.

— Mais Benoit...

Elle avait changé de sujet. Ils avaient écouté le CD d'Avril Lavigne qu'elle avait acheté la veille. Il l'avait fait parler d'elle, de ses rêves. Elle voulait être actrice. Il avait un ami réalisateur à Montréal. Il le lui présenterait, un jour.

Lui en reparlerait-elle, maintenant ? En gravissant les marches du perron, il envisageait de lui promettre une carrière de star. Il sourit en s'étonnant de son propre cynisme : si tout se déroulait comme il l'espérait, Betty aurait sa photo dans tous les journaux. Il n'était pas si menteur... Et il pariait que les amours de l'adolescente et de Benoit tiraient à leur fin : il avait vu ce dernier avec Cynthia au centre commercial où il l'avait suivi. Betty aurait bientôt besoin de réconfort...

Il ne se trompait pas sur ce point, même si la scène de larmes qu'il avait imaginée n'eut jamais lieu. Lorsqu'il frappa à sa porte, Betty était échevelée, écumante de rage et droguée. Elle hurla que Benoit l'avait quittée pour une autre, qu'elle lui ferait payer son abandon. À lui et à Cynthia. Armand Marsolais mit deux heures à calmer Betty et la violence de sa colère le laissa dubitatif, le rassurant sur ses capacités à réagir tout en l'indisposant : l'adolescente pouvait être difficile à contrôler. Il devrait la manipuler avec beaucoup de doigté. Il ne fallait surtout pas qu'elle passe à l'acte n'importe où, n'importe comment. Il fallait qu'elle tue sa femme là où il l'aurait décidé. Juste après qu'il lui eut appris que celle-ci l'avait dénoncée pour trafic de drogue. Betty s'emporterait, sûr et certain! Il le fallait plus que jamais: Judith lui avait annoncé l'avant-veille qu'elle était enceinte. Enceinte! Il avait ouvert les bras pour qu'elle s'y blottisse et ne puisse lire la rage sur son visage. Il l'avait écoutée débiter des mièvreries, dire qu'il serait un père merveilleux, qu'ils commençaient une nouvelle vie, qu'ils seraient encore plus heureux. Plus heureux? Il ne le serait qu'après le décès de Judith. Il ne pouvait plus retarder son exécution. Il était hors de question qu'elle accouche d'un héritier en juillet! Elle serait morte et enterrée. Et décomposée, dévorée par les vers. Il avait réussi à feindre la joie tout en lui chuchotant qu'il souhaitait qu'elle soit discrète sur sa grossesse.

— Pour les premiers mois, ce sera notre beau secret.

Elle avait promis; il était si attendrissant.

Armand Marsolais ferma les yeux, évoqua le souvenir de Nadine pour lui permettre d'endurer les plaintes de Betty et d'accepter le verre de bière qu'elle lui tendait tout en répétant que lui ne l'aurait jamais laissée tomber. Cynthia était trop maigre, il aimait les femmes qui avaient des formes, qui étaient sexy.

— De vraies femmes, quoi…

Betty eut un élan vers lui, se collant contre son torse. Quand elle leva la tête, yeux mi-clos, il n'hésita qu'une seconde avant de l'embrasser en simulant une passion trop longtemps contenue. Il s'arracha à elle, mima l'embarras, la honte, s'excusa.

— Je… je ne sais pas ce qui m'a pris. Tu es trop désirable… Je ne veux pas que tu sois fâchée contre moi.

Betty demeurait immobile, interdite, et il eut alors la confirmation de ses soupçons: elle n'avait pas une très grande confiance en elle et devait se comparer quotidiennement à Cynthia. Ce baiser lui permettait d'imaginer que Benoit l'avait quittée parce qu'il était immature. Les vrais hommes aimaient les vraies femmes. Elle allait s'accrocher à cette illusion jusqu'à ce qu'elle y croie. Il ferait tout pour entretenir ce fantasme.

— Je dois rentrer, Betty. C'est mieux.

— Pourquoi ?

— Il faut que je réfléchisse. Je n'avais pas le droit de profiter de toi. Je suis un adulte, c'est moi qui devrais être sage, responsable. Et voilà que je…

— J'ai eu quelques chums. Je ne suis plus vierge, si tu veux savoir.

— Arrête ! J'ai trente-cinq ans. Tu en as quinze. Il ne faut plus que nous nous voyions.

— Non ! Tu ne peux pas m'abandonner. J'ai confiance en toi ! Je vais même te confier un secret.

Betty saisit la main de Marsolais et l'entraîna vers la chambre de ses parents, se dirigea vers une des commodes, ouvrit un tiroir, en retira un Luger.

Une arme ! La petite garce possédait une arme ! Marsolais ne pouvait croire à sa chance !

— Eh ! Sois prudente, je ne voudrais pas qu'il t'arrive quelque chose.

— C'est juste au cas où j'en aurais besoin, si des voleurs entraient dans la maison. Je n'avais pas si peur quand je t'ai appelé l'autre soir…

— Betty, promets-moi d'être prudente ! C'est dangereux, une arme à feu.

Il y en a d'autres au sous-sol. Mon père aime ça. Il en a des vieilles. Il les collectionne, il en a souvent reçu en cadeau de ses clients. Celle-là reste dans la chambre au cas où je devrais m'en servir, une nuit, si quelqu'un entrait… Un voleur. Tantôt, j'avais envie de

172

prendre ce revolver et de tirer sur Ben. Puis j'ai pensé à nous deux. Ben est juste un minable, ça ne vaut pas la peine d'avoir des problèmes à cause de lui.

Armand Marsolais avait failli préciser à Betty qu'elle tenait un pistolet et non un revolver entre ses mains, mais il prit sa tête dans ses mains, lui baisa le front avant de s'écarter d'elle.

— Il faut que je réfléchisse à la meilleure solution pour nous. Je vais te téléphoner.

— Quand?

— Cette semaine.

Il sortit de la maison sans se retourner. Avait-il bien manœuvré?

Oui. Betty l'appelait au bureau le lendemain après-midi. Elle s'ennuyait de lui. Elle le suppliait de passer chez elle avant de rentrer à la maison.

Quelques heures plus tard, Armand Marsolais sifflo-tait en garant sa voiture à côté de celle de Judith. Lorsque sa femme l'interrogea sur sa bonne humeur, il répondit qu'une de ses proies avait mordu à l'hameçon. Qu'un gros problème serait bientôt réglé.

Il attendrait un peu avant de renoncer complètement à utiliser, s'il le retrouvait, le 357 dont on s'était servi pour abattre Breton. Il garderait pour lui ses informa-tions sur sa véritable identité. On n'est jamais trop pru-dent… Quand il serait sûr de son emprise sur Betty, il livrerait quelques indices à Maud Graham. Ça la dis-trairait quand Betty abattrait Judith. Il était incrédule devant tant de chance : il n'y avait pas qu'un calibre 22 chez les Désilets, mais toute une panoplie d'armes…

Chapitre 8

Je ne sais pas pourquoi je vis. À quoi ça me sert ? Hier, ils m'ont jeté par terre et m'ont mis le visage dans la neige. Ils m'empêchaient de bouger en criant qu'ils m'étoufferaient. Et de me laver parce que je puais. Peut-être que c'est vrai, même si je prends une douche tous les matins et que je me brosse les dents après chaque repas. Demain, c'est la dernière journée d'école avant les vacances. Je voudrais que ce soit la dernière journée d'école de l'année. De ma vie.

* * *

Est-ce que Maud Graham avait rêvé ou entendait-elle Maxime chanter un cantique ? Elle se leva doucement, évitant de réveiller Alain qui dormait à côté d'elle, même si elle eût aimé qu'il écoute l'adolescent chanter. La voix était inégale, mal assurée, mais joyeuse, légère. Est-ce que Maxime avait été à ce point comblé par le réveillon ? Ou était-il ravi à l'idée de rejoindre son père pour poursuivre les festivités ?

Elle marcha jusqu'au salon où son protégé pliait soigneusement les papiers d'emballage des cadeaux qui jonchaient le tapis.

— Tu es de bonne heure à l'ouvrage! s'exclama Maud Graham.

Maxime désigna Léo, couché en boule sur le sofa.

— Il a été malade. Je l'ai entendu vomir.

— Tu aurais dû me réveiller.

Elle s'approcha de son chat, lui toucha le museau, se rassura; il était frais et Léo, en s'étirant, semblait avoir oublié son malaise matinal.

— Je suis désolée, Maxime. Si j'avais su, j'aurais...

Maxime rigola. Grégoire avait raison. Elle voulait tout contrôler, jusqu'à l'heure à laquelle Léo pouvait être malade.

— Non, c'est juste que...

— Qu'est-ce que tu aurais fait de plus?

— J'aurais fermé la porte de ta chambre. Il ne t'aurait pas réveillé.

— Arrête, Biscuit. Tu en fais trop. *Keep cool.*

Comme Maxime continuait à rire, elle sourit à son tour, même si elle était un peu vexée. Elle n'essayait pas de tout régenter, mais d'aplanir les difficultés, de gérer au mieux le quotidien. *Keep cool...* Maxime usait de plus en plus d'expressions américaines. Était-ce l'influence de Julien et de Max ou était-ce dû au nombre d'heures qu'il passait devant la télévision avec son père? Au moins, chez elle, elle limitait les heures de visionnement. Et il ne protestait pas; il aimait faire du sport avec ses copains. Les cris de joie qu'il avait poussés en déballant sa planche à neige, la veille, l'avaient prouvé! S'il avait promis d'être prudent, elle savait qu'elle ne le verrait pas partir pour les pentes de ski sans s'inquiéter un peu. Est-ce que son épaule était parfaitement guérie?

Est-ce que toutes les femmes s'inquiétaient autant qu'elle pour tout?

— Vous partez pour Montréal aujourd'hui, Biscuit ?
Maud acquiesça ; elle était heureuse qu'Alain ait proposé un week-end dans la métropole. Si elle demeurait à Québec, elle ne pourrait s'empêcher de travailler, d'appeler Rouaix ou Marsolais. Fecteau avait maugréé quand elle avait annoncé qu'elle s'octroyait deux jours de pause, mais il n'avait pu l'en empêcher. Elle avait accumulé tellement de congés qu'elle aurait pu s'arrêter deux ou trois mois sans qu'il puisse protester.

— On sera de retour vendredi. On t'appellera.

Elle voudrait savoir si tout s'était bien déroulé avec Bruno Desrosiers. S'il n'avait pas déçu son fils en s'absentant pour la soirée, pour la nuit, comme il en avait autrefois l'habitude. Mais pourquoi agirait-il ainsi ? Pourquoi ne parvenait-elle pas à croire en lui, à croire qu'il ne se mettrait plus les pieds dans de petites histoires merdiques ? Pourquoi avait-il fallu que Moreau lui empoisonne l'esprit avec ses prédictions sur la rechute de Desrosiers ?

Moreau... Elle n'aurait jamais avoué à personne, même pas à Alain ni à Rouaix, qu'elle lui avait découvert une qualité durant son absence prolongée : il était transparent, carré, prévisible. Elle savait à quoi s'en tenir avec lui, alors qu'elle comparait Marsolais à un de ces délicieux champignons chinois, ces volvaires qu'on essaie vainement de saisir avec des baguettes, qui glissent, qui vous échappent tant qu'il y a du bouillon dans votre assiette.

Que devrait-elle absorber pour décrypter le personnage d'Armand Marsolais ? Le souvenir d'une petite tasse asiatique la déconcerta ; elle se revoyait à Paris, quelques années plus tôt, rue des Archives au Phénix d'Or, un bouiboui où elle s'était attablée plusieurs fois durant son séjour. Le dernier soir, le patron lui avait apporté une petite coupelle de vin de riz en s'excusant de ne plus avoir de tasse ordinaire pour elle. Il espérait qu'elle ne lui en voudrait pas. Elle avait compris à quoi il faisait allusion lorsque, après avoir bu l'alcool, l'image d'une danseuse nue était apparue au fond de la coupelle. La femme qu'elle avait aperçue avec Marsolais n'avait ni les cheveux noirs ni les yeux bridés, mais Graham ne pouvait la chasser de son esprit.

Reverrait-elle la maîtresse de Marsolais à Montréal? Les probabilités étaient infimes et Maud Graham décida qu'elle oublierait cette grande blonde, Marsolais et Breton durant ces deux jours avec son amoureux. Elle irait au cinéma, au musée, au restaurant, jouerait la touriste en vacances. Elle mettrait le châle turquoise que lui avait offert Alain, et elle lui proposerait d'inviter Johanne à souper un soir avec eux. L'ancienne amie d'Alain Gagnon avait été pour elle une source d'angoisse jusqu'à ce qu'Alain la lui présente, jusqu'à ce qu'elle constate que Johanne n'éprouvait plus aucun désir pour Alain, qu'une amitié complice. Elle avait cru ce qu'elle avait lu dans les sourires qu'ils s'adressaient, même si elle comprenait mal qu'une femme puisse cesser d'aimer Alain Gagnon. Elle avait tenté de penser à Yves pour appréhender cette réalité mais, contrairement à Johanne, elle n'avait plus aucune relation avec son ex, que la mémoire d'un homme qui l'avait quittée sans explications après plusieurs années de vie commune. Alain n'aurait jamais fait une chose pareille. Et Alain n'avait pas abandonné Johanne; leur passion s'était simplement éteinte. Simplement? Non, rien n'est jamais simple. Et elle ne devait pas s'imaginer que le scénario se répéterait, qu'Alain l'aimerait moins un jour, qu'elle ne trouverait plus de charme à sa manière de pencher un peu la tête vers la gauche quand il craignait ses réactions. *Keep cool.* Maxime avait raison : elle devait cesser de s'interroger sur tout. Elle avait songé à suivre des cours de yoga, mais elle était persuadée qu'elle serait la pire élève du groupe. Même à son âge, elle ne voulait pas être la dernière de la classe.

Elle observa Maxime qui finissait d'empiler les papiers et remercia le ciel qu'il n'ait pas les plus mauvaises notes à l'école ; elle aurait regretté de l'avoir inscrit dans un nouvel établissement. Quel était le plus mauvais élève dans sa classe ? Elle s'étonna de n'avoir jamais entendu Maxime parler du cancre de son groupe. Il y en avait sûrement un. Il y en a un dans toutes les classes ; elle-même se souvenait de la grande Micheline qui peinait pour monter d'un niveau à l'autre. La grande et si drôle Micheline qui préférait faire rire ses amies plutôt qu'étudier.

— Quel est l'élève le plus comique de ta classe, Maxime ?

L'adolescent ouvrit grand les yeux. Quelle question ! Biscuit était bizarre, certains matins.

— C'est Antoine.

— Est-il bon à l'école ?

— Oui. Je pense.

— Et le meilleur, c'est qui ?

— Je ne sais pas trop. Avant, c'était Pascal. Maintenant, c'est Juliette. Pourquoi veux-tu savoir tout ça ? On ne peut pas oublier un peu l'école ? *Please !*

Elle sourit, promit qu'elle n'aborderait plus ce sujet jusqu'au cinq janvier.

Elle réussit à tenir cette promesse même si elle s'interrogeait sur les visites de Maxime chez Pascal après le vingt-neuf décembre. Elle croyait qu'il avait cessé de le fréquenter depuis l'automne. N'était-il qu'un substitut parce que Julien était à Jonquière et Max au chalet de ses parents? La veille, au téléphone, la mère de Pascal avait paru si heureuse de la prévenir que Maxime restait à dîner à la maison.

— Les enfants s'amusent tellement ensemble.

Maud Graham l'avait remerciée en précisant que, la prochaine fois, ce serait Pascal qui souperait chez elle.

— Il ne pourra pas, il est allergique aux chats, lui qui aime tant les animaux.

— C'est triste.

— Oui, il aurait besoin d'un confident. Enfin, j'espère que Maxime le distraira.

Mme Dumont s'était confiée à l'enquêtrice: elle s'inquiétait pour son fils. Il se taisait lorsqu'elle l'interrogeait sur ses journées à l'école, mais elle devinait qu'il n'y était pas heureux, qu'on avait recommencé à l'agresser.

— Recommencé?

— Mon fils est trop gentil, trop rêveur, madame Graham. On a voulu l'intéresser aux sports. Hélas, il n'est pas très doué... On ne peut pas exceller en tout. Pascal est plus... cérébral. Il lit énormément. Ce n'est pas ce qui vous rend populaire à l'école. Des plus grands le harcèlent, mais il refuse de nous révéler leur identité.

Mme Dumont avait raconté les rencontres avec les professeurs et le directeur, avoué sa colère face aux réactions de ce dernier qui proposait que son fils voie le psychologue de l'école.

— Mais je ne veux pas vous ennuyer avec tout ça. Ce sont les vacances. Pascal a l'air d'apprécier votre

Maxime. C'est un beau petit bonhomme, joyeux. C'est clair qu'il n'a pas de problèmes.

Maud Graham avait failli rétorquer que Maxime avait eu son lot de drames et qu'elle s'étonnait qu'il demeure si optimiste après tout ce qu'il avait vécu, mais elle s'était tue. Elle lui avait suggéré de s'informer sur les mesures légales qu'elle pouvait envisager contre les intimidateurs. Graham ne pouvait dévoiler qu'elle était elle-même détective sans nuire à Maxime, mais elle fit allusion à une amie enseignante qui avait fait face à cette situation.

— Appelez la police, madame. N'hésitez pas, si vous êtes inquiète.

— Maxime ne vous a jamais parlé des brutalités que subit mon fils ?

— Non.

— La loi du silence. Pascal ne me dit rien à moi non plus. Il ne veut pas que je retourne à l'école me plaindre des mauvais traitements, mais je vais continuer à rencontrer les professeurs qui enseignent à mon fils. Deux d'entre eux se montrent très compréhensifs.

Maud Graham avait raccroché en la remerciant d'accueillir si gentiment Maxime. Quand celui-ci était rentré, elle l'avait questionné sur Pascal. Maxime lui avait raconté leur journée avec force détails, après avoir admis qu'il y avait, en effet, des grands du troisième ou quatrième secondaire qui l'avaient harcelé avant Noël.

— On est allés voir la suite du *Seigneur des anneaux*, *Les deux tours*. Pascal dit que le film est presque aussi bon que le livre. Pourquoi on lit un livre quand on a juste à voir le film ?

— Pour comparer.

— Ça doit se ressembler. Ils ne peuvent pas inventer

une autre histoire, c'est déjà assez compliqué! Est-ce qu'il y a des biscuits à l'érable?

Maud Graham avait acquiescé et regardé Maxime dévorer sa collation en renonçant à l'embêter avec l'école. Elle patienterait pour en apprendre davantage. Non, pour *tenter* d'en savoir plus. *La loi du silence*, avait souligné Mme Dumont. Ça fonctionnait dès le plus jeune âge. Est-ce que Mario Breton avait promis de se taire? Pour rompre ensuite l'omerta? Quelles révélations lui avaient coûté la vie? Était-ce un homme du milieu, un motard, un policier qui l'avait descendu? À qui avait-il parlé avant de mourir?

Maud Graham soutenait que rien n'est jamais entièrement noir ni entièrement blanc, que la vie évolue dans les zones grises, mais elle avait l'impression que cette enquête se déroulait dans un monde sans lumière, aveugle, où même le noir n'existait pas. Elle avançait dans le néant et s'interrogeait; ne préférait-elle pas les ténèbres où se complaisent les psychopathes, où ils accomplissent leur funeste destinée à ce marais obscur? Elle avait rencontré quelques-uns de ces monstres; en découvrirait-elle un autre en poursuivant ses recherches sur Mario Breton?

Il avait sûrement laissé des traces de son passé. On ne peut pas tout effacer. Les paroles de Johnson lui revenaient en mémoire. Breton avait eu des ennuis lors de son voyage en Inde. Les recherches auprès d'Interpol n'avaient rien apporté de nouveau, mais elle continuait à s'interroger sur ce que Breton avait vécu en Asie. Trafic de drogue? D'armes? Prostitution? Meurtre? Bourreau ou témoin? À quelles horreurs avait-il participé? De gré ou de force?

Une neige très fine tombait sur la ville, une neige douce mais entêtée, déterminée à calfeutrer les bruits de la ville et à camoufler la banalité de certains immeubles. Betty scruta le ciel en sortant de l'école, invoquant une tempête qui la garderait le lendemain à la maison. Elle avait vécu la pire journée de sa vie. Comment avait-elle pu être l'amie de Cynthia Lambert ? Celle-ci s'était moquée de sa nouvelle coiffure, prétendant que ce look était ridicule, qu'il ne suffisait pas d'avoir de l'argent, qu'il fallait avoir du goût. Elle avait ri et Betty s'était jetée sur elle pour la gifler. Cynthia lui avait tiré les cheveux, elle l'avait attrapée par le cou et elles avaient roulé sur le sol pour se battre. Le prof de gym et Judith Pagé les avaient séparées. Cynthia avait aussitôt accusé Betty de l'avoir agressée et Judith l'avait envoyée chez le directeur. Elle n'était même pas sa titulaire ! De quoi se mêlait-elle ? Le directeur l'avait avertie qu'il la renverrait de l'école si elle ne changeait pas d'attitude. Quelle attitude ? avait-elle failli rétorquer, mais elle s'était tue car le directeur avait évoqué un trafic de drogue qu'il entendait bien faire cesser. Il avait conseillé à Betty d'éviter de fréquenter Benoit Fréchette. Elle avait fait la moue ; il y avait longtemps qu'ils étaient séparés.

— Judith Pagé a dit que tu as attaqué Cynthia. Que tu étais hystérique. Tu dois apprendre à te contrôler, ma petite Betty. Si tu aimes la boxe, inscris-toi à un cours de gym. Ces cours que tu as souvent manqués avant Noël...

Betty avait croisé Judith Pagé juste avant de quitter l'école et celle-ci avait eu le culot de lui demander si elle allait mieux. Mieux ? Pourquoi ? Parce qu'elle était en retenue ? Parce que Cynthia était une salope ? Parce qu'elle et Benoit riaient d'elle ? Elle avait serré les poings sous les trop longues manches de son nouveau pull. Elle ne devait penser qu'à Armand, son gentil mari qui la tromperait bientôt avec elle. Et elle devait continuer à évoquer son beau visage en boutonnant son manteau, ne pas regarder du côté de Cynthia et Benoit qui s'embrassaient dans un coin du vestiaire, ce coin où elle et lui avaient déjà... Non, elle s'en foutait maintenant. Ces minables ne gâcheraient pas sa soirée, ils étaient tellement immatures ! Ils s'imaginaient qu'ils formaient le couple le plus fantastique de l'école, alors que Benoit se ferait bientôt jeter dehors. Que deviendrait Cynthia sans lui ? En apparence, Betty était seule... Mais un homme s'intéressait secrètement à elle. Un homme, pas un garçon de quinze ans. Elle se réjouissait que Benoit soit dans la mire du directeur ; même si elle était sûre et certaine qu'elle ne l'aimait plus, elle serait soulagée de ne plus le croiser chaque matin, chaque après-midi, cinq jours par semaine. Et si elle convainquait Pascal de porter plainte contre lui ? Tout irait encore plus vite. On ne rirait plus d'elle très longtemps. Benoit aurait dû y réfléchir avant de s'amouracher de Cynthia.

Betty marcha jusqu'à l'arrêt d'autobus, observa la foule d'élèves qui se pressaient en rangs serrés. Elle chercha vainement Pascal ; était-il absent de l'école ?

Elle le repéra le lendemain midi, à la cantine. Elle se contenta de frôler Pascal et de lui sourire. Sa stupéfaction, celle des autres élèves du premier secondaire l'amusèrent, mais elle poursuivit sa route en silence. Pour avoir été la voisine de Pascal, elle savait qu'il était influençable, mais pas idiot. Elle ne pouvait pas devenir subitement son amie sans qu'il s'interroge et doute de sa sincérité. Elle devait y mettre le temps nécessaire. Deux semaines, trois, quatre? Elle décida qu'elle serait débarrassée de Benoit Fréchette pour la Saint-Valentin : que Cynthia crève d'ennui toute seule dans son coin tandis qu'elle retrouverait secrètement Armand. Ce dernier lui avait annoncé qu'il devrait espacer ses visites, que c'était trop dangereux pour lui de la rencontrer, qu'il pourrait être poursuivi pour détournement de mineure, même s'ils n'avaient encore rien fait de répréhensible, même si elle était aussi mature qu'une femme de vingt-cinq ans. De toute manière, il était marié... Quel avenir avaient-ils ensemble?

— Tu pourrais divorcer.

— Judith me ruinera. Je me retrouverai à la rue.

— Ce n'est pas grave. Moi, j'ai de l'argent.

— Tu rêves, ma belle. Tes parents seront furieux, ils te couperont les vivres s'ils apprennent que nous nous voyons. Et ils me feront condamner. Si on vivait ailleurs, ce serait différent, mais...

— Justement! Installons-nous dans un autre pays où personne ne saura mon âge.

Une lueur avait réchauffé le regard d'Armand. Elle avait lu son espoir, son désir de s'enfuir avec elle au loin, puis son désarroi.

— On ne peut pas vivre d'amour et d'eau fraîche, Betty. Surtout dans un pays où on ne connaît personne. Si je quitte Judith, je n'aurai plus que ma chemise et mon pantalon. J'ai signé le pire contrat de mariage.

— Il faudrait que ce soit elle qui exige le divorce, qu'elle rencontre quelqu'un d'autre.

Même pas. Il n'aurait droit qu'à des broutilles. À moins d'un décès, évidemment. Dans ces conditions, il hériterait de sa femme. Et vice-versa s'il mourait le premier.

— Elle est futée : il y a plus de chances que je crève avant elle, avec le métier que je fais. Ce n'est pas dangereux d'enseigner… On devrait tout oublier. Tu rencontreras un garçon de ton âge et ce sera tant pis pour moi.

Betty avait protesté ; elle trouverait une solution. Personne ne les séparerait ! Elle lui avait fait jurer de l'appeler. Il avait confié qu'il avait envie de lui téléphoner dix fois par jour, mais qu'il ne pouvait pas attirer l'attention de ses collègues. Tout devait rester secret entre eux. Il hésitait même à revenir chez elle.

— Mais personne ne te guette ! Mes voisins sont loin.

— Un jour, ils vont finir par parler de mes visites à tes parents. Qu'est-ce que tu leur répondras ?

— Que j'ai un ami qui m'aide dans mes cours de physique. Un gars du cinquième secondaire. Ils seront ravis que je m'intéresse à mes cours.

— Tu devras leur fournir des preuves de tes progrès…

— Je n'ai que ça à faire, étudier, en t'attendant. Et je t'attends souvent…

— J'ai peut-être une solution. À condition que tu me jures de n'en parler à personne.

— À qui ? Je n'ai pas d'amis.

— J'ai loué un chalet, un domaine à Fossambault. On pourrait s'y rendre ensemble.

Il montra à Betty le double des photos qu'il avait envoyées à Nadine. La réaction de Betty le réjouit. Elle montrait plus d'enthousiasme que sa maîtresse qui avait convenu que le chalet semblait cossu, mais qu'il était perdu en pleine forêt; que feraient-ils là durant des jours? Elle avait pourtant promis de le retrouver à Québec quand il avait précisé qu'il y avait tous les appareils dernier cri au chalet: jacuzzi, sauna, cinéma maison, chaîne stéréo digne d'une discothèque.

— Tu pourrais venir me chercher vendredi après l'école, déclara Betty.

— Tes parents se...

— Arrête de t'inquiéter. Ils se fichent de moi. Je suis quasiment toujours seule ici.

— Oui, et ça ne me rassure pas. Moi, je ne t'abandonnerais pas ainsi.

Betty lui caressa la joue et lui tendit un petit sac en velours noir.

— Qu'est-ce que c'est? Ça me gêne, des cadeaux...

— Ouvre!

C'étaient des clés.

— Pour la porte d'entrée, reprit Betty. Au cas où tu arriverais avant moi, un jour. Je t'ai écrit le code du système d'alarme.

— Et si tes parents sont là?

— Je te préviendrai avant. Alors, si tu te pointes avant moi vendredi, tu m'attendras au chaud. Puis on ira à ton chalet. On pourrait souper là-bas devant le feu de foyer? On serait tranquilles, tous les deux. Personne ne saurait qu'on est là, ensemble.

— C'est tentant...

Il serait complètement rassuré lorsque Betty aurait vu le chalet; elle avait été élevée dans le luxe, avait souvent voyagé avec ses parents. Si elle aimait le chalet, il y avait de fortes chances qu'il plaise également à

Nadine. Cette dernière devait avoir admiré le chalet, mais refusé de l'admettre pour le punir d'être resté à Québec durant toutes les vacances de Noël. Il avait bien tenté d'expliquer à Nadine qu'il ne pouvait se rendre à Montréal sans attirer l'attention de son épouse, mais la jeune femme avait boudé et n'avait pas répondu à ses appels durant six jours. Six jours! Il avait eu le temps de l'imaginer dans les bras de cent hommes plus jeunes que lui. Ou plus riches.

Riche! Il le serait dans quelques mois! Grâce à Betty. Il fallait qu'il repère un endroit pour lui montrer à tirer. Il lui avait déjà expliqué qu'il voulait lui enseigner quelques trucs afin qu'elle puisse se défendre si on entrait chez elle par effraction. Il avait répété plusieurs fois qu'il s'inquiétait pour elle, alors qu'il ne redoutait qu'une chose : que Betty rate sa cible, qu'elle handicape Judith au lieu de la tuer.

* * *

Ma mère a demandé à mon père de rencontrer le directeur. Il n'a pas répondu. Ils pensaient que je ne les avais pas entendus, mais je leur ai dit que tout allait mieux. Maman m'a cru quand j'ai parlé de mon ami Maxime. Elle est sûre qu'il se tient avec moi à l'école. Mais il joue au hockey tous les midis avec Max et Julien. Et même s'ils ne rient plus de moi, je suis tout seul.

Avant, je voulais avoir un chien. Aujourd'hui, je n'en suis plus certain; peut-être qu'il ne m'aimerait pas non plus. Ou qu'il me mordrait au lieu d'attaquer Benoit, Jocelyn ou Mathieu. C'est lui, le pire! Il est trop stupide pour avoir des idées. Il écoute Benoit comme s'il était son esclave. J'ai peur qu'il me frappe avec un pneu. Il dit que ça ne laisse pas de marques. J'ai toujours peur qu'il quitte sa classe plus tôt pour m'attraper, car il sait que je pars avant tout le monde.

Betty aussi écoutait Benoit comme s'il était un dieu, mais maintenant qu'il sort avec Cynthia, elle reste dans son coin à lire. Elle ne parle presque plus à ses amies. On se ressemble d'une certaine façon, sauf que mes parents m'aiment. Les siens ne sont jamais à la maison.

* * *

Pourquoi est-ce que la nouvelle horloge du bureau égrenait les heures avec une telle lenteur? Le ciel gris accentuait cette impression de lourdeur, de mollesse et Maud Graham se demanda durant une seconde à qui elle pourrait quêter une cigarette, qu'elle l'allume rapidement et chasse cette impression d'inertie après deux bouffées. Armand Marsolais avait recommencé à fumer, elle le savait. Elle avait décelé l'odeur du tabac froid sur ses mains, ses vêtements, ses cheveux et s'était étonnée de la détester et de l'aimer tout à la fois, désireuse de fumer, puis dégoûtée, puis de nouveau obsédée…

Elle résista à la tentation, s'étira, remplit un verre d'eau à la fontaine et se dirigea vers une des fenêtres. Elle détailla les immeubles sur la droite, si ternes, si ennuyeux. Elle n'aurait pas voulu y travailler. Peut-être que les gens qui y étaient employés pensaient la même chose de son bureau, se disaient que l'éclairage au néon était déprimant. Est-ce qu'une des collègues de Mario Breton ne s'était pas plainte de ce type d'éclairage dans l'immeuble où ils travaillaient?

— C'est comme le tapis, avait déclaré Ghislaine Lapointe. Ces maudits tapis industriels. On ne peut même pas décrire leur couleur. C'est d'une telle banalité. Mario disait que ça devait affecter notre rendement. Il avait travaillé dans un endroit où les tapis étaient jaunes et où les employés étaient plus performants.

Ghislaine Lapointe avait raconté qu'elle avait demandé à Mario Breton comment était son appartement et qu'il avait eu une de ces réponses laconiques dont il était le champion incontesté.

— Il était vraiment discret, fit Maud Graham à voix haute.

— Qui est discret?

André Rouaix enlevait son manteau, l'accrochait à la vieille patère, se recoiffait avec ses doigts.

— Mario Breton. Je songeais à Ghislaine Lapointe. Elle se souvient d'une conversation au sujet des tapis. C'est anodin, un tapis, non? Elle se rappelle ses échanges avec notre victime, même les plus courts.

— Elle est curieuse et il l'intriguait.

— Ou amoureuse de lui. On est avide du moindre détail sur l'être aimé lorsqu'on est dans cet état.

Elle-même chérissait la manière qu'avait Alain de rompre son pain en deux morceaux, puis en quatre avant de le manger, ou cette manie de retourner ses oreillers pour qu'ils lui paraissent plus frais, de conserver les vieux *National Geographic* qu'il avait lus quand il était alité à l'hôpital, de l'appeler tous les lundis matin en arrivant au travail pour bien commencer la semaine. Dix, cent, mille détails définissaient Alain et elle les gardait précieusement dans sa mémoire depuis leur première rencontre. Avant même de savoir qu'elle était amoureuse de lui.

— Mme Lapointe est la seule personne qui semble avoir connu Breton. Il devait l'intéresser, c'était un bel homme.

— Pas trop liant…

— Elle devait s'imaginer qu'il avait une blessure intime pour être si discret, une blessure qu'elle pourrait comprendre un jour. Proche ou lointain.

— Oui, les femmes sont très patientes. À part…

— À part moi, Rouaix, je sais. Ne t'excuse pas.

Il l'avait taquinée par habitude, mais il se trompait, elle avait changé depuis que Maxime partageait son existence. Elle était à la fois plus calme et plus inquiète. Ce n'étaient pas les mêmes choses qui l'exaspéraient.

— Vraiment?

— Avant, tu pestais contre les retardataires, tu proclamais qu'ils n'avaient qu'à mieux s'organiser. Aujourd'hui, tu sais qu'on ne gère pas toujours le temps comme on veut avec un enfant.

— Je suis ponctuelle!

Rouaix leva les yeux au ciel; elle était toujours aussi susceptible!

— En tout cas, le capitaine Prégent est réglé comme une horloge. Il avait promis de rappeler hier soir à seize heures. Le téléphone sonnait chez Fecteau à l'heure pile. Pour lui dire que ses tireurs d'élite et tous ses hommes avaient un alibi pour le vingt et un septembre.

— On est chanceux que Fecteau et Prégent aient étudié ensemble. Ça n'a pas traîné.

— On a un rapport sur tous les militaires. Je pourrais les rencontrer…

— On peut faire confiance à Prégent.

— Retour à la case départ, soupira Graham. Tueur professionnel ou psychopathe?

— On devrait peut-être reconsidérer les menaces qu'on a reçues.

— Le labo n'a rien révélé d'intéressant.

— Si on les rendait publiques pour l'obliger à réagir ? À se découvrir ?

— Tu le provoquerais, Maud ? C'est ça ?

— Pourquoi pas ?

Elle s'interrompit en entendant le pas d'Armand Marsolais derrière elle. Elle perçut le tintement de sa cuillère dans la tasse à café. Combien en buvait-il par jour ? Elle avait l'impression qu'il était plus nerveux qu'avant.

— Je viens de croiser Fecteau. Il a une nouvelle à t'annoncer.

— Sur notre enquête ?

— Je ne sais pas.

Et c'était bien ce qui inquiétait Marsolais : y avait-il de nouveaux développements qui pourraient le gêner ? Non. L'affaire Breton ne pouvait ni lui être utile ni l'embarrasser. Il regarda Graham se diriger vers le bureau de Fecteau d'un pas égal.

— Elle garde toujours le contrôle, hein ?

Rouaix inclina la tête, même si c'était faux.

Graham ressortit du bureau quelques minutes plus tard, l'air intrigué.

— Que te voulait-il ?

— On aura une nouvelle recrue. Une fille, une jeune, fraîchement sortie de l'école. Chantal Parent. Avec de maudites bonnes notes. Je ne sais pas avec qui elle fera équipe, mais elle est chanceuse que Moreau soit hors service.

— Tu exagères, Graham. Ça te nuira, un jour.

— Il n'est pas si mal, renchérit Marsolais.

— Tu n'as pas bossé avec lui assez longtemps. C'est peut-être toi qui travailleras avec la nouvelle. Et si elle était mignonne ?

— Et alors ? répliqua aussitôt Marsolais.

Que voulait-elle insinuer ?

Maud Graham fit marche arrière, s'expliqua : évoquer Moreau l'avait troublée. Tous les hommes ne lui ressemblaient pas.

— Excuse-moi. Vous n'avez rien en commun. Ni pour la drague ni pour le boulot. Il se plaint continuellement. Tandis que toi, je suis certaine que tu accepteras de revoir l'employeur de Breton. Essaie d'obtenir des détails sur son embauche. Il avait promis de nous remettre un dossier, mais on ne l'a pas eu.

— Je m'en occupe.

Marsolais était trop content de quitter le bureau. Il avait besoin d'une cigarette.

Dès qu'il se fut éloigné, Rouaix reprocha à Graham son intransigeance.

— Avant, tu trouvais Marsolais sympathique. Très serviable. Tu n'as jamais menti, toi ? Parce que tu étais gênée ? Il ne pouvait pas te parler de sa maîtresse, tu pourrais comprendre ça…

Elle se retint de soupirer, mal à l'aise. Mentait-elle par omission en taisant à Rouaix qu'elle ne pouvait supporter la tromperie de Marsolais parce qu'elle lui rappelait celle de son père ? Maud Graham essayait de garder ses souvenirs enfouis dans sa mémoire, mais ils s'échappaient, s'insinuaient dans sa conscience, la tourmentaient. Elle revoyait son père dans le salon, chuchotant au téléphone, raccrochant en annonçant à sa mère qu'il avait reçu un appel pour le travail, qu'il devait s'y rendre. Combien de mois avait duré sa liaison ? Est-ce que sa mère l'avait su ? Oui, non ? Si elle, alors adolescente, avait tout compris, pourquoi sa mère aurait-elle ignoré la trahison ? À l'époque, tout paraissait affreusement clair à Maud Graham. Mais, depuis, elle avait appris qu'on peut être aveugle si on ne veut rien voir. Elle avait mis plusieurs semaines avant d'admettre qu'Yves l'avait trompée, refusant cette vérité trop douloureuse, refusant de réagir en quittant cet homme à qui elle ne pouvait plus faire confiance. Elle avait même été anéantie quand il était parti. Et désespérée d'être faible, d'avoir si peu d'orgueil en pleurant son départ. Est-ce que Judith Pagé serait aussi déprimée quand elle apprendrait que Marsolais fréquentait une autre femme ?

Une autre ? Ou deux ? Ou trois ? Se contentait-il d'une seule ?

— J'ai un problème avec les hommes infidèles, admit Graham.

— Ça fait longtemps, Maud. Tu es avec un bon gars, aujourd'hui. Alain n'est pas du genre à courir après d'autres femmes.

— Et toi ?

Rouaix la dévisagea, faillit éclater de rire, mais la détective arborait une mine si sérieuse.

— Non. Je mentirais si j'affirmais que tout a toujours été rose avec Nicole. En vingt ans, on a eu des hauts et des bas. Mais j'aime Nicole. Et je déteste les complications. Appelle ça de la fidélité ou de la paresse… Chose certaine, je serais incapable d'avoir une double vie. Ici, on joue des rôles avec les suspects. Lorsque je rentre chez moi, je veux que tout soit net. C'est pour ça qu'on a des accrochages, Martin et moi. Il est trop réservé. J'ai pris trop souvent pour des cachotteries ce qui était simplement sa nature, son tempérament.

— Toi aussi, tu es réservé.

— C'est là, la beauté de la chose. Je voudrais que mon fils soit meilleur que moi, qu'il ait hérité de la transparence de sa mère, de sa faculté de tout clarifier. Cette limpidité est si rassurante. Nous, on est si habitués à la dissimulation dans notre boulot que c'est difficile de s'en libérer complètement.

— Il y en a qui mentent plus que d'autres.

— Tu ne changeras jamais. J'espère que la nouvelle est plus souple…

— Tu la voudrais comme partenaire ?

Rouaix sourit à Maud Graham ; maintenant qu'il était habitué à ses caprices, il continuerait à la supporter. Qui voudrait se dévouer pour faire équipe avec elle ?

Elle sourit à son tour et souhaita que Chantal Parent ait autant de chance qu'elle d'avoir été jumelée à André Rouaix, qu'elle hérite d'un partenaire ouvert et patient, qu'il devienne son confident, son ami, son frère.

Chapitre 9

Je ne sais plus quoi penser. Betty m'a parlé, aujourd'hui. Elle voulait savoir si c'était vrai que j'avais tout lu Le seigneur des anneaux. *J'étais certain qu'elle rirait de moi, mais elle m'a demandé quel personnage j'aimais le plus. Elle, elle adore Aragorn. C'est sûr, c'est le plus beau. Elle a vu le deuxième film deux fois. Moi, j'étais incapable de me concentrer sur ce qu'elle racontait, car je ne comprenais pas pourquoi elle me parlait. Qu'est-ce qu'elle cherche ? Je voudrais l'avis de Maxime, mais il est toujours avec Max et Julien. Betty dit qu'elle a deux figurines de Legolas et qu'elle m'en donnerait une. Pourquoi agit-elle comme ça ? Quand Benoit l'apprendra, il sera encore pire avec moi puisqu'ils ne sont plus ensemble. Je voudrais être transparent comme du verre. Je me casserais en mille miettes, en poussière qui disparaîtrait dans la terre.*

* * *

Le ciel était trop bleu lorsque Betty sortit de chez elle ; il ferait froid, très froid toute la journée. Elle rentra, se résigna à mettre un chapeau. Même si

Armand affirmait que son béret était joli, elle savait qu'il préférait qu'elle laisse ses cheveux flotter sur ses épaules. Elle courut pour attraper l'autobus, le rata, sortit son téléphone cellulaire en pestant pour appeler un taxi. Elle n'aurait pas dû se rendre à l'arrêt par ce temps, mais Armand vantait les mérites de l'exercice, le grand air qui oxygénait l'esprit. Elle avait besoin d'avoir les idées claires et n'avait pas fumé un seul joint depuis deux jours. D'ailleurs, elle ne voulait plus en acheter à Benoit Fréchette, même par l'intermédiaire d'un autre élève. Il devait regretter de l'avoir plaquée, bien qu'il soit toujours collé à Cynthia quand elle les croisait dans les corridors de l'école. Il voulait sûrement la provoquer. Ces manigances infantiles ne l'atteignaient pas. Il constaterait bientôt qu'elle était plus forte que lui à ces petits jeux de pouvoir.

Même si elle devait admettre qu'elle mettait plus de temps qu'elle l'avait imaginé à manipuler Pascal. Il lui répondait à peine quand elle s'adressait à lui, la fixait avec de gros yeux ronds d'un air paniqué. Elle devait se retenir pour ne pas lui arracher ses lunettes, les piétiner, les broyer. Elle lui marcherait avec joie sur les mains quand il se pencherait pour ramasser ces hublots ridicules... Hélas, elle ne pouvait réaliser ce fantasme, mais devait découvrir un moyen de gagner la confiance de Pascal.

Il avait eu l'air un peu moins stressé lorsqu'elle avait discuté avec lui du *Seigneur des anneaux*. Elle avait acheté la figurine de Legolas et la lui remettrait à la bibliothèque. Elle avait d'abord songé à la lui offrir à la cantine, devant tout le monde, mais Pascal n'était pas stupide. Il se méfierait d'un geste trop public, croirait qu'il y avait un piège derrière tout ça. Elle devait agir avec une réserve, une discrétion qui le rassurerait.

La bibliothèque baignait dans la lumière éblouissante du soleil qui embrasait la neige tout autour de l'école, et Betty eut l'impression d'être nimbée de rayons quand elle s'avança vers l'allée du fond. Elle sourit en s'approchant de Pascal qui plissait les yeux derrière ses épaisses lunettes. Elle brillait, étincelait et se sentait merveilleusement sûre d'elle, comme si la lumière l'avait dotée d'un réel pouvoir. Telle une princesse elfique... Elle tendit un sac à Pascal.

— Tiens. Je te l'avais promis. Tu ne regardes pas ce qu'il y a dedans?

Il hésitait; en voyant Betty se diriger vers lui, la chevelure auréolée d'or, il s'était rappelé qu'il l'avait autrefois comparée à Morgane. Et qu'elle s'était précisément déguisée en fée à l'Halloween par pure cruauté. Voilà qu'elle lui souriait, qu'elle lui offrait un présent, que devait-il faire? S'il refusait, il s'attirerait sa colère. S'il acceptait...

— Tu n'es pas curieux.

Betty avait envie de déchirer le sac et de frapper Pascal avec la figurine, mais se contint en songeant à Benoit, un Benoit qui aurait l'air fou quand le directeur de l'école le mettrait à la porte.

Pascal se décida enfin à ouvrir le sac et ne put cacher son plaisir en reconnaissant la figurine de Legolas.

— Je t'avais promis que je te l'apporterais. Je suis une fille de parole. Quand je fais une promesse, je la tiens.

Une surveillante vint les avertir; la bibliothèque n'était pas une salle de récréation. Betty baissa le ton.

— Elle est toujours aussi sévère?

Pascal hocha la tête, bien que Mme Beaupré ne l'ait jamais réprimandé. Il ne souhaitait pas contrarier Betty.

197

Elle lui avait offert Legolas. Il était tout neuf, dans son emballage. Certes, elle en avait eu deux en cadeau, mais elle aurait pu le donner à quelqu'un qu'elle aimait. Même si elle n'avait pas beaucoup d'amis.

— Moi, le passage que j'ai aimé le mieux, c'est celui où Sam espionne Frodon. Il croit qu'il va partir seul, mais Sam le suit. C'est peut-être parce que je suis enfant unique. Si j'avais des frères ou des sœurs, je me sentirais moins seule. Aimerais-tu ça en avoir, toi ?

Oh oui ! Pascal aurait adoré avoir un frère aîné qui l'aurait défendu contre ses agresseurs, mais il garda le silence.

— Tu ne parles pas beaucoup.

— Quand j'ouvre la bouche, on rit de moi, marmonna Pascal.

Betty fit semblant de vouloir répondre, d'hésiter avant de soupirer longuement.

— Je m'excuse, finit-elle par murmurer.

Pascal frémit. Pourquoi Betty s'excusait-elle auprès de lui ? Avait-elle changé simplement parce que Benoit l'avait laissée tomber ? Il aurait aimé l'observer en présence de Benoit pour jauger son désarroi, mais depuis qu'il quittait l'école plus tôt, il n'était témoin de la vie quotidienne des élèves qu'à l'heure du déjeuner. Et à la cantine, il mangeait le plus vite possible avant qu'on le harcèle ou qu'on le prive de son repas. Depuis la rentrée de janvier, il avait réussi à manger puis à se réfugier à la bibliothèque presque tous les jours. Comment se comportait Betty avec Benoit ? Que ressentait-elle d'être rejetée ? Elle lui avait donné la figurine, mais il se réjouissait cependant de l'humiliation qu'elle vivait. Il n'oubliait pas qu'elle l'avait agressé durant tout l'automne. Elle pourrait s'excuser vingt fois, cent fois, il n'était pas près de lui pardonner.

— J'imagine que tu ne me croiras pas, mais je regrette de t'avoir harcelé avec Benoit. Je n'aurais pas dû l'écouter. Et je te jure que je ne t'embêterai plus.

Elle s'étira, jeta un coup d'œil à l'horloge au-dessus du comptoir de prêt.

— Je te laisse lire tranquille. Tu as l'air de trouver ça bon.

— C'est génial! s'exclama Pascal malgré lui.

Betty tendit la main vers le bouquin, lut le titre à haute voix.

— *Le comte de Monte-Cristo*. Je comprends que tu admires Edmond Dantès.

— Tu l'aimes aussi?

— J'ai vu l'adaptation avec Gérard Depardieu. Il avait raison de se venger, même si ça lui a pris vingt ans. Est-ce que ça vaut la peine de le lire?

Pascal hocha la tête avec conviction.

— Me le prêteras-tu quand tu l'auras fini?

Que pouvait-il lui répondre?

— J'en ai encore pour plusieurs jours.

— Ce n'est pas grave. J'attendrai.

Elle s'éloigna après lui avoir fait un petit signe de la main, mais elle entendit tout de même Pascal la remercier de son présent. Elle se retint de crier son contentement. Elle avait réussi à discuter avec sa proie; celle-ci lui obéirait bientôt.

Benoit Fréchette serait mis à la porte de l'école d'ici quelques semaines.

Elle éprouva l'envie de le regarder en pleine face et de lui sourire. Il ne pourrait s'empêcher de s'interroger sur son attitude. Il crânerait, il ferait semblant d'être indifférent, mais elle savait qu'elle l'ébranlerait si elle le dévisageait assez longuement, surtout s'il étreignait Cynthia. Elle dévala les escaliers, traversa la cour, contourna la patinoire où deux garçons se battaient et repéra Benoit. Il se tenait dans un coin, Cynthia agglutinée à lui, le contemplant d'un air béat. Malgré sa détermination, Betty fouilla dans les poches de son blouson à la recherche d'une cigarette. Elle jeta un coup d'œil autour d'elle : les surveillants ne l'ennuieraient pas, ils s'étaient précipités sur la patinoire pour séparer les combattants. Elle joua avec son briquet, alluma sa Du Maurier en songeant que c'était l'avant-dernière du paquet que lui avait remis Armand, inspira en se demandant quand il l'emmènerait au chalet, quand il pourrait échapper à sa femme. Elle expira la fumée, sursauta ; on lui posait une main sur l'épaule. Elle se retourna : Judith Pagé approcha sa main de son visage, s'empara de sa cigarette, la jeta au sol et la piétina.

— Tu connais le règlement.

— Mais madame, j'ai juste pris une *puff*...

— C'est une de trop.

— Maudite vache !

— Le directeur appréciera sûrement ton langage. Allez, viens avec moi.

Judith Pagé saisit Betty par le bras qui la repoussa violemment.

— Ne me touche pas !

— Avance ! Et plus vite que ça ! Pour qui te prends-tu ?

Betty se mordit les lèvres : ne pas lui répondre, ne pas hurler qu'elle était la future maîtresse d'Armand, qu'il en avait assez d'être marié à une vieille peau.

Le directeur semblait ennuyé par leur irruption dans son bureau. Il renonça néanmoins à boire son café pour écouter Judith Pagé se plaindre du comportement de Betty. Il la remercia de sa vigilance avant de signifier son mécontentement à l'adolescente. Elle était intelligente, avait de bonnes notes : pourquoi ne respectait-elle pas le règlement ? Il devait la punir et ça ne l'amusait pas plus qu'elle. Betty leva les yeux au ciel.

Lorsqu'elle sortit du bureau du directeur, elle avait oublié ses résolutions et cherchait un élève qui serait prêt à acheter du pot pour elle auprès de Benoit, un élève qui serait assez discret pour que son ex n'apprenne pas qu'elle était sa cliente. Est-ce que Francis ferait l'affaire ?

La transaction eut lieu à la fin de l'après-midi, mais Betty ne put allumer son joint avant d'être rentrée chez elle. La retenue lui avait paru interminable et l'idée qu'elle devrait s'y soumettre toute une quinzaine l'exaspérait au plus haut point. Et si elle ratait une visite d'Armand à cause de sa maudite bonne femme qui se mêlait de tout ?

Après avoir fumé son joint, Betty s'installa dans son fauteuil préféré, s'efforça de réfléchir à Pascal, à ses manœuvres de séduction auprès de lui. S'il pouvait faire renvoyer aussi Judith Pagé. De quoi pourrait-il l'accuser ? Elle ne l'avait jamais harcelé. Au contraire, elle devait le protéger. Il fallait qu'Armand divorce. Il lui importait peu qu'il n'ait pas un sou : il serait libre, c'était la plus belle des richesses. Quand elle serait majeure, elle reviendrait vivre au Québec, ses parents lui pardonneraient sa fugue et elle créerait sa propre affaire. Pourquoi pas une agence de protection privée ? Armand avait toutes les qualités pour réussir dans ce domaine ; en tant qu'ancien policier, il inspirerait confiance aux gens. À deux, ils feraient fortune. Rien ne leur résisterait !

Léo s'étirait le cou, fronçait le museau sans se décider à sortir ; la cour était si blanche, si froide ! Se mouillerait-il les pattes pour vérifier qu'aucun autre chat n'avait cherché à investir son territoire ? Ces mâles devaient préférer rester tapis à l'abri de la neige et du vent. Il percevait la bise qui soufflait sur ses moustaches. Et il n'y avait pas un seul oiseau, aucun écureuil... Il hésita encore un moment, Maud Graham lui effleura la queue du bout de sa pantoufle.

— Vite, mon gros. Je n'ai pas à chauffer le jardin.

Léo recula en s'ébrouant. Non, toute cette neige glacée le déprimait, il retournerait se coucher.

— Tu es chanceux de pouvoir dormir toute la journée, fit sa maîtresse. Je t'imiterais bien...

Maud Graham souleva son chat, se dirigea vers la chambre de Maxime.

— Il aime que tu le réveilles.

Elle déposa Léo sur le lit de l'adolescent, entendit quelques soupirs, des grognements, puis des mots doux. Est-ce que Maxime serait toujours aussi affectueux ? Il avait changé depuis qu'ils habitaient ensemble, il était plus indépendant, mais il était chaleureux, il conservait ces gestes tendres qui l'émouvaient tant. Elle aimait qu'il dépose chaque soir sa tasse de café sur la table pour le petit-déjeuner, elle aimait qu'il lui tende son parapluie ou son chapeau si elle sortait, elle aimait qu'il glisse ses pieds gelés sous ses cuisses quand ils regardaient ensemble la télévision. La femme qui partagerait la vie de Maxime serait une femme heureuse. Il ne songeait pas déjà aux filles, mais le temps passe si vite... Il rentrerait un soir avec une inconnue et la lui présenterait en disant qu'il l'aimait. Il aurait grandi, il se raserait, il porterait un veston. Dans quelques années... Serait-elle assez attentive à sa métamorphose ? Elle devait profiter de chaque instant pour ne pas être surprise par l'adulte que deviendrait Maxime. Devait-elle travailler moins ?

Mais se croiser les bras quand la violence augmentait ? Quand des adolescents assassinaient un livreur de pizza par curiosité, pour voir ce qu'ils ressentaient à tuer ?

Qu'avait éprouvé le meurtrier de Mario Breton ? Était-ce un contrat comme elle le supposait ? Pourquoi n'avait-il pas été assassiné plus tôt ; il y avait deux ans qu'il travaillait à Québec, deux ans d'une existence réglée comme une horloge. Un homme en fuite essaie de varier ses horaires, ses déplacements : Mario Breton ne devait pas être trop inquiet... Ou ne l'était plus... rassuré par des années de calme, des années sans histoires après une vie plus mouvementée.

Quels tumultes l'avaient agité ? Quand ?

Maud Graham s'était réveillée avec l'espoir qu'elle recevrait un coup de téléphone d'un professeur à la retraite qui lui annoncerait qu'il avait enseigné à Mario Breton quinze ans plus tôt, qu'il lui décrirait l'élève avec une foule de détails, et que ceux-ci, même infimes, la mettraient enfin sur une piste. Rouaix avait envoyé dès son retour de France un courrier aux directeurs de tous les établissements scolaires du Québec et il avait réitéré sa demande au début de la semaine, les priant de fouiller leur mémoire ou les journaux de fin d'année, les bottins scolaires afin de retracer Mario Breton. Obtiendrait-il des résultats ?

— Biscuit ?

Maxime s'approchait, portant Léo contre son épaule.

— Il est de plus en plus lourd !

— C'est l'hiver, il ne fait pas assez d'exercice. Il déteste la neige. Ce n'est pas comme toi ! Je veux que tu rentres plus tôt, ce soir…

— Il paraît que notre génération est trop passive, mais quand on veut bouger, vous nous en empêchez.

Maud Graham sourit à Maxime en lui tendant son bol de céréales.

— Je pourrais rentrer à huit heures et demie.

— Non. Pas durant la semaine. Tu t'excites en jouant au hockey et ensuite tu ne t'endors pas. Tu as besoin de sommeil à ton âge, pour ta croissance.

— Mais si ça n'arrivait pas ?

Elle aurait aimé lui jurer qu'il la dépasserait bientôt d'une tête, mais elle s'était informée auprès de Bruno Desrosiers ; la mère de Maxime était petite, frêle, délicate, ce qui induisait les gens en erreur.

— En erreur ? s'était étonnée Maud Graham.

— Je croyais qu'elle était douce. Je me trompais à cent pour cent. Elle est en béton armé. Elle n'a pitié de personne. Elle a toujours un but et s'arrange pour obtenir ce qu'elle veut.

— Pourquoi vous êtes-vous mariés ?

— Elle voulait sortir de chez elle, de sa campagne, mais elle n'avait pas dix-huit ans. Ce n'est pas moi qui l'ai épousée, c'est elle qui m'a marié. Je n'ai rien vu venir. Je pensais qu'on s'amuserait ensemble… Avant, elle aimait que je joue de la guitare. Après, elle critiquait ma musique. Quand elle est tombée enceinte, c'était ma faute. Je n'ai pas encore compris pourquoi elle ne s'est pas fait avorter.

Elle ne s'était pas occupée de Maxime très longtemps, déménageant à Toronto dès que l'enfant avait eu trois ans. Maud Graham était incapable de comprendre cette femme : comment ne pas aimer Maxime ? Heureusement que Bruno, même irresponsable, aimait son fils et lui avait toujours témoigné son affection.

— Biscuit ? M'écoutes-tu ? Si j'avalais des supervitamines ?

— Oublie les stéroïdes.

Il rit, mais elle savait que la question se poserait de nouveau s'il ne se mettait pas à grandir d'ici quelques semaines.

— Dépêche-toi de t'habiller, on sera en retard.

— Tu me bouscules chaque matin, mais je suis toujours à l'heure à l'école. Et toi, tu es presque ton patron. Ce n'est pas grave si tu arrives au bureau quinze minutes plus tard.

— Non, justement, je dois donner l'exemple.

— Tu es trop *straight*, Biscuit.

— Dépêche-toi !

Elle déposa Maxime cinq minutes avant l'arrivée de l'autobus et le vit prendre sa place dans la file d'attente en remontant le col de son anorak. Il ventait plus qu'elle ne l'aurait cru, mais elle n'allait pas baisser la fenêtre de sa voiture, héler Maxime et lui proposer de l'emmener à l'école pour l'entendre repousser son offre. Il voulait être indépendant, qu'il le soit... Tant qu'il ne serait pas trop secret.

Est-ce que Mario Breton était un adolescent réservé ou plutôt ouvert ?

Armand Marsolais était absent quand Maud Graham se présenta au bureau et elle s'en réjouit ; elle craignait qu'il remarque son manque de naturel avec lui, même si elle acceptait l'espresso du matin, si elle souriait à ses remarques spirituelles. L'arrivée de Chantal Parent était opportune et Maud Graham l'avait accueillie avec chaleur, heureuse de cette diversion. Marsolais s'occuperait sûrement plus de la jolie Chantal que d'elle... Elle pourrait poursuivre ses recherches sans qu'il se doute qu'elle les lui cachait. Et que Rouaix lui avait fait part de l'assassinat de la sœur de sa femme. Boudreault, avec qui il avait fait son cours, lui avait raconté la fin sordide d'Hélène Pagé.

— Pourquoi Marsolais ne nous en a-t-il pas parlé ? Entre policiers, c'est le genre de chose qu'on ne passe pas sous silence.

— Il se sentait peut-être coupable ? On n'a jamais arrêté le meurtrier.

— Il n'était pas chargé de l'enquête.

— Il devait avoir promis à sa femme de capturer l'assassin, de la venger. Et c'est vieux, tout ça. C'était à Montréal, il y a sept ans. Il n'est pas obligé de tout nous dire.

— Non, mais s'il nous cachait quelque chose ?

— Il a de bons états de service, pas une fausse note dans son dossier.

— Justement, c'est trop beau pour être vrai.

— Tu l'appréciais pourtant avant qu'il te mente par omission. Sois plus tolérante...

— Dis-moi plutôt ce que tu penses de l'idée que j'ai eue cette nuit.

La détective voulait proposer à la dessinatrice de rajeunir le portrait-robot de Mario Breton.

— Rajeunir ?

— On fait l'inverse dans le cas des disparitions d'enfant. On vieillit leur photo pour que les gens puissent les reconnaître avec quelques années de plus. Mais ce que je veux, ce sont des informations sur Breton quand il était jeune. Sandra m'a promis de s'y atteler cet après-midi. Elle aime les défis, elle essaiera de nous satisfaire. Ça peut fonctionner. Regarde ! Le rayon de soleil tombe pile sur le grand morpho !

Maud Graham désignait un petit cadre où était fixé un magnifique papillon, seule décoration sur son bureau avec des photos de Maxime, de Grégoire, d'Alain, de Léa. La lumière décuplait la brillance de ses ailes où jouaient toutes les nuances de bleu, transformait l'insecte en une parure chatoyante.

— Un jour, je les admirerai sur place.

— Toi ? Tu n'es partie qu'une seule fois en voyage.

— Alain est habitué, il a...

La sonnerie du téléphone ne retentit qu'à moitié. Graham posait la main sur le récepteur, se nommait, écrivait le nom de son interlocuteur.

— D'où nous appelez-vous, monsieur Gingras ?

— De Laval. J'ai presque toujours habité ici. J'ai rencontré l'ancienne directrice du collège où j'enseignais. Elle m'a appris que vous cherchiez des gens qui auraient connu Mario Breton. J'en ai eu un dans ma classe. En 1984 ou 1985. Je m'en souviens ! Un vrai clown ! Il faisait rire tous les élèves et, moi, je devais garder mon sérieux. C'était difficile, il avait une petite face comique... Qu'est-ce qui lui est arrivé ?

— Il a disparu.

— Disparu ? Ce n'est pas un *scoop*.

— Vous saviez qu'il avait disparu ?

— J'ai toujours entendu dire qu'il n'était jamais revenu de son voyage en Asie.

— Personne n'a eu de ses nouvelles ?

— Il paraît que non. Je ne lui enseignais plus depuis six

ou sept ans… J'avais perdu le contact. J'ai seulement su qu'il était parti pour un voyage sans retour.

— Ses parents ne se sont pas inquiétés ?

— Il était orphelin et enfant unique. J'ai supposé que Breton était mort en Asie.

— On aurait rapatrié le corps.

— Si on avait pu l'identifier. Mais s'il s'est noyé ? Ou si on l'a assassiné, enterré ? C'est une histoire triste.

— Mario, lui, était très drôle ?

— Il aurait pu être comédien, c'est certain. Il aimait attirer l'attention.

Maud Graham échangea un regard avec Rouaix : leur Mario Breton était beaucoup plus discret…

— Et physiquement ?

— Moyen. Rien de particulier. C'était son esprit qui séduisait.

— Si on vous envoyait un portrait-robot de Mario Breton ?

— Un portrait-robot ? s'exclama l'enseignant. Vous l'avez retrouvé ?

— Peut-être.

M. Gingras resta muet quelques secondes avant d'offrir à la détective de venir la rencontrer à son bureau. Il était à la retraite, il avait tout son temps, il pourrait être plus utile sur place. Si elle préférait lui envoyer une photocopie, il la rappellerait aussitôt qu'il la recevrait.

— Vous habitez à Laval…

— Si je pars maintenant, je serai à Québec à quatorze heures.

— Vous accepteriez de vous déplacer ?

— Je ne suis pas si vieux que ça ! Je conduis encore.

Maud Graham l'assura qu'elle paierait tous ses frais de déplacement et le remercia chaleureusement. Elle raccrocha en souriant; serait-elle en aussi bonne forme quand elle toucherait sa retraite?

— Notre Breton a l'air d'avoir beaucoup changé depuis son adolescence. Est-ce possible?

— Il faut qu'il ait reçu un gros choc. Il a pu être témoin d'un meurtre ou il a tué quelqu'un. C'est une bonne raison pour ne jamais donner signe de vie à sa famille, à ses amis.

— Il a cependant fini par rentrer au Québec... Je suis contente que M. Gingras se déplace. Ça tombe bien que Marsolais ne soit pas là.

Elle se tut en voyant Chantal Parent qui leur apportait du courrier.

— J'étais en bas lorsque Lise a reçu ça pour vous.

Elle déposa la lettre sur le bureau de Graham et s'éloigna aussitôt. «Un bon point pour elle», songea la détective. Chantal Parent savait être discrète. Et elle n'essayait pas à tout prix d'être copine avec elle. Elles pourraient s'entendre.

Maud Graham fronça les sourcils en examinant la missive.

— Elle ressemble à la première, fit Rouaix en lisant la lettre de menaces. C'est encourageant. Ça signifie qu'on est sur une piste. À notre insu...

Graham reprit la missive. «*Laissez Mario Breton pourrir en paix, sinon vous le rejoindrez au cimetière. Que ceci soit mon dernier avertissement.*»

— Notre correspondant sait écrire. Pas une seule faute. C'est le même auteur. Un peu précieux... Même genre d'enveloppe, même genre de papier. Et probablement pas d'empreintes.

— Qui peut-on gêner?

— Celui qui connaît la vérité sur Mario Breton,

209

répondit Rouaix. Sur sa mort. Ou sur sa vie. Il a pu être assassiné par un homme qui vengeait la mort de sa femme, d'un ami, d'un associé. En découvrant la victime de Mario Breton, on s'intéressera à l'entourage de celle-ci. Parmi lequel peut évoluer notre meurtrier.

— Nous n'avions quasiment rien avant l'appel du professeur.

— Notre correspondant l'ignore. Il s'imagine qu'on avance dans notre enquête, alors qu'elle ne commence à progresser qu'aujourd'hui.

— C'est bizarre, non ?

— Oui. On n'avait rien, puis tout arrive en même temps.

— C'est comme l'amour.

Rouaix s'étonna ; quel lien établissait-elle entre l'amour et leur enquête ?

— Lorsque tu es seule, tu es vraiment et irrémédiablement seule. Invisible, inexistante. Un zéro dans l'univers. Je le sais, j'ai rencontré Alain après trois ans de célibat. Dès qu'il est entré dans ma vie, j'ai remarqué que d'autres hommes me voyaient enfin. Comme si l'amour d'Alain m'avait dotée de couleurs, et que j'existais auparavant en noir et blanc. Ce qui m'intrigue, c'est qu'Alain se soit approché de moi tandis que j'étais si terne.

— Il savait qu'il pourrait t'illuminer.

— C'est le mot. Cette lumière amoureuse est si particulière. Quand j'ai vu Marsolais à Montréal avec sa blonde, je n'ai eu aucun doute sur leur relation. Ce n'est pas une fille rencontrée un soir. Il la veut tous les jours dans son lit, dans sa maison.

— Je me demande ce qu'il pensera de cette lettre.

— Marsolais a déjà reçu des menaces à Montréal. Il n'avait pas l'air impressionné par le premier message.

— Je remettrai la lettre aux techniciens, en attendant, mais je ne suis pas optimiste. Le texte peut avoir été écrit sur n'importe quel ordinateur. Il n'y a que le style qui nous indique qu'on a affaire à quelqu'un de scolarisé.

«Tout me ramène à l'école», songea Maud Graham. Un enseignant, puis un correspondant lettré, un portrait-robot qui rajeunirait Breton, qui le renverrait aux bancs d'école. Était-elle sensible à cet univers parce qu'elle vivait avec Maxime? Parce qu'elle pensait chaque soir aux devoirs, au lunch du lendemain, aux examens de la fin du mois?

— J'ai hâte de rencontrer M. Gingras. Il m'a paru très dynamique.

Elle ne fut pas déçue. L'homme était plus petit qu'elle, mais il rayonnait d'une telle énergie que Maud Graham eut peine à croire qu'il avait soixante-douze ans. Ses yeux noirs sans cesse en mouvement, ses gestes prestes, sa rapidité à se déplacer lui rappelaient la vivacité d'un écureuil.

— Je vous ai apporté le journal des finissants de l'année de Mario Breton. Il aura sûrement beaucoup changé... Il est mort, c'est ça?

— Il a été assassiné à Charlesbourg. Ses collègues de bureau nous décrivent un homme taciturne.

— Taciturne? Mario? Je lui répétais quotidiennement de se taire. Ça ne peut pas être lui.

L'assurance de Raymond Gingras était telle que Maud Graham fut à l'instant persuadée qu'il repousserait les esquisses faites par Sandra une heure plus tôt; il ne reconnaîtrait pas *son* Mario Breton.

Il ouvrait maintenant le journal des finissants, pointait une minuscule photo du doigt.

— C'est lui. Il souriait sans arrêt. Il n'était pas beau, mais il y avait bien des filles qui lui couraient après.

Maud Graham scruta la photographie, tendit le journal à Rouaix qui mit ses lunettes pour examiner l'image. Cet adolescent n'avait rien en commun avec le portrait qu'avait effectué Sandra. Ni avec l'homme qui était mort d'une balle en plein cœur.

Rouaix présenta les dessins de Sandra à Raymond Gingras. Il les détailla en fronçant les sourcils, dévisagea les détectives, regarda à nouveau les dessins.

— Vous semblez hésiter...

— Non, ce n'est pas Mario. Pourtant... on dirait la tête de... Je ne me souviens pas de son nom, mais ce gars-là a étudié au collège. J'en suis certain ! Il n'est pas resté jusqu'à la fin de l'année.

— Vous en êtes sûr ?

— Oui, oui, il était le coéquipier de Mario au laboratoire. J'avais peur qu'ils fassent sauter quelque chose.

— Ils étaient si dissipés ? demanda Graham qui ne voulait pas brusquer Raymond Gingras en insistant pour qu'il se rappelle le fameux nom.

— Non, j'exagère. C'est juste que Mario était si pétillant !

— Et son copain ?

— Brillant. C'était le meilleur en maths. Les chiffres l'amusaient.

Raymond Gingras ferma les yeux pour mieux se concentrer, les rouvrit, grimaça de mécontentement.

— J'ai un trou de mémoire. Il n'y a rien qui m'énerve plus ! C'est ce qui est le pire en vieillissant. Je pourrais m'entretenir avec d'autres professeurs, si vous voulez.

— On l'apprécierait énormément. Est-ce que le directeur de l'époque pourrait nous aider ?

212

— M. Villeneuve est mort depuis cinq ans. L'incendie de l'école lui a causé un gros coup.

— L'incendie?

— Juste après que j'ai pris ma retraite. Tout a flambé. Il n'y a pas eu de victimes. Ça fait tout un choc lorsqu'on a enseigné là durant trente ans. Ils ont reconstruit depuis. C'est neuf, avec de beaux équipements. J'aimais notre vieille école. Une chance que le feu a eu lieu après mon départ, j'aurais toujours eu un doute, je me serais toujours demandé si l'incendie avait débuté dans le laboratoire. J'en discuterai avec Micheline. Elle était bibliothécaire. Elle a une bonne mémoire et, surtout, elle a conservé un paquet de souvenirs de l'école, chez elle. Ça m'étonnerait qu'elle ait des photos de... Il n'est pas resté assez longtemps.

— Pourquoi?

Raymond Gingras pinça les lèvres. C'était si loin, tout ça.

— J'ai peur de ne pas vous avoir été utile.

Rouaix le rassura aussitôt; personne ne les avait autant aidés depuis le début de l'enquête.

— Qu'est-ce qu'il a fait pour mourir ainsi?

— C'est ce qu'on voudrait savoir.

— Je vous rappellerai dès que j'aurai rencontré Micheline. Dès qu'elle revient du Sud.

— Est-elle partie pour longtemps?

— Non, elle rentre bientôt.

Maud Graham posa une main sur son épaule sans s'étonner de sentir des muscles très fermes.

— Monsieur Gingras, on vous remercie infiniment. Vous avez pris votre journée pour...

— J'aime ça bouger. Je serai de retour pour le hockey.

— Le hockey ?

— J'entraîne une équipe de jeunes. J'ai beaucoup joué quand j'étais plus jeune.

Il n'avait pas dit « quand j'étais jeune » mais « *plus* jeune », c'était toute la différence entre se considérer comme un vieillard ou un homme qui avait encore du bon temps devant lui. Le détail qui changeait tout.

Maud Graham insista vainement pour lui offrir une chambre à Québec, un souper au restaurant.

— Je dois rentrer. Les jeunes comptent sur moi.

— Soyez prudent.

Graham et Rouaix raccompagnèrent Raymond Gingras jusqu'à sa voiture, lui serrèrent la main plusieurs fois. Ils regrettaient de le voir partir. Ils souriaient en remontant vers leur bureau.

* * *

Jonathan s'est cassé le poignet en jouant au hockey. C'était un accident. Moi, ils me l'auraient brisé pour le plaisir. Le prof d'éduc m'a exempté des cours. Il doit croire que c'est mieux que je sois un peu moins en forme mais entier. Ni blessé ni mort. Je m'installe à la bibliothèque. Je passe ma vie à la bibliothèque. Je suis une sorte de prisonnier. Mme Olivier m'a même demandé de l'aider à classer des volumes, ce midi, car elle était débordée. C'est vrai que tous les élèves de la classe d'Anne Gendron étaient venus faire de la recherche dans l'avant-midi. Je me suis caché avant que Benoit et sa gang de malades sortent de la bibliothèque. Ils ne m'ont pas touché depuis deux semaines. Je suis certain qu'ils préparent quelque chose. J'ai découvert un rat mort dans ma case, hier. Toutes les filles se sont mises à crier quand je l'ai apporté au prof de bio. Je ne savais pas quoi faire, je ne pouvais pas le jeter dans une poubelle ; les rats portent des maladies. M. Thibodeau m'a envoyé à l'infirmerie pour me désinfecter les mains, même si j'avais mis des gants. Il m'a dit de jeter ces gants. Je raconterai à maman que je les ai perdus.

Je gage que Benoit l'a tué exprès pour moi. Un plaisir supplémentaire. S'il pouvait attraper la peste, ça ne me dérangerait pas de l'avoir, moi aussi. À condition qu'il meure. Avec Mathieu et Thibault.

Betty m'a avoué que Benoit la menaçait de la quitter si elle refusait de me harceler. Il l'a plaquée quand même. Elle m'a fait souffrir inutilement. Elle aurait dû réfléchir avant de lui obéir. Elle essaie vraiment d'être gentille avec moi. Elle a déjà assisté à un spectacle de David Copperfield. Il paraît qu'il est très fort. Pourrait-il faire disparaître DÉFINITIVEMENT tous ceux que je déteste ? Judith Pagé ferait partie de la gang ; elle m'a mis 14/20 pour ma composition. Elle dit que je ferais mieux de varier mes centres d'intérêt, qu'il n'y a pas que les légendes de Merlin dans la vie. Je suis certain qu'elle n'a même pas lu les récits des chevaliers de la Table ronde. Elle ne peut pas juger ce que j'ai écrit, alors elle me critique. Je les hais ! Je les hais tous !

Chapitre 10

La croirait-il ?

Betty froissait la lettre dans la poche de son manteau de cuir. Elle l'avait écrite en se levant et espérait la montrer à Pascal à la bibliothèque. Elle le rejoignait là un midi sur deux, s'installait à une table voisine de la sienne pour lire, lui chuchotait quelques mots en s'étonnant de ses réserves de patience... Elle avait dû admettre qu'il était beaucoup plus méfiant qu'elle l'avait imaginé. Mais elle l'aurait. Elle obtenait toujours ce qu'elle voulait. Elle n'était pas comme sa mère qui s'écrasait devant son père. Betty Désilets ne pliait jamais. Lorsque son père l'avait menacée de lui couper les vivres durant les vacances de Noël parce qu'elle avait refusé de l'accompagner au golf, elle avait rétorqué qu'elle le dénoncerait aux services de protection de la jeunesse ; on verrait bien qui aurait des ennuis. Ne valait-il pas mieux qu'ils continuent comme avant, chacun de son côté ?

Elle avait eu raison de lui demander d'augmenter son argent de poche. Elle avait pu acheter toutes les figurines du *Seigneur des anneaux* pour séduire Pascal. Elle les avait disposées sur la grande table du salon. Il serait sûrement impressionné quand il les découvrirait. Il croirait qu'elle partageait sa passion. Sauf qu'il était sur ses gardes ; il n'accepterait pas de se rendre si facilement chez elle. Elle devait l'émouvoir pour le convaincre qu'ils vivaient le même rejet social. À l'école, elle ne parlait quasiment plus aux élèves de sa classe, mangeait rarement à la cantine, traînait après les cours pour éviter de prendre l'autobus avec ses anciennes amies. Amies... Avait-elle été proche de ces gamines ? Autant discuter carrément avec le petit Pascal qui n'était pas plus immature que Sophie, Marie-Luce ou Cynthia.

Il était assis près de la section Romans lorsqu'elle poussa la porte de la bibliothèque. Il leva la tête quand elle toussa, sourit quand elle lui sourit. Il y avait une chaise libre à côté de la sienne, mais il ne fit aucun geste pour inciter Betty à le rejoindre. Qu'il était donc énervant ! Si mou, si peureux. Elle continuait à fantasmer, elle le secouait en tous sens, écrasait sa petite face laide de batracien dans la boue, l'étouffait... Elle s'éloigna vers les rayonnages ; il ne devait pas déceler son exaspération. Elle revint avec un dictionnaire d'anglais ; elle faisait tous ses devoirs à la bibliothèque, désireuse de conserver une excellente moyenne pour que son père lui fiche la paix. Il avait passé une semaine à la maison, et ces sept jours lui avaient paru s'éterniser pendant mille ans ! Elle avait dû l'écouter chaque soir la gratifier de conseils pour son avenir, l'interroger à ce sujet sans écouter sa réponse, lui promettre qu'elle hériterait de la compagnie pharmaceutique si elle le méritait, si elle était la meilleure élève de sa promotion. Betty avait acquiescé à ces propos, puis avait fini par le questionner sur ses affaires, sur la manière dont il avait bâti sa fortune. Il avait été surpris, mais ne s'était pas fait prier pour narrer son ascension sans deviner que sa fille cherchait un moyen de gagner beaucoup d'argent rapidement. Avec Armand.

Betty avait souri toute la semaine à son père, alors qu'elle aurait voulu qu'il reparte au plus vite vers Miami retrouver sa femme ou sa maîtresse à Toronto et la laisse enfin seule, libre de recevoir Armand. Sept longs jours sans lui! Sept jours qui lui avaient prouvé l'extrême puissance de son attachement. Elle ne s'était jamais ennuyée de Benoit. Armand lui avait manqué après une journée d'absence. Après une heure. Quand pourraient-ils enfin vivre leur amour sans contraintes? Elle avait fait des recherches sur Internet pour dénicher le paradis qui les accueillerait, où on se ficherait de l'âge d'Armand, mais elle n'avait pas encore fixé son choix. Elle devrait en discuter avec son bel amoureux. Amoureux… Elle était si éprise de lui! Si elle voulait faire renvoyer Benoit, ce n'était plus parce que sa relation avec Cynthia la blessait, mais parce que l'adolescent lui rappelait son manque de jugement. Comment avait-elle pu s'enticher de ce minable petit dealer? L'ennui, sans doute.

Elle chercha plusieurs définitions dans le dictionnaire avant de relever la tête, même si elle était certaine que Pascal l'observait à la dérobée. Elle échangea un petit sourire avec lui; était-il bon en anglais? Elle adorait cette langue.

— Je veux voyager plus tard. Si je maîtrise l'anglais, je pourrai aller partout.

— Pas en Chine.

— Je suis sûre qu'on parle anglais à Hong Kong. C'était un territoire britannique jusqu'en 1997. Et c'est la langue des affaires.

— Seras-tu une femme d'affaires comme ton père ?

Elle eut un geste de dénégation ; elle ne voulait surtout pas ressembler à son père.

— Mais, d'après Benoit Fréchette, il ne me reste que quelques semaines à vivre.

Pascal s'était crispé en entendant le nom de son tortionnaire.

— À vivre ?

Betty fouilla dans la poche de son blouson, tendit la lettre à Pascal.

— Je suppose que tu en as reçu, toi aussi. Il est très fort pour faire écrire ses menaces par d'autres.

Pascal lut la lettre à voix basse. « *Betty est niaiseuse. Betty est laide. Betty est une truie. Betty va mourir. Personne ne te regrettera, maudite vache.* »

— On ne peut pas être une vache et une truie en même temps, corrigea Pascal.

Betty le dévisagea ; ce garçon avait des réactions bizarres. Pourquoi s'étonnait-il ensuite d'être mis à l'écart ?

— Il ne te tuera pas…

— Son trafic de dope lui a fait rencontrer du monde bizarre. Son fournisseur est très spécial. Il élève des rats.

— Des rats ?

— Oui. Ben pourrait me guetter et m'agresser avant que je rentre chez moi. Il me déteste. J'ai eu des courriels toute la semaine… Il menace de me crever les yeux. Ou de me couper la langue.

— La langue ?

Pourquoi répétait-il toujours les derniers mots de ses phrases ? Il était vraiment énervant ! Betty se leva à demi en s'étirant le cou, se rassit ; il valait mieux discuter de tout ça ailleurs. Il y avait trois élèves de sa classe à la table voisine.

— Veux-tu qu'on s'appelle, ce soir?

— Pour parler de Benoit? Je fais tout pour l'oublier, Betty.

— Ça ne marche pas, hein? On devrait unir nos forces. Comme Sam et Frodon. J'ai leurs figurines. Tu pourrais venir chez nous.

Pascal gardait le silence, ne sachant que penser. Il se méfiait encore un peu de Betty, même s'il était certain que Benoit la traitait en paria. Maxime lui avait rapporté les rumeurs qui couraient sur son compte; Betty Désilets couchait avec n'importe qui.

— Même si c'était vrai, avait déclaré Maxime, ce sont ses affaires. C'est son corps.

Pascal avait été un peu surpris de l'attitude de Maxime, ignorant que ce dernier répétait des propos de Grégoire, mais il n'avait pas été du tout étonné par la trahison de Benoit. Il cherchait à nuire à Betty pour le plaisir.

Est-ce que Benoit travaillait vraiment pour un fou qui élevait des rats? Celui qu'il avait découvert dans sa case était bel et bien réel. Benoit voudrait-il qu'il soit dévoré par des rongeurs vivants?

Il avait eu du mal, jusque-là, à imaginer la détresse de Betty, mais si le fou était aussi dangereux qu'elle le croyait?

— Tu pourrais…

— On s'appelle ce soir, OK? As-tu toujours le même numéro?

Pascal acquiesça en cherchant quelles explications fournir à sa mère qui savait que Betty l'avait harcelé avant Noël. Il lui raconterait qu'elle s'était excusée, qu'elle regrettait ses gestes agressifs.

Et s'il était enfin débarrassé de Benoit Fréchette grâce à elle? Il avait besoin de l'opinion de Maxime.

Quatre heures plus tard, en rentrant chez lui, Pascal se demandait comment Judith Pagé avait pu deviner qu'il faisait passer un message pour Maxime, quand Lætitia et Julie en échangeaient chaque jour sans se faire remarquer. Judith avait dit à Pascal qu'il n'était pas à l'abri des punitions parce qu'il partait dix minutes avant tout le monde. Elle lui avait donné à copier un texte interminable sur le sens du respect, sur le devoir d'être attentif en classe. Aucun élève n'écoutait Judith, mais elle ne les avait pas tous punis. Elle était injuste! Parce qu'elle le détestait. Depuis le début de l'année! Elle faisait semblant d'être gentille aux réunions de parents ou dans le bureau du directeur, alors qu'elle était pareille aux autres...

Pascal téléphona à Maxime après avoir refusé la collation que lui offrait sa mère. Il dut se contenter d'enregistrer un message sur le répondeur. Est-ce que Maxime pouvait le rappeler rapidement?

Il ne pouvait deviner que Maxime soupait chez Léa et y resterait toute la soirée parce que Maud Graham était retenue au bureau. Il crut que Maxime tenait à garder ses distances. Quand Betty l'appela, il songea à Sam et à Frodon. Peut-être avait-elle raison. Ils étaient menacés par le même fou. Il devait s'appuyer sur elle. Et si ça ne fonctionnait pas, il disparaîtrait. Il marcherait jusqu'au pont et se jetterait dans le fleuve.

Au téléphone, Betty écouta Pascal avec une telle attention qu'il eut l'impression, pour la première fois depuis des mois, d'être intéressant. Elle lui répéta qu'elle regrettait d'avoir écouté les directives de Benoit, mais qu'elle ne savait pas jusqu'où il était capable de se rendre.

— J'imaginais qu'il voulait te taquiner un peu. À l'Halloween, j'ai capoté. C'est un malade. On s'est disputés, ce soir-là. Il m'a traitée de peureuse. C'est son truc, ça, il nous met au défi. C'est lui qui est lâche. Et c'est toi qui es courageux d'endurer tout ce qu'il te fait.

Elle reparla du fou qui élevait des rats, avoua qu'elle ne se sentait en sécurité qu'à la maison. Même si elle était souvent seule.

— Tu n'as pas peur ?

— Non, ici, je suis protégée. Il y a un système d'alarme relié directement au poste de police. Je te le montrerai. Pourquoi pas demain ? Après l'école ?

— Je… je devais jouer avec Maxime Desrosiers, mentit Pascal.

Betty ne fut pas dupe ; il se méfiait… Elle lui suggéra d'emmener Maxime avec lui. Elle espérait qu'il refuse sa proposition, mais si son copain l'accompagnait, il serait aussi épaté par la disposition des figurines dans le salon, par l'écran géant de la télévision, par tous les canaux captés par l'appareil.

— Emmène Maxime, insista-t-elle. Il a l'air correct.

— Je vais y réfléchir.

Betty raccrocha et chercha aussitôt le cendrier où elle avait déposé un joint entamé. Combien de temps pourrait-elle encore endurer Pascal Dumont et ses maudites hésitations ?

Elle fut aussi ravie qu'étonnée lorsque, à midi, Pascal lui déclara qu'il irait chez elle. Il s'était arrangé avec sa mère.

— Avec ta mère ?

Il ne fallait surtout pas que Mme Dumont se mêle de leurs affaires !

— Elle vient parfois me chercher après l'école pour que je n'aie pas de problèmes, mais je lui ai dit que j'allais au cinéma avec Maxime.

— Il viendra avec toi ?

— Non, il joue au hockey.

— Ce n'est pas grave. J'ai hâte de te montrer ma collection.

Pascal fut impressionné par les dimensions de la nouvelle maison des Désilets ; le père de Betty devait gagner plus d'argent que ses parents ne le supposaient. Quand ils entrèrent, Betty dut composer un code pour éteindre le système d'alarme ; elle lui montra le tableau où étaient inscrites toutes les pièces de la maison, les zones auxquelles elles se rattachaient.

— Au début, j'avais peur que le système se déclenche trop vite, mais on a bien assez de trente secondes. Suis-moi.

Pascal n'avait jamais vu de plafonds aussi hauts dans une maison. Les murs devaient mesurer quinze pieds. Il y avait des rideaux en voile et en velours dans le salon, des rideaux gris perle qui conféraient une impression d'opulence à toute la pièce, qui s'accordaient à l'épaisse moquette. Il avait regretté d'avoir oublié ses souliers, avait craint d'avoir froid aux pieds. Il appréciait maintenant de marcher sur le sol moelleux. Il s'approcha des fenêtres, remarqua des autocollants dans chacune des vitres indiquant que la maison était protégée par un système d'alarme.

— Qu'est-ce qui se produit si un bandit entre chez vous ?

— Le système se déclenche et avertit la police. Ils sont là en moins de cinq minutes.

— C'est déjà arrivé ?

— Oui, mentit Betty. Ça marche. Ils ont arrêté le voleur. En plus, on a un système pour l'éclairage : des lumières sont programmées pour s'allumer à des heures différentes chaque jour, pour que les bandits ne constatent aucune routine chez nous. Et il y a des téléphones dans toutes les pièces.

— Vous êtes très protégés.

Au début, il avait trouvé la maison imposante et froide avec ces meubles modernes en noir et blanc. Il avait pensé à un hôtel, puis à un bunker, mais l'idée de bunker justement lui plaisait bien. Il avait l'impression qu'il aurait pu demeurer des jours et des jours chez Betty sans sortir, à l'abri du monde.

— Viens !

Betty lui faisait signe de la suivre dans la pièce voisine.

— C'est notre salle à manger pour les réceptions. Moi, j'aime mieux souper dans la grande cuisine.

Pascal écarquillait les yeux : toutes les figurines du *Seigneur des anneaux* étaient rassemblées sur une grande table que Betty avait recouverte d'une toile beige, une toile qui évoquait le sable des dunes. Il s'approcha, saisit la figurine de Sam.

— C'est mon préféré. Tout le monde aime Frodon. J'aime mieux Sam. Il n'a pas de pouvoir, pas d'anneau et il est brave. Et fidèle. Je devrais l'avoir à ma fête. J'aime aussi Gollum.

— Garde-le, si tu veux. Benoit riait de moi parce que j'adore *Le seigneur des anneaux*. Il disait que j'étais bébé.

— Cynthia a l'air plus jeune que toi, fit Pascal.

Betty eut un sourire sincère ; quel âge Pascal lui donnerait-il s'il ne la connaissait pas ? Quinze ou même seize ans.

— Je me demande ce qu'une fille de ton âge fait avec moi…

Il gâchait toujours tout! Elle l'avait trouvé sympathique une fraction de seconde, mais il l'assommait avec sa méfiance! Elle s'impatienta.

— Pour qu'on s'unisse contre Benoit. J'étais certaine que tu avais compris.

Voyant le regard effaré de Pascal, elle se reprit aussitôt; elle ne voulait pas s'emporter, mais elle avait reçu d'autres menaces.

— Tu pourrais le dénoncer au directeur.

— Benoit dira que j'invente tout parce qu'il m'a laissée tomber. Toi, c'est différent.

— Mes parents ont déjà rencontré M. Delvaux. Il a proposé un rendez-vous avec le psy.

— Mais c'est Ben, le malade!

Elle expliqua à Pascal qu'elle était prête à témoigner avec lui de tous les mauvais traitements que Benoit lui avait fait subir depuis le début de l'année scolaire. Même si ça pouvait lui causer des ennuis puisqu'elle avait été assez bête pour obéir à Benoit, avant Noël.

— On doit se soutenir mutuellement. J'ai rêvé du fou aux rats, cette nuit… J'ai peur.

— Je croyais que tu étais en sécurité ici.

Betty acquiesça. Chez elle, tout allait bien.

— Avec votre système d'alarme, c'est sûr que tu dois être en sécurité.

Betty chuchota; elle avait un secret… elle pouvait bien le partager avec lui…

Il hésitait, mais elle l'entraîna dans la chambre de ses parents, ouvrit un tiroir, en sortit le Luger.

— Ran… range ça. C'est… c'est dangereux.

225

Elle replaça le pistolet allemand, referma le tiroir. Elle avait voulu montrer à Pascal qu'elle avait confiance en lui. Avait-elle eu tort ou raison ? S'il s'en ouvrait à ses parents ? Non, il était aussi fasciné qu'effrayé. Il n'était pas insensible au pouvoir de l'arme. Elle-même s'en saisissait parfois et se regardait dans le miroir, tendant les bras droit devant elle, puissante.

— Veux-tu qu'on se commande une pizza ?

Il ne répondit pas, encore bouleversé par l'image du pistolet. Il n'en avait vu que dans les films.

— Il paraît que c'est lourd.

Betty retourna vers le tiroir, prit l'arme, la lui tendit d'un geste décontracté.

— Ça dépend pour qui.

Pascal faillit échapper le Luger, poussa un petit cri, mais le serra très fort dans ses mains. Il ferma les yeux durant quelques secondes, s'imagina qu'il avait Benoit en joue. Thibault, Mathieu, Judith Pagé. Il frissonna, rendit l'arme à Betty.

— Je pense que je vais descendre l'arme en bas pour qu'elle soit plus à la portée de ma main. Alors, veux-tu une pizza ?

Betty savait le numéro du restaurant par cœur ; elle avait l'habitude de commander ses repas par téléphone. Elle était chanceuse de manger ce qu'elle voulait !

— Tes parents sont partis pour longtemps ?

— Mon père revient souvent pour ses affaires, mais ma mère est en Floride.

Il retournait vers les figurines comme si elles l'aimantaient. Betty saisit celle de Sam, la rapprocha de celle de Frodon.

— C'est ainsi qu'on doit être. Unis. On doit dénoncer Benoit ensemble. As-tu gardé les messages que tu as reçus de lui ? Moi, j'ai été assez stupide pour les brûler dans le foyer. J'étais tellement en maudit !

Pascal n'avouerait pas à Betty qu'il les avait soigneusement rangés dans un cartable avec le dessein de jeter un sort à l'expéditeur avec la magie noire. Il se contenta de hocher la tête.

— Le mieux serait que nos parents viennent avec nous voir le directeur, non ?

— Ça va être compliqué avec mon père. Il ne sera pas disponible ce mois-ci.

— Tu dois te sentir seule.

Elle faillit répondre que non, puis elle s'avisa qu'elle attirerait sa compassion en affirmant le contraire.

— Je suis habituée. Certains soirs, j'envie ceux qui ont une vraie famille...

Embarrassé, Pascal s'approcha de la statuette de Legolas, toucha son arc du bout des doigts.

— Moi aussi, je sais tirer à l'arc. J'en ai un chez ma grand-mère. Elle a un grand terrain, je peux m'exercer sans danger.

— Tu tires à l'arc ? C'est difficile !

— Il faut être capable de se concentrer.

Betty dit qu'elle aurait peur de se couper les doigts avec la corde. Pascal précisa qu'on pouvait plutôt les brûler ou développer des ampoules, quoique...

— Aurais-tu aimé ça vivre dans l'ancien temps ? Moi, oui. Je mettrais des robes longues bordées d'hermine et des... Qu'est-ce qu'il y a ?

Pascal s'était souvenu du costume que portait Betty à l'Halloween, de ses cris, de ses rires.

— Je pensais à l'Halloween. Tu avais du plaisir, ce soir-là. Je n'ai pas senti que tu capotais comme tu me l'as raconté au téléphone, hier...

Betty se mordit les lèvres ; ce ton, ce ton de petit juge accusateur. Si elle avait pu lui coudre les lèvres, ne plus jamais l'entendre !

— J'étais gelée, si tu veux savoir la vérité. Je ne sais même pas ce que Benoit m'avait donné. J'ai perdu la carte. Je riais juste en regardant mes mains.

Elle avança ses mains vers Pascal, les agitant, les retournant en tous sens.

— Trouves-tu ça drôle ? Non ? Moi non plus. À l'Halloween, je suis restée sur un *high* assez longtemps merci. Après... j'ai compris qu'on avait été trop loin. J'ai dit à Benoit qu'on devait tout arrêter. Il a ri de moi. Je me suis rendu compte qu'il ne m'aimait pas. Il a profité de moi. Maudite niaiseuse, je suis juste une maudite niaiseuse. Il y a des jours où j'aimerais mieux être morte... Ce serait plus simple.

— C'est sûr.

Il y eut un long silence ; Betty était certaine que Pascal avait déjà songé au suicide, mais elle n'osait l'interroger à ce sujet.

— C'était mon premier vrai amoureux. J'aimais ça écouter de la musique avec lui. Toi, aimes-tu la musique ?

Pascal avoua qu'il s'y connaissait peu. Il préférait le cinéma.

— Je vais te faire entendre mes disques préférés. Je les écoute quand je suis trop déprimée. Ça me relaxe. On dirait que je me fonds dans la musique, j'oublie tout.

Elle dévalait l'escalier, se dirigeait vers le salon, ouvrait les tiroirs où dormaient des dizaines de CD, en sélectionnait quatre.

— Tu verras, c'est *cool*.

228

Betty se laissait tomber dans un profond fauteuil en faisant signe à Pascal de l'imiter. Il hésitait pour s'étonner ensuite du confort du canapé.

— On croirait un nid. C'est mou et dur en même temps.

Il sursauta quand retentirent les premières notes de l'album du groupe rock; il faillit prier Betty de baisser le volume, mais elle avait fermé les yeux. Il l'imita, se concentra sur les paroles. Il était question de vengeance, du jour où une punition terrible s'abattrait sur les voleurs d'âmes. Est-ce que Benoit et ses amis lui avaient volé son identité? Il était si obsédé par eux qu'il ne réussissait plus à lire avec le même plaisir. Ils l'avaient ignoré au cours des derniers jours, mais il n'était pas assez naïf pour croire qu'ils avaient renoncé à l'intimider. Ils préparaient quelque chose. Une chose qu'il ne pouvait nommer, qu'il ne pouvait deviner, et qui le hantait jour et nuit, nuit et jour. Il aurait préféré rencontrer une orque, il aurait pu essayer de se défendre en lui tirant des flèches; il l'aurait tuée ou il aurait été tué, mais au moins il n'y penserait plus. Tandis que Benoit et ses sbires parasitaient son esprit, l'occupaient tout entier, le dévoraient à petit feu comme un cancer. Betty croyait-elle vraiment que leur témoignage commun les libérerait? Il s'enfonça dans le fauteuil, il commençait à apprécier la musique.

Il poussa un cri quand le livreur de pizza sonna à la porte d'entrée. Betty porta sa main à son cœur.

— Je suis trop nerveuse depuis que j'ai rêvé au fou des rats. Il m'obsède.

Ils mangèrent leur première pointe de pizza en silence, puis Betty questionna Pascal sur les réactions du directeur adjoint lorsque sa mère l'avait rencontré.

— Il était… On le dérangeait, j'imagine.

— C'est pourtant son travail!

— On pourrait jaser avec Germain à la place. Il est correct.

— Il devra se référer au directeur adjoint qui consultera ensuite le directeur général. Ça ne servira à rien.

— Je ne vois pas pourquoi le directeur adjoint m'écouterait plus, cette fois-ci.

Betty tapota la main de Pascal dans un geste complice.

— Parce qu'on lui apportera des preuves.

— Des preuves?

Betty se leva, ouvrit une armoire d'acajou, sortit une petite caméra vidéo.

— On filmera Benoit. Quand il vend de la dope. Je prétendrai que je veux en acheter et, toi, tu enregistreras la transaction…

— Il me tuera s'il s'en aperçoit.

— Je te protégerai.

— Avec quoi?

— Je prendrai le Luger. Ou le calibre 22 de mon père. Évidemment, j'enlèverai les balles, mais Ben ne le saura pas. Il aura assez peur… Pour une fois!

Pascal regarda sa montre, hésitant à accepter le projet de Betty et cependant tenté par cette idée… Si elle avait raison?

— Je dois partir. Ma mère va s'inquiéter.

Betty fouilla dans les poches de son jean, en sortit un billet de dix dollars.

— J'appelle un taxi. Je ne veux pas que tu aies des ennuis à cause de moi. J'ai déjà assez de choses à me faire pardonner.

Pascal refusa, mais Betty enfonça le billet dans la poche de son manteau.

Tandis qu'il montait dans la voiture, elle souriait, satisfaite d'avoir si bien manœuvré Pascal et d'avoir su dissimuler son excitation après avoir appris qu'il tirait à l'arc.

Elle ne se contenterait pas de se venger de Benoit Fréchette...

* * *

L'air froid de janvier sentait l'iode et le sel, comme si le soleil embrassant la neige révélait une nature de mer, d'océan. Le ciel était pourtant de ce bleu intense qui exclut tout apaisement, tout redoux et Maud Graham toussa un peu en inspirant pour goûter l'odeur de fraîcheur qu'elle aimait tant. Elle détestait l'hiver, mais aimait son parfum si net, si sec qui lui éclaircissait les idées.

Elle se félicita d'avoir acheté un anorak à Maxime. Elle ne l'aurait pas autorisé à jouer au hockey si elle ne l'avait su si bien protégé du froid. Elle aurait bien souhaité que son Kanuk vert soit aussi rembourré pour amortir les inévitables coups échangés durant la partie, mais Maxime disait que le casque et les gants étaient suffisants. Il ne voulait pas se différencier de Max.

— Max, c'est votre capitaine ?

— Non.

— Vous semblez lui obéir.

Maxime avait expliqué que c'était lui qui avait formé l'équipe. C'était normal qu'on l'écoute. Il avait ensuite parlé de Léo, comme il le faisait chaque fois qu'il voulait changer de sujet.

Une bourrasque lui griffa le visage et elle enfonça sa tuque sur son front ; que faisait-elle là, à rôder devant la demeure de Mario Breton au lieu de réfléchir au chaud dans son bureau ? Elle s'approcha de la porte d'entrée, sonna. Elle savait bien qu'il n'y avait personne, mais elle avait envie de faire ces gestes quotidiens qui peuvent recréer une certaine vie. Elle entendit crier derrière elle.

— Madame ! Madame ! Vous sonnez pour rien, il n'est pas là.

Maud Graham se retourna. Elle ne reconnaissait pas le jeune homme qui la hélait, qui traversait la rue pour la rejoindre. Elle avait pourtant interrogé tous les voisins de Mario Breton. Elle se présenta, s'étonna ouvertement de ne pas l'avoir rencontré.

— Je reviens de voyage. Je m'appelle Charles. Charles Lanctôt. Pourquoi sonnez-vous chez Mario ? J'aimerais voir votre badge.

Maud Graham s'exécuta ; est-ce qu'elle était enfin tombée sur un voisin plus observateur que ceux qu'elle avait questionnés auparavant ? Sa méfiance lui plaisait.

— C'est moi qui suis chargée de l'affaire. J'aurais voulu vous rencontrer dès le début de l'enquête, mais vous étiez déjà parti. C'était un long voyage…

— Je fais huit mois dans le Nord et j'y retournerai l'an prochain.

— Dans le Nord ?

— Je suis chauffeur de taxi à Iqaluit. C'est payant, si on se tient tranquille, là-bas. Moi, je ne bois pas. À six dollars la bière dans un bar, tu gaspilles tout ton salaire. C'est vrai, Mario s'est fait tirer dessus ? Ma grand-mère m'a tout raconté.

— Votre grand-mère ?

— Mme Bordeleau. Celle qui habite la maison en briques rouges. J'habite chez elle quand je suis à Québec. Ça me permet de ramasser mon argent.

— Vous êtes économe.

— Je veux avoir une maison au Bic. C'est le plus beau coin du Québec. Je n'en reviens pas pour Mario...

— Vous l'avez bien connu ?

Charles hésita ; que pouvait-il rapporter d'intéressant sur cet homme ?

— On gèle. On pourrait rentrer chez ma grand-mère ?

Maud Graham préférait discuter en privé avec ce nouveau témoin.

— Si on prenait un café dans le coin ? Je vous raccompagnerais ensuite.

Charles Lanctôt accepta aussitôt, s'approcha de sa voiture en lui faisant remarquer que le pneu avant droit était mou.

— C'est un réflexe, expliqua-t-il en bouclant sa ceinture. Je vérifie toujours tout avant de démarrer. C'est un maudit problème si on a une panne dans le Nord. Je pensais que vous aviez des voitures plus performantes dans la police.

Plus Charles bavardait, plus Maud Graham se persuadait que Breton et lui étaient opposés : l'un bavard, l'autre taciturne, l'un amoureux du fleuve, des îles du Bic, l'autre préférant les airs. Si c'était vrai que Breton s'intéressait à l'aviation... Peut-être la mer l'attirait-elle aussi ? Peut-être que son tatouage représentait une ancre de bateau ? Si seulement la peau n'avait pas été brûlée !

— Est-ce que Mario Breton s'intéressait à l'aviation ? La navigation ?

Charles avala une gorgée de café, se brûla, sacra, s'excusa.

— Je suis toujours trop pressé. L'aviation ? S'il avait une passion pour les avions, pour les bateaux ? On se connaissait peu, mais je l'aimais bien. C'est lui qui m'a parlé du Nord en premier. Je l'avais conduit en taxi jusque chez lui. Je lui avais appris que ma grand-mère habitait la même rue que lui. Je me plaignais de devoir économiser durant vingt ans avant d'avoir assez d'argent pour me payer une maison. Il m'avait conseillé d'aller travailler dans le Nord. «Les chauffeurs de taxi gagnent beaucoup d'argent à Iqaluit.»

— Il est déjà allé là-bas?

— Non. Il en avait seulement entendu parler. On s'est revus une couple de fois par hasard. Ensuite, je suis parti. Quand je suis rentré de mon premier séjour dans le Nord, je suis allé frapper chez lui pour le remercier de m'avoir aiguillé sur Iqaluit. Tout avait bien marché là-bas. Il a répondu qu'il n'y était pour rien. Je lui avais apporté un cadeau pour le remercier, mais j'ai eu de la peine à le lui faire accepter. Il était embarrassé! Je l'ai taquiné; il était trop scrupuleux. Par la suite, on s'est croisés quelques fois dans la rue, c'est tout. Il n'était pas le genre à faire un pique-nique dans sa cour et à inviter toute la rue. Ça, c'est la spécialité des Wilson. Ils organisent un party chaque année.

— Est-ce que Mario y était?

Charles souffla sur son café, plissa les yeux. Mario? Au dernier party? Non.

— Il devait être en vacances ailleurs.

— Les autres voisins prétendent qu'il n'a pas bougé d'ici depuis son emménagement.

— Je suppose qu'il n'avait pas envie de voir tant de monde. Il n'était pas jasant, Mario.

— Et la mer? Il n'aurait pas mentionné un voyage en mer? Qu'il aurait fait quand il était de votre âge ou même plus jeune?

— La mer ? Pourquoi, la mer ?

— À cause de son tatouage. Il avait une ancre sur son épaule. Enfin, quelque chose qui y ressemble.

— C'est vrai, je l'ai remarqué, l'été passé, juste avant de partir. Ça m'a intrigué. On brûle le nom d'une fille qu'on n'aime plus, mais un dessin aussi banal... Il aurait dû le faire effacer au laser. C'est tout boursouflé.

Je n'ai pas osé le questionner là-dessus... La mer ? Non, il n'a jamais été question de voyages. Ni en bateau, ni en avion. Il était du genre casanier. Petite routine pépère.

Maud Graham raccompagna Charles Lanctôt jusque chez lui, l'assura que son témoignage était utile. Plus elle rencontrait de gens qui avaient connu Breton, plus son idée de l'homme se précisait. Elle avait donné sa carte à Lanctôt, dit qu'il pouvait l'appeler à n'importe quelle heure si un détail lui revenait à l'esprit.

Même si Charles Lanctôt ne lui avait fait aucune révélation fracassante, elle était contente d'avoir échangé avec lui. Était-ce parce qu'il était un bon conteur ; elle avait enfin eu l'impression que Mario Breton était bien de chair et de sang. Les petits détails avaient chassé le fantôme. Breton avait une voiture de telle marque, il n'aimait pas les pique-niques ni ses voisins, il était gêné si on lui offrait des cadeaux. Comme elle. Alain avait dû se montrer patient. Et elle était toujours mal à l'aise lorsque Grégoire lui offrait un truc un peu cher ; elle refusait de profiter d'un objet qu'il avait payé avec l'argent d'un client. Mais il se vexait si elle refusait. Ils s'étaient déjà disputés à ce sujet et Grégoire l'avait boudée durant un mois : elle adorait faire des cadeaux. Pourquoi était-ce si compliqué d'en recevoir ?

Parce qu'elle avait l'impression de ne pas les mériter, lui avait expliqué un jour Léa.

Est-ce que Mario Breton partageait ce sentiment ? Lanctôt avait répété qu'il était embarrassé, alors que son cadeau n'était pas un objet de grand prix. Pourquoi avait-il fait tant d'histoires pour l'accepter ? Refusait-il un présent qui pouvait l'entraîner à nouer des relations avec son jeune voisin ? Pourquoi était-il aussi peu sociable ? S'il était à ce point misanthrope, il aurait dû choisir de vivre dans une de ces tours anonymes où personne ne s'adresse la parole. Pas dans une maison de banlieue où on discute avec les voisins par-dessus les clôtures, en étendant son linge sur la corde ou en mettant du chlore dans la piscine.

Maud Graham demeura un long moment devant la maison de la victime ; qui l'habiterait quand toute cette histoire serait réglée ?

— Breton avait-il l'intention de déménager ? avait-elle demandé au propriétaire.

— Pas que je sache, avait-il répondu. J'étais sûr qu'on signerait pour une autre année. C'était un bon locataire. Tranquille, pas exigeant. C'est sûr qu'il a été tué par erreur.

Par erreur ? Mais qui avait fait l'erreur ? Et qui devait être abattu à la place de Mario Breton ? Cette personne était-elle en sursis ? Ou avait-on fait disparaître le corps ? Pourquoi, dans ce cas, n'avait-on pas procédé ainsi pour Breton ? Pourquoi avait-on abandonné son cadavre en pleine rue ? Le meurtrier avait-il été dérangé ?

Des nuages de fumée blanche, épaisse, dodue s'échappaient des cheminées des maisons de la rue Louis-Francœur, rappelaient les volutes d'une cigarette et Maud Graham se pencha pour ouvrir la boîte à gants, là où elle avait souvent rangé un paquet de Player's. Elle interrompit son geste, se sentit coupable, puis ridicule. Elle inspira profondément, tourna la clé pour démarrer.

Chapitre II

C'est au tour de Maxime Desrosiers. Il s'est cassé une cheville en planche à neige. Il reste à l'intérieur de l'école le midi. Il m'a demandé de jouer avec lui aux échecs, mais je lui ai dit que j'aimais mieux être seul à la bibliothèque, que j'étais tellement habitué d'être seul que j'aimais ça maintenant et que je n'avais besoin de personne. Surtout pas des gars qui sont amis avec moi seulement quand ça leur plaît. Maxime n'a rien répondu.

C'est sûr que je lui ai menti, mais lui aussi m'a menti quand il m'a annoncé qu'il faisait déjà équipe avec Clément dans le cours de français. Clément lui a demandé devant moi s'ils pouvaient travailler ensemble. J'ai dû faire équipe avec Suzie qui est la dernière de la classe. Il paraît qu'elle est drôle quand personne ne l'écœure. C'est moi qui ai fait tout le travail et Judith Pagé le sait très bien, mais elle s'en moque.

Betty a entendu Judith parler de moi avec Anne Gendron. Elle lui racontait ce qui est arrivé dans la cour avant Noël. J'étais sûr que Betty savait tout ça, que Mathieu et Sébastien s'étaient vantés de m'avoir fait assez peur pour que j'urine, mais Betty m'assure que Benoit leur a sûrement ordonné de se taire. Préparer des coups, oui, mais en douce, en hypocrite. «Ben est le champion des secrets. Il est assez prudent pour ne pas se faire coincer.» Je me demandais justement pourquoi personne n'avait fait de commentaires sur mon accident. Maintenant, à cause de Judith Pagé, tous les profs seront au courant. Betty est persuadée que c'est une frustrée qui se venge sur les élèves. Tout le monde la déteste dans la classe. Elle nous a raconté que Tolkien a pris ses idées chez d'autres auteurs. Que Gandalf ressemblait à Merlin l'Enchanteur, que Gollum était copié sur le Golem des légendes juives, que le réalisateur des films avait sûrement lu la mythologie grecque et les Douze travaux d'Hercule, *et particulièrement le deuxième avec l'hydre de Lerne, en Argolide, avant d'inventer son espèce de serpent à plusieurs têtes. Il faut toujours qu'elle méprise tout. Je la hais, je la hais, je la hais.*

Betty ne veut plus qu'on piège Ben en le filmant. Elle a peur de ne pas être à la hauteur, que ce soit trop dangereux pour moi. À cause de l'homme aux rats. Benoit peut s'associer à encore pire que lui. Ils pourraient tuer nos parents. Elle dit qu'elle va chercher une autre solution. Elle a l'air souvent déprimée. Elle m'a lu un poème qu'elle a écrit sur la mort. C'était beau. Elle parlait de néant, de la fin des souffrances. Elle croit qu'il y a des gens qui ne sont pas doués pour la vie. Qu'elle n'a jamais été heureuse et que personne ne la comprend, sauf moi.

* * *

Le thermomètre affichait −31 °C, mais le bruit des voitures qu'on tentait de faire démarrer, le crissement trop net, trop court des pas des travailleurs qui partaient au boulot, les gémissements du vent indiquaient qu'il faisait beaucoup plus froid. Maud Graham laissa retomber le rideau du salon, se tourna vers Maxime.

— Tes amis ne joueront certainement pas au hockey, ce midi. On gèle! Quand je pense qu'il y a des gens qui vivent dans le Grand Nord.

— Ils sont habitués.

— Oui, tu dois avoir raison. Je t'ai mis du macaroni à la viande pour ton lunch, ça ira?

— Arrête de me demander si tout est correct, Biscuit. Mon hiver est gâché, tu n'y peux rien. Moi non plus. J'aurais dû éviter Simon...

— Vous êtes trop rapides, vous vous précipitez. Je regrette de t'avoir acheté cette planche.

— Non, c'était un accident. J'étais mal placé, il est mal tombé sur moi.

— Tu n'as pas l'air de lui en vouloir.

— Simon est capitaine au soccer. Il va me prendre dans son équipe, cet été.

Graham sourit; Maxime rêvait déjà des matches qu'il disputerait en juin, oubliant ses ennuis actuels. Elle savait pourtant qu'il était peiné d'avoir dû renoncer au hockey. Durant les deux premières semaines, il appelait Max et Julien quand ils jouaient le soir à l'aréna pour savoir s'ils avaient remporté la partie, mais il n'avait téléphoné à personne depuis quelques jours. Il se contentait des comptes rendus de ses copains à l'école. Seul Alain avait réussi à le dérider en lui proposant d'assister à un match du Canadien au Centre Molson.

— À Montréal? *Cool!* s'était exclamé Maxime.

— Oui, on pourrait partir tous les trois là-bas. Si ton père est d'accord pour sauter une fin de semaine.

— On devrait emmener Greg avec nous.

Greg ? Maud Graham avait du mal à s'habituer au diminutif qu'avait adopté Maxime depuis peu, mais Léa lui avait conseillé de taire son agacement.

— Grégoire n'a jamais aimé le hockey, fit remarquer Alain.

— Il nous aime, nous ! On irait au match toi et moi, et Biscuit et Greg passeraient la soirée ensemble. On se retrouverait après.

Alain avait éclaté de rire : Maxime avait des talents d'organisateur. À lui de convaincre Grégoire de les accompagner dans la métropole. Accepterait-il ou non ? Il avait déjà confié à Maud qu'il gardait peu de bons souvenirs de son court séjour à Montréal. À part La Ronde où il dépensait l'argent de ses clients.

— Je restais des heures dans les manèges. Je me sentais en phase avec les cris autour de moi, les mouvements des jeux. Ça montait très haut, puis ça descendait à toute vitesse, ça tournait dans tous les sens. J'étais mal, les pieds sur terre. C'était trop normal.

Viendrait-il ou non avec eux à Montréal ?

Il avait répondu qu'il prendrait sa décision lorsque la date du match serait fixée.

Maxime avait considéré cette vague réponse comme une acceptation.

— Dépêche-toi !

— *Keep cool*, Biscuit. Il ne neige même pas. Je serai à l'heure pour mon maudit cours plate de français. La prof nous a dit que Tolkien avait copié ses idées sur celles des autres. Pour une fois que j'aime un livre, il faut qu'elle le critique.

Maxime s'était mis à lire *Le seigneur des anneaux* après son accident et il avait avoué à Maud que Pascal avait raison : le livre était aussi bon, sinon plus que le film. Il avait lu cent dix pages, un exploit dont il était fier. Et qui comblait d'aise Maud Graham.

— Ta prof a considéré le livre avec un point de vue différent du tien.

— Différent de tout le monde ! Elle aurait raison et nous, on se tromperait tous ? Elle prétend que Tolkien n'a pas inventé les monstres. Mais un monstre, c'est un monstre ! Ils ont toujours existé. Je ne peux pas croire qu'elle est mariée. Elle est bête et elle n'est même pas belle.

Peut-être qu'elle se montrait adorable avec son époux ? suggéra Maud Graham en verrouillant la porte de la maison.

— Ça m'étonnerait, fit Maxime. Ce n'est pas son genre. Il fait froid, hein ?

Encore plus que la détective l'avait craint. Le printemps ressusciterait-il un jour ? Graham avait hâte de humer l'odeur de la pelouse, de la terre qui s'éveille, de la poussière dans les rues, de la brique réchauffée par le soleil, du poil de Léo quand il rentrait d'un après-midi sur la terrasse. Dans trois, quatre mois ? C'était le seul avantage de Montréal sur Québec ; un printemps plus hâtif. Elle irait jouir des lilas sur le plateau Mont-Royal, puis elle profiterait du même bonheur odorant, quinze jours plus tard, tandis qu'ils s'épanouiraient dans sa cour.

Elle déposa Maxime à une rue de l'école ; il ne voulait pas avoir l'air d'être trop chouchouté, trop couvé. Elle arriva au bureau avant Rouaix. Marsolais était déjà sur place.

— Un café ?

— Volontiers.

Était-elle hypocrite d'accepter le café de son collègue, alors qu'elle menait une partie de l'enquête à son insu et qu'elle obligeait Rouaix à l'imiter, ou était-elle polie ? Elle consulta son agenda, grimaça.

— Qu'est-ce qu'il y a ? demanda Marsolais.

— Je dois me présenter en cour. L'affaire Nancy Tremblay.

— La prostituée ? C'est vrai que vous avez perdu un témoin ?

— Oui, disparu dans la brume.

— Un autre fantôme...

— On avait assez de Breton ! grogna-t-elle en décrochant le téléphone qui sonnait depuis une minute. Graham à l'appareil. D'accord, je vous verrai en fin de matinée.

— Ce n'étaient pas les gars du labo ? Ce serait trop beau qu'ils aient des indices sur la lettre anonyme...

— C'était pour mon examen de la vue, mentit Graham, un client ne peut venir à son rendez-vous. Je vais en profiter.

— As-tu des problèmes ?

Elle nia, fit la description d'une nouvelle paire de lunettes, ultra-légères, qu'elle achèterait peut-être. Elle s'installa ensuite pour répondre aux courriels les plus urgents, trier les autres par ordre de priorité, mais son esprit vagabondait : de quel détail Charles Lanctôt voulait-il discuter ? Qu'avait-il à lui montrer ?

Elle composa le numéro de Lanctôt sur son cellulaire dès qu'elle quitta le Palais de justice.

— Alors ? s'enquit-elle en poussant la porte du café où ils s'étaient vus la première fois.

— Vous avez évoqué les voyages, en avion ou en bateau. À cause de l'ancre tatouée sur l'épaule de Mario. Quand j'ai vu sa cicatrice, je n'y avais même pas pensé, mais aujourd'hui je crois que son tatouage pouvait ressembler à ça avant d'être brûlé.

Lanctôt sortait une petite boîte de sa poche en expliquant à la détective qu'il avait acheté le bijou pour sa blonde. Lorsqu'il était revenu du Nord, elle avait un autre copain. Il avait rangé le bijou pour l'offrir à une prochaine petite amie.

— Ils appellent ça un *ulu*, là-bas. C'est le symbole de la puissance des femmes. Et un sacré bon couteau. Ça vous nettoie un poisson en un clin d'œil. J'ai vu une Inuite, à Noël, découper une dinde en quatre, cinq coups bien placés. Avec un vrai *ulu*, évidemment, pas un bijou. Vous ne trouvez pas que ça ressemble à son ancre de bateau ? Je me trompe peut-être...

Maud Graham examinait le bijou, fermait les yeux pour revoir les photos du tatouage de Mario Breton. Oui. C'était très possible.

— Il faudrait que vous me le prêtiez. Je vous signe un reçu. On prendra des photos et on vous rapportera le bijou aussitôt.

— Je me demande pourquoi il prétendait ne pas connaître le Grand Nord alors qu'il avait un *ulu* tatoué sur lui. C'était un gars bizarre, dans le fond.

Maud Graham acquiesça avant de prier Lanctôt d'être discret sur ce prêt : personne ne devait entendre parler du *ulu*.

— Pas même d'autres policiers.

Elle inventa une histoire de rivalité qui retarderait l'enquête.

— Il y a des machos partout, Charles. Je suis obligée de travailler avec eux mais, grâce à vous, j'ai un peu d'avance...

Charles Lanctôt lui remit la boîte avec un grand sourire : elle pouvait garder le bijou tant qu'elle voudrait, à condition qu'elle lui raconte la vérité sur Mario Breton quand elle en saurait davantage.

— Ça m'intrigue, vous comprenez... M. Boutin est certain qu'il trafiquait de la dope. J'ai beau lui faire remarquer que Mario ne recevait jamais personne chez lui, son opinion est faite.

— Et la vôtre ?

Charles Lanctôt s'humecta les lèvres ; est-ce que Mario n'aurait pas pu fuir tout bêtement une femme à qui il n'avait pas envie de verser une pension ?

— Ça existe, des hommes qui disparaissent en allant acheter des cigarettes. C'est ce que mon père a fait, un soir, après le souper. On ne l'a jamais revu. On a appris sa mort l'an dernier, à Windsor. Ma mère a été assez folle pour payer son enterrement. J'espère que Mario n'était pas ce genre de gars.

* * *

J'ai vu Anne Gendron à la bibliothèque, aujourd'hui. Elle me souriait avec un air de pitié. C'est sûr que Judith Pagé l'a mise au courant de mes problèmes avec la gang de Ben. Elle m'a demandé si je voulais lui parler d'eux.

Pour quoi faire ? Pour retourner dans le bureau du directeur qui me dira que j'exagère et que je devrais revoir le psy ? Betty trouve qu'Anne veut toujours se mêler des affaires des autres. C'est une vraie fouine. Et elle ne sait pas à qui Ben est lié.

Je voudrais me confier à un policier, mais le seul que je connais est marié à Judith Pagé. Et les autres ne me croiront pas. Et même s'ils me croient, Ben et ses amis pourront nous battre entre le moment où on va sortir du poste de police et celui où de vraies accusations seront portées contre eux. Personne ne nous protégera contre l'homme aux rats. J'ai rêvé qu'il me jetait dans une cage pleine de rats qui n'avaient pas mangé depuis des jours.

Betty aussi a fait des cauchemars. Elle a dormi avec son arme sous l'oreiller. Pourquoi ses parents la laissent-ils toujours toute seule ? Elle croit qu'il n'y a que les résultats scolaires qui comptent pour eux. Son père lui reproche tout le temps de ne pas faire de sport. Le mien est pareil. Il me parle du tennis comme si je n'avais qu'à jouer pour devenir un champion. Mais je sais que je serais pourri au tennis. Si j'avais vécu à l'époque des chevaliers, j'aurais été tué au premier tournoi, même si Betty s'imagine que je suis bon au tir à l'arc. Si j'apportais mon arc à l'école, ils diraient que je veux faire mon original, que je me prends pour Robin des Bois. Parfois, j'ai envie de le récupérer chez ma grand-mère et d'entrer avec dans la cour d'école. Si je pouvais décocher mes flèches à la même vitesse que Legolas, je leur ferais vraiment peur ! Je commencerais par viser Judith Pagé. Et ensuite Ben. Il pisserait dans ses culottes. Il ne menacerait plus personne.

* * *

Armand Marsolais éteignait sa cigarette lorsque Maud Graham revint de son rendez-vous avec Charles Lanctôt. Il se frotta les mains pour les réchauffer en marmonnant qu'il devait arrêter de fumer, qu'il était ridicule de s'obliger à sortir dans le froid pour en griller une.

— C'est sûr qu'arrêter de fumer, c'est la liberté.

246

— As-tu trouvé ça très dur ? fit Marsolais en lui ouvrant la porte.

— Ça dépend des jours.

La chaleur embua les lunettes de Maud Graham qui pesta contre l'hiver.

— C'est pire ici qu'à Montréal, dit Marsolais.

— Pas tant que ça, protesta aussitôt Maud Graham. C'est un tout petit peu plus long.

— Elle est très chauvine, expliqua Rouaix à Marsolais. On ne t'avait pas prévenu ?

Graham enleva son Kanuk sans répondre, replaça ses cheveux : devait-elle ou non les laisser pousser ? Alain prétendait qu'il les aimait aussi bien courts que longs. Tandis que Marsolais se préparait un café, elle tendit discrètement une note à Rouaix ; elle l'appellerait chez lui dans la soirée. Elle tenait peut-être un indice intéressant.

Elle ouvrit le dossier Breton, examina les agrandissements des photos : Lanctôt avait raison, un *ulu* pouvait avoir été tatoué sur l'épaule de la victime. Où avait-il fait faire ce tatouage ? Pourquoi avoir choisi cet instrument dont elle-même n'avait jamais entendu parler malgré son métier où défilaient les couteaux, les armes blanches les plus diverses ?

Y avait-il des *ulu* ailleurs que dans le Grand Nord ?

Elle scrutait toujours les agrandissements quand Chantal Parent vint vers elle. Maud Graham faillit ranger les photos, y renonça : la nouvelle se sentirait mise de côté et elle ignorait ce qu'elle vérifiait. Elle ne pouvait deviner qu'un détail précis l'intéressait aujourd'hui.

— Breton était un homme séduisant, déclara Chantal Parent. Ça ne doit pas être un meurtre passionnel.

— Pourquoi ? s'étonna Marsolais.

— Si Breton avait fait souffrir une femme ou un homme avec sa belle gueule, son assassin aurait visé la tête. Pour le détruire, pour ruiner cette beauté.

Maud Graham sourit à la nouvelle : cette fille exprimait des idées originales.

— Continue. Observe toutes les photos.

— Il savait qu'il était beau. Il n'est pas habillé avec recherche. Correct, propre, mais sans plus. Il n'avait pas besoin d'en faire davantage pour séduire. À moins qu'il ait été comme quatre-vingts pour cent des hommes qui ne s'intéressent pas aux vêtements.

— Une balle en plein cœur pourrait vouloir dire le contraire de ce que tu avances, lâcha Graham. Une peine de cœur, une trahison qui se punit par une blessure à cet endroit précis.

— C'est vrai.

Chantal Parent s'arrêta sur l'image agrandie du tatouage. S'informa de ce qu'il représentait.

— On a pensé à une ancre. Mais avec la brûlure…

— Ça ressemble à un coupe-pâte.

— Un coupe-pâte ? répéta Marsolais qui aurait tout donné pour pouvoir allumer une cigarette, se calmer, évaluer la situation.

Est-ce que cette fille mettrait Graham sur une piste ?

— Les lames d'un coupe-pâte sont en demi-cercle. Vous n'en utilisez jamais ?

Graham avoua ses talents restreints en cuisine. Rouaix s'en remettait à sa femme et Marsolais prétendit ne toucher qu'au barbecue, mais ajouta aussitôt qu'il ferait des recherches dans les boutiques d'articles de cuisine.

— Attends à demain, l'arrêta Graham. J'ai un ami qui travaille dans un grand restaurant. Peut-être qu'on utilise ce genre de couteau dans les cuisines du Laurie Raphaël.

— Pourquoi Breton se serait-il fait tatouer un instrument de cuisine sur l'épaule? questionna Rouaix.

— Parce qu'il était cuisinier autrefois?

— Ça ne cadre pas avec ce que Ghislaine Lapointe nous a dit. Il mangeait toujours la même chose. Un cuisinier se serait préparé des repas différents. Ou peut-être que non. Les cordonniers sont parfois les plus mal chaussés.

Armand Marsolais hésita encore quelques secondes, puis saisit l'agrandissement du tatouage.

— C'est drôle... Ça me rappelle quelque chose... J'ai déjà vu ça, mais où?

Graham, Rouaix et Parent regardaient Marsolais qui fronçait les sourcils comme s'il cherchait à se remémorer un lieu, un moment. Il aurait préféré attendre encore un peu avant de révéler ce qu'il savait sur Mario Breton, mais avait-il le choix?

Il claqua des doigts, s'exclama avec conviction.

— J'ai vu un truc pareil dans une boutique d'artisanat, d'art indien ou inuit.

— Indien ou inuit? balbutia Maud Graham qui dévisageait Marsolais avec stupéfaction.

Il lui sourit, satisfait de son effet. Il était certain qu'elle s'intéresserait tout l'après-midi aux boutiques d'artisanat, cherchant à retrouver le symbole gravé sur l'épaule de Breton. Quand elle arriverait au bureau le lendemain, il lui confierait l'intuition qu'il avait eue durant la nuit, qui l'avait poussé à téléphoner à Montréal à la première heure pour discuter avec son ancien partenaire. Il lui livrerait toutes ses informations sur Daniel Darveau, alias Mario Breton.

Maud Graham reprit les agrandissements d'un geste brusque pour masquer son anxiété : elle ne croyait pas aux coïncidences. Elle avait hâte de retrouver Rouaix en privé. Elle rangea les photos dans le dossier en annonçant qu'elle ferait le tour des boutiques du Vieux-Québec.

— J'irai demain au village huron, si c'est nécessaire.

Elle se présenterait d'abord rue Saint-Louis. Elle n'était jamais entrée dans la très belle galerie d'art inuit, mais elle se souvenait de s'être arrêtée devant la vitrine avec Grégoire avant d'aller déguster une fondue chinoise au Café Suisse. Elle avait envie d'offrir une sculpture à Alain pour son anniversaire. Saurait-elle la choisir ? Elle pourrait les admirer de plus près tout en s'informant sur le *ulu*. Il y aurait sûrement des touristes qui se vanteraient de leur virée en motoneige dans la région du Saguenay et elle se demanderait comment on pouvait rechercher le froid, alors qu'elle avait mis un gros pull de laine sous son Kanuk. Est-ce que ces Américains et ces Français resteraient jusqu'au carnaval ? Elle téléphonerait ensuite de chez elle à tous les armuriers, tous les vendeurs d'articles de chasse et pêche de la région pour leur parler du *ulu*. En détenaient-ils en magasin ? Elle serait très occupée et réfléchirait néanmoins au comportement d'Armand Marsolais, à son intuition, sa si soudaine et suspecte intuition : il savait depuis longtemps ce que représentait le tatouage et il s'était tu. Pourquoi ?

* * *

Le bruit d'une sirène fit frémir Maxime, lui rappelant cette soirée où son père et lui avaient été transportés en ambulance à l'hôpital, ces longues journées à garder le secret pour préserver Bruno Desrosiers. Son père et lui avaient fini par tout raconter à Maud Graham et rien d'horrible ne s'était produit. Au contraire. Pourquoi hésitait-il alors à parler de Pascal à Maud? Des rumeurs qui couraient à propos du rat mort dans sa case? Était-ce vrai, tout ce qu'on racontait? Julien avait rapporté qu'un ami de Ben élevait des centaines de rongeurs dans sa cave et qu'il faisait dévorer les mains et le nez des clients qui ne payaient pas leur dope dans les délais prévus. C'était si incroyable... Maud répétait souvent que la réalité dépassait la fiction. Si ces rats existaient bel et bien? Ben semblait avoir oublié Pascal depuis quelque temps, mais Maxime croyait au calme avant la tempête: que manigançait Benoit Fréchette? Il ne pouvait plus agresser Pascal après l'école car ce dernier partait plus tôt, mais il y avait tant d'endroits pour le coincer... Il s'inquiétait encore du sort de Pascal, même si celui-ci lui avait carrément tourné le dos à la bibliothèque. Il l'avait vu échanger un livre avec Betty. Depuis quand se parlaient-ils? Elle n'avait aucune raison de s'adresser à lui.

Il devait oublier tout ça, Pascal, Betty, Benoit, les rats. Se mêler de ses propres affaires. Il avait espéré jouer aux échecs avec Pascal, ce midi, mais il ferait tous ses devoirs et Biscuit lui permettrait de regarder la télévision quand il rentrerait à la maison.

N'empêche, Pascal l'avait rejeté bien facilement, après tout ce qu'il avait fait pour lui. Il ne lui offrirait plus de barres tendres. Betty devait l'avoir acheté avec des cadeaux, elle avait tant d'argent.

Pourquoi voulait-elle être l'amie de Pascal?

Deux petits coups à la porte de sa chambre: Biscuit

l'avertissait que le souper était prêt. Avait-elle préparé le potage aux poireaux qu'il aimait tant ?

— Grégoire m'a téléphoné, cet après-midi. Il nous apporte le dessert.

— *Cool !*

Maxime pourrait se confier à Grégoire qui lui dirait sûrement que Pascal était un ingrat. De l'oublier. Il lui montrerait la carte de Montréal qu'Alain lui avait prêtée ; il avait fait un X sur la rue où habitait le médecin légiste, tout près du parc La Fontaine, il arracherait à Grégoire la promesse formelle qu'il les accompagnerait à Montréal durant la semaine de relâche.

Grégoire avait les oreilles, le front, les joues rougies par le froid quand il arriva chez Maud Graham.

— Veux-tu être malade ? Il faut que tu t'habilles mieux que ça ! Mets-toi un chapeau !

— Ce n'est pas sexy. J'ai l'habitude d'être sexy, tu le sais.

Voulait-il la provoquer ou l'informer qu'il n'avait pas renoncé à son premier métier ?

— J'ai apporté des choux. Pour faire des profiteroles.

— *Cool*, s'écria Maxime.

— Tu trouves tout *cool*, hein, Max ?

— Veux-tu de la soupe aux poireaux ? J'en ai laissé un peu pour toi. Est-ce que c'est difficile à faire, des choux à la crème ?

Grégoire promit de lui enseigner sa méthode pour réussir des pâtes aussi joliment gonflées, puis il se saisit d'un chou et l'enfonça dans la bouche de Maxime qui se débattit en riant, chercha à lui rendre la pareille. Deux choux roulèrent sur le sol, attirant l'attention de Léo qui en poussa un du bout d'une patte, le rattrapa, le propulsa au bout de la cuisine.

— Il est encore souple, pour un vieux chat.

— Et sa vieille maîtresse vous confie la tâche de laver la vaisselle. Je dois appeler André.

— André ? Il y a du nouveau dans votre enquête ?

Grégoire savait que Graham ne nommait Rouaix par son prénom qu'en certaines circonstances.

— Tu n'as pas l'air contente.

Graham soupira avant de se retirer dans son bureau. Elle entendit grincer la porte du lave-vaisselle, l'eau couler du robinet, des bruits de couverts qui s'entrechoquent, puis elle oublia Grégoire et Maxime, sortit le dossier Breton. Les couteliers qu'elle avait rejoints ne gardaient pas de *ulu* en magasin. Certains connaissaient cet étrange couteau, ils en avaient vu des représentations. On ne leur en avait cependant jamais demandé. Un des commerçants savait qu'on en vendait rue Saint-Louis et rue Desjardins avec le manche en os.

— Je ne me souviens plus si c'est de l'os de baleine, de phoque ou de caribou, avoua Graham à Rouaix au téléphone, mais ils en ont à la galerie d'art inuit Brousseau. Et à la boutique Sachem. Il y a aussi des bijoux qui ont la forme du *ulu*, aux Trois Colombes. Mario Breton a pu admirer cette forme et la faire reproduire sur son épaule... mais pas à Québec.

— J'ai appelé une amie de Nicole. Elle travaille en ethnologie au Saguenay. Elle lui a expliqué que le *ulu* symbolise...

— La puissance féminine.

— Si on ne peut rien t'apprendre, fit Rouaix sans cacher sa déception.

Maud Graham narra sa rencontre avec Lanctôt, et sa surprise en entendant Armand Marsolais évoquer l'art inuit.

— Ce n'est pas un hasard. Il détient des informations au sujet de Breton et nous les cache. Où il s'est fait tatouer, par exemple. Depuis combien de temps Marsolais nous mène-t-il en bateau ?

— Et pourquoi ? J'aurais dû t'écouter plus vite.

— Doit-on avertir Fecteau ?

— Attendons un jour ou deux, dit Rouaix. Je reparlerai de Marsolais avec Boudreault. Il travaille toujours à Montréal.

— Il y a bien des postes de police…

Ils discutèrent durant une heure, tentant de deviner les raisons qui avaient poussé leur collègue à taire ses informations sur Breton.

— Et sur sa belle-sœur. Boudreault t'a dit l'autre jour qu'elle était morte assassinée. Ce n'est pas un détail anodin.

Rouaix émit l'hypothèse que Breton puisse être mêlé au meurtre de la sœur de Judith Pagé.

— Marsolais se serait réjoui de la mort du meurtrier d'Hélène ? Sa femme enfin vengée ? Il aurait protégé l'assassin ?

— Peut-être…

— Non. Marsolais n'aime plus son épouse.

— Hélène a tout de même été assassinée, je chercherai de ce côté-là. Une mort violente ressemble à un pavé jeté dans un bain d'huile brûlante. Les éclaboussures rongent les tissus, les chairs. Aucun des proches de la victime n'est épargné. Il faut savoir comment Marsolais et Judith Pagé ont vécu la mort d'Hélène. En tout cas, ce n'est pas pour lui faire justice qu'il est entré dans la police, elle est morte après qu'il a commencé à travailler.

Maud Graham éteignit les lumières, remonta vers le salon : Grégoire et Maxime s'étaient endormis devant la télévision. Cette image paisible la rasséréna. Elle se pencha pour attraper la télécommande coincée entre l'un et l'autre. Grégoire s'éveilla aussitôt.

— Excuse-moi. Je veux éteindre la télé et transporter Maxime dans sa chambre. Tu peux dormir sur le canapé. Je t'apporte une couverture.

— Non, je…

Graham insista ; Maxime serait si heureux de déjeuner avec lui à son réveil. Il avait besoin de distractions…

— Je vais t'aider.

Ils soulevèrent Maxime et le portèrent sur son lit, le dévêtirent, le bordèrent.

— Il est *too much*, chuchota Grégoire avant de refermer la porte de la chambre. Bon, elle est où, ta couverture ?

Graham sourit puis poussa un petit cri, souleva son pied droit. Elle venait d'écraser un des choux qui avaient distrait Léo.

— J'espère qu'il n'y en a pas partout dans la maison. On attirera les souris, les rats.

— Léo t'en débarrassera.

— Couche-toi au lieu de dire des bêtises.

* * *

Ce sera bientôt le carnaval avec ses bougies et ses parades. J'ai entendu Julien, Max et Clément parler de la parade de la haute ville. Ils veulent y assister en gang. Maxime Desrosiers ne pourra pas les suivre. Il restera chez lui. Comme moi. Et Betty. Betty y serait allée avec Benoit, si elle sortait encore avec lui. Elle dit qu'elle s'en fout, qu'elle préfère louer des films, ce soir-là. Elle m'a invité à les regarder avec elle, mais maman trouvera ça bizarre. *Il faudrait que Maxime m'accompagne, mais je ne lui ai pas parlé depuis une semaine. Peut-être que je pourrais lui offrir de jouer aux échecs, demain midi ? Il saurait que je ne suis pas fâché contre lui. Je voulais seulement qu'il arrête de penser que je n'attends que lui. Je suis écœuré de faire pitié.*

C'est ce que j'aime de Betty, elle me traite en égal. Ça ne la dérange pas que je sois plus jeune qu'elle. Elle jure que Ben est tellement immature ! Je ne sais pas si elle l'aimait vraiment, mais je n'ose pas aborder ce sujet. Personne ne voudra sortir avec moi. Je suis trop laid. Ma mère me trouve mignon parce que c'est ma mère. Et les filles ne veulent pas sortir avec des garçons mignons. Elles veulent se montrer avec des gars comme Benoit Fréchette. Ce n'est pas parce que j'ai douze ans que je ne sais pas comment ça se passe avec les filles. Maxime croit que c'est compliqué, mais je suis certain qu'il aura une blonde, l'an prochain. Les filles de la classe l'aiment bien. Avant, je pensais qu'on riait de moi à cause de mes lunettes, mais je sais que je suis laid. Avec ou sans lunettes. Je déteste les miroirs !

Lorsque je sors de la classe, je vais attendre Betty à la pharmacie ou au café. Elle me rejoint et on jase ensemble. On boit un chocolat chaud en attendant que tout le monde ait pris l'autobus, puis on prend le suivant. J'ai dit à ma mère que je rentrais maintenant avec Maxime ou Julien. Ou Clément. Elle croit qu'ils sont mes amis.

* * *

Le chauffage était à son maximum, mais Chantal Parent avait gardé son écharpe fuchsia pour travailler. «Cette teinte met son teint en valeur, songea Maud

Graham. Elle a l'air si jeune ! On croirait une étudiante… »

Comment pouvait-elle être distraite par Chantal, quand le dossier que lui avait remis Marsolais le matin lui brûlait les doigts ? Elle n'avait jamais fait preuve d'autant de maîtrise d'elle-même qu'au moment précis où il lui avait parlé de son « illumination », de l'éclair de génie qui lui avait fait se rappeler Daniel Darveau et qui l'avait poussé à téléphoner à son ancien partenaire, à Montréal. Graham avait consulté les notes que lui tendait Marsolais en s'excusant de ses griffonnages. Elle les avait parcourues en le félicitant d'avoir si bien travaillé, si tôt le matin.

— Tu devais être ici à cinq heures !

— Six. J'ai dû attendre jusqu'à sept heures et demie pour parler à Descôteaux, mon premier partenaire. Une chance qu'il se souvenait de l'affaire…

— J'ai hâte que Rouaix apprenne ça ! Il ne croira pas à notre chance !

— Où est-il ?

— Chez le dentiste. Il sera là cet après-midi.

Est-ce que les sourires qu'elle avait adressés à Marsolais étaient crédibles ? Elle y avait mis autant de chaleur qu'elle le pouvait, alors qu'elle avait envie de lui faire avaler ses notes en le traitant de menteur. Elle avait répété que tout se tenait : elle avait admiré un très bel *ulu* qui venait du Grand Nord à la boutique d'art inuit.

— Continue à creuser sur Breton… Darveau, tu es plus à l'aise que moi à l'ordinateur. Moi, je me charge de Fecteau.

— Tu n'aimes pas ça, les ordinateurs…

— On ne peut rien te cacher, avait-elle répondu en souriant de nouveau.

Rien te cacher… lui qui dissimulait des informations capitales depuis des jours, des semaines… Elle avait téléphoné à Rouaix, lui avait parlé des fameuses intuitions de leur collègue, de sa propre découverte du lien qui existait entre Breton-Darveau et Mme Charbonneau.

— Celle qui a découvert son cadavre ?

— J'aurais pu me douter qu'elle était la mère de Darveau. Elle était si bouleversée…

— Tu ne pouvais pas le deviner. On ne savait même pas qu'on cherchait des indices sur un Darveau, encore moins que Mme Charbonneau avait été mariée au père de notre victime. Comment a-t-elle réagi quand tu l'as appelée ?

— À la fois surprise et soulagée. Je rencontre Fecteau et je retourne ensuite rue Montclair. N'oublie pas que j'ai affirmé que tu étais chez le dentiste. As-tu quelque chose de ton côté ?

— Non. Marsolais était apprécié de ses collègues, toujours à son affaire. Boudreault a promis de m'apporter des précisions sur la belle-sœur assassinée.

— Marsolais aurait pu toucher de l'argent de quelqu'un du milieu, des motards ?

— Rien ne nous indique de fouiller dans ce sens-là.

— Et Fecteau ? Jusqu'où… À propos de Marsolais ?

— Sois vague, on lui expliquera plus tard qu'on voulait avoir un dossier en béton avant d'accuser un collègue.

— Il ne nous croira pas. Mais ce n'est pas grave.

À son retour au bureau, en fin de matinée, Rouaix félicita à son tour Marsolais d'avoir fait tous ces liens autour du *ulu*.

— J'ai eu de la chance, c'est tout. Le vent souffle de notre bord.

— Il était temps ! soupira Rouaix. Graham n'était

plus endurable. Elle ne lâche jamais. Il n'y a rien de pire pour elle que de classer un dossier irrésolu.

— On n'a pas fini ! Si on sait que Breton était Darveau, on ignore toujours qui l'a tué.

— Je retourne dans le fichier électronique. Si je trouve quelque chose, Graham sera plus *cool*.

— Voilà que tu parles comme un ado, Marsolais. C'est au contact de Chantal Parent ?

Marsolais se troubla, mais songea aussitôt que Rouaix ne pouvait pas imaginer qu'il fréquentait une fille de quinze ans. C'était vrai que Chantal Parent était jolie et il l'aurait sûrement draguée s'il n'avait pas aimé Nadine. Personne ne pouvait rivaliser avec sa déesse, sa nymphe aux yeux d'émeraude. Pourrait-il se libérer et filer à Montréal pour la Saint-Valentin ? Ou la convaincrait-il de le rejoindre au chalet pour un tête-à-tête romantique ? Il aurait aimé qu'elle apprécie les lieux autant que Betty ; la location se chiffrait à plusieurs milliers de dollars.

Pourquoi se préoccuper de l'argent ? Dans quelques mois, il aurait déposé des millions de dollars dans son compte de banque. Combien de temps devrait-il patienter pour que toutes les formalités administratives soient remplies et qu'il puisse jouir de la fortune de sa femme ? Il n'avait pas osé s'en informer auprès d'un notaire ou d'un avocat : qui sait si l'homme de loi ne s'en souviendrait pas au moment du meurtre de Judith.

— Eh, Marsolais ? fit Rouaix. Pas un mot de mes commentaires sur Graham. Elle est très susceptible.

Marsolais mit un index sur ses lèvres avant de se plaindre de la température.

— Il doit faire aussi froid ici, aujourd'hui, qu'à Iqaluit. Comment peut-on vivre dans un endroit pareil ?

— Tu aimes mieux le soleil ? La plage ?

— Pas toi ?

— Si j'avais les moyens, c'est évident que je me paierais des vacances dans le Sud cette semaine. Et les suivantes.

— Tu n'as jamais souhaité t'installer en France ? Ton père est originaire de la région de Champagne, non ?

La Champagne... Nadine lui avait confié qu'elle voulait visiter les plus grandes caves du monde, goûter aux meilleurs vins. Elle avait proposé qu'ils suivent des cours d'œnologie, au printemps. Si elle faisait des projets, c'est qu'elle croyait qu'ils seraient encore ensemble dans quelques mois. Il se répétait plusieurs fois ses mots, se persuadait qu'elle ne se serait pas renseignée sur les cours offerts à la SAQ et à l'Académie culinaire si elle n'était pas vraiment intéressée. Elle boudait un peu quand il lui avait téléphoné, mais tout s'arrangerait bientôt. Il le fallait !

— Tu rêves ? dit Rouaix.

— Oui, à une plage de sable chaud.

— Eh, les gars ! Vous vous reposerez sur vos lauriers lorsqu'on aura arrêté celui qui a tiré sur Breton... Darveau.

Maud Graham revenait vers eux, tenant une pomme dans une main et un sac de chips au ketchup dans l'autre.

— Un repas équilibré, ironisa Rouaix.

— Je n'en mange quasiment jamais, plaida-t-elle. Je voulais fêter la belle trouvaille de Marsolais.

Elle ouvrit le sac de chips, en offrit à ses collègues. Marsolais lui souriait. Il semblait croire que ses informations l'avaient comblée.

Elle lui montrerait qu'elle pouvait mentir aussi bien que lui. Et même mieux.

Chapitre 12

Il y avait une couche dans ma case, aujourd'hui. Une couche pour bébé. J'ai essayé de la cacher. Lætitia l'a vue. Elle va en parler à tout le monde. Je devrai acheter un autre cadenas puisqu'ils l'ont arraché. Betty a promis de le payer pour que ma mère ne se plaigne pas au directeur, en disant que Judith Pagé aurait dû faire attention quand elle parlait de moi avec Anne Gendron. J'aimerais mieux être mort. Je n'en peux plus de me faire dévisager avec des airs de pitié ou de mépris.

Betty me comprend. Elle voudrait rester enfermée chez elle. Les filles de sa classe racontent dans son dos qu'elle couche avec Frank Gagné, un gars du cinquième secondaire qui a redoublé. Betty me jure qu'elle s'en fout, mais elle est mal à l'aise. Pourquoi ne peut-on pas avoir la paix ? À la cantine, j'ai quitté ma place pour aller chercher une fourchette et quand je suis revenu, il y avait du ketchup dans toute mon assiette. On aurait dit du sang. Ils ont fait ça pendant que le surveillant était à l'autre bout de la salle. Betty a raison, ce sont tous des lâches.

Et Judith Pagé est aussi hypocrite que Ben et Mathieu. Elle m'a fait un beau sourire en me remettant mon travail. «C'est une belle rédaction.» Si elle pense qu'elle n'a qu'à me donner une bonne note pour que j'oublie tout, elle se trompe.

J'ai jeté la couche, mais j'aurais voulu la faire avaler à Judith Pagé, pour qu'elle s'étouffe avec, pour qu'elle soit muette.

* * *

Grégoire avait envie d'allumer une cigarette, mais il ne pouvait pas se le permettre : il attirerait l'attention de Pascal et tout serait gâché. Il avait décidé de le suivre pour faire plaisir à Maxime, pour montrer qu'il s'intéressait à lui, qu'il l'avait écouté attentivement et qu'il se désolait que Pascal l'ait rejeté, même s'il pensait que ce garçon n'était qu'un paquet de problèmes. Maxime avait répété trois fois qu'il ne comprenait pas que Pascal soit l'ami de Betty, puisqu'elle l'avait harcelé jusqu'à Noël. Avait-il la mémoire si courte ? L'énigme était restée gravée dans l'esprit de Grégoire. Pourquoi Betty s'intéressait-elle au petit Pascal ? D'après la description que Maxime avait fait de Pascal, aucun lien ne pouvait exister entre elle et lui.

Grégoire avait jonglé avec ce mystère toute la journée. Il détestait ne pas comprendre. Et il voulait savoir pourquoi Pascal se permettait de repousser Maxime, qui l'avait si souvent protégé. Il ignorait ce qu'il lui dirait quand il le verrait. Il avait obéi à une impulsion et il attendait maintenant que Pascal sorte de l'école. Il le rejoindrait à l'arrêt du bus.

Grégoire tapota son paquet de Player's dans la poche de sa veste de cuir ; il se sentait subitement idiot. Que faisait-il là, à guetter ce gamin ? Il repéra pourtant Pascal et oublia son malaise en constatant qu'il s'éloignait en direction opposée à l'arrêt de l'autobus. Autant le suivre puisqu'il était là. Pascal poussa la porte d'une pharmacie. Grégoire entra derrière lui, le vit traîner dans les allées, soulever des objets, les reposer délicatement, feuilleter un magazine, consulter sa montre une fois, puis deux, trois, quatre fois, retourner au rayon des friandises et n'en plus bouger.

Betty l'y rejoignait quelques minutes plus tard et ils ressortaient ensemble comme s'ils étaient les meilleurs amis du monde. Elle l'entraînait vers un café et Grégoire les voyait s'attabler derrière les vitres givrées.

Il alluma sa cigarette, inspira profondément. Comment Biscuit avait-elle réussi à cesser de fumer ? C'était si bon ! Il fallait qu'elle aime vraiment Alain pour y être parvenue de nouveau... Lui ne ferait jamais une telle chose par amour. D'ailleurs, il ne tomberait pas amoureux. Pas question qu'il perde sa liberté. Biscuit jurait qu'elle conservait toute son indépendance, qu'Alain n'avait aucun pouvoir sur elle, ni elle sur lui, mais on avait trop cherché à le dominer pour qu'il tente l'expérience. Et il ne voulait pas changer. Biscuit était différente depuis qu'elle partageait sa vie avec Alain et Maxime. Encore plus sensible, plus émotive. Il n'était pas question de lui ressembler.

Il prit une dernière bouffée, jeta sa cigarette dans la neige ; est-ce qu'on distribuerait un jour des amendes aux fumeurs qui écrasaient leurs mégots sur la chaussée ? Et si Biscuit lui interdisait un jour de fumer chez elle ? Non. Il espérait que non. S'il essayait de modérer sa consommation lorsqu'il allait rue Holland, c'était pour donner l'exemple à Maxime, non parce qu'il sentait qu'il gênait Biscuit.

Il remontait le col de sa veste quand Betty et Pascal sortirent du café. Il les suivit jusqu'à l'arrêt. Il vit Pascal monter à bord de l'autobus, mais Betty revint sur ses pas; retournait-elle au café? Grégoire avait froid, il entrerait à l'intérieur. Elle avait sorti un téléphone cellulaire de son sac à dos et parlait avec animation. À qui s'adressait-elle? Il ne pouvait distinguer son expression, mais il lui sembla qu'elle poussait la porte du café d'un geste trop brusque. Était-elle contrariée? Il attrapa un journal à l'entrée du café et s'assit non loin d'elle. Elle termina son appel, déposa le téléphone sur la table et commanda un chocolat chaud. Il l'imita, pensa à Maxime qui adorait cette boisson onctueuse. Il nota que Betty gardait la main droite près du téléphone. Elle saisit l'appareil dès le début de la sonnerie, sourit, échangea quelques mots avec son interlocuteur et rangea le téléphone dans son sac. Elle regarda alors les clients du café, mais parut rassurée. Elle compara l'heure inscrite à sa montre à celle de l'horloge murale et but son chocolat chaud lentement. Puis elle jeta un nouveau coup d'œil à sa montre, mit son manteau, paya sa consommation et sortit. Grégoire s'apprêtait à lui emboîter le pas, mais Betty demeura sans bouger devant le café. Qui attendait-elle?

Grégoire restait près de la porte pour voir qui venait chercher Betty, sans que celle-ci remarque sa présence. Une voiture ralentit à la hauteur de l'adolescente, une portière s'ouvrit, un homme se pencha pour débarrasser le siège avant. Un bel homme dans la mi-trentaine qui souriait à Betty comme si elle était la huitième merveille du monde. Il s'empara de sa main pour la baiser. Betty s'engouffra dans la voiture qui démarra aussitôt.

Grégoire ferma les yeux pour se concentrer: il avait déjà vu cet homme. Mais où?

Où?

Au centre commercial? Rue d'Aiguillon, rue Saint-Denis? Était-ce un client? Lorsqu'il avait commencé à se prostituer, il avait été surpris par la beauté de certains demandeurs: il avait cru que les hommes qui feraient appel à ses services seraient laids, qu'ils n'auraient pas d'autre choix que de payer pour avoir une relation sexuelle. Il était naïf... Il n'y avait aucune règle en ce qui concernait la clientèle: des gros, des minces, des grands, des petits, des beaux, des laids, des moyens. Des vieux, des jeunes. Non, il n'avait pas souvent satisfait de jeunes hommes, mais l'inconnu qui avait fait monter Betty à bord de sa voiture avait trente-cinq, trente-six ans. Peut-être était-il aussi intéressé par les filles que par les garçons?

L'avait-il ou non croisé dans les toilettes d'un centre commercial?

Maxime avait affirmé que Betty avait beaucoup d'argent. Et si ce fric ne lui venait pas de ses parents, comme l'adolescent le croyait, mais d'un travail illégal après l'école... Elle s'habillait d'une manière assez provocante, se maquillait sans discrétion. Mais nombre de filles lui ressemblaient, la mode était très sexy. Il se réjouit que Maxime soit un garçon, il aurait moins d'ennuis.

Il devrait attendre au surlendemain pour lui rapporter sa filature, car il ne sortait pas du restaurant avant la fin de la soirée. Il avait pourtant l'impression que le temps passait très vite quand il retrouvait l'équipe du Laurie Raphaël, quand il poussait la porte de la cuisine. Il avait le sentiment de participer à une célébration: chacun des personnages avait un rôle précis à jouer, mais tous étaient attentifs à ce que leurs collègues faisaient. Une sorte de ballet parfaitement orchestré, des gestes souples, vifs, une manière de louvoyer derrière les grands comptoirs et les fours sans jamais se heurter, une capacité à supporter la chaleur sans perdre sa concentration. Puis le miracle, le plat achevé, ce plat auquel plusieurs avaient participé, une symphonie de thon ou un gâteau de crabe, un flétan au jus d'agrumes ou un cassoulet de cailles aux figues, quittait les cuisines pour émerveiller les clients. Grégoire traînait de moins en moins dans les rues, conscient qu'il devait être en pleine forme pour faire son travail. Il était dorénavant trop familier avec des parfums heureux, des parfums de romarin, de beurre, de mer, de fraises écrasées, de *yuzu*, d'huile d'olive, de sucs de viande caramélisés, de chocolat fondu, de beignets frits, de bourgogne ou de jus de tomates fraîchement pressées, il était trop attaché à ces odeurs pour supporter celles de la rue, des toilettes des centres commerciaux ou des gares, ces odeurs âcres, amères, agressives ou fades, abrasives des savons industriels, du tabac, du cuir des ceintures, des peaux moites, du détergent. Aux antipodes des arômes bien ronds, hospitaliers, accueillants d'une grande cuisine. Grégoire avait même rêvé qu'il travaillait dans une ruche embaumant le trèfle et la framboise et avait été tout étonné à son réveil de ne plus avoir deux paires d'ailes. Et d'avoir fait un si joli rêve. Il était plus habitué aux cauchemars.

La neige qui tombait était si douce, si moelleuse quand Grégoire se rendit chez Maud Graham qu'il attendit l'autobus au lieu de héler un taxi. Les flocons s'évanouissaient sur la boîte de carton contenant une tarte aux pommes sans que Grégoire songe à les balayer ; ils étaient trop fins, trop fragiles pour abîmer le carton. Le ciel gris perle, lumineux, repoussait la nuit dans une autre galaxie et Grégoire regretta que Maxime soit confiné à l'intérieur; il aurait joué avec Max et Julien, se serait battu dans la neige en poussant des hurlements de joie. Il devait avoir hâte qu'on lui retire son plâtre.

Grégoire attendit que Maud Graham descende dans son bureau pour narrer sa filature à Maxime.

— Betty? Betty Désilets s'est assise dans un café avec Pascal?

— Sûr et certain. Pascal parlait et Betty l'écoutait. J'ai eu peur qu'elle me remarque, parce qu'elle regardait souvent autour d'elle comme si elle craignait qu'on la surveille.

— Elle avait peur qu'on rie d'elle parce qu'elle se tient avec Pascal. Il y en a qui ont commencé à l'école. Mais Betty n'était pas *reject* avant. C'est depuis que Ben l'a laissée pour Cynthia. Elle ne l'a quand même pas remplacé par Pascal! Je ne sais pas ce qu'elle lui veut...

— Ça te dérange?

— D'un côté, je me dis que ce n'est pas de mes affaires et que j'ai la paix puisque Pascal ne me colle plus après. D'un autre côté, c'est trop bizarre, ça m'inquiète. Je suis certain que Betty est méchante. Elle était là, à l'Halloween, lorsque Ben et sa gang ont attaqué Pascal et son cousin. Elle les observait avec un sourire si... si effrayant. Je l'ai trouvée plus apeurante que Ben ou que Mathieu.

— Les filles peuvent être aussi dangereuses que les hommes.

— Je le sais. Mme Poissant a failli tuer Kevin*.

— Ce n'est pas tout, poursuivit Grégoire. Écoute ça...

Maxime eut un hoquet de surprise: Betty Désilets avec un homme? Ça devait être son père.

---

*Voir *Soins intensifs*.

— Non, il n'avait pas l'air d'un père.

— Mon père non plus n'a pas l'air d'un père.

— Son sourire était trop… caressant. Elle était nerveuse quand elle l'attendait. Elle a ressorti son miroir deux fois pour vérifier son maquillage. On ne se maquille pas pour un père.

— Es-tu nerveux quand tu attends un client ?

Non. Indifférent.

— Elle est bizarre, ta Betty.

Maxime se rebiffa : ce n'était pas *sa* Betty.

— Tu devrais parler d'elle avec Pascal, proposa Grégoire.

— Es-tu fou ? Pour avoir des problèmes ? C'est seulement que ça m'énerve de ne pas comprendre ce que trafique Betty avec Pascal. Elle n'est pas gentille gratuitement. C'est comme une chanson qui nous trotte dans la tête, on n'est pas capable de s'en débarrasser. Je suppose que c'est parce que j'ai le temps d'y penser. Si je jouais au hockey, je…

Maxime soupira. Grégoire lui tapota l'épaule, proposa qu'ils aillent au cinéma durant la fin de semaine.

— T'es *cool*, Greg. Je n'imaginais pas que tu suivrais Pascal.

— Il est *cheap* avec toi.

— On s'en fout, OK ? De lui, de Betty. Alain a promis de nous emmener dans un grand restaurant à Montréal. Je vais choisir juste des mets que je n'ai jamais goûtés. As-tu déjà mangé de la pieuvre ? Ça doit être bizarre, hein ?

— On s'habitue.

— Quel film veux-tu voir ?

Il boitillait jusqu'à la table du salon, s'emparait du *Soleil*.

— Les nouveaux films arrivent en salle demain. Je retournerais voir *Les deux tours*. Biscuit ne doit pas se souvenir de la moitié du film. Elle était toujours dans la lune. Pourtant, c'est vraiment un très bon film.

— Son enquête doit être compliquée.

— Est-ce qu'elle s'enfermera encore longtemps dans son bureau ? C'est sûr que j'ai la paix pour regarder mes émissions...

— Elle va trouver le coupable. Elle trouve toujours.

* * *

Maud Graham regardait le ciel étoilé en songeant à Charles Lanctôt qui vivait huit mois par an à Iqaluit : il devait y avoir des aurores boréales dans les interminables nuits du Nord. Était-ce aussi beau, aussi féerique qu'on le disait ? Alain lui avait décrit des rubans lumineux valsant dans une obscurité de velours noir, des arabesques céladon, gracieuses et mouvantes, emplissant le ciel, descendant vers leurs admirateurs pour les caresser avant de se fondre dans l'univers. Il en avait vu à Kujjuak, quelques années auparavant.

— On ira ensemble un jour.

— Tu veux aller partout...

— Avec toi, avait précisé Alain. Partout avec toi.

Graham avait lu et relu le dossier que lui avait remis Marsolais. Si elle pouvait accepter la thèse d'un tueur professionnel assez acharné pour poursuivre sa proie dix, quinze ans après qu'elle lui eut été désignée, elle ne comprenait toujours pas pourquoi Daniel Darveau avait été abattu à Charlesbourg plutôt qu'à Cap-Rouge. Parce qu'il était plus méfiant quand il entrait ou sortait de chez lui ?

Pourquoi Darveau avait-il gâché sa vie en se contentant d'emplois pépères, alors qu'il était si doué pour les chiffres qu'il pouvait prétendre à un travail plus ambitieux ? Quand elle avait appelé Raymond Gingras pour lui parler de Daniel Darveau, il s'était exclamé : c'était bien ce nom qu'il cherchait, c'était bien ce jeune garçon qui avait fait équipe avec Breton dans les cours de sciences. Il était mignon, mais il n'était pas resté assez longtemps à l'école pour avoir une blonde.

— Pourquoi Darveau est-il parti au beau milieu d'une année scolaire ?

— Si je m'en souviens bien, ses parents ont divorcé. Sa mère doit avoir quitté Laval et il l'aura suivie.

— Ou il est parti vivre avec son père.

— C'était plutôt rare, dans ce temps-là. Et même aujourd'hui.

Oui, elle avait eu de la chance que Bruno Desrosiers garde Maxime avec lui. Elle rougit à cette pensée ; Maxime aurait été plus heureux si ses parents avaient vécu ensemble. Elle ne l'aurait jamais connu, elle n'aurait donc pas eu de regrets. Peut-on avoir le regret de ce qu'on ignore ?

Oui. On peut éprouver un manque. Un sentiment de vide.

Maxime était là, dans la chambre au bout du couloir, et Léo dormait à ses côtés. Maud Graham résista à l'envie de se relever pour aller voir l'adolescent. Elle devait se reposer, être en forme le lendemain, avoir les idées claires : non seulement devait-elle surveiller constamment ses propos avec Marsolais, mais le carnaval était commencé et tout se compliquerait à Québec dans les prochains jours. Les festivités étaient heureusement plus familiales depuis quelques années. Malgré tout, la parade de la haute ville monopolisait beaucoup d'effectifs. Les policiers additionnaient, multipliaient leurs heures de travail pour tenter de limiter les dégâts causés par les fêtards. Graham formulait des vœux chaque mois de février pour qu'aucune tragédie n'ait lieu durant cette fin de semaine où on vendait des centaines de cannes en plastique à des dizaines de touristes, à des dizaines de Québécois qui les rempliraient de vodka, de gin ou de caribou, qui croiraient se réchauffer en buvant de l'alcool. Alain lui avait dit d'arrêter de râler : le carnaval avait beaucoup changé, les activités sportives étaient mises à l'honneur. Elle redoutait pourtant la catastrophe.

— Tu es une vraie Cassandre !

— Tu connais Cassandre ? s'était étonné Maxime.

— Cassandre ?

— Elle est dans ma classe. Elle est bébé !

Alain Gagnon avait paru étonné qu'un enfant porte ce prénom chargé de malheur : la première Cassandre de l'histoire était une femme qui avait le don de prophétie, mais personne ne tenait compte de ses prédictions.

— Tant pis pour eux si elle avertissait les gens et s'ils ne la croyaient pas, avait marmonné Maxime. Ce n'était pas sa faute à elle.

Graham repensa à Maxime, à son bon sens salvateur : réussirait-il à la transformer un peu ? Aurait-elle toujours autant de joie à l'observer, à l'écouter, à l'aimer ? Elle était obsédée par sa visite à Mme Charbonneau, par toutes ces années où cette mère s'était inquiétée pour son fils, par sa fin sordide en face de chez elle. Elle se rappelait la lueur de fierté dans son regard quand elles avaient discuté du talent inouï de Daniel Darveau pour les mathématiques.

— Daniel était-il si doué avec les chiffres ? avait demandé Graham.

— Oui. Ils n'avaient pas de secret pour lui, ils l'amusaient. Il aurait pu avoir un vrai travail, une vie normale, se marier, avoir des enfants. Mais tout a dérapé quand on a déménagé. Il n'avait pas d'amis, il traînait dans les rues. Moi, je devais travailler pour nous deux, mon ex n'a pas été correct avec la pension. Je ne pouvais pas surveiller Daniel sans arrêt.

— Il ne revoyait jamais ses anciens amis ? Il étudiait avec Mario Breton, non ? Son professeur nous l'a dit.

— Son professeur ?

— Monsieur Gingras. Raymond Gingras.

— Le prof de sciences. Je me souviens de lui. Il disait que Daniel était un des meilleurs élèves qu'il avait eus.

— Il m'a apporté le bottin de l'école, avec les photos des élèves. Daniel s'est fait passer pour Mario. Pourquoi ?

Mme Charbonneau soupira, hésita, se leva pour faire du thé.

— Mario était toujours chez nous quand on demeurait à Laval. Sa mère était souvent malade. Il venait jouer avec Daniel. C'était aussi difficile pour Mario que pour Daniel qu'on déménage. Je n'avais pas le choix. Je suis allée là où il y avait du travail pour moi. Au début, ils s'écrivaient, mais les gars ne sont pas forts sur la correspondance… Quand Mario téléphonait, Daniel n'était jamais à la maison. Il oubliait son ami, il était trop occupé à dépenser son argent.

— Son argent ? Il était jeune.

— Oui, trop. Je devinais qu'il n'avait pas gagné tous ces dollars de façon honnête. Mais est-ce que je devais le dénoncer à la police ? Avez-vous des enfants ?

— Oui.

Graham évoqua Maxime, Grégoire.

— Vous ne les trahiriez pas s'ils faisaient quelque chose de... même si vous êtes une policière. J'espérais que tout s'arrange pour Daniel, qu'il changerait d'amis, rencontrerait une fille qui le remettrait dans le bon chemin. Mes vœux n'ont pas été exaucés. Daniel est rentré un jour à la maison avec un billet d'avion pour l'Inde. L'Inde! Il était très excité, très pressé de partir. Je me suis dit qu'il se rendait loin pour un premier voyage en dehors du pays. Il était allé souvent à Toronto, mais l'Inde! Il m'a appris que Mario partait et qu'il l'accompagnait. J'étais contente, Mario était un bon petit gars. Et je trouvais qu'ils étaient mieux d'être deux pour voyager dans des endroits comme ça.

— Où tout peut arriver?

Mme Charbonneau hocha la tête, versa le thé dans les tasses. Une odeur d'été emplit la pièce.

— C'est du thé à la fleur d'oranger. C'est Mme Dubois, ma voisine, qui me l'a offert. C'est bon. Il paraît que ça calme.

— Vous avez besoin d'être apaisée?

— J'ai la paix, maintenant.

— À part moi qui viens vous déranger.

— Vous finirez par partir. Quand je vous aurai dit tout ce que je sais.

Graham acquiesça, but une gorgée de thé, s'étonna du goût parfumé.

— Je bois beaucoup de thé, reprit Mme Charbonneau. Il paraît que le thé vert est bon contre le vieillissement.

— C'est un antioxydant.

Laure Charbonneau souleva la peau de sa main droite en la pinçant entre son index et son pouce gauches, la laissa retomber.

— Ça n'a pas marché. Je n'ai pas assez dormi dans ma vie. Ça use, l'insomnie.

Maud Graham but une nouvelle gorgée de thé.

— Vous vous êtes inquiétée pour Daniel durant toutes ces années.

— Il avait déjà changé après le déménagement, mais quand il est revenu de voyage, c'était encore pire. Il était... épouvanté. Il m'a raconté que Mario avait été tué devant lui par des bandits qui voulaient les voler. Lui, il avait réussi à leur échapper. Il avait perdu ses papiers, alors il était retourné vers le corps de Mario et avait pris les siens. C'est comme ça qu'il a commencé à se faire appeler Mario.

— Et la famille de Mario ?

— Sa mère était morte. Personne ne réclamait Mario. Je me suis dit que Daniel voulait garder son nom pour lui... pour ne pas l'oublier. C'était bizarre. Mon fils était très bizarre en revenant de là-bas. J'ai toujours pensé qu'il avait consommé des drogues qui l'avaient changé et qu'il avait trempé dans des affaires pas trop catholiques pour obtenir ses doses. Je ne connais rien à ça, mais je lis les journaux. Daniel disait qu'il avait des ennemis qui voulaient le tuer. Il était là à me raconter qu'on allait l'assassiner pendant que j'empotais mes confitures.

— Qui le poursuivait ?

— J'étais sûre que c'était vous autres. À cause de la drogue. Il avait de l'argent, il me faisait de beaux cadeaux, alors j'ai cru que...

Maud Graham reposa sa tasse de thé, expliqua à cette femme que son fils avait gagné honnêtement sa vie avant de mourir.

— Son patron était très content de lui. Il était un employé modèle.

Les larmes jaillirent si soudainement dans les yeux de Mme Charbonneau qu'elle-même en fut étonnée. Elle cacha sa tête dans ses mains et tenta d'étouffer ses sanglots. Maud Graham s'approcha d'elle et lui frotta doucement le dos en lui murmurant qu'elle avait le droit de pleurer son fils.

Quand Maud Graham se détacha d'elle, Laure Charbonneau était épuisée mais presque sereine. Elle tint absolument à donner un peu de thé à la fleur d'oranger à la détective. En repliant le sachet de plastique, elle promit de la rappeler si certains détails lui revenaient à l'esprit.

— Mon fils avait peur de qui ? Il n'a prononcé aucun nom devant moi. Quand il venait ici, on parlait de choses banales pour faire comme si tout était normal. Il ne s'arrêtait jamais ici avant une heure du matin. Il me montrait des photos de la rue où il habitait. J'y suis allée une fois, en autobus. Pendant que Daniel était au bureau. Je ne le lui ai pas dit. C'est une belle rue tranquille. Il faisait ses courses aux Halles de Sainte-Foy. Je lui ai proposé un jour qu'on prenne un café ensemble, mais c'était trop dangereux. Je croyais toujours qu'il exagérait. J'ai même eu peur qu'il soit un peu dérangé, paranoïaque. Mais il avait raison d'avoir aussi peur.

* * *

Chantal Parent arriva en même temps que Maud Graham au bureau, s'effaça pour la laisser entrer la première.

— L'âge avant la beauté, ironisa Graham.

— Non, on ne dit pas l'âge, on dit l'expérience. C'est plus *politically correct*.

275

— Ce n'est pas ton genre, d'être *politically correct*. Je me trompe?

— Non. Les aveugles sont des aveugles et les handicapés, des handicapés. Ce n'est pas en changeant les mots qu'on améliorera leur sort, mais en votant des budgets. Combien y a-t-il de restaurants à Québec où il n'y a pas d'accès pour les fauteuils roulants?

— Trop.

— Encore plus. Je sais de quoi je parle, mon frère a eu un accident de moto.

— Je suis désolée.

— Pas autant que lui.

Maud Graham croisa les doigts; elle espérait que Maxime n'ait jamais l'idée de monter sur une Yamaha, comme elle-même l'avait fait avec Yves. Elle ne pourrait le voir enfourcher un de ces engins sans imaginer le pire. C'était le prix à payer pour aimer; l'inquiétude pour Alain, pour Maxime, pour Léa, pour Grégoire, toujours présente, entière, teintant de gris les sentiments de plénitude, de joie. Rien n'est absolument parfait.

Graham suspendait son manteau quand Rouaix lui annonça que Marsolais avait téléphoné cinq minutes plus tôt. Il se préparait à partir pour Montréal.

— Montréal?

— Il veut discuter en personne du cas Darveau avec son ancien partenaire. Il veut que tu le rappelles.

En composant le numéro de Marsolais, elle était décidée à le remercier de se rendre jusqu'à Montréal.

— Je rentrerai demain, promit Marsolais.

— Prends ton temps. Rencontre tout le monde qu'il faut.

— On manque d'effectifs avec le carnaval…

— Ça ira, c'est la première semaine.

276

— Je serai là demain après-midi au plus tard. Et je vous appellerai s'il y a du nouveau.

Elle réussit à le taquiner, affirmant qu'il fuyait le carnaval. Il protesta en riant, détendu. Elle était calme en raccrochant. Elle leva un pouce en l'air pour signifier à Rouaix que tout se déroulait comme elle le souhaitait.

— On a la paix jusqu'à demain.

— Façon de parler : je n'ai rien de plus sur lui que ce que m'a dit Boudreault.

— Il trouve aussi que c'est bizarre que Marsolais ait épousé la sœur d'une femme très riche chez qui il a enquêté quelques mois avant qu'elle meure. Et pas d'une mort naturelle…

Rouaix acquiesça ; il y avait trop de coïncidences dans cette histoire. Boudreault lui avait rapporté que la fortune d'Hélène Pagé était évaluée à plusieurs millions de dollars. Si Judith en avait hérité, elle se montrait très discrète dans son utilisation. Ce qui était aussi étrange.

— Continue à fouiller. Moi, je relis toutes les notes de Marsolais. Depuis le début de l'enquête.

— On devrait bien finir par recevoir d'autres infos sur le tatouage de Darveau puisqu'on a identifié ce qu'il devait symboliser.

— N'y crois pas trop. S'il l'a fait faire dans le Nord, on ne trouvera jamais l'artiste.

Graham et Rouaix travaillèrent toute la matinée, ne quittant le bureau que pour aller chercher un café.

— On devra acheter une machine à espresso si Marsolais…

— Est renvoyé ? fit Graham. Tu es sûr de sa culpabilité ? Marsolais et sa femme ne mènent pas un grand train de vie.

— Justement, si Judith est trop pingre pour dépenser, Marsolais doit être très frustré.

— Finalement, tu n'aimes pas plus que moi qu'on te mente.

— C'est vrai, admit Rouaix. C'est la chose sur laquelle j'ai le plus insisté avec Martin : qu'il ne nous raconte pas de pipes. Ni à moi ni à Nicole.

— Si tu t'étais séparé de Nicole, est-ce que tu te serais battu pour garder ton fils ?

— Drôle de question...

— Réponds-moi.

— J'aurais voulu la garde partagée. Je n'aurais pas accepté de ne passer avec Martin qu'un week-end ou deux par mois. Ce n'est pas assez.

— Pourquoi y a-t-il tant d'hommes qui s'en contentent ?

— Parce que c'est moins compliqué, j'imagine.

Est-ce que Daniel Darveau avait vu souvent son père après le divorce ?

— C'est peut-être pour ça qu'il a mal tourné, reprit Graham. Il a manqué d'autorité chez lui. Il était adolescent, c'était une période difficile pour lui. Il était obligé de déménager avec sa mère, de changer de quartier. Il a dû lui en vouloir et faire des bêtises. Puis c'est l'engrenage...

— Ma foi du bon Dieu, tu l'excuses ! OK, c'est la victime, mais Darveau n'était pas un saint. Il est même probable qu'il ait tué le vrai Mario Breton pour prendre son identité. On ignore comment il est mort : maladie, accident durant son voyage ou meurtre ? Plusieurs jeunes ont choisi l'Asie comme destination pour la drogue... Darveau a pu entraîner Breton, le coincer dans une sale combine : Breton sert de bouc émissaire. Il se fait tuer et Darveau, sous une nouvelle identité, peut rentrer au pays sans être inquiété par les hommes de Chouinard.

— Et il se tient tranquille à son retour.

— Il a eu sa leçon : voler un type qui fait partie de la mafia. Il faut être vraiment inconscient pour commettre une telle bêtise ! Darveau n'était pourtant pas idiot, Raymond Gingras est clair là-dessus : c'était un élève brillant en sciences.

— D'excellentes notes ne garantissent pas d'avoir du jugement. C'est l'inverse avec Maxime. Du gros bon sens mais des résultats moyens… Il est un peu paresseux. Il faut que je lui pousse dans le dos, sa force d'inertie est redoutable. Je lui tape sur les nerfs.

— Laisse-lui le temps.

— Tu étais très exigeant avec Martin, rappelle-toi.

Rouaix se contenta de soupirer.

— Est-ce qu'un tueur professionnel peut s'entêter à remplir un contrat après tant d'années ? Il a fallu qu'il découvre que Darveau a pris l'identité de Breton. Qu'il le retrouve.

— Darveau a dû tremper dans d'autres combines, conclut Rouaix. D'après les témoignages de ses collègues, il menait une vie rangée, mais il pouvait être sage au bureau et délinquant ailleurs. Il a pu gêner quelqu'un qui aura réussi là où le tueur engagé par Chouinard avait échoué des années plus tôt.

Maud Graham prit les notes de Marsolais, les feuilleta : Descôteaux lui avait mentionné que Chouinard n'oubliait jamais rien, qu'il n'aurait sûrement pas renoncé à se venger de Darveau, même s'il avait affirmé qu'il se fichait de lui quand Descôteaux l'avait interrogé après son arrestation.

— Chouinard est en prison depuis quelques années.

— Ça ne l'empêche pas d'agir. Il a des hommes partout.

— J'espère que c'est lui qui tire les ficelles. Que c'est un règlement de comptes et qu'on peut oublier la thèse du psychopathe. Ce que m'a appris Mme Charbonneau confirme nos suppositions. Son fils trempait dans des histoires glauques. Quelle épreuve pour cette pauvre femme...

Graham revoyait la chaussée mouillée où le sang s'était mêlé à la pluie, à la boue, le corps blême de Darveau dans un matin blafard et triste d'un début d'automne. Quelques feuilles s'étaient collées à la peau du cadavre, comme si la nature avait voulu le préserver des regards des curieux. Elle se souvenait de son agacement en remarquant autant de voitures garées dans cette rue si tranquille, tant de badauds qui avaient fait un détour pour renifler la tragédie, pour voir un cadavre, du sang, pour être filmés par les caméras de télévision. Les policiers avaient réussi à repousser les intrus, mais ils étaient encore nombreux autour du corps de Darveau quand elle et Marsolais étaient arrivés sur les lieux. Pourquoi les êtres humains étaient-ils si attirés par le drame ? Pour le sentiment d'avoir été épargnés ? Parce qu'une autre proie avait distrait la grande Faucheuse, l'avait empêchée de s'approcher d'eux ? Ou flairaient-ils l'odeur du sang comme les charognards ?

Chapitre 13

Betty regardait Armand Marsolais s'éloigner en direction de la gare. Elle l'aurait bien suivi, mais il s'y serait opposé, alléguant que c'était trop imprudent. Qui aurait pu les reconnaître alors qu'il avait un chapeau, un foulard et qu'elle portait une tuque qui dissimulait ses cheveux blonds et avait relevé le col de son manteau ?

— Ma femme pourrait nous voir, répétait-il.

— On s'en fout, de ta femme.

— Elle se vengera, elle me fera condamner. J'irai en prison pour détournement de mineure. Tu sais quel sort on réserve aux policiers, en taule ? Tu veux qu'on me massacre ?

Elle l'avait serré contre elle pour le faire taire ; il ne pouvait être accusé de détournement puisqu'il refusait encore de faire l'amour avec elle. Il prétendait qu'ils s'uniraient quand il serait libre. Quand ils auraient déménagé dans un pays où on ne leur reprocherait pas leur passion.

— Mais je veux baiser avec toi tout de suite ! avait clamé Betty.

— Arrête, c'est déjà assez dur pour moi de résister à l'envie de te prendre.

— Tu ne m'aimes pas assez. Sinon, tu voudrais.

— Betty ! Tu me fais de la peine. Je te respecte, je ne ressemble pas à Benoit qui s'est moqué de toi après avoir eu ce qu'il voulait.

— Mais je t'aime ! Je veux que tu sois le père de mes enfants !

Pas une autre qui voulait se faire engrosser ? Il y avait assez de Judith qui était complètement ridicule en lui parlant de leur « merveilleux secret ». Il avait moins envie que jamais de s'unir à Betty, mais elle insistait un peu plus à chacune de leurs rencontres. Faudrait-il qu'il cède à ses désirs pour l'amener à se débarrasser de Judith ? Il avait rêvé qu'il était une mouche prisonnière d'une plante carnivore.

Il avait répété à Betty qu'ils devaient être patients.

Patients ?

Betty n'avait jamais attendu quoi que ce soit plus d'une semaine.

Betty se frotta le nez. Elle était restée collée à la vitre, suivant des yeux la silhouette de son amoureux qui s'évanouissait dans la nuit. Il prendrait un taxi à la gare de Sainte-Foy, se ferait déposer là où il avait garé sa voiture et rentrerait chez lui auprès de sa maudite bonne femme.

Armand lui avait dit qu'il aurait une belle surprise pour elle à la Saint-Valentin et Betty était certaine qu'il l'emmènerait à l'hôtel de glace, là où personne ne pouvait les reconnaître. Cette première sortie en public, bien que fantastique, ne serait pas aussi merveilleuse que celle qu'elle lui réservait. Qu'elle leur réservait. C'était pour eux qu'elle avait tout organisé, pour qu'ils soient enfin heureux ensemble.

Elle avait montré de nouveau le Luger à Pascal lorsqu'il était venu chez elle samedi.

— J'aime tenir le pistolet dans mes mains. Je me sens plus forte.

— Tu l'es déjà, avait répliqué Pascal.

— J'en ai l'air ? Tu es gentil. Je dors mal ces jours-ci. À cause de Judith Pagé. Je la déteste !

— Elle n'est même pas ta titulaire. Elle n'avait pas à te traîner chez le directeur.

Betty avait raconté à Pascal que Judith Pagé l'avait surprise à se rouler un joint dans la cour de l'école.

— Je t'attendais. J'avais dit que j'avais un rendez-vous chez le médecin pour sortir plus tôt. Je ne l'ai pas entendue venir. Elle est tellement hypocrite. Elle était si contente de me surprendre ! Elle jouissait sur place ! Je vais être renvoyée de l'école. Et mon père me tuera.

Betty avait fait une pause avant d'ajouter que c'était ce qui pouvait lui arriver de mieux.

— Morte, je n'aurai plus de problèmes. Je n'en peux plus.

Elle avait réussi à pleurer, à garder son sérieux tandis que Pascal la consolait. Il avait fallu qu'elle pense à ce qu'elle voulait obtenir de lui pour ne pas éclater de rire quand il lui avait tapoté le dos. Le Crapaud lui prodiguant ses encouragements !

— À quoi... à quoi ça sert de vivre ? avait-elle balbutié.

— Je ne sais pas. Je suis mêlé. Tout le monde a l'air d'avoir du plaisir dans la vie, sauf moi.

— On est deux.

— Pourquoi est-ce que nous sommes différents des autres ?

— Ce n'est pas juste. Mon père m'enverra dans un centre pour délinquants. Je ne pourrai plus rien faire, je serai surveillée. Et on ne se verra plus, juste au moment où on commence à être amis. À cause de Judith Pagé !

— C'est une maudite folle ! Elle prétend que Tolkien a fait du plagiat.

Il ramenait encore son maudit *Seigneur des anneaux* dans la conversation ! C'était une vraie obsession ! Elle brûlerait le livre lorsque Pascal aurait disparu, le livre et les figurines, tout, absolument tout. Mais pour l'instant, elle bénissait cette fixation qui alimentait la rancœur de Pascal envers Judith.

— Si tu avais un arc et des flèches comme Legolas, tu pourrais nous en débarrasser. Tu serais le héros de l'école ! Je pourrais te prêter mes gants de cuir.

— Tu n'as pas chaud ?

Betty avait commencé à porter des gants en tout temps de façon à ce que Pascal ne soit pas étonné, plus tard, de la voir les mains couvertes.

— Non, j'ai toujours les mains glacées. Et ça fait chic. Je te les prêterai si tu veux tirer à l'arc. Tu m'as dit qu'on pouvait se couper avec la corde ou se brûler les doigts. Avec mes gants, tu serais protégé pour tirer sur Judith Pagé.

— Mais… les flèches que j'utilisais ne sont pas dangereuses. Et ça fait longtemps que je n'ai pas tiré avec mon arc. Je ne dois plus être bon.

— C'était une façon de parler… mais si la Pagé mourait, on serait bien débarrassés ! C'est sa faute si toute l'école sait que tu as pissé sur toi. Si elle ne s'était pas ouvert la trappe… Je suis certaine qu'elle a fait exprès pour que j'entende lorsqu'elle parlait de toi avec Anne Gendron. Moi et trois autres élèves. Quand on a un secret à confier à quelqu'un, on ne choisit pas le corridor d'une école !

— Pourquoi je n'ai pas eu Germain comme titulaire ?

— Parce que tu n'as pas de chance, Pascal. Ce n'est

pas pour nous, la chance. Nous, on sert à distraire les autres.

— On aurait dû naître à une autre époque. Moi, on aurait apprécié mon goût pour la chevalerie, et toi, personne n'aurait trouvé que tu étais grassouillette. À l'époque, les gens n'aimaient pas les filles maigres comme Cynthia.

Betty frémit en repensant à cette insulte. Grassouillette ! Le mot était aussi ridicule que celui qui l'avait prononcé ! Elle avait dû invoquer très fort le souvenir d'Armand pour éviter de se jeter sur Pascal et de lui faire ravaler ses paroles. Personne ne le regretterait, c'était sûr et certain !

Il avait saisi l'arme avec moins de crainte que la première fois. Il l'avait levée en tendant son bras bien droit, visant un ennemi virtuel. Betty lui avait expliqué que les policiers tiraient en tenant l'arme à deux mains. Elle lui avait enseigné les gestes qu'Armand lui avait montrés au chalet, quelques jours auparavant. Elle s'était exercée pendant une heure, puis Armand leur avait préparé un cocktail qu'ils avaient bu dans le salon. Elle avait voulu s'étendre sur la fourrure, mais il avait dit qu'il était allergique, qu'il préférait s'asseoir sur le canapé. Elle s'était blottie contre lui, fumant des cigarettes. Il avait assuré que ça ne le gênait pas de fumer un joint de temps à autre. Ou de prendre de l'ecstasy. Avait-elle déjà essayé ? Elle lui avait offert d'en acheter à Benoit, mais Armand avait hésité. Il lui avait souri. Il avait le plus beau des sourires. Il l'avait embrassée. Il l'avait caressée jusqu'à ce qu'elle jouisse, mais il avait refusé qu'elle lui rende la pareille : c'était son plaisir à elle qui lui importait. Il voulait connaître parfaitement son corps avant de faire l'amour avec elle. Il avait murmuré ensuite qu'ils devaient rentrer. Il avait l'air déprimé. Elle était allée à la salle de bain et c'est là qu'elle avait caché le jonc et une mèche de ses propres cheveux. Juste au-dessus de la pharmacie, entre les lumières. Armand serait peut-être envoûté ? Même si elle ne croyait pas tant que ça aux recettes de sortilèges qu'elle avait lues dans le livre de magie de Pascal, elle aimait l'idée qu'un de ses objets personnels reste au chalet d'Armand. Qu'une part d'elle demeure dans les lieux. Juste avant qu'ils quittent l'endroit, il lui avait rappelé d'être prudente avec le pistolet. Avant de le lui rendre, il l'avait essuyé, s'était mis ensuite à rire, d'un rire triste.

— J'ai la manie de tout essuyer. Judith occupe ses loisirs à frotter. Il faut toujours que tout soit archipropre. Elle voudrait que je porte un veston et une cravate même à la maison.

— Elle est folle !

— Je sais, avait murmuré Armand. Jure-moi de faire attention avec ton arme.

Il ne voulait pas qu'elle soit victime d'un accident. Ce serait trop bête, maintenant qu'il était enfin heureux… Il était avec une vraie femme. Il avait ajouté qu'elle avait de beaux seins, tout ronds, tout fermes. Pas comme ceux de sa femme si chétifs, quasi inexistants.

Pourquoi l'avait-il épousée ?

Et eux, pourraient-ils se marier avant ses dix-huit ans ? Elle réussirait à obtenir la permission de ses parents. Ils ne poursuivraient certainement pas Armand pour détournement de mineure ; elle saurait faire taire son père. Elle ne porterait pas une robe blanche, c'était trop banal. Elle aurait une tenue noire, ses cheveux blonds se découperaient bien sur le satin foncé. Armand mettrait un costume bleu pour mettre ses yeux en valeur. Et elle enverrait des photos de son mariage à Ben et à Cynthia, une belle pile de photos en couleurs. Dans combien de temps pourrait-elle vivre avec Armand? Judith mourrait le quatorze février. Il y aurait une enquête très courte, puisque le crime serait évident. Ensuite, il hériterait et ils pourraient partir à l'étranger. À l'été, probablement. Elle finirait son année scolaire sans souffler un mot de son merveilleux projet à qui que ce soit, sauf à Carole-Anne qui vivait en France: iraient-ils rendre visite à sa correspondante? Elle l'enviait d'avoir un amoureux de cet âge, au lieu d'être obligée de sortir avec des gars qui commençaient à peine à avoir de la barbe.

Il fallait que Pascal lui obéisse! Elle lui avait remis un autre poème qu'elle avait copié dans un recueil. *Les corbeaux*, écrit par Nelligan. C'était vraiment *depress*, vraiment parfait pour le convaincre d'accepter son pacte de suicide.

* * *

Armand Marsolais était plus calme après avoir dîné avec Graham et Rouaix. Ils l'avaient encore félicité d'avoir fait le lien entre Darveau et Gary Chouinard, même s'il leur avait avoué que son voyage à Montréal l'avait déçu: Descôteaux lui avait permis de rencontrer les enquêteurs qui avaient arrêté Chouinard, mais ceux-ci n'avaient rien pu tirer du prisonnier.

— Une vraie carpe, paraît-il. Ils l'ont interrogé plusieurs fois sans résultat.

— On ne va pas enquêter toute l'année sur cette affaire-là. On connaît la véritable identité de la victime grâce à Marsolais. C'est toujours mieux que rien.

Marsolais se fustigea, il avait fait le rapprochement très tard...

— Ne t'en fais pas, le coupa Graham. Fecteau ne pourra pas nous blâmer. Darveau a été victime d'un règlement de comptes, ce n'était pas un enfant de chœur, personne ne le regrettera.

— Tant qu'à ça, ils peuvent tous se tuer entre eux, on s'en fout, ajouta Rouaix qui pensait exactement le contraire.

Ni lui ni Graham ne croyaient que les tueries entre bandes rivales servaient à nettoyer la ville d'individus indésirables : les règlements de comptes causaient trop souvent la mort d'innocents. Les balles perdues ricochaient rarement vers des criminels, elles perçaient la poitrine d'une serveuse, la tête d'un vieil homme qui rentrait de l'épicerie, et les bombes qui faisaient exploser les voitures entraînaient dans le brasier des enfants qui couraient derrière leur ballon, tentaient de rattraper leur chien. Aucun meurtre ne plaisait à Graham ni à Rouaix. En aucune manière, en aucune circonstance.

— C'est cependant agaçant d'ignorer qui a tué Darveau, reprit Marsolais. C'est ma première enquête à Québec et elle se termine en queue de poisson.

— Fecteau ne te mettra pas ça sur le dos, ne t'inquiète pas, affirma Maud Graham. C'est moi qui suis responsable de l'enquête. C'est moi qui devrai lui rendre des comptes.

— Il ne pourra rien nous reprocher, fit Rouaix. Nous avons rencontré les témoins et les collègues plusieurs fois. On ne peut pas faire de miracles. Prenez-vous un dessert ?

Maud Graham avait refusé, stoïque. Marsolais avait imité Rouaix et commandé une part de tarte aux pacanes. Ils étaient rentrés ensemble au bureau, mais Marsolais était resté dehors quelques instants pour fumer une cigarette. Il souriait tandis qu'il cherchait des allumettes dans ses poches : Graham classerait bientôt l'affaire Darveau et il ferait équipe avec Chantal Parent jusqu'à ce qu'il puisse quitter le Québec avec Nadine. Betty avait susurré de sa voix trop aiguë qu'elle lui réservait une très grosse surprise pour la Saint-Valentin. Il avait protesté, prétendu qu'il refusait qu'elle dépense son argent pour lui. Elle avait adopté un air mystérieux pour affirmer que son cadeau n'avait pas de prix.

— On pourra se retrouver à ton chalet pour fêter ça ! avait-elle ajouté. J'aime ça, là-bas ! On est tranquilles, on oublie le monde. Je n'imaginais pas que j'aimerais la nature, mais c'est tripant à Fossambault. On nous crisse la paix.

Le chalet, le fameux chalet avec sa si belle vue... Il avait fait faire un double des clés et l'avait envoyé à Nadine en lui disant qu'il l'attendait avec impatience. Elle l'avait remercié, mais elle n'avait pas précisé quand elle viendrait. Avait-il eu tort de louer ce chalet ? Elle prétendait qu'elle avait beaucoup apprécié sa première visite, mais elle ne semblait pas si pressée de revenir... Les trente-six heures qu'ils avaient passées ensemble en pleine nature lui avaient donné l'impression d'une parfaite communion ; s'était-il trompé sur l'abandon de Nadine ? Sur la satisfaction, le contentement qu'il avait lus sur son visage après l'amour ? Sur sa joie quand il avait ouvert un magnum de Veuve Clicquot ? Il avait suggéré une visite à l'hôtel de glace érigé à quelques kilomètres de Fossambault, mais Nadine s'était contentée de sourire. Il avait dépensé beaucoup d'argent pour rien… Il tira une dernière bouffée : comment pouvait-il être aussi mesquin alors qu'il possédait le cœur d'une sirène, d'une déesse ? Rien ne serait trop beau pour elle lorsqu'il hériterait de Judith.

Il avait aussi mentionné l'hôtel de glace à Betty ; peut-être pourraient-ils y trinquer ensemble pour la Saint-Valentin ? Elle avait l'air assez vieille pour qu'on croie qu'elle avait dix-huit ans. Et il savait maintenant qu'il ne pourrait rejoindre Nadine à Montréal, ce jour-là. Il n'avait aucun motif valable pour quitter Québec durant la seconde fin de semaine du carnaval. Autant exercer, accroître son influence sur Betty, l'éblouir en l'emmenant à l'hôtel de glace de Duchesnay.

— On fêtera notre deuxième mois, avait-il dit à Betty. Ça paraît court, mais j'ai l'impression de t'aimer depuis toujours.

L'adolescente avait roucoulé, s'était collée contre lui en le suppliant de faire l'amour avec elle. Il avait reparlé de respect et elle lui avait fait promettre qu'il lui céderait pour son anniversaire. Le quinze mars. Il avait juré d'y réfléchir. Le quinze mars, il serait occupé à jouer les veufs éplorés… À écouter les conseils du notaire. À travailler autant qu'avant pour ne pas éveiller les soupçons.

Il écrasa sa cigarette en se félicitant d'être au moins libéré de l'affaire Darveau ; il avait réagi juste à temps en révélant ses informations à Maud Graham. Elle ne lui reprocherait jamais de les lui avoir dissimulées durant quelques semaines. Elle n'était pas si futée qu'il l'avait imaginé. Ni aussi butée que le lui avait confié Moreau ; elle allait clore l'enquête sans l'avoir résolue.

* * *

Il fait clair plus tard. Ma mère dit que c'est plaisant que les jours allongent mais, pour moi, les jours sont déjà interminables. J'aimerais mieux passer ma vie à dormir. Être une fourmi qui vit sous terre. Ou même un crapaud. J'ai le surnom, je pourrais me cacher dans la vase, personne ne me verrait. Je m'écraserais dans mon trou, puis je mourrais sans qu'on s'en aperçoive. À la cantine, Mathieu m'a appelé Monsieur Désilets et tout le monde a ri. Ben m'a demandé si Betty m'excitait. «Je te la laisse, elle est pourrie dans un lit.» Il faut toujours qu'il salisse tout. Je n'ai pas osé répéter ça à Betty, mais une fille de sa classe s'en est chargée. Betty a dit qu'elle s'en fout, que Ben ne la harcèlera plus très longtemps, puisqu'elle sera renvoyée de l'école à cause de Judith Pagé. Elle a reparlé de la mort. C'est vrai qu'on aurait enfin la paix.

Betty dit qu'elle a parfois l'impression de ressembler à Gollum. «Je me sens bonne et méchante à la fois. Comme si j'étais deux Betty.» Moi aussi, je suis gentil, mais en même temps je voudrais donner des coups de pied à des élèves ou leur cogner la tête contre leur case. Ça me fait du bien de penser à ça.

Il y a beaucoup d'élèves dans ma classe qui trouvent que Gollum est le personnage le plus tripant du deuxième film. Mais si quelqu'un ressemblant à Gollum arrivait à l'école, ils riraient tous de lui, ils le traiteraient de monstre. Ils se moqueraient aussi de Sam, ils le trouveraient trop gros. Ils ont ri de Betty à cause de ça. Elle sait maintenant qu'elle avait des amis seulement parce qu'elle leur faisait des cadeaux. Depuis qu'elle a arrêté de leur payer des dîners, Jade et Marie-Soleil sont beaucoup moins gentilles avec elle.

J'espère qu'elle ne s'imagine pas que je lui parle parce qu'elle m'a donné la figurine de Legolas.

* * *

— Aragorn est le plus beau, déclara Betty en souriant à Pascal avec conviction. Sam est le plus gentil et Legolas le plus rapide. Il tire si vite ses flèches, on ne les voit pas sortir de son carquois ! Aujourd'hui, il tirerait avec un fusil. Il serait capable de viser n'importe qui à n'importe quelle distance. J'aimerais ça tirer plus souvent.

— Tu tires pour vrai avec un fusil ?

— Non, regretta Betty, mon père ne veut pas que je touche aux armes qui sont au sous-sol, sauf le pistolet qui sert à nous protéger. Je me suis exercée au chalet de… de mes parents. C'est facile. Il y a un truc. Je vais te montrer.

Betty avait laissé le pistolet dans le tiroir du secrétaire du salon. Elle le sortit, s'assura qu'il n'était pas chargé et le pointa vers un ennemi imaginaire.

— Il faut rester les pieds bien écartés. Pour ne pas perdre l'équilibre. C'est ça, le truc. À cause du choc que donne le coup quand il part. Sinon, on tomberait. Essaie. N'oublie pas ce que je t'ai dit l'autre jour : tiens-le à deux mains.

Elle sourit lorsque Pascal saisit l'arme : il n'avait pas hésité une seconde, maintenant habitué au pistolet. Il écarta les jambes.

— Plie un peu les genoux. OK, *good* ! Ça paraît que tu as déjà tiré à l'arc. Je suis certaine que tu serais bon avec le pistolet. Tu pourrais descendre qui tu veux. Moi, je commencerais par la Pagé. Toi ?

— Moi aussi, répondit-il en levant l'arme droit devant lui d'un geste assuré.

Betty applaudit : il serait un héros, un vrai *king* s'il abattait Judith Pagé.

— Des fois, je rêve qu'on la tue et qu'on se suicide après. Tout le monde nous trouverait *hot*. Ils verraient qu'on a plus de *guts* qu'ils pensaient.

— Mais on serait morts…

— *So what*?

Elle aimait mieux mourir que de continuer sa vie plate.

— Qu'est-ce que ça m'apporte de vivre? Si on était nés dans un autre siècle, on aurait été bien. Tu aurais été chevalier et, moi, j'aurais écrit des poèmes d'amour. Aujourd'hui, on fait rire de nous. J'ai reçu des courriels ce matin. Juste des bêtises et des menaces. Je suis écœurée de commencer mes journées avec des insultes.

— N'ouvre pas ton ordinateur.

Qu'il était bête !

— C'est une idée, parvint-elle à dire. De toute manière, il ne me servira plus… Tu ne crois pas que j'en ai assez, mais tu verras…

Pascal reposa l'arme sur la table du salon, dévisagea Betty : envisageait-elle réellement de disparaître? Était-elle aussi malheureuse que lui?

— J'écrirai une lettre pour dire que c'est la faute de la Pagé et de Ben Fréchette, si je me tue. Elle perdra son travail et il sera renvoyé. Je raconterai ce que j'ai enduré et ce qu'ils t'ont fait.

— Je n'ai pas besoin de toi, s'insurgea Pascal. Arrête de me traiter comme si j'étais un bébé.

Il retourna vers la table du salon, s'empara de l'arme, visa Betty qui fit semblant d'être effrayée.

— Arrête, je n'aime pas ça.

Il la fixa un moment, raidie dans son fauteuil et il frissonna, en proie à un malaise étrange. Il s'était senti très fort durant quelques secondes. Puis coupable. Puis très fort à nouveau. Il caressa la crosse du pistolet en le remettant où il l'avait pris. Si seulement il pouvait emprunter l'arme et menacer Ben, pour qu'il tremble, qu'il se décompose devant lui. Ou faire admettre à la Pagé que *Le seigneur des anneaux* était un chef-d'œuvre, que Tolkien n'avait pas copié les idées des autres. Il serait si content ! S'il pouvait se venger…

Il saisit l'arme de nouveau, en caressa encore la crosse, le canon et murmura qu'il aimerait posséder un pistolet.

— Je te le prête quand tu veux, fit Betty. À condition d'être avec toi si tu t'en sers. C'est notre *trip* à nous deux. Personne n'est au courant de notre secret. On est ensemble. Comme Legolas et Aragorn.

— Et le nain Gimli. Ils sont soudés dans les épreuves.

— Ils n'ont pas peur de mourir, eux.

— Moi non plus, prétendit Pascal.

— On est pareils. Ils vont voir notre vraie nature. Si on meurt, le directeur de l'école aussi perdra sa place. Il n'avait qu'à t'écouter !

Betty garda le silence quelques secondes avant d'ajouter qu'ils devraient envoyer une lettre au *Soleil* pour leur expliquer pourquoi ils avaient commis ces gestes.

— Les gens sauront ce que tu as subi ! Et comment tu t'es libéré ! Tu seras le *king*, c'est sûr.

— Et toi, tu seras la *queen*.

Personne n'employait jamais cette expression, mais Betty leva les doigts en l'air en signe de victoire.

— Est-ce que tu pourrais nous préparer un philtre royal ? On le boirait ensemble ?

Pascal haussa les épaules. Il avait des recettes pour des potions d'envoûtement, mais pour donner du courage...

— Oublie ça, reprit Betty. On n'en a pas besoin. Tu es le *king* et je suis ta *queen*. On va se venger de tout le monde !

* * *

Armand Marsolais n'eut même pas besoin de sonner à la porte de Betty. Elle l'ouvrait tandis qu'il gravissait les trois marches de l'entrée, se jetait à son cou.

— Arrête ! Il ne faut pas faire ça, les voisins pourraient nous voir.

— Les voisins ne passent pas leur vie à me surveiller.

Elle reculait pourtant, refermait la porte.

— J'ai seulement une demi-heure. Je ne pouvais pas résister à l'envie de t'embrasser.

— Mon amour, s'écria-t-elle en déboutonnant son manteau.

Armand remarqua aussitôt les pansements aux avant-bras de Betty : il ferma les yeux, qu'avait-elle encore inventé ? S'était-elle battue à l'école en attirant l'attention sur elle ? Elle devait rester tranquille jusqu'à ce qu'il la pousse au geste de violence ultime. Il avait eu, jusqu'à ce jour, l'impression qu'il la contrôlait assez bien, mais l'image de Frankenstein qui avait échappé à son créateur surgit dans son esprit. Il fallait que tout se règle avant que ça tourne à la catastrophe.

— Qu'est-ce que tu t'es fait ?

Betty ramena les manches de son chandail jusqu'à ses poignets.

— Je capotais, je me suis un peu coupée.

— Toi ? Tu t'es coupée...

Elle était encore plus déséquilibrée qu'il ne l'imaginait !

— Je m'ennuyais trop de toi. J'étais tellement frustrée que j'avais l'impression de devenir folle. Ce n'est pas la première fois que je fais ça, ce n'est pas grave. Je me coupe juste un peu, ça me libère, ça me repose. Quand je vois mon sang, j'ai le *feeling* que j'existe. Je n'ai pas besoin d'en perdre beaucoup. Et ça n'arrivera plus lorsqu'on sera ensemble. J'aurai tout le temps le *feeling* d'exister.

— Je ne veux pas que tu te blesses, s'écria Armand en posant ses lèvres sur les pansements.

Et si elle disjonctait complètement ? Il lui avait montré à manier un pistolet et elle avait écouté ses conseils avec tant d'attention qu'il n'avait pas douté que ses cours de tir feraient leur chemin dans son esprit, mais là… Il devait pourtant la pousser à descendre Judith. Nadine lui avait raccroché au nez lorsqu'il l'avait appelée, ce midi. Elle lui avait déclaré qu'elle en avait marre des promesses, marre d'être seule. «Je fêterai la Saint-Valentin enfermée chez moi devant la télé. À quoi ça me sert de sortir avec toi ?» Il fallait qu'il puisse lui apprendre très vite une bonne nouvelle. Il fallait que Betty se décide à tuer Judith.

— Ta femme t'attend à quelle heure ? s'enquit Betty.

— Pour le souper. Je ne pourrai rien avaler. Elle me coupe l'appétit. Avant de te rencontrer, je réussissais à la supporter, mais elle me prive de toi… Je donnerais n'importe quoi pour être débarrassé d'elle.

— Je pourrais m'en occuper.

Il poussa un cri horrifié.

— Quoi ? Tu ne veux pas qu'elle meure ?

— Je ne veux pas que tu aies des ennuis à cause de moi.

— Ce serait à cause d'elle. Et je suis mineure, je ne

serais pas condamnée à une longue peine. Tu m'as toi-même raconté le cas d'un gars à Montréal qui a tué son père. Il n'a pas été enfermé très longtemps. Le psy a assuré qu'il était fou, qu'il avait besoin de soins. La seule chose qui me dérange, c'est que j'ai peur que tu m'oublies pendant que je serai en dedans.

Betty se félicita d'avoir récité son petit laïus avec autant de naturel. Elle n'aimait pas mentir à Armand, mais elle devait savoir s'il était vraiment amoureux, s'il craignait des ennuis pour elle et s'il était prêt à l'attendre deux ou trois ans. Ils n'auraient pas à vivre cette situation, mais elle avait trop envie d'être rassurée sur ses sentiments.

— Je ne veux pas que tu t'embarques dans ce genre d'histoire, Betty. C'est vrai que les jeunes n'ont jamais de peines très lourdes et que tu serais considérée comme une adolescente abandonnée par ses parents, sans guide, sans aide. Avec un bon avocat, tu t'en sortirais sûrement, mais oublie cette idée. C'est trop dangereux.

— Pas tant que ça... Quand tu m'as donné des cours de tir, j'ai eu un déclic...

— Je ne faisais pas ça pour ça, mentit-il.

— Je le sais. Mais je sais aussi qu'on ne peut plus supporter Judith. Ni toi ni moi. Elle est toujours sur mon dos.

— Toi, au moins, tu n'as pas à l'endurer chez vous. Elle est collante. Elle passe son temps à me toucher et ça me dégoûte.

— Il y a une solution, affirma Betty.

— Promets-moi de ne pas agir sur un coup de tête. C'est sûr que ça pourrait fonctionner, sauf qu'il y a un petit risque, et ce serait trop bête que tu aies des problèmes.

Betty porta une main sur son cœur pour jurer qu'elle ne se mettrait pas dans le pétrin, mais elle avait l'air si contente d'elle-même qu'Armand Marsolais fut persuadé qu'elle lui désobéirait. Enfin !

— J'ai une surprise pour toi, chuchota-t-il dans son cou. Dans une de mes poches.

Il avait pris l'habitude d'apporter de petits cadeaux à Betty qui les obtenait toujours de la même manière : elle devait fouiller dans les poches du veston, du manteau ou du pantalon de Marsolais pour trouver le présent. Présent qu'il n'avait touché qu'avec des gants. Ainsi, seules les empreintes de Betty se retrouvaient sur le CD, le ballotin de chocolat ou la boîte à bijoux. Il avait fait le plein de petits gadgets la dernière fois qu'il était allé à Montréal. Il évitait toutes traces de rapports avec Betty. Quand ses collègues enquêteraient sur l'adolescente, ils ne pourraient les relier intimement. Elle ne serait qu'une élève qu'il avait rencontrée à l'école où enseignait sa femme.

Betty poussa un cri de joie en s'emparant d'un cœur en cristal rouge.

— C'est trop beau !

— Rien n'est trop beau pour toi. J'espère qu'un jour je pourrai te gâter comme tu le mérites.

Il soupira, ajouta qu'il redoutait de ne jamais vivre ce jour. Il avait peur de gâcher l'existence de Betty. Il ne pouvait exiger qu'elle attende qu'il se libère. Ce qu'il ne pouvait pas faire avant qu'elle ait dix-huit ans, avant que Judith ne puisse le dénoncer pour détournement de mineure.

— Je n'en dors plus, confessa-t-il. Je rêve à toi et c'est elle qui est couchée à côté de moi. J'ai envie de l'étrangler...

— Il y a une solution, répéta Betty. Il faut avoir confiance.

Elle semblait si sûre d'elle-même...

Il y avait de la poudrerie lorsque Armand Marsolais regagna sa voiture. La chaussée était glissante, la visibilité mauvaise, mais l'enquêteur n'y portait pas attention : il revoyait les marques aux avant-bras de Betty, se remémorait ses explications sur les mutilations. Betty était violente. S'il ne l'avait pas utilisée, elle se serait sûrement attaquée à quelqu'un. Il avait simplement orienté son agressivité vers Judith. Quand on l'arrêterait, plusieurs élèves pourraient témoigner qu'elle était en conflit avec certains professeurs. Si on remontait jusqu'à lui, si Betty craquait et parlait de leur relation, il exprimerait ses regrets d'avoir écrit son numéro de téléphone au tableau lors de sa visite à l'école. Il raconterait que l'adolescente l'avait appelé, qu'il l'avait rencontrée dans un café du centre commercial pour écouter ses problèmes et qu'il lui avait conseillé de consulter le psychologue de l'école. Il ajouterait qu'elle l'avait rappelé quelques fois, qu'il était même allé chez elle, car elle prétendait être terrifiée parce qu'un individu avait essayé de forcer la porte de la maison de ses parents. Il admettrait s'être alors douté qu'elle fantasmait un peu sur lui. Il avait eu le tort, le très grand tort de ne pas la prendre au sérieux. Comment deviner qu'elle était si déséquilibrée ?

Même s'il souhaitait depuis plusieurs semaines parvenir à un tel degré de manipulation, il était trop anxieux pour se réjouir de l'attitude de Betty, si contente, si satisfaite. Il était évident qu'elle se préparait à passer à l'action. Réussirait-elle à tirer sur Judith ou serait-elle trop gelée ? Ou trop nerveuse ? Abandonnerait-elle son projet à la dernière minute ? Judith la ferait arrêter. Elle parlerait. Là encore, il nierait leur relation et raconterait la même histoire ; il savait parfaitement qu'on ment mieux s'il y a une part de vérité. Betty n'avait aucune preuve de leur relation. Il n'avait jamais laissé de message chez elle. Ni lettre ni courriel. Et il avait toujours tout nettoyé quand elle était venue au chalet. Et il serait encore plus vigilant après son dernier passage. Qu'il avait hâte que tout soit terminé ! Il dormait de plus en plus mal, conscient qu'il manipulait une créature imprévisible. Elle était folle. En l'embrassant, il avait l'impression qu'elle voulait le dévorer, qu'une pieuvre l'emprisonnait, ou une sangsue. Elle avait vingt ans de moins que lui, mais elle réussissait à l'effrayer.

Il devait tenir encore quelques jours ! Il n'avait pas le choix.

Betty agirait sûrement le matin ; il avait pris soin de lui dire au moins trois fois que Judith était seule entre sept heures quinze et huit heures quinze, heure à laquelle elle quittait la maison pour l'école. Il partait avant elle. Il aimait mieux boire son café au bureau plutôt qu'endurer Judith une heure de plus. Il avait aussi répété à Betty de l'appeler si elle se sentait mal, si elle avait un problème. Il ne voulait plus qu'elle se blesse parce qu'elle était trop frustrée. Il serait toujours là pour l'écouter. À n'importe quelle heure du jour.

Chapitre 14

Betty s'est coupé les avant-bras. Elle dit que ce n'était pas pour mourir mais pour sentir ce que ça faisait. Elle n'a pas eu peur. Au contraire, elle se sentait bien, comme si elle fondait dans un monde très tranquille. Elle voyait tout en bleu, comme dans le film Les deux tours, *quand Aragorn tombe du précipice et coule dans le fleuve et que la princesse elfique lui apparaît. J'aimerais ça être dans un endroit aussi calme, où on n'entend rien du monde, où on respire doucement. Hier, Mathieu et Thibault m'ont jeté dans la neige et ont voulu m'enterrer. Maxime et Max ont fait semblant de se battre tout près de nous et les profs sont venus les séparer. Mathieu et Thibault ont réussi à se sauver, car les profs étaient trop occupés avec Maxime et Max qui ont expliqué qu'ils ne se battaient pas réellement, qu'ils s'amusaient. Ils souriaient et Maxime m'a fait un clin d'œil. J'aimerais ça lui dire que je ne suis plus fâché contre lui, mais je suis gêné. Je le lui écrirai dans ma lettre. Je lui lègue tout mon ensemble de magie. Peut-être qu'il aimera ça. Peut-être pas. Je suis tellement mêlé que je ne sais plus rien. Je ne sais plus qui je suis.*

* * *

Grégoire expliquait à Maxime comment faire des crêpes lorsque Maud Graham poussa la porte d'entrée. Une odeur de beurre fondu la réconforta aussitôt ; elle ne résisterait pas à la pâtisserie, ce soir-là.

— Eh ! Biscuit ! J'ai fait des crêpes. Tout seul. Même toi, tu serais capable !

— Pourquoi je travaillerais quand j'ai quelqu'un à la maison pour ça ?

— Ne pense pas que je vais devenir ton esclave !

Un joyeux désordre régnait dans la cuisine, il y avait de la farine sur le sol et du beurre sur la poignée du réfrigérateur, mais la table était mise. C'était Maxime qui avait disposé les couverts, couteau à gauche et fourchette à droite. Devait-elle lui répéter qu'il s'était trompé ? Quand devait-on critiquer ou encourager un enfant ? Mme Charbonneau avait tout fait pour élever son fils qui avait néanmoins mal tourné. Parce que son père avait disparu de sa vie ? Bruno Desrosiers n'était pas l'homme le plus futé du monde, il manquait de maturité, de jugement, de bon sens, mais il aimait Maxime et n'aurait jamais accepté d'en être séparé longtemps. Est-ce que l'adolescent serait heureux en grandissant ?

— Êtes-vous heureux ? demanda Maud Graham en remuant la soupe aux légumes préparée par Grégoire.

— Ça sent bon, fit Maxime.

— Si on est heureux ? dit Grégoire. Dans quel sens ?

— Maintenant, aujourd'hui, ce soir ?

— C'est *cool* d'être ici avec vous. Même si je ne peux pas jouer au hockey autant que je le voudrais.

— Il n'y pas que le hockey dans la vie, marmonna

302

Grégoire. Moi, je ne joue pas et je ne suis pas déprimé pour autant.

— Parce que tu n'aimes pas ça. Ça ne te manque pas. Dans le fond, tu aurais voulu aimer ça. Tu aurais été comme tout le monde. Je suis sûr que Pascal voudrait...

— Pascal? Ça fait longtemps que tu ne nous as pas parlé de lui. Ça va pour lui?

Maxime haussa les épaules.

— Est-il heureux? insista Graham.

— Pourquoi veux-tu que tout le monde soit heureux aujourd'hui? répondit Maxime.

— Pas juste aujourd'hui.

On ne peut pas être heureux en permanence, mais il fallait avoir des moments privilégiés. Graham avait goûté un de ces instants de grâce en voyant Maxime et Grégoire cuisiner ensemble, leurs sourires complices, le mouvement de Léo qui s'étirait sur le canapé. Elle conserverait cette image et l'évoquerait lorsque la mélancolie la gagnerait.

— On peut avoir de petits bonheurs. Tartiner une crêpe de Nutella, par exemple.

— C'est plus facile d'être content si on est gourmand, déclara Maxime. Pascal ne mange pas grand-chose. Il est très difficile. Et il a toujours mal au ventre. De toute façon, ce n'est pas de mes affaires.

— Si tu t'étais mêlé de tes affaires, on n'aurait pas sauvé Kevin, l'an dernier*.

— Pascal a douze ans! Et il a une nouvelle amie. C'est à son tour de s'en occuper. Betty n'était même pas là, ce midi, quand on s'est battus pour l'aider.

— Battus? On? Qui, on?

---

* Voir *Soins intensifs*.

— Max et moi. C'était pour jouer, pour me distraire. Je suis écœuré de ne rien faire. Ma cheville ne me fait même pas mal. Je suis sorti, puis j'ai *goalé* un peu. Avec mon plâtre, c'est super pour arrêter la rondelle.

— Vous vous êtes battus...

— Pour s'amuser. Tu ne peux pas comprendre, tu es une fille.

— Les filles ne se battent pas ?

— Non, elles font leurs coups par en dessous. Elles sont hypocrites. Elles partent des rumeurs.

Maud Graham fit semblant d'être un peu vexée, puis questionna Maxime.

— Tu as dit que vous avez aidé Pascal.

— Mathieu était après lui. Je ne veux pas *stooler*, alors Max et moi, on s'est battus et Germain nous a séparés. Mathieu et Thibault ont laissé Pascal tranquille pour ne pas avoir de problèmes avec Germain.

— Germain ?

— C'est le prof que j'aurais dû avoir au lieu d'être coincé avec la Pagé. Elle nous enterre sous des tonnes de devoirs !

— Pascal a souvent des ennuis ?

Maxime soupira : on ne discuterait pas de Pascal toute la soirée, non ? Il l'avait aidé, non ? C'était ça, l'important.

Grégoire apporta les crêpes pour détendre l'atmosphère et Maxime oublia Pascal dès qu'il goûta à la première.

— C'est dommage qu'Alain soit à Montréal.

— Je lui en ferai, promit Maxime. La prochaine fois qu'il sera ici durant la semaine.

— Pascal aimerait peut-être ça ?

— Tu es toquée, Biscuit, lâcha Grégoire. Maxime ne veut plus parler de Pascal, il me semble que c'est clair.

Grégoire se leva pour prendre son paquet de cigarettes dans sa veste, alluma une Player's en cherchant un cendrier.

— C'est clair que je le dérange quand je pose des questions. Et moi, ça me dérange de le déranger. Pourquoi est-il si discret? On dirait que c'est tabou, que c'est un secret. Je déteste les secrets. Ce sont des bombes à retardement et...

— Tu exagères, Biscuit, l'interrompit Grégoire.

— Non. S'il faut que Maxime se batte pour protéger Pascal, ça me concerne.

— Je ne me battrai plus, promit Maxime. Ne te fâche pas!

— Je ne suis pas fâchée, seulement inquiète.

— Tu es bizarre, ce soir. Tu veux qu'on soit heureux, ensuite tu t'en fais pour Pascal. C'est quoi, ton problème?

Maud Graham dévisagea Grégoire, hésita, puis raconta l'histoire de Daniel Darveau, ses talents gâchés, sa vie ratée, sa fin sordide devant la maison de sa mère.

— Tu as peur qu'on devienne des *losers*? Comme Pascal?

Ainsi Pascal était un raté? Pourquoi?

— C'est comme ça, déclara Maxime. Mais maintenant, Betty se tient avec lui.

— Betty? Une fille de ta classe?

— Non. C'est ça qui est bizarre, elle est en troisième secondaire.

— Es-tu jaloux? Est-ce qu'elle est mignonne? s'informa Graham.

Maxime fit une grimace éloquente. Jamais il ne sortirait avec une fille qui mettait des chandails rose fluo.

Elle avait l'air d'un gros bonbon.

— Est-elle une perdante, elle aussi ?

— Je ne sais pas, avoua Maxime. Elle a beaucoup d'argent.

— Si riche que ça ?

— Il paraît qu'elle habite dans un château.

— Il n'y a pas de châteaux à Québec, protesta Grégoire.

— En tout cas, c'est une super grosse baraque. Mais j'aime mieux être ici.

— Même si c'est l'heure de faire tes devoirs ?

Maxime soupira, mais quitta la table en ramassant son assiette. Maud Graham le retint par son tee-shirt, l'attira vers elle, lui ébouriffa les cheveux en l'assurant qu'elle ne pensait pas et ne penserait jamais qu'il était un raté. C'était tout le contraire. L'adolescent se dégagea en souriant.

— Tu me trouves énervante ? demanda Graham à Grégoire lorsque Maxime se fut éloigné. Ce n'est pas normal qu'il soit si mal à l'aise quand il s'agit de Pascal. Je croyais que ce gamin avait eu des problèmes d'adaptation à l'automne, mais que tout allait bien, maintenant. Je me suis trompée...

— Si tu t'en mêles, c'est Maxime qui aura des problèmes. Ce n'est pas ce que tu veux. Ni toi, ni moi, ni lui.

— On ne peut pas rester les bras croisés. Ce n'est pas l'exemple que je veux donner à Maxime. Jouer à l'autruche en espérant que tout s'arrange...

La sonnerie du téléphone l'interrompit. Grégoire comprit à son expression qu'elle enfilerait son Kanuk, le prierait de veiller sur Maxime jusqu'à son retour. Elle avait l'air triste en reposant le récepteur.

— C'est un meurtre ?

— Non, agression sexuelle. Un touriste ontarien qui s'en est pris à une étudiante de l'université. Il dira qu'il voulait seulement s'amuser, qu'il ne parle pas français, qu'il n'a pas compris quand elle a dit non. Évidemment : non et *no*, c'est tellement différent !

— Joyeux carnaval !

— On est déjà débordés.

— Maxime voulait assister au défilé de nuit. Je ne sais pas si Bruno l'emmènera.

— Je déteste le carnaval ! maugréa Graham.

— Pas moi, j'ai toujours eu beaucoup de succès avec les touristes.

— Qu'est-ce que tu feras si tu croises Maxime et son père avec un client ?

Elle boutonna son manteau, remonta le large col, mit ses gants. Les rafales atteignaient cinquante kilomètres à l'heure, soulevaient la neige pour cingler les visages des passants et la glace noire attendait ses proies sur la route. La nuit serait longue.

* * *

Betty hésitait entre le chocolat fourré aux noisettes et celui aux cerises. Elle gardait celui en forme de cœur pour la soirée, quand elle serait assise dans son salon et qu'elle regarderait le journal télévisé, qu'elle entendrait qu'une femme avait été abattue chez elle par un élève devenu fou. Elle jeta un coup d'œil à sa montre, mangea un chocolat pour calmer son anxiété, examina l'arme sur la table du salon. Elle l'avait bien nettoyée, il n'y avait aucune de ses empreintes et elle n'enlèverait jamais ses gants. Elle s'approcha d'une des grandes fenêtres, sourit en constatant que la journée serait ensoleillée ; elle aurait une bonne raison de porter ses nouvelles lunettes. Elle espérait qu'Armand les aime autant que les autres, qu'elle trouvait trop petites.

— Mais non, avait-il protesté, tu ressembles à une star. Je sors avec une star ! Je ne me suis jamais senti aussi bien, même si je n'en peux plus de ne pas te voir plus souvent. Qu'est-ce qu'on va devenir, ma chérie ?

Il l'appelait souvent «ma chérie» et elle ne se lassait pas de l'entendre. Ma chérie... Personne ne l'avait appelée comme ça auparavant. Même pas ses parents. Ma chérie... Mon chéri, mon amour, nous allons enfin être heureux. Dans une heure, tu seras débarrassé de ta maudite bonne femme.

Betty savait qu'elle jubilerait en téléphonant à Armand pour lui annoncer la nouvelle, mais qu'elle devrait se contenter ensuite de l'apercevoir à la télévision ou en photo dans les journaux. Elle devrait être très sage durant quelques jours. Et très discrète jusqu'à la fin de l'année scolaire. Après...

Elle regarda de nouveau sa montre, mit ses gants et vérifia pour la centième fois si le pistolet était chargé, puis elle le glissa dans son sac à dos. Les enquêteurs chercheraient sûrement à savoir d'où venait l'arme et elle avait décidé qu'elle les appellerait dès que la nouvelle du meurtre serait publique. Elle pleurerait, gémirait qu'elle se sentait coupable d'avoir montré l'arme à Pascal. Elle dirait qu'elle ne s'était pas aperçue qu'il l'avait volée lors de sa dernière visite chez elle. Elle ajouterait qu'elle aurait dû prendre ses menaces de suicide au sérieux... Son père serait fou de rage lorsqu'il apprendrait que sa fille était mêlée à une histoire pareille, mais bon... Il ne pourrait la priver d'argent, il ne pouvait la laisser seule à la maison sans l'entretenir, alors… Il signerait quelques contrats au printemps, serait débordé de travail et oublierait cet épisode déplaisant. Huit heures moins vingt. Elle devait appeler le taxi et cueillir Pascal à l'arrêt du bus. S'il avait suivi ses instructions… Heureusement que la mère de Pascal avait cessé de l'accompagner à l'école en voiture à cause de son nouveau travail qui l'obligeait à partir à l'aube, sinon son plan aurait été vraiment plus compliqué à exécuter. Pascal lui avait dit qu'il avait écrit une lettre d'adieu. C'était bon signe. Elle en avait aussitôt rédigé une pour qu'il la croie aussi désespérée que lui et qu'il n'hésite pas à se tuer. Il était là. Il portait les lunettes noires qu'elle lui avait offertes. Son chapeau était enfoncé sur ses oreilles. Il était aussi anonyme qu'elle l'avait souhaité. Il monta dans le taxi sans prononcer un mot. Betty donna le nom d'une rue voisine de chez Judith Pagé, paya le taxi et attendit qu'il se soit éloigné pour entraîner Pascal vers le domicile des Pagé-Marsolais.

— Et si son mari est là?

Pascal ne bougeait pas et risquait d'attirer l'attention d'un témoin.

— Le policier? reprit-il. S'il est là… on…

— Non, je l'ai entendue se plaindre à ma prof qu'Ar… que son mari partait travailler trop tôt pour la reconduire à l'école. Notre plan est excellent, Pascal. On va leur montrer qui on est!

Il ne fallait pas qu'il change d'idée! C'était elle qui le tuerait s'il ne se décidait pas à la suivre. Elle avait l'impression que son cœur battait si vite qu'il exploserait avant qu'ils atteignent le bout de la rue. Elle prit la main de Pascal, ôta sa mitaine d'un geste sec et caressa la chair du bout des lèvres.

— C'est toi, mon héros, ne l'oublie pas! Dans notre prochaine vie, on sera forts, on sera beaux et plus personne ne rira de nous. On sera ensemble pour l'éternité.

Pascal fut si surpris qu'il suivit Betty, courut avec elle jusqu'à leur destination. Il croyait sentir la marque du baiser sur sa main. Il ne savait pas si ça lui plaisait ou non, il était incapable de réfléchir. Il n'avait que le mot héros en tête. Héros. Héros. Héros. Oui, il leur montrerait ce qu'un crapaud était capable de faire!

Betty sonna à la porte en posant la main sur son cœur. Dix secondes, onze, douze. Judith leur ouvrirait-elle?

— Pascal? Betty? Qu'est-ce que...

— On a un problème, madame Pagé. Un gros problème.

Judith parut contrariée, mais elle leur fit signe d'entrer, referma la porte derrière les adolescents.

— Qu'est-ce qui se passe?

— C'est Pascal, madame Pagé, il est malade... Ils l'ont encore attaqué, j'ai essayé de le défendre, mais...

— Qu'est-ce qui t'est arrivé? Qui l'a agressé?

— Est-ce qu'on peut avoir un verre d'eau, madame Pagé?

Judith hésita, mais Pascal était effectivement mal en point, si blême, si fragile. Elle lui apporterait un verre d'eau, il lui raconterait son histoire et ils pourraient ensuite partir pour l'école. Huit heures deux. Elle avait encore quelques minutes devant elle. Elle s'éloigna vers la cuisine. Betty sortit aussitôt l'arme de son sac à dos, la tendit à Pascal.

— C'est à toi. Vise aussi bien que Legolas.

— Je ne suis pas... Non... Ça n'a pas de bon sens...

— Eh! As-tu peur? Pas toi! T'es un *king*. Et moi, je suis ta *queen*. C'est ce qu'on avait décidé. *Come on!*

Montre-leur ce que tu as dans le ventre! Vite! Tiens-toi droit, écarte tes jambes, vise.

Pascal tenait l'arme lorsque Judith revint vers eux avec un verre d'eau, mais il ne tirait pas, malgré les exhortations de Betty.

Il ne broncha pas non plus quand Judith poussa un cri de surprise, lorsque le verre d'eau se fracassa sur le sol. Il restait immobile, visant la femme mais ne tirant toujours pas. Betty rugit, folle de rage, s'approcha de Pascal en hurlant à Judith de ne pas bouger, appuya ses deux mains sur celles de Pascal, le forçant à presser sur la détente. Un coup. Deux. Judith Pagé s'écroula avec une expression d'incrédulité horrifiée.

— On l'a eue! s'écria Betty. Maintenant, sortons nos lettres d'adieu. Et on se tire l'un après l'autre.

Pascal laissa tomber l'arme et se mit à vomir.

— T'es folle... Je... je ne voulais pas la tuer. C'est toi qui l'as tuée! C'est toi qui l'as tuée. C'est toi qui l'as tuée...

Betty le gifla. Il allait tout gâcher!

— C'est toi qui l'as...

— Arrête!

Pascal courut jusqu'à la porte d'entrée, l'ouvrit à toute volée et sortit de la maison comme si Betty le poursuivait. Il se précipita vers la rue, traversa sans regarder. Une voiture fonçait droit sur lui. Le conducteur klaxonna, tenta de freiner, mais la glace déjoua la manœuvre et la voiture heurta l'enfant. Le conducteur entendit un cri d'épouvante sans comprendre que c'était le sien. Il jaillit de sa voiture au moment où un piéton accourait vers Pascal.

— Je n'ai pas été capable de... Il s'est jeté sur la voiture... Je n'ai pas pu...

— Je sais, je l'ai vu ! répondit l'homme en se penchant vers Pascal, en s'agenouillant dans la neige que le sang rosissait déjà.

Il posa la main sur le cou de Pascal, en lui murmurant qu'il devait vivre, puis il hurla qu'il fallait appeler une ambulance, il sentait un léger pouls sous ses doigts. Le conducteur eut du mal à composer le 911 sur son cellulaire. Plus tard, il affirma aux enquêteurs qu'il ne se souvenait même pas d'avoir appelé des secours. Tout à coup, les ambulanciers étaient là avec une civière et soulevaient le garçon. Le conducteur avait pensé qu'il avait l'air aussi léger qu'un ange, qu'il ne fallait pas qu'il en devienne un. Puis il s'était écroulé dans la neige. L'homme qui avait tâté le pouls de Pascal était venu vers lui en répétant qu'il avait vu l'enfant courir devant la voiture, qu'il le préciserait aux enquêteurs, qu'il y avait aussi toute cette glace qui couvrait la chaussée.

— Mais j'ai freiné ! avait dit le conducteur.

— La glace est traître, soulignait son interlocuteur tandis que d'autres sirènes retentissaient dans ce matin de février.

Quand les hommes rentreraient chez eux, ils auraient tous deux oublié que c'était la Saint-Valentin, mais leurs femmes ne leur reprocheraient pas d'arriver les mains vides. Elles se prépareraient à vivre des nuits remplies du cauchemar de leurs conjoints.

* * *

Betty avait entendu les cris du conducteur et des témoins de l'accident tandis qu'elle s'approchait du corps de Judith Pagé. Elle ne pouvait pas croire qu'elle était bien morte. Tout s'était passé en un éclair ! Le bruit des

312

détonations avait été assourdissant mais vite oublié dans la stupeur de voir Judith Pagé s'écrouler aussitôt, de sentir les mains de Pascal, inertes entre les siennes, de le voir vomir puis s'échapper, courir dehors. Elle tentait maintenant de sortir la lettre d'adieu du sac à dos de Pascal, mais elle tremblait si fort qu'elle ne parvenait pas à ouvrir le sac. Elle avait l'impression que tout tournait autour d'elle, que les murs tanguaient, que l'air se raréfiait. Elle eut un instant de lucidité : elle n'avait pas à chercher la lettre, le sac à dos de Pascal serait sûrement examiné par les enquêteurs. Elle devait quitter les lieux au plus vite. Quand saurait-elle si Pascal était encore vivant ? Rien ne s'était déroulé comme prévu à cause de ce stupide crapaud... Comment avait-elle pu croire en lui ? Dehors, une femme hurlait qu'un enfant était sans connaissance, qu'il fallait appeler une ambulance, un homme répondait que c'était fait. Une autre voix lui parvint, un homme criait qu'il ne voulait pas le tuer, qu'il n'avait pu freiner.

Il était mort. Pascal était mort. Elle dirait que c'était lui qui avait tiré, qu'elle avait essayé de l'empêcher... Elle quitta le salon, chercha la porte arrière, l'ouvrit, sortit dans la cour, traversa celle des voisins et courut vers le boulevard. Elle eut un éblouissement, pensa s'évanouir dans le soleil trop cru, mais le froid la saisit, lui fouetta les sangs : elle devait s'éloigner sans courir pour ne pas attirer l'attention. Monter dans le premier bus qui passerait. S'arrêter n'importe où quinze minutes plus tard et appeler Armand. Armand. Il verrait combien elle l'aimait pour avoir pris de pareils risques. Il comprendrait qu'il pouvait compter sur elle.

Judith Pagé était morte. Était-ce possible ? Morte ? Elle épelait ces cinq lettres pour se persuader de leur réalité. MORTE. Elle avait tant rêvé de ce moment et elle n'en jouissait même pas, car Pascal avait tout gâché.

Au moins, il avait écrit sa lettre de suicide.

Le bus la déposa au coin de Belvédère et René-Lévesque. Elle s'éloigna vers une rue plus tranquille pour téléphoner à Armand. Il répondit à la première sonnerie. Elle y vit un autre signe de leur complicité, de leur connivence. Ils étaient en pleine osmose, télépathes.

Il lui fit pourtant répéter trois fois ce qu'elle lui disait.

— Tu as tué Pascal ?

— Non, il a tué Judith à cause de moi. Et je l'ai aidé.

— Judith ?

— Je te l'avais promis. Pascal a écrit sa lettre d'adieu, elle est dans son sac à dos chez vous et Judith est morte. Elle ne bougeait plus du tout.

— Judith est morte.

— C'est Pascal qui l'a tuée. Et je pense qu'il est mort, lui aussi.

— Tu penses ?

— Je ne pouvais pas sortir dehors pour vérifier !

Elle pleurait. Pourquoi ne la félicitait-il pas ? Ne la remerciait-il pas ? «C'est la surprise», fit-il aussitôt. La surprise.

— Je t'avais promis un beau cadeau pour la Saint-Valentin, hoqueta-t-elle. Tu ne m'as même pas souhaité bonne Saint-Valentin.

Armand Marsolais avait imaginé cet instant plusieurs fois et il était malgré tout stupéfait par les propos de Betty. Il retenait l'essentiel : Judith était morte et Pascal était mêlé à cette histoire. Pourquoi ? Il l'apprendrait plus tard. Dans l'immédiat, il devait calmer Betty, l'empêcher de faire une bêtise.

314

— C'est faux, ma chérie, j'ai une surprise pour toi.
Je te la donnerai au chalet. Vas-y maintenant.

— Au chalet ?

— J'ai rempli le frigo de tout ce que tu aimes. Et j'ai
rentré du bois pour que tu puisses allumer un feu de
foyer en m'attendant.

— Non ! Viens me chercher ! Si je prends l'autobus,
je verrai des gens que je connais. Et je mettrai des
heures pour me rendre au chalet. Il doit y avoir un million de correspondances.

— Où es-tu ?

— Au coin de Belvédère.

— Non, c'est trop dangereux, il ne faut pas qu'on
nous voie ensemble. Tu comprends, ma chérie ? Plus
tard, on pourra se montrer au monde entier. OK ?

Un téléphone qui sonnait derrière lui le fit sursauter.
Il se retourna, aperçut Graham qui lui adressait un signe
de la main. Elle prendrait l'appel. Il réussit à lui sourire, se tourna de nouveau. Il devait convaincre Betty de
suivre ses instructions. Il lui répéta d'aller au chalet,
mais le comprenait-elle ? Était-elle trop choquée pour
l'entendre, pour assimiler ses paroles et lui obéir ? Fossambault n'était pas si près, elle pouvait changer vingt
fois d'idée durant le trajet.

— Saute dans un taxi, je te rembourserai.

— J'ai de l'argent, je suis capable de payer.

Il n'aimait pas le ton de sa voix, trop sec, métallique.

— Je ne veux plus que tu dépenses un sou à cause de
moi, ma poupée. C'est à moi de m'occuper de toi, de
pourvoir à tes besoins. Je pars de mon côté, d'accord ?
Et on se retrouve là-bas ? Tu veux bien ?

— Mais je n'ai pas la clé ! geignit-elle.

— J'ai tout prévu, ma chérie. Il y a une clé cachée

dans la mangeoire bleue des oiseaux, derrière le hangar. Pars vite, j'ai si hâte de t'offrir mon cadeau.

— Un cadeau ? Ça commence par quelle lettre ?

— Par quelle lettre ? Par un A, affirma-t-il. A comme Amour.

La réponse parut la satisfaire. Elle s'écria qu'un taxi tournait sur René-Lévesque, elle allait l'attraper. Elle coupa la communication et Armand Marsolais poussa un soupir de soulagement. Elle avait obéi à ses instructions. Elle avait tué sa femme et maintenant il allait s'occuper d'elle. Il lui servirait un de ces cocktails qu'elle aimait tant dès qu'elle arriverait au chalet, un Pink Lady très fort en alcool et assez sucré pour qu'elle ne détecte pas le goût des somnifères qu'il avait subtilisés dans l'armoire de la salle de bain chez ses parents. Il trinquerait avec elle devant le feu et, dès qu'elle s'endormirait, il la porterait dans sa voiture et roulerait jusqu'au lac Saint-Joseph. N'avait-elle pas dit que ses parents possédaient un chalet près du lac à la Pelle ? Il avait repéré les lieux, une forêt où on ne la retrouverait pas trop vite. Elle mourrait d'hypothermie et il y aurait des tas d'émissions de télévision où on parlerait du mélange fatal d'alcool et de médicaments. La thèse du suicide serait la première retenue, l'accident viendrait en deuxième. Mais personne ne songerait au meurtre.

Il devait partir sans plus tarder. Il attrapait son manteau quand Maud Graham, toujours au téléphone, fit un geste pour le retenir. Elle paraissait très tendue. Oh non ! On n'avait pas déjà appris que Judith était morte ? Betty venait tout juste de lui téléphoner !

— Attends, Armand.

— Tantôt, dit-il. On se verra tantôt.

Elle coupa la communication et il sut tout de suite qu'il ne pourrait pas se rendre au chalet comme il l'avait prévu.

— Armand, il est arrivé quelque chose chez vous. Viens t'asseoir.

Il n'eut pas de mal à faire semblant d'être atterré parce qu'il pensait sans cesse à Betty qui se retrouverait toute seule au chalet pour plus de vingt-quatre heures : il était coincé, maintenant. Il devrait aller chez lui reconnaître le corps de son épouse et passer la journée à répondre à dix mille questions. Il devait rappeler Betty au plus vite.

— Je... je vais aller...

Il indiquait les toilettes. Graham se leva en même temps que lui, le suivit. Il l'arrêta, il voulait être seul un moment. Elle hocha la tête. En poussant la porte des toilettes, il savait qu'elle raconterait tout à leurs collègues durant son absence, qu'il découvrirait des mines atterrées quand il ressortirait des lieux d'aisances. Une minute ! Il avait suffi d'une minute pour que son plan s'écroule ! Pourquoi Betty avait-elle tant tardé à l'appeler ?

Il rejoignit Betty sur son cellulaire, le taxi roulait déjà sur Wilfrid-Hamel. Il jura qu'il pensait à elle sans arrêt, il ne voulait pas qu'elle ait d'ennuis, mais il ne pouvait pas aller au chalet.

— On vient de découvrir Judith. Je suis obligé de rester ici. Ne bouge pas du chalet ! D'ici un jour ou deux, je serai avec toi. Pour la vie.

Elle protesta. Il lui répéta qu'il l'aimait, qu'il serait là dès qu'il le pourrait. Elle devait être patiente. Ils seraient bientôt réunis.

Il tira la chasse d'eau, se lava les mains, vit son image dans le miroir. Il lui semblait qu'il avait vieilli.

Est-ce que Nadine le remarquerait ? Nadine ! Pourrait-il s'isoler quelques minutes pour l'appeler et lui souhaiter une belle Saint-Valentin ? Il ne pouvait pas lui téléphoner maintenant, Graham ou Rouaix viendraient vérifier s'il était malade.

Il sortit des toilettes et André Rouaix s'avança vers lui, mit une main sur son épaule.

— On y va ensemble, veux-tu ?

— Peut-être qu'ils se sont trompés ? Graham m'a annoncé que Judith était morte, mais ça ne se peut pas. C'est nous qui avons reçu des menaces. Pas elle.

— C'est plus compliqué que ça, Armand, dit Maud Graham en s'approchant des deux hommes. Plus fou. On en saura plus sur place. Il paraît que c'est un élève qui a tiré sur ta femme.

— Un élève ? Ça n'a aucun bon sens !

— Viens, dit Rouaix en le prenant par le bras.

Quand ils parvinrent à destination, ils furent ennuyés d'y découvrir des journalistes. Une équipe de télévision était sur place et Maud Graham reconnut un des reporters. Elle l'avertit qu'il n'y aurait aucun commentaire, ni de sa part ni de celle de ses collègues, mais elle ne put empêcher le caméraman de prendre des images d'elle, de Rouaix et de Marsolais. Ce dernier était si tendu qu'il ne tentait même pas de se soustraire à la curiosité des médias. Un élève avait tué sa femme. Graham avait eu du mal à l'admettre et avait fait répéter plusieurs fois le policier dépêché en premier sur les lieux du crime. Il n'était sûr de rien, avait-il admis, mais il y avait le corps d'une femme, un gamin qui s'était jeté sous les roues d'une automobile et un sac à dos dans lequel il y avait une lettre d'adieu.

— Un gamin ? Quel gamin ?

— La lettre est signée *Pascal*. On cherche une pièce d'identité.

— Pascal ?

S'agissait-il de Pascal Dumont ? C'était insensé ! L'adolescent timide aurait tiré sur Judith Pagé ? Elle avait eu un haut-le-cœur ; tout était de sa faute, elle aurait dû forcer Maxime à lui en dire davantage sur Pascal. Comment avait-elle pu... Maxime avait mentionné que Pascal avait une nouvelle amie. Et Grégoire avait même précisé qu'il boudait Maxime, l'ignorait. Mais Maxime ne s'était-il pas battu pour attirer l'attention des surveillants dans la cour de l'école ?

Pascal Dumont. Elle ne pouvait l'imaginer braquant une arme. Il paraissait si frêle. Et où se serait-il procuré une arme ?

— Ça ressemble à un meurtre suivi d'un suicide, avait dit le policier. Comme aux États. Ça arrive dans leurs écoles, là-bas.

Maud Graham avait eu un petit frisson ; ce type de crime avait effectivement lieu dans les établissements scolaires. Pas au domicile des enseignants. C'était une première très étrange... Et c'était la femme de Marsolais qui était la victime.

Elle devait discuter avec Maxime. Il s'était plaint de Judith Pagé vingt fois, cent fois. Il connaissait Pascal. Ce midi, ce soir, elle l'obligerait à parler. Est-ce que Pascal serait décédé quand elle rejoindrait Maxime ? On la préviendrait dès qu'on aurait des nouvelles de l'enfant. Il était dans un état critique. Avant de quitter le bureau, Graham avait rejoint le directeur de l'école pour l'avertir de la situation et de la visite imminente de Chantal Parent à son établissement. Il avait protesté, les élèves seraient bouleversés. Elle lui avait fait comprendre que cette visite était un moindre mal… Les journalistes seraient sur les lieux avant la fin de la journée. Le directeur lui avait aussitôt fourni les numéros de téléphone des bureaux où travaillaient les parents de Pascal Dumont, trop heureux de ne pas avoir à leur apprendre l'incroyable nouvelle.

Incroyable, oui. Marsolais était debout au beau milieu du salon, tout près du corps de sa femme, immobile. Rouaix s'approcha de lui, l'entraîna dans la pièce voisine, le fit asseoir sur un canapé, se tourna vers Maud Graham. Dans quel merdier étaient-ils plongés ?

Il y avait la même rumeur, le même brouhaha que sur tous les lieux du crime où ils avaient travaillé, mais le sac à dos, dans un coin du salon, serra le cœur de Maud Graham ; c'était celui d'un enfant. Est-ce qu'elle aurait pu empêcher cette tragédie ? Un technicien vint vers elle pour avoir son avis et elle se surprit à agir comme à son habitude, à oublier qu'elle connaissait la victime et son présumé agresseur. Elle accomplissait les gestes nécessaires, rappelait Chantal Parent, revenait régulièrement à Marsolais, s'entretenait avec Rouaix, rejoignait Fecteau au téléphone, promettait de calmer la presse. Méthodique, efficace, précise dans ses questions à l'équipe technique, tandis qu'une partie de son esprit se débattait contre le spectre de la culpabilité, anticipait les prochains mois où l'image de Pascal hanterait ses nuits, puis butait contre un détail, s'étonnait d'une incongruité.

Pourquoi Pascal avait-il tiré sur Judith Pagé à son domicile ?

Elle ne fut pas surprise, vers midi, d'entendre sonner son cellulaire. La voix de Maxime était mal assurée.

Elle tenta de le calmer, promit de tout lui raconter dans quelques heures.

— Ne bouge pas de la maison. Et n'adresse la parole à personne. Sauf à Chantal Parent.

— Est-ce que c'est vrai ? Judith Pagé est morte ?

— Oui.

— Je vais appeler Pascal pour le lui dire. Il n'était pas à l'école, ce matin.

— Non, s'écria Maud Graham. Non. Tu ne lui téléphones pas. Tu rentres et tu restes tranquille. Tu me le promets ?

Elle se sentait coupable de ne pouvoir le rejoindre pour le rassurer et elle raccrocha en promettant de le rappeler dans l'après-midi. Songea qu'elle aurait besoin de plusieurs heures pour trouver les mots qui le réconforteraient quand il apprendrait que c'était peut-être Pascal qui avait tué Judith Pagé. Il pourrait se sentir coupable. Et ce drame réveillerait peut-être les souvenirs de l'agression dont Maxime avait été victime l'année précédente.

L'arrivée de Robert Fecteau au domicile des Pagé-Marsolais la tira de ses réflexions. Le patron s'empressa auprès de Marsolais, lui jura qu'il pouvait compter sur lui, sur ses collègues, qu'on ferait tout pour éloigner les journalistes. N'y avait-il personne de sa famille qui pouvait venir le réconforter dans ces moments difficiles ? Un ami ? Marsolais le remerciait, expliquait que sa femme était son unique famille. Fecteau lui promettait de se charger des déclarations à la presse.

Marsolais n'avait aucune expression en écoutant Robert Fecteau. Il buvait son ixième café sans paraître plus réveillé. Il était toujours sous le choc. Demandait pourquoi on avait tué sa femme au lieu de tirer sur lui.

Graham lui avait bien expliqué qu'un élève semblait être le meurtrier, mais il s'entêtait à évoquer les lettres de menaces reçues durant l'enquête sur Darveau.

— Il est en plein déni, fit Rouaix. Il finira par comprendre...

— Qu'y a-t-il à comprendre ? C'est absurde ! J'ai déjà rencontré Pascal Dumont et c'était un enfant rejeté, très timide...

— Tu as dit toi-même que ce sont souvent eux qui se transforment en bombes.

— Oui. Ils tuent à l'école. Tous les meurtriers de ce genre ont toujours commis leurs crimes en public. Et on se procure plus facilement des armes aux États qu'ici... De qui Pascal Dumont a-t-il pu en obtenir une ? J'ai hâte qu'on nous fournisse des informations sur l'enregistrement de cette arme. J'ai vu la mère de Pascal. Je suis certaine qu'il n'y a pas d'armes chez eux. J'en mettrais mes deux mains à couper.

— Il avait un complice ? *Une* complice ? Les traces de pas derrière la maison révèlent des chaussures de femme, à cause du talon. Ça se complique...

— Ce n'est qu'un début.

— Tu songes à la maîtresse de Marsolais ? Comment aurait-elle pu connaître le petit Pascal ? Il faudrait que ce soit un prof ou un autre élève qui ait voulu se débarrasser de Judith. Ça n'a pas d'allure. On a une lettre d'adieu de Pascal, où il explique ses intentions de meurtre et de suicide. Où il rêve d'être un *king*.

Graham soupira, elle ne parvenait pas à croire à l'entière culpabilité de Pascal Dumont.

— La plupart du temps, les jeunes ne tuent pas qu'une personne. Pourquoi Pascal a-t-il attaqué Judith Pagé ici ? Savait-il qu'elle serait seule ? Il ne peut pas avoir oublié que son mari est policier. À sa place, j'aurais choisi un autre endroit, non ?

— Tu as raison, c'est étrange. Bon, je retourne vers Marsolais.

— Je vais décider avec Fecteau de ce qu'on fait de lui. Marsolais ne peut pas rester ici indéfiniment. Quoique ce n'est pas plus mal, on l'a sous la main pour lui poser des questions. Même s'il a l'air sonné.

Graham et Rouaix ne pouvaient deviner que leur collègue s'interrogeait aussi sur la présence de Pascal chez lui. Pourquoi Betty n'avait-elle pas agi seule ? Quand pourrait-il la rappeler ? Quand parlerait-il à Nadine ?

C'était la pire journée de sa vie.

Chapitre 15

Le soleil était pâle mais faisait tout de même briller les blocs de glace du château érigé en face du Parlement lorsque Bruno Desrosiers le visita avec Maxime.

— C'est beau. C'est plus petit que je pensais.

— Après, on mangera des mets chinois ?

— Si tu veux, marmonna Maxime.

Ce qu'il voulait, c'était oublier. Oublier Pascal, oublier le regard consterné de Biscuit, oublier Ben et Betty. Tout le monde, toute l'école. Il aurait dû rester dans Saint-Roch, ne jamais déménager. Il n'avait pas d'ennuis dans son ancien quartier. Graham ne lui avait fait aucun reproche, mais il regrettait de ne pas lui avoir tout raconté plus tôt. Et il n'était pas le seul. Grégoire était passé en coup de vent dans l'après-midi. Il n'avait que dix minutes devant lui. C'était la Saint-Valentin. Il devait travailler au restaurant, le soir, mais il devait prévenir Maud Graham qu'il avait reconnu Armand Marsolais à la télévision.

— C'est un de mes collègues. C'est sa femme qui a été tuée.

— Je l'ai reconnu parce que je l'ai aperçu avec toi. Et avec Betty, il y a quelques semaines.

Maxime s'était exclamé : c'était avec le mari de Judith que Betty était sortie ?

— Betty ? avait répété bêtement Maud Graham.

Maxime et Grégoire lui avaient décrit les brimades auxquelles était soumis Pascal, le changement d'attitude de Betty, la filature de Grégoire.

— Marsolais ? Tu es certain ?

— Sûr et certain.

Maud Graham avait aussitôt appelé Rouaix, puis Bruno Desrosiers. Pouvait-elle lui amener Maxime maintenant ? Elle devait retourner travailler. Il lui avait plutôt suggéré de déposer Maxime place d'Youville où il le rejoindrait pour visiter le château de glace, mais c'est Grégoire qui l'avait reconduit en taxi avant de se rendre au Laurie Raphaël.

— Tu es bien silencieux, Max, fit Bruno Desrosiers. As-tu mal à ta cheville ?

— Non. Papa, est-ce que ça t'est arrivé de...

De quoi ? De se taire trop longtemps ? Maxime poussa un soupir si las, si triste que Bruno Desrosiers l'entoura de ses bras. Maxime éclata en sanglots. Tout était sa faute.

Tandis que Bruno Desrosiers tentait de consoler son fils, Maud Graham avait rejoint Chantal Parent et l'avait priée de trouver l'adresse de Betty Désilets dans le bottin des élèves que lui avait remis le directeur de l'école.

— Je crois que c'est un témoin important. Peux-tu me rejoindre chez les Marsolais-Pagé ? J'irai avec Rouaix. J'ai aussi besoin de l'adresse de Benoit Fréchette. Maxime pense qu'il peut avoir accès à des armes.

Il n'y avait plus de journalistes devant la maison et Graham s'approcha de Rouaix sans encombre.

— Où est Marsolais?

— Trottier et Tremblay l'ont emmené boire un café à l'extérieur. Pour lui changer un peu les idées.

— Il faut qu'ils le surveillent bien. Je n'adhère pas trop à la théorie du veuf éploré.

— Ce n'est tout de même pas lui qui est responsable de la mort de sa femme. Il était avec nous quand c'est arrivé.

— Oui, mais il connaît très bien une certaine Betty qui est une amie de Pascal, le présumé assassin. On additionne les coïncidences. Une maîtresse à Montréal, une femme très riche, même si elle ne dépensait pas son argent. Ton copain Boudreault a insinué qu'il y avait des millions de dollars. Je dois voir Fecteau. Où Marsolais couche-t-il ce soir?

— Je ne sais pas. Le patron nous a priés de nous en occuper, de bien l'entourer.

— Propose-toi. Personne ne doit se douter qu'on est au courant de ses relations extraconjugales. À part Chantal. On aura besoin d'elle.

— Tu es certaine que Grégoire ne s'est pas trompé?

— Certaine. Il est très physionomiste, habitué à observer les gens.

— Il ne l'a pas vu de très près.

— Marsolais nous ment depuis longtemps. J'ai hâte de rencontrer cette Betty. Mets la sirène jusqu'au CHUL, on l'arrêtera après. J'aurais dû téléphoner pour m'assurer de sa présence, mais je veux la surprendre.

Maud Graham détachait le col de son manteau en sonnant chez Betty Désilets. Après quelques minutes d'attente, elle fit le tour de la maison qui, bien qu'éclairée, lui paraissait déserte. Elle aurait voulu entrer, mais elle ne pouvait malheureusement pas pénétrer chez les

Désilets sans mandat. Encore moins forcer la porte comme elle en avait envie.

Chantal Parent, qui venait de se garer derrière la voiture de Maud Graham, suggéra d'appeler la titulaire de Betty Désilets. Anne Gendron répondit à la première sonnerie du téléphone, elle attendait les appels de ses collègues. Ou du directeur. Ou des parents de ses élèves. Elle les invita chez elle ; elle voulait comprendre ce qui était arrivé.

— Il faut lui mentionner la lettre de Pascal et préciser qu'il y nommait Betty. Cela expliquera pourquoi on s'intéresse à elle.

— Mais vous avez une autre raison, déclara Chantal.

André Rouaix révéla les liens de Marsolais avec l'adolescente.

— Avec une gamine ? s'étonna Chantal. Il est fou !

— Peut-être qu'Anne Gendron pourra nous éclairer un peu...

Ils restèrent une heure avec l'enseignante qui leur traça un portrait inquiétant de Betty Désilets.

— Une fille brillante, qui se croit tout permis. On ne lui a jamais dit non. Elle s'imagine que le monde est soumis à ses caprices. J'ai peur qu'elle soit violente, mais je n'ai aucune preuve de ce que j'avance. Simplement une manière qu'elle a de toiser les autres élèves comme si elle voulait les rayer de la planète. Elle est très méprisante. J'ai l'impression qu'elle prend du plaisir à réussir en classe pour nous narguer, pour qu'on n'ait rien à lui reprocher. Sa seule faille, c'est le beau Benoit Fréchette, la coqueluche de toutes les filles. Il l'a laissée tomber pour Cynthia qui, elle, est plutôt mignonne. Betty l'a mal digéré, même si je n'ai pas été témoin de ses réactions.

— Et qui sont ses amies maintenant ?

— Elle a changé depuis Noël. Elle est très solitaire, se réfugie à la bibliothèque. Je l'ai vue avec le petit Pascal, mais je n'ai jamais cru qu'ils pouvaient être copains. Elle est plutôt du genre à rire de lui. C'est curieux qu'il ait fait allusion à elle dans sa lettre de…

— Elle n'est pas à la maison. Où peut-elle être ? On doit s'entretenir avec elle. Et prévenir ses parents.

— Sa mère est absente, elle vit en Floride durant l'hiver. J'espère que vous joindrez le père plus facilement que moi. Il retourne mes appels avec beaucoup de retard.

— Car vous avez essayé de lui parler de Betty ?

— À cause de sa dispute avec Judith qui l'avait surprise à se rouler un joint dans la cour.

— Y a-t-il beaucoup de drogue à l'école ?

— Je suis lucide, il y en a partout. Mais on n'a pas de gros problèmes.

— Et des armes ?

Anne Gendron eut un geste de déni. On ne vivait pas au far west !

— Maxime m'a parlé de Benoit Fréchette, un petit chef de clan.

— Il fait ses coups en douce. Et je parie que toutes les filles sont prêtes à le protéger.

— Betty devait le détester de l'avoir plaquée ?

— Évidemment.

— Et Judith ? Elle la haïssait aussi ?

— On trouve rarement grâce aux yeux des adolescents. Comment va M. Marsolais ? Il était venu si gentiment rencontrer les élèves, il était si patient avec eux.

— Il est très choqué.

— Nous tous également. L'école sera fermée lundi. Quand auront lieu les funérailles ?

— Ce n'est pas pour cette semaine.

— Judith n'a ni parents, ni frères, ni sœurs, mais tous les enseignants assisteront à l'enterrement.

— Vous l'aimiez bien ?

Anne Gendron étouffa un sanglot. Judith était un peu rigide, mais si on savait comment l'aborder, elle pouvait être charmante.

— Son pauvre mari... C'est un homme attentionné, délicat. Ils formaient un beau couple.

Maud Graham sourit à Anne Gendron. Comment pouvait-elle penser que Judith Pagé et Armand Marsolais étaient bien assortis ?

— Parce qu'elle n'avait que la version de Judith, dit Chantal en se dirigeant vers sa voiture.

Le téléphone de Rouaix sonna. Il échangea quelques paroles, raccrocha : les pistes trouvées provenaient de bottes d'hiver de femme. Des huit.

Est-ce que Betty chaussait du huit ? Était-elle vraiment amie avec Pascal ? Au point de l'accompagner chez Judith Pagé ?

— Cette fille n'a pas l'air commode, marmonna Rouaix. Que voulait-elle à Marsolais ?

— On n'a qu'à l'interroger, suggéra Graham. Est-ce que Trottier ramenait Marsolais chez lui ou au bureau ?

— Il attend notre appel pour se décider.

— Je vous retrouve chez Marsolais, promit Chantal Parent.

* * *

Combien de café avait-il bu durant la journée ? Armand Marsolais regardait Graham et Rouaix qui s'extirpaient de la voiture de la détective. Elle se garait aussi mal que Judith. Il devait cesser de boire du café, ses mains tremblaient. Il aurait eu bien besoin d'alcool pour se calmer, mais il devait garder les idées claires pour élaborer une stratégie qui lui permettrait d'échapper quelques heures à ses collègues. Il n'avait pas encore réussi à joindre Nadine. Où était-elle ? Avec qui célébrait-elle la Saint-Valentin ?

Le jour s'était évanoui sans qu'il s'en aperçoive. Depuis combien d'heures parlait-il pour ne rien dire ? Il avait réussi à rappeler Betty et à la persuader de demeurer au chalet. Il lui avait répété vingt fois qu'il l'aimait, qu'il avait si hâte de la retrouver, que l'avenir leur appartenait. Elle avait répondu qu'elle se coucherait dans *leur* lit en rêvant à lui.

Il était toujours à la fenêtre lorsqu'il entendit Chantal qui lui bredouillait les mêmes mots de réconfort que tous ses collègues. Elle semblait navrée et il se laissa étreindre quelques secondes. Leurs regards se croisèrent. Les yeux de la jeune détective étaient humides.

— Écoute, on a peut-être une piste.

— Une piste ? Une piste pour quoi ? Graham m'a expliqué que c'est un enfant qui a... que le coupable est dans le coma à l'hôpital.

— Ce n'est pas si simple, dit Rouaix. Est-ce que le nom de Betty Désilets t'est familier ?

Armand Marsolais se félicita d'avoir une tasse de café dans les mains pour dissimuler leur tremblement. Qui leur avait parlé si vite de Betty ? Que savaient-ils ?

— Betty Désilets ? Oui, c'est une pauvre fille.

Il récita le discours qu'il avait préparé depuis des jours. Il était allé parler d'intimidation à l'école. Elle l'avait rappelé quelques jours plus tard, affirmant qu'elle avait besoin de conseils. Il l'avait sentie très anxieuse, s'était souvenu que le directeur lui avait fait part d'un problème de drogue à l'école. Il avait accepté de la rencontrer dans un café de Place Sainte-Foy. Et l'avait regretté. Elle était envahissante, lui téléphonait fréquemment et avait même réussi à l'alarmer en prétendant qu'on s'était introduit chez elle en son absence et celle de ses parents, qu'elle avait peur. Il s'était déplacé jusqu'au chemin Saint-Louis pour la rassurer. Et constater qu'elle l'avait mené en bateau.

— Elle t'a refait le coup pour que tu y retournes?

— Une fois suffit! Elle est hystérique. Je serais ridicule de dire qu'elle me harcèle, mais elle est collante.

— Tu ne nous en as jamais parlé.

— C'est juste une gamine. Qui aime la dope.

— La dope?

— Judith l'a surprise à fumer dans la cour. J'ai essayé d'en savoir plus, mais Betty a nié, elle ne *stoole* pas. Est-ce que j'aurais dû l'emmener au poste? Qu'est-ce qu'elle a à voir avec Pascal Dumont? Je ne comprends pas ce…

— Il est possible qu'elle soit venue ici avec lui, déclara Maud Graham. Elle a disparu. Elle n'était pas à l'école, aujourd'hui. Ni chez elle.

— Et si elle était partie pour la fin de semaine en Floride?

— En Floride?

— Elle s'est vantée devant moi: ses parents ont une maison là-bas. Ils sont très riches. Leur demeure, sur le chemin Saint-Louis, est trois fois grande comme ici. Ils peuvent payer un billet d'avion pour un week-end s'ils ont envie d'embrasser leur fille. Je ne voudrais pas élever un enfant de cette…

Il se tut, Chantal lui toucha le bras, compatissante. Il

fut apaisé par cette réaction; il se contrôlait mieux qu'il ne le craignait. Il saurait encore faire face aux longues heures de discussion. Et il saurait calmer de nouveau Betty, la persuader de faire preuve de patience. Il comptait se rendre à Fossambault durant la parade de la haute ville, lorsque tous les effectifs policiers seraient monopolisés par cet événement. Il dirait à ses collègues qu'il avalerait un somnifère pour être certain de dormir tranquille, puis il s'éclipserait quelques heures. Si on ne l'empêchait pas de circuler librement. Mais pour le moment, il ressentait de la sympathie et non de la méfiance de la part de ses collègues.

— Où veux-tu manger? l'interrogea Chantal.

— Manger?

Il sentait la vibration de son téléphone cellulaire. Était-ce Betty qui paniquait? Qui voulait tout gâcher?

— Je… je ne sais même pas si j'ai faim. Je vais boire un verre d'eau, ça m'éclaircira les esprits.

Il s'éloigna vers la cuisine, sortit son téléphone, le colla à son oreille. Reconnut la voix de Nadine, chaude, sensuelle, une caresse, un bonheur après son épouvantable journée.

— Devine où je suis?

Il ne devinait pas. Il avait pensé à elle toute la journée dans le lit d'inconnus, dans des restos branchés avec des hommes jeunes, riches et beaux. Il ne réussit qu'à lui jurer qu'ils fêteraient la prochaine Saint-Valentin ensemble.

— Celle-ci aussi. Dès ce soir, mon amour. Écoute bien…

Il entendit un cliquetis au bout de la ligne.

— Devine ce que c'est?

— Je suis… je…

— C'est mon trousseau de clés. Et dans ce trousseau, il y a la clé du chalet. Et dans trois secondes, je l'introduirai dans la serrure.

— Quoi?

— Je suis à Fossambault, mon amour. Bonne Saint-Valentin. Tu es surpris, hein?

— Nadine! Non...

— Eh, Marsolais? s'écria Maud Graham en entrant dans la cuisine. Es-tu correct? Tu es blême tout à coup. Assieds-toi.

Elle avait remarqué qu'il avait fermé son cellulaire dès qu'elle s'était approchéc. Qui l'avait appelé? Betty? Pourquoi?

— J'ai bu trop de café. J'ai mal au cœur.

— Tu n'as rien mangé de la journée. Tu ne dois pas rester ici plus longtemps. Tu iras chez Rouaix, ce soir. C'est arrangé avec Fecteau.

— Chez Rouaix?

— On ne peut pas te laisser seul dans cet état.

— Mais c'est ça que je voudrais, être tranquille.

— Tu te reposeras chez Rouaix. Tu ne veux pas rencontrer un médecin?

Il ne répondit pas, abasourdi par le coup de fil de Nadine. Il devait la rappeler.

— Je... j'ai mal au cœur. Excuse-moi.

Il se leva, courut vers les toilettes, actionna les robinets, la chasse d'eau et composa le numéro de téléphone de Nadine. Aucune réponse. Il n'osait imaginer la rencontre entre elle et Betty. Il eut une véritable nausée en se rappelant combien l'adolescente était violente. Et si elle s'en prenait à Nadine?

Quand il quitta les cabinets de toilette, les sueurs qui coulaient sur son front inquiétèrent Rouaix.

— Il faut que tu te reposes, mon vieux. On sera chez moi dans dix minutes... Ma femme est partie chez sa sœur, mais je suis capable de te faire chauffer une soupe. Ou autre chose.

Il fit signe à Chantal Parent d'accompagner Marsolais dans la chambre du haut chercher quelques affaires.

— Tu es parfait, chuchota Maud Graham dès que Marsolais fut monté à l'étage. Plein de sollicitude. Tu es meilleur que moi. Je suis arrivée à temps pour le voir ranger son cellulaire. Il avait l'air paniqué.

— Il ne semblait pas si inquiet lorsqu'on lui a parlé de Betty. Et ce qu'il nous a raconté est plausible.

— Plausible, oui, mais vrai ? Grégoire m'a affirmé que Marsolais souriait à Betty comme si elle était la huitième merveille du monde. Ce n'est pas l'attitude d'un homme exaspéré par une gamine trop collante.

— Je tenterai d'en apprendre plus ce soir. Entre hommes...

— Essaie de le surveiller et sache que Trottier ne sera pas loin. Il montera la garde jusqu'à quatre heures, cette nuit. Ensuite, je prends la relève. Ou Chantal. Je m'occupe de tout régler avec Fecteau.

— Tu seras crevée.

— Oui. Ce soir, je rencontre les élèves de la classe de Betty. J'ai l'impression d'être dédoublée tellement la journée a été longue. Tout tourne comme un kaléidoscope, mais aucune image n'a de sens.

— Fais une pause. Il est passé dix-huit heures trente.

— Dix-huit heures trente ! Mon Dieu ! J'ai oublié Alain ! Je devais aller le chercher à la gare !

— Dépêche-toi !

— Mais la voiture... La tienne est...

334

— Je m'arrange avec Parent. Et laisse tomber la surveillance, demain matin. Je me lèverai tôt. Tu ne seras pas couchée avant des heures...

Elle remercia Rouaix d'un sourire, puis courut vers sa voiture.

Alain l'attendait à la gare avec un bouquet de roses. Elles dissimulaient presque totalement son visage, explosaient de couleurs vives dans un décor si plat. Le vent soulevait les pans du manteau d'Alain : pourquoi n'était-il pas resté à l'intérieur ?

Elle faillit se mettre à pleurer en se serrant contre Alain Gagnon. Elle avait tout oublié, n'avait rien prévu pour lui, ni pour la soirée.

— Je suis nulle.

— Tu as eu une grosse journée. J'ai entendu les nouvelles à la radio. C'est vrai ? Un enseignant a été tué ?

— Judith Pagé. Et c'est Pascal qui semble avoir tiré sur elle.

— Pascal ? Celui qui... Comment réagit notre Maxime ?

— Il se sent coupable. Il savait que Pascal n'allait pas très bien.

— Raconte-moi...

— On mettra les fleurs dans l'eau à la maison. J'ai des quiches congelées faites par Grégoire.

— C'est merveilleux.

— Non, il faut que je bosse toute la soirée...

— Je t'accompagne, d'accord ?

Elle acquiesça avant de se blottir contre l'épaule de son amoureux. Le papier qui emballait les fleurs lui chatouilla le front. Il chuchota à son oreille qu'il lui apportait les meilleurs chocolats du Québec, dans la boîte vermillon.

* * *

Il faisait nuit quand Betty arriva enfin à Sainte-Foy. Combien de temps avait-elle mis pour gagner Québec ? Elle était folle de rage et de chagrin. Elle avait dû faire de l'auto-stop dans un froid sibérien pour revenir du chalet. Elle avait cru qu'elle n'aurait qu'à lever le pouce pour qu'un automobiliste s'arrête, mais c'était vendredi, les gens rentraient chez eux et non l'inverse. Pourquoi n'avait-elle pas retiré plus d'argent liquide la veille au distributeur ?

Pourquoi avait-elle cru les boniments d'Armand Marsolais ?

Elle n'oublierait jamais sa surprise lorsque la grande blonde était entrée dans le chalet. Elle avait entendu la clé tourner dans la serrure, s'était préparée à se jeter au cou d'Armand et c'était cette femme qui était entrée. Qui avait paru choquée de la trouver là.

Pas autant qu'elle. Sûrement pas autant qu'elle.

La blonde l'avait questionnée : où était Armand ? Était-elle une voisine venue réchauffer la maison ? Betty l'avait interrogée à son tour. La femme s'était étirée, avait souri de sa grande bouche à la Julia Roberts et avait roucoulé qu'elle était la surprise de la Saint-Valentin.

— J'ai essayé de parler à Armand à l'instant, avait-elle dit, mais on a été coupés. Tu peux partir. J'ai tout préparé pour lui…

— Vous vous connaissez depuis longtemps ?

— On sort ensemble depuis cet été. Merci de t'être occupée du chauffage.

La blonde la congédiait. Comme une vulgaire domestique. Une sensation de brûlure secoua Betty. Elle avait l'impression qu'on avait jeté un voile rouge sur elle, qu'on la noyait dans une mare de piments, ces petits piments chinois qu'Armand aimait tant. Armand… Elle fixa l'intruse qui affichait un sourire ennuyé, vit ses longues jambes, son visage délicat, son petit nez mutin. Armand embrassait-il ce nez parfait quand il se réveillait à ses côtés ? Non. Non. Non. Betty attrapa un vase sur la commode de la pièce centrale et le lança à la tête de sa rivale qui poussa un cri de stupéfaction.

— Mais…

— Armand m'a suppliée de l'attendre ici. Ce matin ! Il est amoureux de moi. Pas de toi. Tu n'as rien à faire ici.

La blonde éclata de rire en dévisageant Betty, mais elle se figea : comment l'adolescente était-elle entrée au chalet ?

— Il m'a indiqué où était la clé. Ce n'est pas ma première visite ici. Et toi ?

— Moi non plus. Écoute, il doit y avoir un malentendu…

Betty avait soulevé un autre vase et lisait avec plaisir l'effroi sur le beau visage de sa rivale.

— On peut se parler calmement… Tu dois avoir mal compris ce qu'Armand…

Betty projeta le bibelot à quelques pouces de son visage.

— Tu es folle ! Arrête !

Mais elle n'arrêtait pas. Elle attrapait tout ce qu'elle avait sous la main et le lançait vers la blonde qui cherchait à son tour un objet pour se défendre. Elle souleva un chat en porcelaine et l'envoya de toutes ses forces vers cette femme qui avait gâché sa vie en quelques secondes. Et qui s'écroula dans un gémissement.

Betty demeura immobile, méfiante, se préparant à réagir quand l'autre se relèverait. Mais après quelques minutes, elle s'approcha d'elle, la toucha du bout du pied. Sa rivale ne bronchait pas.

Elle devait quitter les lieux. Elle ramassa son sac à dos, mit son manteau et s'apprêtait à sortir quand elle songea qu'il valait mieux couper les lignes téléphoniques. La grande blonde ne pourrait pas appeler à l'aide trop vite. Elle fit le tour des pièces, repéra trois téléphones, sectionna les fils. Puis elle quitta les lieux. Elle s'avança vers la voiture de la blonde ; les clés n'étaient pas dans la voiture. La femme devait les avoir gardées sur elle. Devait-elle retourner au chalet, fouiller les poches du manteau de sa victime pour les récupérer ? Et si elle se réveillait ? Elle tira son opinel de la poche de son blouson et creva les pneus de la voiture. Elle ne résista pas à l'envie de lancer une roche sur le pare-brise, elle aurait voulu faire éclater le visage de sa rivale…

Elle fit de l'auto-stop. Quand elle parvint à destination, elle était gelée, nauséeuse d'avoir fumé un paquet de cigarettes sur le bord de la route, et pourtant affamée. Elle aurait souhaité rentrer chez elle pour se changer, pour se plonger dans un bain chaud, pour boire la bouteille de cognac VSOP de son père et tout oublier, mais elle avait prié l'automobiliste qui l'avait ramenée à Sainte-Foy de la déposer en face des centres commerciaux. Il y avait des hôtels à proximité, elle louerait une chambre avec sa carte de crédit et tenterait de réfléchir.

Elle raconta à l'employée de la réception que ses parents la rejoindraient plus tard dans la soirée ; ils assistaient au bal du Bonhomme au château Frontenac. Elle sortit sa carte or et obtint aussitôt les clés de la chambre et du minibar. En entrant dans l'ascenseur, elle grelottait encore et se fit couler un bain dès qu'elle poussa la porte de la chambre. Elle ôta ses vêtements, maudit l'hôtel de ne pas fournir de peignoir, remit son chandail en sortant du bain et se glissa sous les couvertures, les tira par-dessus sa tête. Elle voulait être dans l'obscurité pour mieux réfléchir. Mais le noir lui fit peur. Elle se leva, ouvrit toutes les lumières de la pièce, se dirigea vers le minibar. Une vodka, elle boirait une vodka. Armand disait toujours que ça fouettait les sangs.

Armand. Son nom lui raclait la gorge, l'étouffait, lui embrumait les esprits.

Armand! Il s'était moqué d'elle.

Elle fouilla dans les poches de son anorak, en tira son téléphone cellulaire et l'appela. Sa cigarette tremblait au bout de ses doigts. Elle la regarda frémir. Elle aurait voulu appuyer le bout incandescent sur le visage d'Armand, lui trouer la peau, ruiner sa beauté. Il ne plairait plus autant. Il ne tromperait plus de pauvres idiotes.

— Tu m'as menti! J'ai vu ta belle grande blonde au chalet! Je vais tout raconter. Tu ne t'en tireras pas comme ça!

— Non, ma chérie, c'est une erreur…

— Arrête, avec tes «chérie». Tu t'es crissé de moi! C'est à mon tour de m'amuser!

Elle referma le cellulaire sans éprouver le soulagement qu'elle escomptait. Au contraire, son cœur battait encore plus vite. Elle reprit une gorgée de vodka. Puis elle se mit à penser qu'elle s'était peut-être trompée.

Non. Armand la menait en bateau. Il avait peur. Il voulait la manipuler, mais il n'aurait plus jamais de pouvoir sur elle. Ce serait l'inverse.

Elle l'accuserait d'avoir essayé de la pousser à tuer sa femme. Non, elle ne pouvait pas dire ça... Comment expliquerait-elle que Pascal l'ait accompagnée ? Elle devait réfléchir. RÉFLÉCHIR. Mais elle avait peur de devenir folle si elle pensait trop à Armand. Quoique... elle était déjà folle d'être amoureuse d'un tel type. Pourquoi n'avait-elle rien senti, rien deviné de sa traîtrise ? Elle devait le chasser de son esprit. Lui et la grande blonde. Elle n'était sûrement pas morte. Elle l'avait seulement assommée. Et si elle voulait porter plainte contre elle ? Non, elle ignorait son nom. Et Armand ne voudrait pas qu'elle se présente au poste de police pour parler d'elle. Et si elle était morte ? Betty eut un étourdissement, s'assit sur un des lits, termina la mignonnette de vodka. Pourquoi serait-elle morte ? Un petit chat en porcelaine ne peut pas tuer quelqu'un. C'est trop léger, trop ridicule. Non, la blonde n'était pas morte. Juste un peu sonnée. Et si elle était morte et qu'on l'arrêtait ? Elle jurerait que la blonde s'était jetée sur elle et qu'elle s'était défendue. Mais personne, à part Armand, ne savait qu'elle était au chalet... Aucun policier ne l'ennuierait au sujet de la blonde.

Elle devait se venger d'Armand. Elle devait réfléchir. Non, dormir puis réfléchir. Non, fumer un joint et réfléchir ensuite. Oui, elle voulait fumer pour se calmer. Un joint. Ou du hasch. Ou n'importe quoi.

Elle hésita, décrocha le combiné, le reposa, le saisit de nouveau et composa le numéro de Benoit Fréchette. Il était le seul qui accepterait de lui faire crédit. Benoit promit d'être à l'hôtel dans l'heure.

Dès qu'on frappa à la porte de sa chambre, Betty se précipita pour ouvrir, trébucha et fut très étonnée de découvrir une femme et un homme au lieu de son ex.

— Qu'est-ce que…

— C'est Cynthia qui nous a appris où tu étais, Betty, fit Maud Graham en entrant dans la chambre tandis qu'Alain Gagnon refermait la porte derrière lui. Je suis heureuse de te trouver enfin. Je te cherche depuis ce matin. Je m'appelle Maud Graham et je suis détective. Tu as de gros ennuis à cause d'Armand Marsolais. Un témoin vous a vus ensemble à la sortie d'un café.

Betty recula jusqu'au lit, tomba à la renverse.

— Vous… vous n'avez pas le droit de…

— On est ici pour t'aider. Pour éviter le pire.

Betty rit, d'un rire hystérique. Le pire ? Elle l'avait déjà vécu ! Sa journée était un cauchemar !

— À cause d'Armand, répéta Maud Graham. C'est de sa faute.

— Comment ça ?

Betty se redressait, se tassait contre les oreillers. Le bruit du percolateur que venait de brancher Alain Gagnon la fit sursauter. Il sourit à Betty.

— Ce ne sera pas le meilleur café de ta vie, mais c'est mieux que rien.

— C'est qui, lui ?

— Alain, un ami. Il est médecin. On a eu très peur pour toi.

— Peur ?

— Tu as disparu durant des heures.

— Je suis assez grande pour m'occuper de moi, crâna Betty.

— C'est mon devoir de te protéger contre des adultes malhonnêtes. Et Armand Marsolais est de ceux-là.

Betty écarquilla les yeux : d'où cette femme tenait-elle tout ça ? Elle n'avait jamais parlé d'Armand. À personne. Sauf à Carole-Anne. Mais elle vivait en France. Qui était cette femme? Une détective. Pourquoi Ben avait-il dit à Cynthia qu'elle était ici? Pourquoi Cynthia l'avait-elle rapporté à cette Graham Machin? Pour l'humilier?

— Ce n'est pas de vos affaires, grogna Betty. J'ai le droit d'aimer qui je veux.

— Non. Ça ne fonctionne pas aussi simplement. Tu n'es pas la seule dans ton cas.

Quoi? Il y avait d'autres filles à qui Armand avait menti?

Betty eut l'impression que le plafond de la chambre descendait vers elle à toute vitesse, qu'il l'écraserait. Elle entendait déjà le fracas du plâtre, des poutres. Assourdissant. Elle se noierait dans ce bruit qui faisait un écho parfait au tumulte qui régnait dans son cerveau. Oui, le plafond la pulvériserait et ce serait une excellente solution à tous ses ennuis. Elle était si lasse. Comme si elle était debout depuis une semaine.

— Tiens, bois ça, fit Maud Graham en apportant une tasse de café.

— Non, je veux dormir, geignit Betty.

— As-tu avalé des pilules? la pressa Alain Gagnon. Il faut nous le dire.

Il fouillait déjà la pièce, ouvrait le sac à dos malgré les protestations de Betty.

— Crisse, j'ai rien, cria-t-elle. C'est pour ça que j'ai appelé Ben!

— Bois ce café, conseilla Maud Graham en lui tendant la tasse fumante.

— C'est trop chaud.

Le ton de Betty était subitement boudeur. Elle réussissait à être méprisante malgré son anxiété. Anne Gendron avait décrit Betty avec justesse, capricieuse, trop gâtée, insatisfaite d'elle-même, car elle ne connaissait pas l'effort ni l'estime de soi. Elle ne connaissait que ses désirs. Qui n'avaient pas été exaucés en ce beau jour de la Saint-Valentin.

— On recherche Armand, mentit Maud Graham.

— Vous le recherchez?

— On suppose qu'il a tué sa femme.

Betty blêmit, ferma les yeux. Elle ne comprenait plus rien. C'était Pascal et... Ce n'était pas Armand qui avait tué Judith, mais si cette Graham le croyait, elle ne la contredirait pas. Elle avait pourtant laissé la lettre de suicide du Crapaud. Qu'est-ce que... *Fuck!* Tout tournait dans la pièce, le plafond revenait vers elle de nouveau. Vite, plus vite. Elle but une gorgée de café.

— Marsolais a disparu en même temps que toi. C'est pourquoi on était aussi inquiets.

— Comment le savez-vous?

— Après le meurtre de Judith, on s'est rendus à l'école pour questionner des élèves. C'est logique, non?

Betty avala une autre gorgée de café.

— Je voudrais rentrer chez nous, déclara-t-elle.

— Bientôt, promit Maud Graham. À l'école, Anne Gendron nous a informés de ton absence. On a posé des questions à tes amis.

— Je n'ai pas d'amis.

— Cynthia m'a confié que vous étiez amies avant, que vous vous étiez fâchées. Elle ne t'en veut pas.

— M'en vouloir? rugit Betty. C'est elle qui m'a piqué Ben! C'est une maudite menteuse!

— Elle est inquiète pour toi. Elle pleurait.

— Elle pleurait?

Maud Graham mentait toujours: quand elle avait rencontré Cynthia, trente minutes plus tôt, celle-ci lui avait tout de suite avoué que Betty venait d'appeler Benoit.

— C'est son ex. Elle a l'air perdue. C'est pour ça que j'ai arrêté de me tenir avec elle. Elle est trop bizarre.

Cynthia avait indiqué le nom de l'hôtel d'où Betty avait téléphoné, car elle ne voulait pas que Maud Graham les embête, elle et Benoit, qu'elle s'intéresse à son petit trafic.

— Cynthia pleurait, répéta Graham à Betty. Même si elle ne devinait pas à quel point on avait peur pour toi.

— Peur ?

— Marsolais est dangereux, tu ne comprends pas ça ? Il est introuvable, en fuite. Il est idiot, il s'accuse en disparaissant ainsi. Il n'empochera jamais les millions de Judith.

— Des millions ? s'exclama Betty.

— La femme de Marsolais était très riche. C'est pourquoi il voulait s'en débarrasser. On craignait que tu sois sa victime, qu'il t'ait prise en otage pour se protéger. On ne savait plus quoi penser !

Betty ricana. Il ne pouvait s'en prendre à elle, c'était impossible. C'est lui qui l'avait trompée. C'était lui le responsable de ses malheurs, qui lui avait dit qu'il l'aimait. C'était à elle de l'anéantir !

— On pense qu'il a tué sa femme, ce matin, et que le petit Pascal, qui était allé voir Judith, était à la mauvaise place, au mauvais moment. Il a essayé de se sauver, il s'est fait frapper par une voiture et il est mort.

— Il est mort…

Mort ? Pascal ne pouvait donc plus raconter qu'elle l'avait aidé ? Mais ses empreintes étaient sur le pistolet. Les policiers sauraient bientôt que ce n'était pas Armand qui avait tué Judith. Ils découvriraient l'origine du pistolet.

Elle but le café jusqu'à la dernière goutte. Elle devait gagner du temps.

— As-tu une idée où pourrait se cacher Marsolais ? Il ne t'aurait pas fait de confidences ? Est-ce que tu le voyais souvent ?

Trop peu, et ses visites étaient toujours trop courtes.

— L'autre fille m'a aussi raconté ça. Pauvre toi… Je comprends que tu l'aies trouvé séduisant. C'est un très bel homme. Mais l'habit ne fait pas le moine. Il est pourri.

Un camion de la voirie passa sous les fenêtres de la chambre.

— C'est bruyant ici. Je veux rentrer chez moi.

— D'accord, fit Graham en reprenant la tasse de café vide. Alain, va dans la salle de bain pendant que Betty s'habille.

Graham elle-même se tourna pour montrer à Betty qu'elle la respectait. Obtiendrait-elle des informations substantielles ou Betty sombrerait-elle dans le sommeil ? Elle avait trop bu et le café ne réussirait peut-être pas à la tenir éveillée. Cependant, elle leur fournissait une bonne raison d'entrer chez elle, d'en apprendre davantage sur ses relations avec Pascal et Marsolais.

— Tu as de belles bottes, constata Graham avant qu'ils quittent la chambre. Tu chausses combien ?

— Des huit.

— Moi aussi. C'est la pointure la plus commune. On ne peut jamais profiter des soldes.

Maud Graham fut impressionnée par la froideur de la demeure des Désilets, si somptueuse et si peu chaleureuse. Trop silencieuse. Comment étaient les parents de Betty ? Anne Gendron avait dit qu'elle avait joint une travailleuse sociale pour qu'elle enquête sur la situation de Betty. Celle-ci prétendait que son père venait à Québec toutes les semaines, mais sa titulaire en doutait.

— Veux-tu te changer avant qu'on discute ? proposa Maud Graham.

Betty hésita, elle avait hâte que Graham et Gagnon la laissent en paix, mais elle ne supportait plus ses vêtements humides. Et elle jetterait aux poubelles ce chandail qui lui rappellerait trop cette journée horrible. Elle mit un survêtement, enfila ses Nike, s'arrêta en haut de l'escalier, saisie par une terreur absolue. Si Graham et Gagnon partaient, Marsolais pourrait venir la tuer. Elle tremblait en redescendant au rez-de-chaussée. Maud Graham et Alain Gagnon n'étaient plus dans le salon. Où étaient-ils ?

Elle traversa la maison, se dirigea vers la cuisine, entendit leurs voix qui montaient du sous-sol. Que cherchaient-ils ? Croyaient-ils qu'elle cachait Armand alors qu'il l'avait humiliée ? Quels imbéciles ! Ils reparurent tandis qu'elle luttait contre l'envie de fermer la porte du sous-sol, de la verrouiller et de jeter la clé dans la neige. Ensuite, elle aurait mis la musique au plus fort et les aurait oubliés.

— Qu'y a-t-il dans la grande armoire de chêne, Betty ?

— La collection d'armes de mon père. Armand l'a trouvée belle.

— Marsolais l'a admirée ?

— Il a dit que ça valait très cher. Mon père a assez d'argent pour acheter toutes les collections qu'il veut.

Betty s'appuya sur un des tabourets du bar attenant à la salle à manger, hésita, se décida à charger Armand au maximum. Qu'il soit accusé, condamné pour avoir abusé de sa confiance.

— Armand jurait qu'il m'aimait, comprenez-vous ? Qu'il voulait vivre avec moi. Mais que sa femme le ferait arrêter pour détournement de mineure. Qu'il était malheureux. Je le croyais. Je ne savais pas quoi faire pour l'aider. Puis, ce matin, je me suis rendu compte qu'il manquait le pistolet. Celui qu'on garde dans le secrétaire. Au cas où des voleurs viendraient... J'ai eu peur, j'ai appelé Armand. Je lui ai dit que c'était peut-être Pascal qui l'avait volé.

— Pascal ?

— Je le lui avais montré. Il l'avait pris et avait visé droit devant lui comme s'il voulait tuer quelqu'un. Il m'avait fait peur, il était bizarre. Encore plus que d'habitude.

— Tu le connaissais bien ?

— On était voisins, avant. On avait recommencé à se tenir ensemble.

— Il était plus jeune que toi.

— Il me faisait pitié. Si j'avais su qu'il prendrait l'arme...

Betty s'éloigna du tabouret, ouvrit l'armoire où étaient rangées les bouteilles d'alcool. Ses gestes étaient maladroits, mais il y avait pourtant de l'assurance dans son attitude ; ce n'était pas la première fois qu'elle se servait dans ce bar. Elle souleva une bouteille de cognac.

— VSOP. Mon père prétend que c'est le meilleur. Ça vaut très cher. En voulez-vous ?

Graham refusa, mais Alain Gagnon accepta, obtenant ainsi un sourire de Betty.

— Armand l'aimait beaucoup. On boit à sa santé, OK ?

Elle but une gorgée directement à la bouteille, s'étouffa, eut un haut-le-cœur, blêmit. Maud Graham l'attrapa par le bras et l'emmena vers la cuisine où elle vomit dans l'évier.

Alain Gagnon revint de la salle de bain avec une serviette humide à poser sur le front de Betty.

— Tu as eu trop d'émotions, aujourd'hui.

— C'est sa faute ! gémit-elle. C'est sa faute à lui. Il disait qu'il m'aimait.

— Oui. Tu soutiens que c'est Pascal qui a pris le pistolet ? Pourquoi ?

— Parce qu'il l'avait tenu. Il se prenait pour un *king*. J'ai eu peur qu'il aille à l'école et qu'il tire sur tout le monde, sur tous ceux qui l'avaient écœuré. Ou sur Judith Pagé. Il la détestait plus que tous les autres. Armand devait s'occuper de Pascal. Il me l'avait promis. Mais j'ai paniqué et je suis allée chez Judith. Je savais où ils habitaient, parce qu'Armand m'avait déjà montré leur maison.

Betty parvenait à croire à son histoire, songeait Maud Graham. Elle ne s'apercevait pas des manques : pourquoi n'avait-elle pas plutôt téléphoné à Judith pour la prévenir d'un danger au lieu de passer chez elle, se mettant ainsi en péril ? Et pourquoi avait-elle pensé que Pascal voudrait tuer Judith chez elle plutôt qu'à l'école ? D'où était née cette formidable intuition ? Betty poursuivait son récit que Graham se gardait bien d'interrompre.

— Je voulais prévenir Judith au cas où Armand se pointerait trop tard ou laisserait Pascal la tuer. Je ne l'aimais pas, mais je ne pouvais pas laisser faire ça. Je paniquais, je ne savais plus quoi penser. La porte était ouverte quand je suis arrivée et Pascal visait Judith. J'ai essayé de l'empêcher de tirer, mais le coup est parti. Et Pascal s'est sauvé par en avant. Et moi par en arrière. J'ai couru pendant... je ne sais pas combien de temps... puis j'ai appelé Armand. C'est là qu'il m'a dit d'aller au chalet.

— Au chalet?

Le souvenir de la grande blonde s'imprima dans l'esprit de Betty. Elle l'avait oubliée pendant un moment. Peut-être qu'elle n'avait pas vraiment existé? Son visage lui revenait comme un flash, un gros néon qui s'allumait et s'éteignait sans cesse dans son crâne, qui pressait ses tempes et son front.

— À Fossambault. Il m'avait emmenée là-bas, après Noël. Il m'a dit de l'attendre. Et je l'ai attendu.

Maud échangea un regard avec Alain. Depuis combien de semaines Marsolais manipulait-il Betty?

— Tu es finalement allée au chalet.

— Oui, j'étais là quand une femme est entrée. J'ai cru que c'était une voleuse. J'ai eu peur, j'ai lancé des vases sur elle et je suis partie en courant. Je me suis perdue dans le bois. Ensuite, j'ai retrouvé mon chemin.

— Pourquoi n'es-tu pas revenue ici plutôt qu'à l'hôtel?

— Je ne sais plus.

— Où est le chalet, à Fossambault? Avant la rivière?

— Après.

Betty décrivit l'endroit.

— C'est le grand confort. Encore mieux qu'à notre chalet. Et il y a de grosses sculptures dehors dans la neige.

Elle fit une pause avant d'ajouter que la magie de Pascal ne valait rien.

— La magie de Pascal ? C'est vrai, tu étais son amie…

Amie ? Devait-elle nier ou non ?

— Il m'avait promis que si j'attachais une boucle de mes cheveux dans un jonc et que je les cachais dans un endroit où il y a de l'eau, mon vœu serait réalisé. J'ai caché une mèche de mes cheveux pour rien dans la salle de bain. J'aurais dû le savoir, Pascal est un *loser*.

— Tu aurais dû nous appeler quand tu as su qu'il avait pris l'arme.

— Mais Armand est policier…

— Il faut prévenir tes parents. En attendant, tu ne peux pas rester ici.

— Si Marsolais se présente ici ? demanda Alain Gagnon.

— On postera quelqu'un pour surveiller la maison. Et Marsolais ne peut pas entrer si facilement.

— Oui, confessa Betty. Il a la clé de la maison, le code du système d'alarme. Qu'est-ce qu'il a raconté à l'autre fille qu'il a draguée ?

— Qu'il l'aimait. Il manquait d'imagination, il vous racontait toutes la même chose.

— Peut-être qu'il le disait aussi à sa femme, lâcha Betty.

Graham acquiesça, s'étonnant de la complexité de l'adolescente, ayant peine à croire qu'elle n'avait que quinze ans. Elle était d'un égocentrisme monstrueux, mais pourtant capable de réflexions très justes sur les gens et elle avait menti avec un aplomb qui devait s'expliquer par une longue habitude de la dissimulation. Qui avait engendré cette fille ?

Graham avait lu de la haine dans son regard quand elle lui avait annoncé qu'elle irait au centre d'accueil.

Les travailleurs sociaux auraient du boulot avec elle… Graham les prierait cependant de la traiter comme une victime durant les prochaines heures, d'éviter de la contrarier, sauf si elle tentait de quitter les lieux. Betty devait être en confiance, baisser sa garde et finir par raconter ce qui s'était réellement passé avec Pascal.

Chapitre 16

Il faisait si sombre que Maud Graham craignait de ne jamais trouver le chalet décrit par Betty Désilets, mais elle ne pouvait attendre l'aube pour se rendre à Fossambault où une femme était peut-être blessée. Il pouvait s'agir de cette blonde aperçue à Montréal. Elle regrettait sûrement d'avoir quitté la métropole pour rejoindre son amant… Betty avait parlé d'une voleuse contre laquelle elle s'était défendue, mais Graham ne l'avait pas crue. Robert Fecteau, à qui elle s'en était ouverte, avait soupiré ; comme à chaque enquête, beaucoup de mensonges étaient proférés.

— Il est clair que Marsolais a manipulé Betty, qu'elle est le lien entre Pascal et le meurtre de Judith. Et que Marsolais se défendra de l'avoir influencée. Il accusera Betty de mentir, et ce sera sa parole contre la sienne.

— Il faut accumuler les preuves contre lui, Graham.

— On a besoin de Chantal pour le piéger. C'est sa faiblesse, les jolies femmes. Il faut en profiter. Il ne doit pas s'en tirer !

— Es-tu certaine à cent pour cent que Marsolais a poussé Betty à tuer Judith ?

— Oui. Et vous aussi.

Robert Fecteau avait promis à Graham et à Rouaix de leur fournir les effectifs nécessaires pour piéger Marsolais. Pourquoi tout cela avait-il lieu durant la fin de semaine du carnaval ? Comme toujours avec Graham, rien ne se déroulait simplement. Il n'aimait pas l'idée que Marsolais dorme chez Rouaix, mais s'il l'avait confiné au poste, il lui aurait donné l'impression de croire à sa culpabilité. Et Graham avait insisté sur ce point : on devait créer un climat de confiance, de compassion autour de Marsolais, ce pauvre veuf. Pour qu'il croie qu'il pouvait continuer à leur mentir comme il le faisait depuis des jours, des semaines.

— Je pense qu'il nous a caché tout ce qu'il savait sur l'histoire Darveau, au cas où ça pourrait lui servir à se débarrasser de sa femme en utilisant le tueur s'il le découvrait avant nous. Puis il a rencontré Betty. Il a appris qu'il y avait des armes chez elle. Il a peut-être songé à se servir du Luger ou du Magnum. Il a trouvé mieux : Betty, qu'il téléguiderait comme un missile. Sauf que cette fille n'est pas du genre docile et qu'elle est trop intelligente pour croire qu'elle pouvait descendre Judith sans avoir d'ennuis avec la justice. Même si Marsolais lui a sûrement juré qu'elle ne risquait rien. Elle a à son tour manipulé Pascal. Maxime m'a assurée que Betty était très cruelle avec Pascal avant Noël et qu'elle a soudainement changé d'attitude envers lui. C'était facile de l'influencer, il était déjà dans un état lamentable, perdu. Cette fille a la volonté des tyrans ; elle ignore le refus, l'échec. Aujourd'hui, alors que rien ne s'est passé comme elle le souhaitait, elle a réussi à me mentir. À certains moments, j'avais l'impression qu'elle basculait dans le néant. Son regard était vide. Elle semblait détachée de tout. Puis elle retrouvait une lucidité pour me mentir à nouveau.

— Tu crois cependant à son histoire de chalet. Tu pars maintenant ? Qui t'accompagne ? Rouaix et Trottier sont avec Marsolais et...

— Alain Gagnon, le légiste.

Fecteau avait sourcillé ; il n'en était pas question. Elle irait avec Samson.

— Ton petit médecin n'a rien à faire dans cette histoire. Je ne veux pas mêler des civils à nos affaires. Déjà que j'aurais dû garder Marsolais sous surveillance.

— On le surveille. Seulement, il ne le sait pas.

— En tout cas, ce n'est pas un civil qui va t'accompagner.

Maud Graham s'était inclinée et avait remis les clés de sa voiture à Samson. Elle détestait conduire la nuit. Ils roulaient maintenant depuis quarante minutes.

— Après la rivière, c'est ça ? fit Éric Samson.

— Oui, ralentis.

Betty avait bien décrit le chalet, les sculptures de bois à l'extérieur, gigantesques, qui semblaient protéger la demeure des intrus. Et qui avaient failli à leur rôle, ce jour-là.

Samson gara la voiture dans l'entrée sans s'approcher de celle qui était déjà stationnée près de la maison.

— Ce n'est pas ce que j'appelle un chalet, dit-il.

— Moi non plus.

La demeure était éclairée et Graham cria «police!» en frappant à la porte. Il y eut un silence, puis une femme leur hurla de partir.

— On est des collègues de Marsolais, dit Maud Graham. On s'est inquiétés pour vous, madame. On sait qu'une fille vous a attaquée.

Nadine leur ouvrit. Elle avait une plaie à la tempe qui avait saigné, ses cheveux blonds étaient poisseux, mais son regard était clair.

— Qui êtes-vous ?

Graham montra sa plaque d'officier tout en examinant Nadine.

— Vous êtes en sécurité maintenant. Je m'appelle Maud Graham. Et vous ?

— Nadine Pelletier.

— Mon collègue s'occupe d'appeler une ambulance. Voulez-vous que je vous prépare une tasse de thé ?

Elle se dirigeait vers la cuisine, avait une pensée pour Mme Charbonneau : à elle aussi on avait menti. Était-ce pire d'être trompée par un fils ou par un amant ?

— Non, non, protesta Nadine. Je veux partir d'ici immédiatement ! Armand n'est pas avec vous ?

— Ce n'est pas si simple. Vous deviez le rejoindre ici ?

— C'était une surprise. Pour la Saint-Valentin. Il m'avait envoyé les clés de la maison. On s'est disputés, je voulais me faire pardonner. Je lui ai téléphoné en arrivant, mais on a été coupés. Puis je suis entrée, puis... je... il y avait une fille. Une folle. Elle m'a lancé n'importe quoi par la tête. Je suis tombée. Quand je me suis réveillée, j'ai essayé d'appeler Armand, mais les piles de mon cellulaire sont mortes. Et les lignes sont coupées. Les pneus de ma voiture sont crevés. J'ai frappé aux portes des voisins, mais il n'y a personne. J'étais un peu étourdie, je suis revenue ici en espérant qu'Armand arrive au plus vite. Où est-il ? Il aurait dû venir me chercher !

— Sa femme est morte aujourd'hui.

— Aujourd'hui ?

Nadine était estomaquée.

— Mais les médecins juraient qu'elle serait guérie au printemps !

— Que...

— Avec son type de cancer, je suppose qu'ils peuvent se tromper.

Maud Graham détourna les yeux, écœurée. Nadine eut un sourire triste, murmura qu'elle se sentait coupable.

— Coupable ?

— Je sais que c'est moche, mais j'ai parfois souhaité que Judith disparaisse. Pour avoir Armand à moi, enfin. Plus vite. C'est ma faute, je n'avais qu'à ne pas tomber amoureuse d'un homme marié... Et c'était clair qu'il divorcerait quand elle irait mieux. Il ne voulait pas la quitter pendant ses traitements, ce n'est pas un salaud... Je suis pourtant gênée qu'elle soit décédée.

— Vous ne devriez pas. Vraiment pas.

Maud Graham ne pouvait épargner la vérité à cette belle blonde qui détesterait la Saint-Valentin durant les dix prochaines années. Nadine l'écouta sans l'interrompre, puis déclara qu'elle rentrait à Montréal. Son visage s'était figé en un masque que rien ne parviendrait plus à animer.

— Vous ne pouvez pas voyager dans cet état. Vous allez monter dans ma voiture et Samson se chargera d'envoyer une remorqueuse pour votre véhicule. Vous dormirez à l'hôtel, cette nuit, et vous repartirez demain.

Tandis qu'ils reprenaient la route de Fossambault, alors que Graham lui indiquait un chemin qui menait à Duchesnay où on avait érigé le château de glace, Nadine s'effondra. Armand Marsolais lui avait promis qu'ils boiraient un verre dans ce bar si particulier. Elle

356

sanglotait si fort que Maud Graham se gara sur le côté pour la réconforter.

— Il racontait qu'on partirait en croisière, qu'on ferait le tour du monde. Qu'il avait sauvé la vie d'un homme qui lui avait légué beaucoup d'argent. Qu'il toucherait bientôt cet héritage. Qu'on serait heureux. Qu'il m'aimait. Il était tellement jaloux, je le croyais.

Maud Graham se retint de la contredire : la jalousie n'était sûrement pas un signe d'amour. Elle tendit un mouchoir à Nadine, redémarra.

— Je vous emmène à l'hôpital pour qu'on panse votre blessure et vous pourrez dormir ensuite.

Et elle ? Pourrait-elle bientôt se reposer dans les bras d'Alain ? Elle craignait que les roses qu'il lui avait offertes aient le temps de s'épanouir et de faner avant qu'elle remette les pieds chez elle. Que celles qui dormaient dans son jardin, la Peace, la Rose Thé, la Queen Mary exhalent leur parfum d'été avant qu'elle se blottisse contre son amoureux. Il fallait pourtant qu'elle dorme.

* * *

L'horloge grand-père dont Rouaix avait hérité de sa mère sonna les douze coups de minuit et Marsolais songea qu'il était debout depuis dix-huit heures. Il était épuisé mais incapable de dormir. Comment y serait-il parvenu en sachant que Betty se promenait dans la nature ? Qu'elle voulait se venger de lui ? Qu'elle savait où était Nadine ? Qu'elle pouvait retourner au chalet pour la tuer ?

Une heure plus tôt, il s'était remémoré l'armoire au sous-sol de la maison des Désilets. Le vaste choix d'armes à feu, d'armes blanches. Et si Betty s'était munie de deux armes au lieu d'une seule avant d'aller tuer Judith? Il ne comprenait toujours pas ce que Pascal Dumont faisait avec Betty, mais c'était le dernier de ses soucis. Il fallait empêcher Betty de nuire à Nadine.

— André? Dors-tu?

André Rouaix était assoupi dans un fauteuil, en face de la télévision. Il ouvrit les yeux.

— Non.

— Je vous ai dit que cette Betty que vous cherchez me courait après... Je ne serais pas étonné qu'elle m'ait suivi. C'est arrivé par deux fois qu'elle entre, comme par hasard, dans le restaurant où je dînais. Elle est même venue s'installer à ma table. Qu'est-ce que je pouvais faire? C'est drôle, ça m'a gêné d'en discuter devant Graham, cet après-midi... Je peux être franc avec toi?

André Rouaix eut un sourire d'encouragement en hochant la tête. N'étaient-ils pas entre hommes? Il approcha le cendrier vers Marsolais qui se détendit.

— Quand Betty s'est assise avec moi, au restaurant, je n'ai pas voulu être bête. Elle était pitoyable, si gauche, si moche. J'ai commis l'erreur de lui montrer les photos du chalet que j'ai loué à Fossambault. J'ai peur qu'elle y soit allée. Qu'elle trouve la place. Et qu'elle tombe sur ma blonde.

— Ta blonde?

Rouaix jouait l'étonnement, puis la connivence. Le chanceux qui avait une maîtresse!

— C'est pour cette raison que j'ai loué un chalet, continuait Marsolais. Pour rencontrer Nadine. Elle devait venir y passer la fin de semaine de la Saint-Valentin. Il faut envoyer quelqu'un pour la protéger.

— La protéger? Tu penses que Betty Désilets pourrait être violente?

Armand Marsolais ne pouvait apprendre à Rouaix qu'il y avait des armes chez Betty sans admettre qu'il y était resté assez longtemps pour avoir visité la maison jusqu'au sous-sol. Il évoqua des adolescents agressifs qu'il avait côtoyés à Montréal.

— Ils sont sans limite lorsqu'ils sont drogués. J'ai cru comprendre que Betty est souvent seule, qu'elle s'ennuie et a des distractions pas trop catholiques.

Rouaix acquiesçait, approbateur. Marsolais poursuivait sa pensée: il avait eu l'impression de représenter une figure rassurante pour Betty, une figure paternelle, mais l'adolescente avait tout confondu.

— Elle voulait être protégée.

— Oui, tu as raison. Je me souviens que tu as dit à Graham que Betty t'avait fait venir chez elle sous prétexte qu'il y avait des voleurs. C'était faux, elle te l'a avoué tout de suite. Mais il pouvait y avoir une part de vérité. Elle a dû être plus craintive certains soirs. Se sentir très seule. Et quand on a peur, on fait des bêtises.

Rouaix saisit un téléphone et appela Maud Graham, insista pour qu'elle protège Nadine sur-le-champ. Celle-ci put lui confirmer que Nadine était en lieu sûr et il raccrocha. Il dit à Marsolais que Graham les rappellerait dès que les patrouilleurs de Fossambault seraient arrivés au chalet.

— Elle avait l'air furieuse d'apprendre que tu as une blonde… Les femmes ont de la difficulté à comprendre ce genre de choses. La mienne est pareille.

— Toi aussi, tu as…

— Je suis un homme, répondit Rouaix avant de rappeler à Marsolais que Betty était toujours dans la nature.

On ne fugue pas comme ça. Je gage qu'elle a entraîné Pascal chez Judith. Les empreintes du petit sont sur le pistolet, mais Betty est pour quelque chose dans cette histoire. Il paraît qu'ils étaient toujours ensemble, ces dernières semaines. C'est ce que vient de me dire Graham. Elle a discuté avec les profs, Betty haïssait ta femme à cause d'une histoire de joint.

— Et à cause de moi. Si j'avais pu imaginer que Betty serait assez jalouse d'elle pour...

— Avec le carnaval, tout est au ralenti. Quand mettrons-nous la main sur elle?

La sonnerie du téléphone fit sursauter les deux hommes. Rouaix décrocha, sourit à Marsolais.

— C'est Graham. Nadine est en bonne santé. Elle retourne à Montréal ce soir. Tu auras une méchante côte à remonter pour te faire pardonner.

Marsolais poussa un soupir de soulagement.

— Si on se couchait? suggéra Rouaix. C'est ce qu'il y a de mieux à faire, pour l'instant.

Armand Marsolais suivit Rouaix vers la chambre d'amis et s'allongea sans trouver le sommeil: comment parviendrait-il à tuer Betty, à l'abattre ou à la forcer à avaler des barbituriques alors qu'il était surveillé en permanence? Il tenta de se raisonner, se remémora tout ce que lui avaient rapporté Rouaix et Trottier dans la soirée, tout ce qui jouait en sa faveur. Les empreintes de Pascal sur le pistolet, Anne Gendron qui affirmait avoir supplié les parents de Betty de lui faire rencontrer un thérapeute, son penchant pour la drogue... On croirait à son suicide s'il réussissait à l'attraper. Quand? Et où?

Où était cette idiote qui avait tout compliqué?

Qui avait peut-être tout gâché entre lui et Nadine.

Non. Nadine ne pourrait lui en vouloir simplement parce qu'une adolescente hystérique était venue l'insulter au chalet. Elle comprendrait en recevant un bouquet de roses. Deux cent quarante-six roses. Ils se fréquentaient depuis le treize juin, on était le quatorze février : deux cent quarante-six jours et autant de roses. Est-ce qu'un fleuriste pourrait satisfaire ces exigences ? Oui. Si on y met le prix.

Il aurait bientôt ses propres rosiers et son propre jardinier qui s'occuperait de son propre domaine.

* * *

Le mercure descendit durant la nuit et, bien qu'Alain l'ait serrée contre lui une partie de la nuit, Maud Graham grelottait en sortant du lit. Léo se glissa aussitôt auprès d'Alain qui dormait paisiblement.

Est-ce que Marsolais avait un sommeil aussi calme que celui d'Alain ? Maud grimaça, mécontente d'avoir rapproché les deux hommes par cette comparaison, souhaitant qu'ils soient aussi dissemblables assoupis qu'éveillés. En même temps, elle espérait que Marsolais ait réussi à dormir, car elle avait tout fait, avec Rouaix et Parent, pour qu'il s'imagine à l'abri des ennuis. Ils avaient chargé Pascal et Betty au maximum et permis au Montréalais de croire qu'ils le surveillaient et l'interrogeaient pour suivre une banale procédure. Ils conserveraient cette attitude toute la journée, en reparlant plusieurs fois du petit Pascal, entre la vie et la mort, de ses pauvres parents atterrés par le meurtre qu'il avait commis. Ils devaient pousser Marsolais à se penser invulnérable et à commettre la faute qui le ferait tomber. En relatant les événements de la journée à

Alain, alors qu'ils grignotaient une part de tarte aux pommes avant d'aller se coucher, Maud Graham avait compris qu'elle devait renforcer le sentiment d'impunité chez Marsolais, qu'il ait l'impression de mener le bal.

Le bal. Graham fronça les sourcils, la réalité la rattrapait ; c'était hier le bal du Bonhomme. Et aujourd'hui la parade de la haute ville. Qui tenait les policiers de Québec en alerte. Tout comme les pompiers, les employés de l'Hôtel-Dieu. Des gens boiraient trop et s'endormiraient dans la neige, d'autres trouveraient amusant de casser une vitrine. Certains se battraient tard dans la nuit, bien après le passage des derniers chars allégoriques.

Est-ce que Grégoire traînerait dans les rues après son travail au restaurant ou irait-il boire une bière avec Pierre-Yves ? Elle n'avait jamais su quelle était la nature exacte de leur relation, mais elle croyait que Pierre-Yves voulait du bien à Grégoire. Il faudrait qu'elle l'invite un jour à venir souper à la maison. Elle devrait d'abord convaincre Grégoire que c'était une bonne idée. Il répondrait par une taquinerie, exigerait que ce soit Alain qui cuisine le repas, mais peut-être accepterait-il ? Pour se faire pardonner de lui avoir caché les soucis de Maxime, ses doutes au sujet de Pascal ? Graham se troubla, gênée. Cela ressemblait à du chantage émotif. Elle s'avoua néanmoins qu'elle en voulait à Grégoire d'avoir manqué de jugement, d'avoir préféré être complice des silences de Maxime au lieu de le pousser à tout lui révéler.

En regardant le café couler goutte à goutte, elle se fustigea : elle n'avait pas le droit de chercher un coupable pour se dédouaner d'avoir réagi trop lentement.

Elle n'avait véritablement pris conscience des problèmes de Pascal qu'une semaine plus tôt. Elle avait cru, ou voulu croire, que tout s'était arrangé, elle s'était gardée de vérifier et, maintenant, Pascal Dumont était aux soins intensifs.

Rouaix et elle avaient convenu de se retrouver au bureau vers huit heures pour faire le point. Il lui raconterait comment Marsolais s'était comporté chez lui. Elle lui apporterait des précisions sur ses entretiens avec Betty et Nadine.

Maud Graham retourna dans la chambre avec son café. Léo dormait encore, le museau et les moustaches cachés entre ses pattes, et Alain s'étirait, se plaignait qu'elle le quitte déjà. Il l'attrapa par le bras, la força à s'étendre près de lui.

— J'aurais dû tomber amoureux d'une fonctionnaire. Tu aurais de beaux horaires réguliers...

— Et je te reprocherais de ne pas être disponible.

— Un point pour toi.

Elle caressa le chandail en cachemire qu'Alain lui avait offert la veille — « de la même couleur que tes yeux » — et se sentit aussi comblée que gênée : elle avait attendu à la dernière minute pour lui acheter un cadeau, mais le meurtre de Judith Pagé l'avait tenue occupée toute la journée.

— Je m'excuse, répéta-t-elle pour la dixième fois. Toi, tu me couvres de fleurs, tu m'offres des chocolats sublimes et moi...

— Arrête ! Mon cadeau, c'est toi.

— Et tu ne peux même pas en profiter. J'ai promis à Rouaix que je serais au bureau à huit heures.

— Je t'attendrai dans un fauteuil en lisant la biographie de Winston Churchill. J'en ai pour un bon moment, il a vécu assez vieux. Et j'en profiterai pour manger tes chocolats.

— Non ! Tu n'as pas le droit ! C'est mon cadeau !

Maud Graham embrassa son amoureux, puis s'habilla en vitesse tandis qu'Alain lui prodiguait un conseil.

— Maud ? Essaie de savoir si Betty se mutile. J'ai cru remarquer des marques sur ses avant-bras, au niveau du coude, mais je n'en suis pas certain.

— Se mutiler ?

— L'automutilation est fréquente chez les personnalités *borderline*. On n'emploie ce terme qu'à partir de l'âge adulte, mais Betty présente tous les signes de ces troubles comportementaux. Elle est du genre à rechercher les sensations intenses, à adopter une conduite dangereuse pour avoir l'impression de vivre. Les lacérations procèdent du même ordre : « Je saigne, donc je suis. » Et ne sois pas étonnée si elle est différente aujourd'hui.

— Différente ?

— Elle peut être trop calme, dans une sorte de sidération mentale. Elle aura compartimenté les événements pour s'en dissocier. Elle est très intelligente. Et humaine...

— Elle te fait pitié ?

— Elle a vraiment besoin d'aide. D'être suivie de très près. Elle est violente, peut tout retourner contre elle.

— Merci, docteur !

Une neige molle tombait sur Québec et arrondissait les angles des immeubles, le coin des rues, les panneaux routiers. Cette douceur réconforta Maud Graham ; si on pouvait tout recouvrir d'une jolie dentelle blanche, les malheurs, les saletés, les ignominies... Elle ouvrit la fenêtre de la voiture pour recevoir quelques flocons sur le visage. Maxime rirait avec elle s'il était assis à sa droite. Est-ce que Bruno Desrosiers avait réussi à le distraire ?

André Rouaix avait les traits tirés, mais il sourit à Graham lorsqu'elle s'avança vers lui.

— On est sur la bonne voie avec Marsolais. Il n'y a rien comme les conversations viriles. J'ai insinué que tu étais paranoïaque, que l'arrivée de Chantal t'avait exaspérée, que tu prétendais l'apprécier, mais que tu étais jalouse.

— Tu ne t'es pas gêné...

Rouaix sourit, de ce sourire complice qu'appréciait tant Maud Graham.

— Je lui ai confié que Betty avait déjà vu un psy, continuait Rouaix, et qu'il avait recommandé qu'elle suive une thérapie. Il a gobé cette information en dissimulant mal son plaisir.

— Où est-il ?

— En bas, avec Trottier.

— Toujours sans nouvelles de Pascal ?

— On t'aurait appelée en pleine nuit pour te le dire. J'ai téléphoné à l'hôpital. Son état est stable.

— J'aurais dû réagir avant, forcer Maxime à se confier à moi.

— Tu annonceras à Marsolais que Pascal est mort ou je m'en charge ?

— Je m'en occupe, dit Graham. Je déteste ça. J'ai l'impression de ne plus croire que le petit s'en sortira.

— C'est un mensonge pieux. Marsolais sera totalement rassuré... Il se croira invincible.

— J'y vais tout de suite.

L'avant-midi se déroula comme prévu. Fecteau sembla porter plus d'attention au bouleversement des horaires de ses hommes, dû au carnaval, qu'à Marsolais. Il ne s'entretint avec lui qu'une dizaine de minutes et le renvoya à Rouaix en lui demandant si ça l'ennuyait d'héberger encore son collègue chez lui pour la nuit suivante. À cause des maudits journalistes qui voulaient toujours en savoir plus. S'ils pouvaient se concentrer sur la parade au lieu de les emmerder ! Marsolais se plaignit de ne pas pouvoir aider ses confrères qui devraient faire des heures supplémentaires.

— Tu n'es pas en état de bosser, s'opposa Rouaix. On ne peut pas te le permettre pour l'instant. Dans une semaine, tout sera réglé. Le petit gars a tiré sur ta femme. Il est mort. C'est triste, mais c'est une affaire simple pour nous.

Armand Marsolais hocha la tête. Il comprenait, mais détestait se sentir inutile. Ne pouvait-il s'occuper des dossiers en retard, avancer dans la paperasserie ?

— Tu ferais ça ? Tu n'es pas obligé.

— Je préfère m'occuper. Je n'arrête pas de penser au petit Pascal. C'est épouvantable, mourir à douze ans.

— Et l'autre fille qui est toujours en fugue...

— Les profs, les élèves ne vous ont pas fourni d'indices qui vous permettent de la retracer ? Je me creuse la tête pour me rappeler les paroles de Betty. Je n'arrive à rien. Je ne l'écoutais pas avec assez d'attention. Je me demandais seulement comment lui faire comprendre qu'elle ne m'intéressait pas sans être trop dur.

— Tu ne pouvais pas deviner.

— Avec le carnaval, Betty peut se fondre dans la masse des touristes. À moins qu'elle soit rendue à Montréal. Ou à Toronto.

Armand Marsolais s'isola dans un bureau et fit semblant de travailler, mais il était hanté par Betty Désilets.

Où était-elle ? Où avait-elle fui après sa confrontation avec Nadine ?

Au centre d'accueil avec Maud Graham, qui lui faisait raconter de nouveau sa version des faits et qui constatait qu'Alain Gagnon avait vu juste : Betty était passive et répondait d'une voix monocorde aux questions qu'elle lui posait. Elle répéta qu'elle avait essayé de retenir Pascal, mais qu'elle avait eu peur qu'il la tue elle aussi. Elle réagit toutefois avec colère lorsque la détective lui apprit qu'elle demeurerait au centre d'accueil.

— Tu ne peux pas retourner chez toi tant que nous n'aurons pas arrêté Marsolais. C'est trop dangereux ! Et de toute manière, il n'est pas question que tu restes là toute seule. C'est la loi. On a reçu un appel de ton père, ce matin. Il sera ici mardi soir.

M. Désilets avait écouté Maud Graham sans l'interrompre, puis avait déclaré qu'elle devait se tromper : Betty n'était pas une idiote, elle savait qu'elle ne devait pas toucher aux armes ni les prêter à un ami. Graham avait rétorqué que sa fille trempait dans une sale affaire, qu'elle avait besoin d'aide. Il avait parlé à sa secrétaire et avait annoncé à la détective qu'il serait à Québec mardi soir. Il ne pouvait pas arriver avant. Il signait un contrat très important à Vancouver le lundi matin et sa femme n'était pas en état de quitter la Floride. Maud Graham se jura que les services de la protection de la jeunesse mettraient bientôt ces parents en face de leurs torts.

Plus tard, elle fit semblant d'hésiter lorsque Rouaix lui proposa de venir dîner dans une pizzeria avec Marsolais, Trottier et lui. Elle refusa, prétendit qu'elle n'avait pas faim, alors qu'elle s'était apporté un sandwich aux œufs, un chocolat à la truffe d'Alba et un autre à la verveine. Elle n'avait jamais dégusté de chocolats aussi fins, aussi soyeux. Le confiseur Daniel Gendron était un artiste pour réaliser de telles bouchées, si lisses, si douces. Et si bonnes... C'était un miracle qu'elle ait réussi à s'endormir après avoir goûté à tant de saveurs différentes, la veille. Les parfums de thym et de romarin lui avaient fait croire un instant que l'été était revenu. Elle avait rêvé d'un barbecue dans le jardin, d'une bouteille de rosé partagée avec Alain, d'un sourire de Maxime rentrant d'une partie de soccer, de Léo mâchant des brins d'herbe. Mais il neigeait toujours sur Québec. Le vent s'en mêlait, sculptait les congères, secouait la ouate sur les branches des arbres, cinglait les joues, les fronts des passants. Est-ce que les danseurs qui devaient exécuter leurs numéros sur les plaines d'Abraham seraient gênés par le temps ? Et ce soir ? Est-ce qu'il neigerait durant la parade ? Il ne fallait pas qu'une tempête ruine leur plan ! Si les routes étaient impraticables, Marsolais ne pourrait se rendre à l'hôtel de glace de Duchesnay. Elle quitta son bureau, se pencha à la fenêtre ; elle était sotte de s'inquiéter, la neige était trop fine pour représenter une menace. Dès que les premiers chars allégoriques défileraient dans les rues de Québec, elle saurait si Chantal avait bien joué son rôle.

* * *

— Je pense que j'aurais pu entrer au Conservatoire, se vanta Chantal Parent. Je suis une maudite bonne comédienne.

— Tu avais un excellent metteur en scène, rétorqua Maud Graham en actionnant les essuie-glaces.

Le froid intense gelait le liquide et elle s'obstinait à tenter de dégivrer le pare-brise ; la route était glissante, mais Chantal et elle devaient arriver à Duchesnay avant Marsolais. La première partie du piège avait fonctionné, il ne fallait pas qu'un banal accident de la route vienne tout gâcher !

— J'ai vraiment fait tout ce que j'ai pu.

— Raconte !

Après le départ de Rouaix, Chantal Parent avait offert à Marsolais un sac venant de l'Épicerie européenne.

— Qu'est-ce que c'est ?

— Des sandwiches, des vrais, du bon pain, du prosciutto, des légumes marinés. Rouaix et toi, vous bouffez n'importe quoi. Tu as besoin d'énergie. C'est tellement bête ce qui t'arrive. Tu dois avoir hâte que ce soit fini. De te retrouver en paix. Est-ce que tu auras de l'aide pour les funérailles...

— Ce sera très simple. Judith n'est... n'était pas une femme extravagante.

— Je suis certaine que tous ses collègues et tous les élèves voudront assister à la cérémonie.

— On n'est pas rendus là.

La sonnerie du téléphone du bureau des enquêteurs avait retenti à 15 h 30 précises, comme l'avait promis la détective. Chantal avait décroché, poussé une exclamation avant de réciter le texte préparé avec Maud Graham. Elle avait ensuite raccroché en regardant l'afficheur, puis elle s'était tournée vers Armand Marsolais.

— C'était Betty Désilets. La fille qui a disparu.

— Quoi ?

— Elle disjoncte complètement. Elle est gelée. Ou soûle. Je n'ai pas compris tout ce qu'elle disait. Elle pleurait, elle criait, elle riait. Mais en gros, elle répétait qu'elle t'aimait, qu'elle ne pouvait vivre sans toi. Qu'elle allait se tuer.

— Elle… elle est folle, avait bégayé Marsolais.

— Une vraie maniaque. Rouaix m'a raconté qu'elle te suivait partout. Elle a dit qu'elle voulait fêter la Saint-Valentin dans un lieu très particulier. Un lieu de célébration romantique. Je lui ai fait remarquer que c'était hier, la Saint-Valentin, mais elle m'a engueulée : j'étais une conne, elle allait prendre un autre verre pour oublier à quel point j'étais conne. Ce sont ses propres mots. J'ai essayé de la calmer, de la persuader qu'on voulait l'aider, d'arrêter de boire, mais elle a raccroché. Et l'appel vient d'un cellulaire.

Chantal Parent avait marqué une pause. Elle devait informer Graham. Elle avait saisi le téléphone, rapporté la conversation avec Betty avant de raccrocher brusquement.

— Il y a un problème ? s'était informé Marsolais.

— Madame veut que j'aille te reconduire chez Rouaix après mon travail ! Elle exagère ! Je sors d'ici en fin de soirée. Je ne sais même plus quand j'ai commencé. Je suis brûlée ! J'essaie d'être gentille avec elle, mais elle mérite sa réputation. C'est un porc-épic. Et encore… il paraît que la viande de cet animal est très tendre.

Armand Marsolais avait souri. Il aurait bien voulu aider sa collègue.

— Je peux prendre un taxi pour me rendre chez Rouaix.

— Non, elle ne veut pas que tu restes seul. Écoute, ça serait plus simple si tu venais coucher chez moi. J'ai un canapé et tu pourrais…

Armand Marsolais avait posé sa main droite sur celle de Chantal, l'avait assurée que ça lui conviendrait. Elle n'avait qu'à rappeler Graham pour la prévenir.

— Je vais plutôt joindre Rouaix, pour qu'il ne t'attende pas. Ça ne change rien pour Graham, elle sera au carré d'Youville toute la soirée. Et une bonne partie de la nuit. Je m'arrangerai avec elle plus tard. Au pire, elle m'engueulera.

Comme convenu avec Graham et Rouaix, Chantal Parent avait emmené Marsolais chez elle. Ils avaient grignoté, puis elle avait prétexté un mal de tête, avait pris un cachet et était allée se coucher. Trente minutes plus tard, elle avait entendu Marsolais près de la porte de sa chambre. Elle avait fait semblant de dormir. Il s'était écoulé une dizaine de minutes, puis la porte de son appartement s'était ouverte et refermée. Chantal s'était ruée sur le téléphone pour prévenir Graham du départ de Marsolais. Tandis que Trottier et Rouaix, postés non loin de chez Chantal, le prenaient en filature, Graham s'était présentée à son domicile.

— Jusqu'ici, tout va bien.

— Oui. Marsolais est dans la bonne direction.

— Qui a installé le système de surveillance dans ma voiture ? s'enquit Chantal Parent.

— Tremblay. C'est le plus rapide.

— Marsolais conduit vite.

— On arrivera à temps. On a de l'avance sur lui. Il a dû aller chercher une arme chez les Désilets.

— J'ai dû l'exaspérer en me couchant tout habillée sans me défaire de mon arme. Il ne pouvait pas me l'emprunter sans me réveiller… Es-tu certaine que tout est correct ?

— On est à quelques kilomètres de Duchesnay. Trottier et Rouaix le suivent, ne l'oublie pas. On a prévu un petit accrochage à la hauteur de la route des Érables, Marsolais devra ralentir un peu. Il ne fera rien pour se faire remarquer, crois-moi.

— Es-tu déjà allée à l'hôtel de glace ?

Maud Graham secoua la tête ; elle était frileuse, alors... Mais Alain Gagnon avait insisté pour qu'ils le visitent avant la fin de l'hiver.

— J'y vais plus tôt que prévu. Les patrons ont été très compréhensifs. J'espère que tout est réglé.

— On n'avait pas le choix de faire évacuer les lieux. On n'a pas besoin d'une bavure. On a assez d'une pomme pourrie dans notre équipe.

— Oui. Marsolais est un chien sale : il avait promis à Nadine, comme à Betty, de l'emmener là-bas. Il ne faisait même pas l'effort d'inventer des mensonges différents pour l'une ou l'autre. Il me dégoûte.

Elles se turent dès qu'elles dépassèrent le rang Petit-Capsa, attentives au moindre signal suspect provenant de la voiture de Parent. Les micros installés par Tremblay étaient extrêmement efficaces. Elles pouvaient entendre tousser Marsolais.

— J'espère que ça marchera !

Maud Graham refusait d'imaginer le contraire. Ils devaient piéger Marsolais. Elle avait compris qu'elle avait une occasion d'y parvenir quand Betty avait mentionné l'hôtel de glace ; il fallait y envoyer Marsolais, le pousser à commettre l'erreur qui le perdrait. Elle avait néanmoins répété à Chantal Parent que l'opération était risquée.

— Si je voulais une vie contemplative, avait répliqué celle-ci, je serais entrée chez les sœurs.

— Qu'est-ce qui t'a poussée à devenir policière ?

— Mon frère. Il a eu un accident. Un chauffard lui a foncé dessus. Un *hit and run*. Mais Jeff a survécu. J'ai toujours l'espoir d'arrêter le salaud, de lui faire payer le prix fort. En attendant, j'en attrape d'autres. Ça me soulage de coincer Marsolais. J'ai l'impression de venger un peu mon frère chaque fois qu'un criminel est condamné.

La radio grésilla, Graham perçut tout de suite l'excitation dans la voix de Rouaix : Marsolais se dirigeait, comme ils l'espéraient tous, vers l'hôtel de glace qui surgissait au même instant devant elles.

— On est rendues à l'hôtel, confirma Graham à Rouaix.

— Marsolais sera bientôt là. Vous avez dix minutes devant vous.

— On l'a ! s'écria Chantal Parent.

Maud Graham sentit une chaleur étrange la parcourir, une sensation de dédoublement qu'elle identifiait à un étrange plaisir. Jusqu'à la fin de l'opération, deux Maud Graham cohabiteraient en elle : l'une réfléchirait, guiderait l'autre qui, elle, agirait. Le temps s'était suspendu à la seconde où Rouaix lui avait confirmé que Marsolais se dirigeait là où ils le désiraient. Elle se força à respirer lentement, à sourire à Chantal.

— Il faut l'entraîner très vite loin de l'hôtel de glace. Si Marsolais tire, il y aura des dégâts. On peut les éviter.

— On a le temps de vérifier si on a suivi nos directives, à l'hôtel. Tout a l'air aussi tranquille qu'on le souhaitait.

Maud Graham avait envoyé des patrouilleurs à l'hôtel de glace pour faire évacuer les alentours du site et jouer ensuite les clients à partir de dix heures trente. Tout se passerait bien, avait-on promis aux employés qui s'étaient montrés très coopératifs.

Chantal Parent se réjouit de s'être déjà changée avant d'entrer à l'hôtel de glace : les lieux magnifiques n'incitaient guère à se déshabiller. Elle frissonnait. Les vêtements de Betty étaient à sa taille, mais son blouson qui s'arrêtait au nombril n'était pas assez chaud. Elle échangea quelques mots avec un collègue en poste derrière le bar, puis rejoignit Maud Graham.

— C'est là que je m'installe, fit celle-ci en désignant un pan des murs de glace. Marsolais ne pourra pas me voir, j'ai fait couper l'éclairage dans ma direction. Toi, tu sors de l'hôtel dès que tu reçois mon signal. Tu fais comme si tu étais ivre et ne savais plus où tu es. N'oublie pas de garder son chapeau enfoncé sur la tête et remonte le foulard.

— Je ferais mieux de me diriger vers l'extrême gauche des bâtiments, loin des voitures. C'est plus sombre. Il courra derrière moi. Il ne doit pas apprendre que je ne suis pas Betty avant de dégainer.

— Je n'aime pas ça. S'il perd la tête…

— On en a déjà discuté. Tu es une excellente tireuse. Et les hommes que tu as choisis aussi. J'ai confiance en vous. On n'a pas le choix. Il faut mettre le paquet, sinon Marsolais s'en sortira avec une simple accusation de détournement de mineure. Il faut le pousser à se débarrasser de Betty, la seule qui peut le perdre… Je crois que tu ne t'es pas trompée sur les intentions de Marsolais. Soit il s'imagine qu'il pourra la convaincre de le suivre, soit il est décidé à la menacer de son arme pour l'y obliger.

— Dans l'idée de l'emmener ensuite dans un endroit désert et de l'exécuter.

— Avec un revolver sur la tempe pour faire croire à un suicide.

— Il n'a qu'à s'équiper d'un sac-poubelle. Il se protège le bras, le corps et les résidus de poudre s'y trouveront. Il les secouera sur le poignet de Betty et dans la voiture.

— Il aurait pu la forcer à avaler des pilules.

— C'est trop long. Je te parie qu'il a choisi le calibre 22.

— Moins de propulsion de poudre et difficilement reconnaissable entre plusieurs armes...

Les deux femmes regardaient maintenant autour d'elles, dix fois, vingt fois pour être certaines de n'avoir rien oublié.

— Sois prudente, Chantal. J'aime ça travailler avec toi.

— Et on prétend que les femmes sont mesquines entre elles...

— N'oublie pas de faire parler Marsolais en en disant le moins possible, pour qu'il ne remarque pas que ce n'est pas la voix de Betty. Sois geignarde.

Maud Graham se tapit derrière le renfoncement d'un mur de glace, chercha une position stable, agita les doigts dans ses mitaines de peau. Elle savait que ses gestes seraient souples, assurés, qu'elle ne sentirait pas le froid lorsqu'elle tiendrait son arme à mains nues, mais elle ne pouvait s'empêcher de remuer les doigts, de toucher ses écouteurs, de vérifier qu'elle était toujours en liaison avec Rouaix et Parent. Cette dernière était immobile ; Graham devinait que tous ses muscles étaient tendus dans l'attente de l'arrivée de Marsolais.

Le cri d'un oiseau précéda le crissement des pneus d'une voiture qui roulait phares éteints.

— C'est lui.

Maud Graham saisit son arme tandis que Chantal Parent écartait d'un geste maladroit un filet de protection, se dirigeait vers le stationnement, hésitait en entendant une portière s'ouvrir.

— Betty! cria Marsolais. C'est moi. Viens me rejoindre. Par ici.

Mais Chantal Parent s'éloignait vers le mur où était postée Graham, comme si elle le fuyait. Marsolais répéta son nom, se mit à courir derrière elle, Parent fit semblant de tituber, puis reprit sa course, même si elle était chaussée des bottes à talons de Betty. Marsolais courait plus vite derrière Chantal Parent, la rattrapait, pointait un revolver sur sa tempe.

— Arrête! gémit Chantal. Laisse-moi tranquille.

— Tu vas me suivre. Penses-tu que tu vas me dénoncer? Tu es la seule qui peut dire que j'ai voulu tuer ma femme! Avance, Betty. Avance vers ma voiture.

Chantal opposant une résistance, Marsolais tenta de la forcer à se retourner, à lui faire face. C'est alors que Maud Graham hurla son nom.

— Marsolais! Laisse tomber ton arme. C'est fini.

Il s'immobilisa, interloqué. Avait-il vraiment entendu la voix de Maud Graham? Il tourna la tête en tous sens. Impossible que Graham soit sur place! Elle devait être au Carnaval! Il serra plus fermement le calibre 22, leva le bras pour viser. Mais où? Où était Graham? Et Betty qui continuait à gigoter. Il la secoua et Chantal fit un mouvement qu'il prit pour une fuite. Il l'attrapa par les cheveux, la perruque glissa entre ses mains gantées.

— Betty?

— Non, ce n'est pas Betty, c'est Chantal. Donne-moi ton arme. Maintenant!

La cour s'éclaira de mille feux. Marsolais vit une douzaine d'hommes qui pointaient leur arme dans sa direction. Il hésita une fraction de seconde, mais obéit, laissa choir son pistolet.

— Marche vers le stationnement, lui ordonna Graham. Les mains sur la tête.

— Mais je croyais que c'était Betty !

— Comment savais-tu qu'elle était ici ? Tu étais le seul à connaître votre rendez-vous amoureux.

— Non ! Non, non, j'avais parlé de l'hôtel de glace en blaguant.

— Tu la voyais plus souvent que tu l'as prétendu.

— Non, c'est elle qui me suivait partout ! J'ai eu peur qu'elle soit dangereuse et je suis venu jusqu'ici pour la maîtriser.

— Mais tu allais la tuer…

— Je voulais seulement l'arrêter. Qu'elle ne nous échappe pas ! C'est elle, la responsable de la mort de Judith.

— Arrête, on va se mettre à pleurer. Parle-nous plutôt de l'arme. Celle que tu as trouvée dans la collection du père de Betty. Tu savais depuis longtemps qu'il y avait des armes chez les Désilets.

— J'ai seulement fait mon travail en inspectant la maison quand Betty m'a appelé. Le soir où elle croyait que des voleurs voulaient cambrioler la maison. C'est normal que j'aie vu les armes à ce moment-là.

— Et tu n'as pas cru bon de nous en faire part avant ? Explique-nous donc pourquoi. Et comment tu as eu les clés de la maison. Et le code du système d'alarme. Pour quelqu'un qui n'a vu Betty que deux ou trois fois…

Ils s'immobilisèrent au milieu du stationnement, la lumière était crue, implacable.

— Les gars, commença Marsolais en s'adressant à

Rouaix, Trottier et Samson. C'est un malentendu. C'était une petite garce qui m'a allumé. Vous pouvez comprendre ça... Elle était folle, elle pouvait faire n'importe quoi !

— Si tu savais qu'elle était aussi dangereuse, pourquoi ne nous en as-tu pas parlé ? questionna Parent.

— Je n'étais pas certain.

— Mais ce soir, tout t'est apparu clairement, c'est ça ? Betty affirme que tu l'as poussée à se débarrasser de Judith. Comme elle n'a pas voulu faire le travail, elle l'a confié à son tour à Pascal.

Maud Graham regarda Chantal Parent, lui tendit les menottes.

— Occupe-toi de lui, je ne veux plus le voir.

— Vous n'avez pas de preuves, rugit Marsolais. C'est un coup monté.

Chantal Parent ouvrit son blouson en souriant, tira le fil du micro.

— On a tout enregistré. Je te rappelle tes paroles ? Tu voulais tuer Betty, ton dernier témoin gênant...

Maud Graham regarda Chantal Parent menotter Marsolais, le pousser vers la voiture. Elle l'arrêta : est-ce que Rouaix et Trottier ne pouvaient pas ramener le prisonnier ? Elle ne souhaitait pas qu'il monte dans son véhicule.

— Veux-tu que je conduise ? offrit Parent à Graham qui lui lança les clés.

Elles tombèrent dans la neige qui brillait sous les projecteurs, tandis que les hommes rentraient dans l'hôtel, prévenaient le personnel que tout s'était bien déroulé, qu'ils pouvaient reprendre leurs activités.

Graham sourit à Chantal Parent.

— Tu as fait du bon boulot !

— J'ai pourtant peur qu'il s'en tire encore trop bien. Il a beaucoup de preuves contre lui...

— Marsolais devrait en prendre pour quelques années. Et il ne pourra jamais profiter des millions de sa femme.

— Il était prêt à tuer Betty !

— Marsolais continuera à mentir... Il le fera à son procès. Il suffit qu'il y ait quelques imbéciles dans le jury qui le trouvent bel homme.

— Ça existe encore, ce genre de femmes ?

— J'espère que non, mais je connais le cas d'un type qui a empoisonné son épouse à l'arsenic durant des années, qui a été jugé et condamné pour meurtre avec préméditation et qui s'est marié en prison. Avec une femme qui suivait le procès et qui est tombée amoureuse de lui. À la limite, je peux comprendre qu'on pardonne à un homme qui a perdu la tête, qui a tué sur un coup de sang, mais la préméditation, les calculs immondes... c'est répugnant.

— Je me demande depuis combien de temps Marsolais souhaitait se débarrasser de sa femme.

— Depuis que j'ai parlé d'un massacre dans une école des États-Unis. Il a repéré Betty, pensé qu'elle ferait le sale travail à sa place. Non, même avant, il nous a menti avec l'affaire Darveau.

— Je n'ai pas bien compris pourquoi...

— Il devait espérer trouver le tueur et lui proposer la liberté en échange du meurtre de Judith. Il nous a envoyé des lettres anonymes pour faire croire que l'assassin de Darveau nous surveillait. Puis, il a cru avoir une meilleure idée. Et nous, on ne sait toujours pas qui a tué Daniel Darveau.

La neige avait cessé de tomber et Maud Graham pria Chantal Parent de s'arrêter un moment. Elle descendit de la voiture, pencha la tête vers l'arrière pour contempler le ciel cendré où une lune d'albâtre éclairait les champs et les bois. Verrait-elle un jour des aurores boréales, partirait-elle à leur recherche avec Alain ? S'il avait fini de lire la biographie de Churchill, il serait endormi quand elle rentrerait. Non, il l'attendrait dans le salon, il l'écouterait. Un grésillement la tira de sa rêverie, son cœur s'arrêta de battre ; que se passait-il encore ? Est-ce que Rouaix et Trottier avaient des ennuis avec leur prisonnier ?

Chantal Parent avait les yeux humides.

— C'est Pascal ! On a appelé de l'hôpital ! Il est sorti du coma.

Maud Graham s'appuya sur la portière de l'automobile, pinça les lèvres, posa une main sur son cœur.

— On rentre, fit-elle d'une voix étranglée. On rentre. Il y a du travail avec la parade. Avec tous les touristes. Que veux-tu, Québec est une trop belle ville.

— As-tu toujours été aussi chauvine ?

— C'est une qualité. Écoute la sagesse de ton aînée.

Format de poche:

Chrystine Brouillet
Le Collectionneur
C'est pour mieux t'aimer,
mon enfant
Les fiancées de l'enfer
Soins intensifs

Marie-Danielle Croteau
Le grand détour

Anne Legault
Détail de la mort

Judith Messier
Dernier souffle à Boston

André Noël
Le seigneur des rutabagas

Raymond Plante
Projections privées

Jacques Savoie
Le cirque bleu

Achevé d'imprimer
sur les presses de AGMV Marquis